Anna Katharina Fröhlich

Wilde Orangen

Roman

btb

FSC
Mixed Sources
Product group from well-managed forests and other controlled sources

Cert no. GFA-COC-1223
www.fsc.org
© 1996 Forest Stewardship Council

Verlagsgruppe Random House FSC-DEU-0100
Das FSC-zertifizierte Papier *Munken Print* für Taschenbücher aus dem btb Verlag liefert Arctic Paper Munkedals AB, Schweden.

1. Auflage
Genehmigte Taschebuchausgabe August 2006,
btb Verlag in der Verlagsgruppe Random House GmbH, München

Umschlaggestaltung: Design Team München
Umschlagmotiv: Artothek (J. A. Watteau: »Nymphe und Satyr«)
Druck und Einband: Clausen & Bosse, Leck
EM · Herstellung: AW
Printed in Germany
ISBN-10: 3-442-73475-4
ISBN-13: 978-3-442-73475-7

www.btb-verlag.de

Aus Freude am Lesen

btb

Buch

Märchenhaft schön, blutjung und klug wünscht sich der berühmte alternde Schriftsteller Barna seine Geliebte. Er sucht nach einer Muse und findet sie ausgerechnet in einer Buchhandlung. Sie verabreden sich erst zum Kaffee, dann zum Abendessen, danach ist es um das Mädchen geschehen. Nach London, nach Rom und Venedig führen ihre gemeinsamen Reisen, und das Mädchen genießt das Abenteuer und die Zuneigung des erfahrenen Liebhabers. Doch sie will mehr, will ihn ganz und geht damit einen Schritt zu weit, denn der Geliebte hat ganz andere Absichten …

Autorin

Anna Katharina Fröhlich wurde 1971 in Bad Hersfeld geboren und wuchs in Frankfurt und in München auf. Seit ihrem fünfzehnten Lebensjahr lebt Anna Katharina Fröhlich am Gardasee und arbeitet auf ihrem Land.

1

Drei Wochen vor dem Selbstmordversuch ihres Stiefvaters machte sie die erste Reise mit ihrem Geliebten. In einem alten Pelzmantel, einem sibirischen Wolf, den sie von einer mütterlichen Freundin geerbt hatte, deren Leben sie trübsinnig stimmte, wenn sie an die Hunderte von ordentlich zusammengefalteten Hermes-Tüchern in ihrem Einbauschrank dachte, an ihre die kleine Stadtwohnung sprengende Sammlung alter Käthe-Kruse-Puppen, an ihre nach *Jicky* und Tabak riechende Haut und ihre Liebe zu einem verheirateten Mann, einem norddeutschen, hochbelesenen Autovertreter mit blauen Kapitänsaugen, der mit zynischem Blick, in schottisch-englischer Eleganz, an den Sonntagen auf ihrem Kanapee lag, fünfundzwanzig Jahre lang von seiner Scheidung sprach und am Tage ihrer Pensionierung in das Haus ihrer besten Freundin einzog, in diesem sibirischen Pelz saß sie am Flughafen von Mailand.

Eine schwarze Samtkappe mit Pailletten lag warm und eng auf ihrem Haar. In den Händen hielt sie ein Buch mit dem Titel *Die verlorene Geliebte*, aus dem sie nicht ein einziges Mal aufblickte, aber dennoch alles um sich herum aus der Wärme ihres Mantels wahrnahm. Die feuchte Hitze zwischen Haut und Pelz trieb ihr das Blut ins Gesicht, weshalb sie den Kopf über das Buch geneigt hielt, damit ihr die Röte nicht anzusehen war. Sie hätte den Mantel ablegen können, doch das kam ihr überhaupt nicht in den Sinn. Der Pelz war zu schön, als daß er jetzt, in diesem für sie wichtigsten Moment des Lebens, hätte neben ihr liegen können, nur mehr ein Stück Fell. Er trug sie, nicht umgekehrt. Nur in diesem Pelz, dachte sie, konnte sie das Auge des Schriftstellers blenden, dessen Erinnerung an diesen ersten Augenblick des Wiedersehens unweigerlich mit dem Bild eines Mädchens in Pelz verbunden sein würde, und für dieses noch nicht erinnerte Bild galt es, die Hitze zu ertragen.

Die Kappe, die sie in der frühen Morgenstunde zu Hause aufgezogen und bereits da als einengend empfunden, sie aber dennoch, nur weil sie neu war, erwählt hatte, erschien ihr jetzt lächerlich. Dieses Barett verlieh ihr etwas Kindliches, das sie zwang, die scheue Haltung eines wartenden, jungen Mädchens einzunehmen. Das Abnehmen der Kappe aber wäre verhängnisvoller gewesen als das Ablegen des Mantels. Ihr Haar, das in Wellen bis auf ihre Taille fiel, wäre hervorgequollen und in Unordnung geraten, die sie in diesem Augenblick mehr fürchtete als die Lächerlichkeit. So blieb sie in der Haltung eines Kindes, das die Eltern in ein Fell gewickelt haben, sitzen, als sie mit überreizten Nerven spürte, wie der Schriftsteller auf sie zuging.

Sie blickte zum ersten Mal aus dem Buch auf, als sie seine Schuhspitzen vor ihrer Bank bemerkte. Erstaunen war auf seinem Gesicht zu lesen, denn er hatte nicht ein lesendes Kind erwartet, ein Kind in einem großen Pelz. Das Bild war gelungen, es prägte sich ein. Von nun an würde er immer ein kleines Mädchen in ihr sehen.

Der Schriftsteller war in einen langen Mantel gehüllt, um den Hals trug er einen braunen Schal aus Ziegenhaar. Der dunkle, stechende Blick und das blonde Haar (gewiß ein Erbe seiner normannischen Ahnen – er selbst stammte aus Lucca) zogen die Augen auf sich. Die helle Haut und das blonde Haar vertrugen sich nicht mit den schwarzen Pupillen und der bernsteinfarbenen Iris. Er war der Mann, für den sie den alten Mantel aus der Kellertruhe hervorgeholt hatte, wo er lange Jahre gelegen war. An dem See, wo sie wohnte, war es auch im Winter warm.

Die Kleider in ihrem Koffer hatte sie gründlich ausgesucht: drei Spitzenunterhosen aus Baumwolle, eine chinesische Seidenbluse der Mutter, der sie für diese Reise auch ein Paar indische Smaragdohrringe entwendet hatte, ein nagelneuer Morgenmantel aus Rosenstoff und noch andere ausgewählte Accessoires, die ihr raffiniert erschienen. Der Schriftsteller, dachte sie, würde das einzuschätzen wissen.

In London rief er ein Taxi herbei. Das schwarzglänzende Auto erregte sie genauso wie der Mann, mit dem sie reiste. Daß sie nicht den Weg zur Untergrundbahn suchen mußte, die Hand ängstlich an die Leiste gedrückt, wo das Portemonnaie in einem Seidentäschchen unter ihrem Rock baumelte, auch das genügte, um ihr Herz zum Klopfen zu bringen.

Sie erinnerte sich, wie sie vor einigen Jahren mit einem Jeansverkäufer in die englische Metropole gereist war. Damals hatte sie einen kleinen Hut mit Spitzennetz und den schwarzen Trauermantel ihrer Mutter getragen, dessen Saum am Boden schleifte. Sie sah aus wie die Karikatur einer viktorianischen Dame, doch dann geschah etwas Furchtbares: der Absatz des rechten Schuhs brach ab, und sie mußte sich – da sie sich nur mit einem Paar auf die Reise begeben hatte – die Pantoffeln des Jeansverkäufers ausleihen. In diesen Pantoffeln saß sie neben dem Freund in der Subway und litt, in ihnen vollzog sich ihr erster Einzug in die unbekannte Stadt. Sie waren fast zweimal so groß wie ihre Füße. Vor der Abreise, mit dem unversehrten Schuh, war sie wie geschaffen für den Anblick von Lords und Windhunden, nun sah sie bemitleidenswert lächerlich aus. Derartiges, dachte sie, konnte sich jetzt nicht mehr wiederholen. Würde der rechte oder linke Schuhabsatz die Tücke besitzen, plötzlich abzubrechen, dann wären das schwarze Taxi zu ihrem Schutz da und der Schriftsteller, der ihr bestimmt unverzüglich ein Paar neue Schuhe kaufen würde. Daran hatte der Jeansverkäufer damals nicht gedacht, sondern es besonders lustig gefunden, mit ihr in diesem ungewöhnlichen Aufzug in der Subway zu sitzen und durch die Straßen um Piccadilly Circus zu schlendern, bis sie ein billiges Paar Turnschuhe fanden, das sie selbst bezahlen mußte und das noch weniger zu ihrem Netz paßte als die Pantoffeln. Als Jeansverkäufer hatte er auch das originell gefunden. Der Schriftsteller bot ihr ein Stück Schokolade an, dessen Geschmack die schreckliche Erinnerung sofort vergessen machte.

Es war ein warmer Tag im Dezember. Durch das Hotelvestibül zog der süße Duft aus einem Strauß Madonnenlilien, der frühlingshaft zwischen den geschmückten Tannenbäumen stand und dem Gast den Eindruck vermittelte, daß dieses Hotel imstande sei, über die Possen der Jahreszeiten hinwegzugehen, ihn vor allen Unannehmlichkeiten des Himmels, überhaupt vor von außen kommendem Ärger zu bewahren. Sie durchquerte die Halle wie einen Ballsaal, folgte dem Geliebten, der hier völlige territoriale Sicherheit bewies.

Es wurde ein Gepäckwagen herbeigerollt, der Lift öffnete sich und zog die Gäste in die Stille des schwebenden Raumes, wo sogar eine im Kolonialstil gearbeitete Bank stand, mit einem

Polster aus grünem Samt, die der Schriftsteller übersah, als wenn seine eigene Würde und die Stille im Aufzug ihm geboten, reglos neben dem Boy zu stehen. Das Mädchen aber konnte nicht anders, sie mußte sich niederlassen, beeindruckt von dem Luxus, sich in einem Lift die Zeit zu gönnen, auf einer gepolsterten Bank Platz zu nehmen.

Moosgrün wie das Samtpolster im Lift waren die Wände der Suite 314. Niemals zuvor hatte sie eine Suite betreten. Das Wort rief Taumel in ihr hervor. Sie kannte fensterreiche und kühle Räume in Maharajapalästen, kannte die Zimmer des Imperial Hotel in Neu Delhi, wo es nach nassen Palmenblättern roch, doch in eine Suite hatte sie ihren Fuß noch nie gesetzt, das war etwas Fremdes und erinnerte sie in diesem Moment an das ähnlich klingende Wort *sweet*, das sie einmal aus dem Mund einer bayerischen Dame vernommen hatte, die in einem Münchner Café zu ihren drei Freundinnen gesagt hatte: »Jetzt hätte ich Lust auf ein paar *sweets*.« Eine Suite, das war für das Mädchen etwas für sportliche Scheiche und moderne Könige, und nun stand sie hier, eine gebürtige Bad Hersfelderin, ohne orientalisches, ganz gewiß aber ohne königliches Blut.

Der sandfarbene Teppich lag makellos da, als hätte nie zuvor ein Wesen dieses Zimmer betreten. Das Bett stand als satinumhüllter Schrein an der Wand. Ein roter Blechautobus in Miniatur, der Pralinen enthielt, fesselte ihr Auge. Sie nahm zwei mit Mandeln und Erdnüssen gefüllte Gläser in die Hand und öffnete eine Butterkeksdose in Form einer englischen Telefonzelle. Das waren doch Objekte und Naschereien für Kinder! Das Wort Kind erinnerte sie an das lächerliche Barett auf ihrem Kopf. Sie zog es ab. Das lange Haar fiel über ihre Schultern. Schüchtern und schön stand sie da. Sie wußte nicht, was jetzt geschehen würde, ob er vorhatte, sich drei Tage mit ihr in diesen Räumen einzusperren und sie dann für immer zu verlassen, oder ob das der Beginn einer großen Liebe war. Er bestellte Tee und schien sich darüber keine Gedanken zu machen.

In der Suite war es übertrieben warm. Die Heizungswärme strömte hinter den Wänden hervor, trieb den Duft aus den Blüten der weißen Rosen, die zum Strauß gebunden auf dem Schreibpult standen. Verwirrend tropisch war es in den grünen Räumen, wo der feuchte Geruch von Blumenerde und Treibhauswärme die Säfte in dem auf Winter eingestellten Körper aus dem Gleichgewicht brachten. Die sich jährlich wie von selbst einstellende Weihnachtsstimmung wurde in diesen Räumen wie von einem warmen Tropenwind verweht, und die Papaya war als Geschmack eher denkbar als der von Zimt und Ingwer. Die Geliebte, die von der durch die hohe Temperatur in ihr hervorgerufene Sinnestäuschung, sie befände sich in einer anderen Jahreszeit, ja, in einem anderen Erdteil, beirrt wurde, wünschte sich Schneefall und wußte in ihrer Verwirrung nichts anderes zu sagen als: »Ich will, daß es schneit.« Er aber, der sehr wohl erkannte, in welch unsicherer Verfassung sie war, zog sie an sich heran und sprach orakelhaft: »Keine Sorge. Es wird schneien.«

An jenem Tag führte er sie als erstes zu einem Hutladen. Auf dem Weg erklärte er, dies sei das vornehmste Geschäft der Stadt. Eine Dame könne London nicht verlassen, ohne von dort einen Hut mitzunehmen.

Als sie vor dem kleinen Schaufenster stand, verzog sich vor Verzweiflung ihr Gesicht. Es hatte etwas Unrichtiges in ihren Augen, wenn sie in diesen ersten Momenten, da sie einander noch so fremd waren, Geschenke annahm. Wiederholt redete er ihr zu, einzutreten, doch sie weigerte sich. Die Angst vor den Verkäuferinnen, die auf sie zukommen und sie unter Hüte zwingen würden, die ihr nicht gefielen, wuchs, je eindringlicher er auf sie einredete. Plötzlich öffnete er die Tür und setzte seinen Fuß über die Schwelle. Die Geliebte mußte folgen. Mit feuchten Händen stieg sie hinter ihm die Treppen in den ersten Stock hinauf, wo er den Hutzoo musterte. Da hingen Hüte in Form von Rohren, Trichtern, Töpfen, Füllhörnern und Blumenbouquets, Hüte, auf denen kostbare Federn leicht zitterten, Hüte mit insektenartigem Drahtschmuck und Hüte aus Mohair, wie dicke Mäuse. Hier roch es nach Filz und Staub. Lange Zeit tauchte die Verkäuferin nicht auf. Dann trat sie mit höflicher Gleichgültigkeit aus einer schmalen Tür, aus welcher der Geruch von frischem Kaffee und Gebäck drang. Sie reichte dem Mädchen einige Modelle, die der Schriftsteller ausgesucht hatte, schritt wieder durch die schmale Tür, schloß sie sorgfältig hinter sich und überließ die Hüte dem Paar.

»Vorsicht!«, flüsterte das Mädchen, als er ihr einen roten Haarfilzhut aufsetzte. Es war ihr, als belauere sie aus dem Erdgeschoß der Geschäftsführer, den sie durch das Geländer der Wendeltreppe neben der Tür stehen sah. »Am Ende deutet der Mann da unten auf einen Fettfleck auf dem Hut, den ich gar nicht gemacht habe«, dachte sie. Vielleicht würde dieser gar nicht von ihr verursachte Fleck den Schriftsteller dazu zwingen, den Hut zu erwerben. Doch der lachte über ihre Ängste und bestand jetzt durchaus auf einem Sherlock-Holmes-Hut, der es ihm von allen am meisten angetan hatte. »Du mußt dir vorstellen, daß du den bei dir auf dem Land trägst«, redete er auf sie ein, »wenn du Wanderungen in die Berge machst oder abends durch deinen Garten gehst. Du sollst ihn ja nicht täglich tragen, sondern einfach besitzen, aus Freude am Hut. Und warum nicht gleich mehrere Hüte? Als Frau hätte ich zahllose wundervolle Hüte in meiner Garderobe, Sonnenhüte, Nerzpelzhüte, Hüte für Taufen, Hüte für Beerdigungen, Hüte für die Stadt und natürlich einen Sherlock-Holmes-Hut. Was hält dich zurück? Fang doch mit dem Sherlock-Holmes-Hut an!« Sie spürte, wie ihr Widerstand schwächer wurde, doch gleich darauf dachte sie, daß dieser Hut ihr fremd war. Er paßte in ein anderes Leben. Bei ihr würde er nur zwecklos auf dem Schrank liegen, sich mit Staub überziehen und sie immer daran erinnern, daß sich nie die Gelegenheit bieten würde, ihn aufzusetzen. »Wenn ich jetzt auch noch mit einem Sherlock-Holmes-Hut zu Hause ankomme, dann ist das die Krönung des Lächerlichen, jetzt, wo der Stiefvater krank daliegt und die Mutter fürchtet, bald ohne Mann und Vermögen leben zu müssen. Ein Hut«, dachte sie weiter, »sollte einen Wesenszug seines Trägers ausdrücken.« Ihr Gartenhut erfüllte diese Aufgabe, der Sherlock-Holmes-Hut nicht.

Er beharrte stur auf seinem Wunsch. Sie war sturer. So verließen sie unverrichteter Dinge das obere Stockwerk. »Überlege dir, ob du ihn nicht doch willst«, sagte er noch einmal, als sie die Treppen hinunterstiegen und an den Krawatten und dem Geschäftsführer vorbeigingen.

Sie folgte ihm bedrückt aus der Ladentür, mit dem Blick auf ihre Wildlederhalbstiefel. Auf einmal, nachdem sie die feine Staubluft gerochen und an dem runden Krawattentisch vorbeigegangen war, der sich wie ein seidener Kreisel vor ihren Augen gedreht hatte, kamen sie ihr häßlich und grob vor, mit dem dicken, hinten nach innen gewölbten Absatz. Das waren Stiefel, die an die Füße junger Maghrebinerinnen aus Marseille oder Kebabzubereiterinnen aus Camden Town gepaßt hätten, herausfordernder Frauen von vulgärer Schönheit, die hart waren und in solchen Schuhen mit schwerem Schritt einhergingen, während sie bei ihr unter dem Saum eines schwarzen Wollrockes hervorschauten, als kleideten sie die Füße einer anderen Frau. Ihre Mutter hatte ihr diese Stiefel geschenkt, sie seien bequem, hatte sie behauptet, und mit roten Strümpfen würden sie sogar etwas Ungarisches bekommen, und die Tochter hatte ihr geglaubt, weil ja auch die Mutter das geglaubt hatte, doch jetzt auf einmal schämte sie sich dieser Stiefel, die nichts von ungarischen Tanzstiefeln hatten, gar nichts. All die Jahre, nunmehr dreißig Jahre, hatte die Mutter von ungarischen Tanzstiefeln geträumt, hatte all die Jahre immer wieder Stiefel gekauft, von denen sie behauptete, sie glichen den ungarischen, und nie hatten sie den ungarischen geglichen. Das Mädchen ging neben dem Schriftsteller, der, das spürte sie, graziöse Schuhriemen von den Fesseln mancher Frau gelöst hatte. Er nahm sie an der Hand. Er dachte nicht an ihre Schuhe. Er liebte ihr Gesicht, ihre braunen Augen, die oft so ernst und fordernd blickten, die breiten Backenknochen, die kleine Öffnung zwischen den Schneidezähnen, die vollen Lippen und die Sommersprossen. Er liebte ihr braunes Haar, das sie wie einen Umhang um die Schultern legen konnte. Etwas war an ihr, das sie aus der Zeit heraushob, etwas Altmodisches, das er sich nicht erklären konnte. Er wußte nicht viel von ihr. Sie war die Tochter eines Schriftstellers, der schon lange tot war, hatte zwei Stiefväter und lebte mit ihrer Mutter und derem dritten Ehemann am Gardasee. Er kannte diesen See nicht und hatte ihn nie kennenlernen wollen, für ihn war das der See der Campingplätze. Doch nun bekam dieses Gewässer eine beschwörende Anziehungskraft. Es war der See, an dem seine Geliebte wohnte. Es war der See, den ihr Vater als Wohnort ausgesucht hatte, nachdem er ihm im Traum erschienen war. Vielleicht war es die Prägung dieses toten Vaters, dachte er, die sie so altmodisch machte, als wenn sie sich das väterliche Wesen übergezogen hätte. Ihr Vater, erzählte sie, war von ritterlicher und zugleich gebrochener Natur gewesen, ein hoch musikalischer Mensch, der im Leben alles falsch gemacht hatte: er hatte Pianist werden wollen und wurde Schriftsteller, er hatte eine Frau geliebt, die ihn nicht wiederliebte, und hatte eine Tochter, von der er getrennt leben mußte. Der Geliebte wußte, daß sie in Mailand Philosophie studiert, aber aus für ihn noch nicht ganz klaren Gründen das Studium abgebrochen hatte. Er dachte nicht an ihre Schuhe. Er dachte daran, wie seltsam es war, daß er an ihrer Seite ging, an der Seite der Frau, in die er sich sofort verliebt hatte, als ihm bewußt wurde, daß er genau sie sein ganzes Leben lang gesucht hatte. Jetzt drückte er fest ihre Hand.

Als sie hinter ihm das Restaurant betrat, mußte sie wieder an die Pantoffeln des Jeansverkäufers denken. Wie war sie ihren zuvor so verachteten Stiefeln nun dankbar, daß die Absätze noch dran waren und sie nicht im Stich gelassen hatten. Eines erkannte sie nämlich sofort: die Schuhe der Herren, die hier eintraten, waren alle aus feinem Leder und blank geputzt; sie standen sich im Dämmerlicht unter den Tischen wie blinkende Einzelwesen gegenüber, treue Diener ihrer Herren. Auch die Schuhe des Schriftstellers schienen sich hier sehr gut auszukennen, trugen ihn in ein Séparée und fügten sich ebenfalls in den Halbschatten unter der Tischplatte. Er winkte einen Kellner herbei, der sich in diesem Augenblick über den Rand eines Aquariums beugte und mit dem Netz nach einem Hummer fischte.

Sie sah sich um, sah sich die Männer an, die hier ihr Mittagessen einnahmen. Sie tranken Weißwein und Wasser, aßen Austern und Hummerfleisch, und diese Tiere schienen sie nicht ans Meer zu erinnern. Keiner von ihnen saß, einen Krebsschwanz oder ein Hummerstück auf der Gabelspitze, verzückt da, erregt durch den Geschmack der Ozeane, der ihn vielleicht aus dem Dezember heraus- und in ein Segelboot auf dem Mittelmeer hineinhob. Die Männer kauten ernsthaft auf den Tieren und behielten ihren Ernst auch nach dem Essen bei, als sie Zigarren ansteckten und ihre Münder an den dicken Tabakröllchen saugten.

Durch die dunklen Fenster schien die Straße in nachmittägliche Dämmerung getaucht, obwohl es um die Mittagszeit war und die Sonne schien. Vielleicht galt auch hier, wie im Hotel, das Gesetz der Jenseitigkeit von Uhrzeit und Wetter, ähnlich wie auf einer Reise durch Indien in einem klimatisierten Auto, in das keine Hitze, kein Staub, keine aus dem Unrat aufsteigenden Gerüche von Aas und Urin eindringen, wo dem Reisenden, durch das blaugefärbte Fensterglas, das heiße und ausgedörrte Land fast abendlich kühl vorkommt. Ihre Augen blieben an einem großen schwarzen Mann hängen, der so dunkel war, daß er in die ebenholzfarbene Holztäfelung hinter ihm eingeschmolzen schien. Das Weiße in seinen Augen leuchtete aus dem Dunkel, aus dem mitunter auch seine unanständig rosarote Zunge hervorschnellte, sobald er ein Glas Wein geleert hatte.

Dies war ein maskulines Lokal, wo die Männer mit ihren Fetischen oder Spielzeugen prahlten, mit goldenen Feuerzeugen, mit Ringen, Westen, Füllfederhaltern, mit Brillenetuis und Uhren. Schildpatt schimmerte, Silber blitzte auf, Hosenträger leuchteten rot und grün, und über allem lag der violettgraue Nebel der Zigarren. Das Mädchen war fast die einzige Frau. Es saßen noch zwei Damen da, doch diese befanden sich bereits im Zustand der Metamorphose: Sie trugen Hosenanzüge, und an ihren Tischen lehnten Aktentaschen. Die Geliebte spürte, daß hier ein anderer Atem wehte, der Atem der Wohlhabenden und Reichen, die die Welt durch verdunkelte Fenster betrachten mußten, wollten sie ihre Geschäfte gut machen.

Auch der Schriftsteller war ein reicher Mann. Das hatte sie im ersten Augenblick gespürt, als er sie vor einigen Wochen in einem französischen Buchladen in Florenz angesprochen hatte, wo sie für zwei Tage hingereist war, um zwischen zwei deutschen Theaterregisseuren, einem Herrn Rissposs und einem Herrn Wosse, und einem italienischen Theaterregisseur zu vermitteln. Der Schriftsteller hatte sie an der Kasse auf das Buch in ihren Händen angesprochen. Es waren *Betrachtungen über Frankreich* von De Maistre. Ihre Mutter hatte sie gebeten, dieses Buch für sie zu kaufen, denn in den kalten Jahreszeiten las sie reaktionäre Werke von Macchiavelli bis Nicolás Dávila, »damit der Winter nicht so langweilig wird.« Sie drehte sich um, blickte den Mann im Mantel an, und das Blut stieg ihr zu Kopf. Ihre Augen begannen zu leuchten, die Hände wurden feucht, das Buch entglitt ihren Händen, und plötzlich wurde sie leichenbleich. Das Glück war schwindelerregend. Dies war der Mann, dem sie blind zu folgen hatte. Einen Augenblick lang wußte sie, daß sie ihn besser kannte als je einen Menschen zuvor, daß sie selbst ihm die Vertrauteste war, doch gleich darauf wurde er zu einem Fremden, der nur mehr der Mann war, den es zu erobern galt. Herr Rissposs und Herr Wosse waren vergessen. Ein neues Leben tat sich auf, mit all dem Glanz und Zauber, ohne den sie nicht leben wollte. Hochaufgerichtet stand sie vor ihm, das Buch wie ein Emblem in der Hand. Sie erschien ihm unwirklich. Beide schreckte das Rätselhafte dieser plötzlichen Leidenschaft. Die Rosen auf ihrem russischen

Kopftuch leuchteten im hellen Licht, die alte, schwarze Herrenjacke verlieh ihrer Gestalt etwas Ärmliches. Sie nahm in Sekunden alles an ihm wahr und erkannte die Wohlhabenheit an seinen Schuhen, die so schöne dünne Sohlen hatten und hirschkäferhaft glänzten, an seinem Mantel, der aus feiner, dunkelblauer Wolle war. Auf der Straße bat er sie, ihn in ein Café zu begleiten, und berührte dabei leicht ihren Ellenbogen. Sie folgte.

Marmor, Teeschachteln, die ratternde Kasse und die hohe Zimmerdecke, mehr konnte sie von dem Café nicht wahrnehmen, wo nur ein einziger kleiner Holztisch stand, als hätte ihn der fremde Mann schon vor langer Zeit reserviert. Er bestellte schwarzen Kaffee und ließ seine Augen nicht mehr von dem Wesen, das zwar eine zu erobernde Frau, zugleich aber das verwirklichte Traumbild einer seit jeher ersehnten Tochter war. Er begann sie zu verführen, als er seinen Namen nannte. Davor war alles nur blitzschnelles und instinktives Handeln gewesen, um das Mädchen nicht zu verlieren, ihm den Weg zum Café zu bahnen. Er verführte unwiderstehlich. Als der Name ausgesprochen war, griff es sie heiß ums Herz. Sie roch nur noch den Geruch seines Sandelöls und wünschte sich, er möge noch einmal ihren Ellenbogen berühren. Sie war schwach geworden und schmeckte den Kaffee nicht mehr. »Das kann nicht sein«, rief sie aus, »ich kenne Sie seit meiner Kindheit! Alle meine Väter haben Sie gelesen!« Verblüfft starrte er sie an. »Alle deine Väter?« Er nutzte diese vertrauliche Frage aus, um sie zu duzen. »Ja«, entgegnete sie – sie wollte ihm jetzt nicht die akrobatischen Lebenskünste ihrer Mutter erklären –, »und meine Mutter hat sogar versucht, Ihr vorletztes Buch zu übersetzen, aber das mißlang, weil es viel zu schwierig war. Sie sehen ganz anders aus als auf den Fotografien! Sie sind viel älter!« Er warf einen Blick in den Spiegel, der Teeschachteln und Campariflaschen wiedergab, sah zu ihr hin und befahl: »Heute abend um acht erwarte ich dich im Grand Hotel. Es liegt am Arno. Komm mit dem Taxi.« »Das geht nicht«, gab sie heftig zurück, »ich muß heute mit den deutschen Regisseuren ins Theater.« »Verlier deine Zeit nicht mit deutschen Regisseuren in italienischen Theatern und komm um acht. Ich warte.« Er zog ein unordentliches Bündel mit Geldscheinen, von einer silbernen Klammer gehalten, aus der Manteltasche, legte ein großzügiges Trinkgeld auf die Marmorplatte des kleinen Tisches, griff noch einmal leicht um ihren Ellenbogen und wiederholte: »Ich warte.« Und das Mädchen ließ ihre Laufbahn als Dolmetscherin hinter sich, zog an jenem Abend ein himbeerrotes Kleid an und ging von der Pension, wo die Herren Rissposs und Wosse sie untergebracht hatten, zu Fuß zum Grand Hotel am Arno. In der Drehtür fühlte sie sich in etwas Wunderbares hineingedreht.

Sein Reichtum unterschied ihn von allen anderen Schriftstellern, die sie kannte, Männer, von denen viele als tragische Menschen zurückgeblieben waren, nachdem sie die geheimnisvolle Kraft zum Schreiben verlassen hatte, während er, dachte sie jetzt, wenn ihm ein ähnliches Schicksal widerführe, zumindest ein reicher Mensch bleiben würde. Er schien in seinem blauen Jackett und der grünschillernden Krawatte unzerstörbar, auch wenn er dem Gott Śiva in keiner Weise ähnlich war. Und doch: Geld und Geist rückten ihn stets in die Nähe der Götter.

»Wer bist du?«, fragte er sie jetzt, während seine Augen hinter der Speisekarte lagen. Sie spürte sofort, daß diese Frage ihr ganzes Leben in Frage stellte. Sie lächelte. »Wer weiß das?«, fragte sie zurück. »*Ich* weiß nur, daß ich deine Schülerin werden will.« »Das ist keine dumme Entscheidung, bei mir in die Schule zu gehen«, erwiderte er, »du wirst keine Zeit verlieren und viele unnütze Jahre an der Universität vermeiden. Kannst du Griechisch?« »Nein.« »Und Latein?« »Nun, die Grundgrammatik.« »Soweit müssen wir zurückgehen, um anzufangen? Das hätte ich nicht gedacht! Griechisch und Latein mußt du aber können, wenn du die Bücher lesen willst, die die große Literatur ausmachen. Weißt du was? Ich schenke dir heute noch einen schönen Füller und ein Heft und schreibe dir das griechische Alphabet auf. Das lernst du erst einmal auswendig, und dann kannst du mit dem Entziffern beginnen. So machen wir es auch mit Latein. Und alles andere, das geht nebenbei. Ich dachte, du hättest eine anständige Schule hinter dir! Und in Florenz hast du mit deiner Belesenheit angegeben! Zum Glück hast du wenigstens deine Zeit nie mit schlechten Büchern vertan. Das ist schon viel.« Da fühlte sie, daß ihr Leben den Sinn erhielt, den es schon längst haben sollte. Auf diesen Mann, der die Memoiren des Herzogs von Saint-Simon liebte, der sich für Talleyrand begeisterte, eigentümlich klug war und Feiglinge fürchtete, auf diesen Mann hatte sie schon lange gewartet. Wunderbarerweise hatte sie auf den richtigen Moment zu warten gewußt.

Am ersten Abend ihrer Begegnung, in der Halle des Grand Hotel am Arno, hatten sie nicht über ihre Schulausbildung gesprochen. Seitdem waren sie einander nicht mehr begegnet. Er wußte nicht, daß sie das Gymnasium unregelmäßig besucht hatte, weil ihre Mutter eine Gauklerin war, nicht eine vom Zirkus, sondern eine vom Leben angestellte. Auch ihr erstes Semester hatte sie in der von ihm erwarteten Bildung nicht viel weitergebracht. Aber an jenem ersten Abend – sie war über sich selbst überrascht gewesen – war es ihr trotzdem gelungen, ihn mit ihrem scheinbaren Wissen zu betören. Während sie eingelegte Walnüsse aßen, trug sie ihm vor, was sie wußte, und ihr Wissen reichte von einer Ariost- bis zu einer Zwetajewa-Dichtung. Die Spanne dazwischen war natürlich gering, doch diese Tatsache war mit einer gewissen fakirischen Kunstfertigkeit zu überspielen. Jetzt aber ging es hart auf hart. »Da haben wir ja viel vor uns«, wiederholte er. »Ja, du solltest bei mir in die Schule gehen! Die Grundvoraussetzung dazu fehlt dir wirklich nicht: du bist komisch.« Das war ein Kompliment, dachte sie und erinnerte sich an einen Ausspruch jenes ersten Abends: »Wer wirklich komisch ist, der kann nicht banal sein.« »Wann fangen wir an?« fragte sie jetzt gierig. »Hat schon angefangen«, gab er zurück, trank einen Schluck Bloody Mary und fragte: »Austern oder Foie gras?« »Foie gras.« Ihr wurde flau vor Hunger nach der Gänsestopfleber. Mit weicher Stimme wiederholte sie: »Foie gras, bitte.« Erst jetzt war ihr bewußt, daß der Schriftsteller sie aus allem herausgeholt hatte, aus ihrem kalten Haus und aus dem zermürbenden Kürbis-Kastanienkreislauf, denn im ganzen letzten Herbst hatte es zu Hause nur Kürbisse und Kastanien gegeben, die ihre Mutter auf allerlei Weisen zuzubereiten wußte, bis einen die zu Püree und Suppe verwandelten Früchte in den Traum verfolgten. Es war einfach wundervoll, jetzt, mittags, Foie gras zu essen, ohne daß Geburtstag oder Weihnachten war. Sie liebte diese Pastete, die in ihren Augen die Königin aller Speisen war, und nun, zur Mittagszeit und selbstverständlich: Foie gras. »Das Leben ist so schön, wenn man nur die richtigen Schuhe trägt und Gänsestopfleber essen kann. Alles wird dann leichter. Ich habe noch viel vor mir«, dachte sie und glitt endgültig in die Rolle der Schülerin.

Nach jenem ersten Abend in Florenz wußte sie auch, daß der Geliebte ein Weinkenner war. Meisterhaft las er nun in der

Karte, eroberte sich die tiefe Ehrerbietung des Kellners, der mit der Liste verschwand, nachdem der Schriftsteller ihm den gewünschten Wein genannt hatte. Noch heute hörte sie den Klang seiner Stimme, als er sagte: »Pouilly Fumé, 1986.« Das war das Todesjahr ihres Vaters.

Als Wein und Gänsestopfleber auf dem Tisch standen, starrte er sie an. In kürzester Zeit aß die Geliebte den Teller so leer wie ein Hund. Es war, als wenn sie Erinnerungen an Kriegszeiten kannte, obwohl sie fast dreißig Jahre nach Kriegsende zur Welt gekommen war, während er, der im Krieg Geborene, so einen Hunger noch nie an sich erfahren hatte. »Du ißt ja, als wenn du eine Nacht im Graben hinter dir hättest«, bemerkte er. Sie trank, sie aß. Sie war glücklich, daß die Erinnerungen an Kürbis und Kastanie von der Gänseleberpastete beiseite gedrängt wurden, daß das Brot frisch und der Wein kalt war. »Ich habe noch nie eine so hungrige Frau geliebt«, lachte er und fuhr mit seinem Handrücken über ihre Lippen, die von Fett glänzten. »Ich esse wie verrückt, wenn ich verliebt bin«, lachte sie zurück, »ich esse und esse und kann nicht aufhören.«

An jenem Nachmittag führte er sie an zwei Orte, die für ihr nun längst begonnenes Studium von großer Bedeutung waren. Der eine war die London Library. Hier war das Umblättern einzelner Buchseiten zu hören. In breiten Ledersesseln saßen Männer, die von der verborgenen Lust besessen schienen, diese Stille von einem Störenfried unterbrochen zu hören, um ihn dann ungehaltenen Blickes zu mahnen, er möge diese heilige Ruhe mit seiner Plumpheit und Neugier, mit seinem lärmenden Schritt, seinem lieblosen Griff in die Schubladen der Zettelschränke nicht beeinträchtigen. Der Schriftsteller war ein Mitglied der Bibliothek und kannte die Art der Menschen, die in diesen Räumen zu Hause waren. Er wußte auch von einer Spalte zwischen zwei Schränken, in die er sie hineinschob. »Und Orangen-Soufflé?« flüsterte er. »Nein«, gab sie zurück, »noch nicht.« »Und noch nie Plum-Pudding?« »Noch nie.« Ein Lesender sah auf, sah hinein in die Spalte zwischen den zwei Schränken, wo ein großes Mädchen und ein kleiner Mann standen.

Der zweite Ort war Fortnum & Mason, wo sie einen sich selbst erteilten Unterricht über Fleckenlosigkeit erhielt. Er trat hier wie jemand ein, der zu vorgerückter Tageszeit, nach ermüdenden Gängen durch die Straßen, das Teehaus aufsucht, um sich mit dem heißen Getränk und Törtchen zu stärken. Sie aber, die bis jetzt mit dem Namen dieses Geschäfts nur gebrochene Orangen und zedernwaldgrüne Blechschachteln verknüpft hatte, folgte ihm wie jemand, der in einen nach Vanille duftenden Club tritt, der bislang für ihn geschlossen war. Sie fühlte sich jetzt eingeführt in das üppige Leben jener, die hier ihre Einkäufe machten.

Die Monate der Einsamkeit zuvor hatten sie in jedem Sinn hungrig gemacht, nach Gänseleberpastete, nach Musik, nach warmer Zimmertemperatur. Erschöpft vom Anblick der Krankheit, von der Kälte ihres Hauses und der Angst um den Stiefvater, sahen ihre Augen jetzt die Gegenstände leuchtender und größer, als sie in Wirklichkeit waren. Sie konnte die verwirrende Vielzahl von Packungen, Schachteln, Dosen und Gläsern kaum fassen, die Aufbauten von Speisen, die Flaschenwälder voll alkoholischer Getränke aus allen Weltteilen, Speisetürme, die den Anschein unversiegbaren Überflusses, unverwüstbarer Fülle und koketten Übermuts hatten, als hätten sie niemals einstürzen können, die Pyramiden aus Pralinenschachteln, die Regale voll Mandelgebäck, voll Gläser eingemachter Früchte, und doch ging sie zwischen den Gestellen mit dem Gefühl hindurch, daß das alles durch den Stich einer Nadelspitze in sich zusammenfallen konnte. Von hier würde sie den Eltern eine Tüte Tee mitbringen, dies schien ihr das sprechendste Geschenk, das verriet, wo sie gewesen und was für ein Leben sie geführt hatte. Earl Grey aus London, das würde der Mutter beweisen, daß die Tochter nicht verloren war, den Stiefvater aber an Zeiten erinnern, als sein Diener in Indien ihm jeden Morgen eine Tasse englischen Tee ans Bett gebracht hatte. Der Schriftsteller war ein umsichtiger Begleiter, der ihren Wunsch sofort erfüllte und erkannte, daß sie erregt und erschöpft war. »Möchtest du dich nicht setzen?« fragte er, während er sie an der Hand an einen Tisch führte.

Noch lag der Geschmack der fetten Gänseleber auf ihrer Zunge, und schon stand feuchtweiches Gebäck auf einer Etagere vor ihr. Sie verbot sich, an die Rückreise zu denken, an ihren Garten, an den Stiefvater. Sie wünschte nur, es möge so weitergehen, das Wunderbare ihr Dasein verschönern, von dem sie seit eh und je gewußt hatte, daß es das einzig mögliche für sie war. Er hatte den Mantel ausgezogen, und ein himmlischer Geruch von Sauberkeit ging von ihm aus. Es machte müde vor Lust, neben ihm zu sitzen, ihn zu riechen, bisweilen seine warme Hand an ihrem Gesicht zu spüren, ihn erzählen zu hören – von Dingen, die sie ersehnte, die sie kannte, die stets dagewesen waren, um einmal von ihr gehört und gesehen zu werden. Er war der Mann, der ihr nicht nur die Maximen von La Rochefoucauld zitierte, sondern sich auch in französischen Parfums und in den Moden der Saison auskannte. Er war der Mann, dem sie nichts vormachen konnte. Eines aber wußte sie nicht: Zum ersten Mal in seinem Leben war er ratlos einer Frau gegenüber. Sie war schön, sie war klug, sie war heiter, doch etwas war an ihr, das ihm verriet, daß sie in dieser Welt nicht so leben wollte, wie es sich sonst die Frauen wünschten, die er kennengelernt hatte. »Weißt du«, unterbrach er seine eigenen Gedanken, »die Engländer hatten zwei Universalgenies, das eine war Shakespeare und das andere Beatrix Potter, aber ich zähle Fortnum & Mason auch zu der Erfindung eines Genies. Nirgendwo trinke ich lieber Tee als hier. Länder, in denen man keinen Tee trinkt, interessieren mich nicht, nein, eigentlich interessieren sie mich doch. Willst du nicht deinen Pelzmantel ausziehen? Du bist ganz rot.« Seit der Abreise hatte sie den Mantel nicht abgelegt, bis jetzt gehörten für sie alle Momente immer noch zum ersten Moment des Wiedersehens. In dem Augenblick, da sie ihn ausziehen würde, begann eine zweite Zeit, aber daran dachte sie jetzt nicht. Etwas ganz anderes beunruhigte sie. Während all der Stunden, seitdem sie die Suite betreten, Hüte anprobiert und Gänsestopfleber gegessen, hatten sie die Flecken auf ihrer Bluse bedrückt, die die Hitze unter dem Fell des sibirischen Wolfes erzeugt hatte. Sie spürte sie gründlich. Ein solcher Fleck erinnert unwillkürlich daran, daß der Mensch aus Blut, Schweiß, Schleim und anderem Widerwärtigen besteht, woran ein Verliebter nicht gerne erinnert wird. Ein solcher Fleck gemahnt an die Verwesung des Menschen.

Der Schriftsteller war nicht Ramakrishna, der die Frauen und das Gold wie die Pest vermied, die seine Reinheit beschmutzt hätten. Der Schriftsteller liebte den Reichtum und die Frauen. Das war jeder seiner Gesten anzusehen, ob es der Blick in den Ausschnitt einer Verkäuferin oder der Griff in seine Jackentasche war. Und er liebte die Reinlichkeit. Fleckenlosigkeit hatte in seinem Dasein einen hohen Rang. Ihr waren ja sofort sein makelloses Hemd, seine fast zu sauberen Fingernägel und die geputzten Schuhe aufgefallen. Noch kannte sie den Inhalt seines Gepäcks nicht, doch sie brannte vor Neugierde danach, es zu sehen, stellte sich Großbürgerliches und Gebügeltes vor, nichts Verwegenes, weder Pumphosen noch Peitschen. Im Laufe dieses Tages sah sie bestätigt, was sie in jenen ersten Minuten, da sie sich kennengelernt hatten, sofort gespürt hatte: daß er Flecken nicht ausstehen konnte, daß Flecken für ihn so etwas wie ein Untergang waren, etwas für Absteiger, für Künstler, weshalb sie sich lieber nicht in die Gefahr begab, als Unreine erkannt zu werden, und den Wolf anbehielt. »Hast du Fieber?«, fragte er. »Du bist ganz heiß. Vielleicht ist es besser, wir fahren sofort ins Hotel zurück.« Sie nickte und gab leise zurück: »Nicht Fieber, ich glühe zwar, aber mir ist kalt.« Er erhob sich sofort und führte sie väterlich aus dem eben erst betretenen Geschäft, nahm sie an der Hand, die in seiner ganz heiß wurde, zog sie hinter sich her und wickelte ihr seinen Schal um den Kopf, als wenn ein Frost sie schüttelte. Wie ein Turnierpferd, das mit Grazie tückische Hindernisse überspringt, so führte er sie durch das Gedränge der Passanten auf dem Bürgersteig, überholte geschickt manche Dame oder Herrn, winkte an einer Kreuzung ein Taxi herbei und hielt ihr bald darauf die Tür zur Suite auf.

Der Gedanke, in diesem Hotelzimmer krank zu werden, gefiel ihr. Hier wollte sie gerne erkranken, auch für lange Zeit, um nicht dorthin zurückkehren zu müssen, wo es so kalt war und nach Tod roch. Die Suite war für eine Fieberattacke wie gemacht. Obschon sie in mittlerer Höhe lag, schien es, als seien die Zimmerwände wattiert, so still war es, was dem Gast den Eindruck verlieh, das Hotel sei leer, nur er und der Fensterputzer, der mit seinem Eimer an einem Drahtseil vor den einzelnen Fenstern schwebte, seien da.

Im Vorzimmer zog sie den Wolf aus, versteckte ihre Bluse in der Tasche und schwor sich, daß ihr ähnlich Menschliches wie das Fleckenmachen nie mehr widerfahren würde. Wie um diesen Schwur mit einem Duft zu besiegeln, fand sie, als sie ins grüne Zimmer zurückkehrte, auf dem Bett ein kleines Paket vor. Es enthielt ihr erstes Geschenk, eine Flasche Parfum, Vol de Nuit, Nachtflug.

Viele Augenblicke unseres Lebens werden in der Erinnerung oft mit einem bestimmten Geruch in Zusammenhang gebracht, und es gibt manche Gerüche, die uns Jahre später fast weh tun, wenn sie uns anfliegen, weil sie es waren, in denen wir für einige Stunden glücklich waren. Sie tupfte die Essenz auf ihre Pulse. Zypressenalleen, Brunnenwasser, Flieder und wilde Pfefferminze, Regen und Zedern, das war der Geruch, in dem sie nun lag. Der Duft des Rosenstraußes auf dem Schreibpult mischte sich in das Parfum. Die bittere, nach Gewittern riechende Essenz wehte als etwas Kühles in den warmen Raum.

Er setzte sich zu ihr auf das Bett und betrachtete sie in ihrem Morgenmantel mit dem Rosenmuster, den sie im Vorzimmer für seine raffinierten Augen übergezogen hatte. Sie kam ihm unendlich jung vor, ein Kind, das er rätselhafterweise als sein eigenes Kind betrachtete, für das alles, alles kostbar war, was er ihr zeigte und gab. Ihr Haar glänzte, die Haut war rein. Nur ihre Augen waren schwarz umrandet. Sie saß da, umgeben von Kissen und mit dem Fläschchen Parfum in der Hand, das den mondänen Duft enthielt. »Ich liebe dich«, sagte er auf einmal kaum hörbar, »ich kann gar nicht mehr anders, als dich lieben. Wer bist du denn nur, daß du so spät zu mir gekommen bist, und vielleicht viel zu früh?« Er nahm ihr die Flasche aus der Hand, legte sie zurück und küßte sie, bis sie sich freimachte: »Freu dich doch, daß ich zu dir gekommen bin! Was könnte es denn Schöneres geben?« fragte sie. »Es gibt nichts Schöneres, aber ich muß dir etwas beichten, das dich verletzen und beleidigen wird. Ich hätte es dir gleich sagen sollen, aber ich konnte es nicht über mich bringen, so groß war die Freude, dich gefunden zu haben, und der Trieb, dich nicht zu verlieren.« »Du bist verheiratet«, unterbrach sie ihn heftig, »man sieht es dir ja an. Jetzt ist es aber zu spät. Jetzt trenne ich mich nicht mehr von dir. Ich könnte, aber du würdest mich sowieso zurückholen. Ich könnte, wenn ich klug und hart wäre, aber das bin ich nicht. Jetzt liebe ich dich schon.«

In diesem Augenblick, als er zu ihr sprach, sah sie ihn auf einmal anders. Etwas war geschehen, weshalb sie erkennen konnte, wie auffallend schön er in seiner Jugend gewesen sein mußte. Vielleicht war es, weil sie ihn zum ersten Mal liegend sah, ohne Hemd, den Hals nicht gefaßt von einem Kragen, von einer Krawatte, die an einen Strick erinnert. Sein Gesicht war dadurch schmaler geworden, die Lippen, so nah an ihr Auge herangerückt, unendlich fein in ihrer Zeichnung, und in seinen Augen, in deren Pupillen ihre Gestalt sich widerspiegelte, lag etwas von dem bösen Blick einer Eidechse.

*

Fest lag ihre Hand in seiner, als sie am nächsten Morgen aufwachten. Es war das erste Mal, daß sie mit einem Mann, der nicht ihr Vater war, zusammen in einem Bett erwachte. Bis zu dieser Nacht hatte sie ihre Verehrer an den Abenden im Hof verabschiedet. Es war nicht daran zu denken gewesen, einen Mann über Nacht einzuladen. »Sieht doch grotesk aus«, so redete die Mutter, »wenn morgens aus dem Bett der eigenen Tochter ein verpickelter Mensch steigt und sich vielleicht erlaubt, den Morgentee mit einem zu teilen, nein, das kommt bei mir gar nicht in Frage, wo ich doch ohnehin die Stille liebe.«

Das Mädchen hatte viele Verehrer, lieb aber waren der Mutter nur jene aus dem indischen Subkontinent, wie der Prinz Tagore aus Kalkutta oder der junge Student aus dem Punjab, der in Oxford studierte, oder jene, die sich zwar auf europäischem Festland und doch in der Ferne befanden, wie etwa der Schauspieler aus Paris, ein Zwerg, der eine alte Kinderliebe des Mädchens war. Alle anderen aber, die sich in unmittelbarer Nähe aufhielten, wurden verurteilt. Stellte sie einen der jungen Männer vor, dann schaute die Mutter verächtlich an ihm vorbei und sagte hinterher: »Wenn ein Mann ein Zöpfchen trägt, dann ist es aus mit ihm. Der ist zu nichts mehr zu gebrauchen. Bei dem sind alle künstlerischen Ambitionen in den Zopf gerutscht und haben sich da erschöpft. Alles, was der nicht woanders hat, hat er nur noch da. Vivaldi hören und Wasserfälle filmen, das sieht ihm ähnlich! Verlier bloß keine Zeit mit dem Kerl.« Es gab auch Verehrer, die weder zu nah noch zu fern lebten, wie ein gewisser Herr Gießner aus München, der der Tochter aus dieser angenehmen Ferne zäh den Hof machte. »Der Gießner«, hatte die Mutter einmal gesagt, »der wäre ein guter Mann für dich, der ist treu, fleißig und fromm«, dann aber hatte sie innegehalten und hinzugefügt: »Aber im Grunde ist er ein Kleinbürger. Und seine Nase ist zu spitz. Das ist die typische Spitznäsigkeit der Klerikalen. Nein, das geht nicht.«

Nun war ein Mann auf der Bildfläche erschienen, der ein bekannter Schriftsteller war und zudem eine merkwürdige geographische Position innehatte: Er lebte nah und war trotzdem fern. »Tu, was du für klug hältst«, sprach nun die Mutter, »Ratschläge kann ich dir nicht mehr geben, aber klage später nicht über dein Los.«

Die Tochter hatte getan, was sie nicht für klug, sondern für zwingend gehalten hatte: Sie war mit dem Schriftsteller nach London gereist. Daß sie so ungetrübt neben ihm aufwachte, so beschützt und festgehalten, das schien ihr zu bedeuten, daß sie richtig gehandelt hatte. Sie verließ auf Fußspitzen den grünen Raum und schloß die Tür des Badezimmers hinter sich. Die blütenweißen Handtücher, das kristallglitzernde Badesalz, die Spiegelflächen und der Dampf des Badewassers, der den klaren Linien des Raumes die Konturen raubte – das alles war eine atemberaubende Gewähr, daß ihr Leben sich geändert hatte.

Als sie nach einem langen Bad – ihr erstes heißes Bad in diesem Winter, da zu Hause die Wasserhähne die Eigentümlichkeit hatten, nach drei Minuten heißfließendem nur noch kaltes Wasser von sich zu geben, so daß die erste Freude über die Wärme sich in eine Qual verwandelte – aus dem Badezimmer trat, öffnete sie im Vorzimmer ihre Tasche und legte ein Handtuch hinein. Dieses Handtuch trug die Initiale des Hotels und die des Namens ihres Geliebten.

Da hörte sie durch die geschlossene Tür seine Stimme. Reglos blieb sie stehen und nahm den fernen Rückschall einer Frauenstimme aus dem Telefon wahr. Plötzlich fühlte sie sich schwach. Es war die Schwäche von jemandem, der in völliger Unkenntnis über das Leben eines anderen Menschen lebt. Was gab es denn zu lachen? Hinter ihrem Rücken vernahm sie ein schliddern-des Geräusch. Durch den Türschlitz glitten große und kleine Kuverts, die sie nicht zu öffnen wagte. »Good morning!«, erklang es von draußen. Ein ägyptischer Zimmerkellner hatte angeklopft und rollte nun ein rundes Tischchen in die Suite. Der Schriftsteller unterbrach sein Telefonat, empfing den Ägypter in einem chinesischen Morgenmantel und lüftete die Serviette, die den Brotkorb bedeckte. Er verlangte nach heißer Milch.

Vor ihrer Reise hatte sie sich immer wieder das gemeinsame Frühstück mit ihm ausgemalt. Während des Packens hatte sie sich die Frage gestellt, wie es sein würde, wenn sie zusammen aufwachen (durch die Nacht einander etwas fremd geworden) und gemeinsam in einen Eßsaal gehen und dort Tee trinken würden. Ihr war es gar nicht in den Sinn gekommen, daß man diese Mahlzeit auf dem Zimmer einnehmen konnte. Wenn sie mit den Eltern reiste, dann war das Hotelfrühstück immer ein Moment der Spannung. Die Mutter machte sich frühzeitig auf, um in einem nahegelegenen Laden Feigen und Schinken oder Birnen und Käse zu kaufen, weil sie, wie sie sich ausdrückte, die »Pappbrötchen« in den Hotels nicht vertrug. Feigen und Schinken oder Birnen und Käse, die sie mit eleganter Geste auspackte und auch den Gästen am Nachbartisch anbot. Der zweite Stiefvater des Mädchens aber, der Weitgereiste, liebte nichts so sehr wie ein Hotelspiegelei und die frischen Brote, auf die er Butter und Salz gab, wobei er bemerkte: »Herrlich! Den Rest des Tages werde ich nichts mehr zu mir nehmen. Das habe ich auf meinen Reisen gelernt: morgens viel essen, den Tag über fasten. Das kannst du nur von mir lernen!« Natürlich schämte er sich seiner Frau, so wie sich die Tochter ihrer Mutter schämte, wenn auch beide ihr das nie eingestanden, weil der Künstler sich nicht geniert, weil der Künstler natürlich morgens Feigen mit Schinken oder Birnen mit Käse ißt und im Herbst einen Sommerhut trägt.

In solchen Augenblicken, wenn der Stiefvater und die Tochter das Herannahen des Kellners fürchteten, der den Verzehr von fremdem Obst im Frühstückssaal verbieten würde, wünschten sie nur, die Mutter möge so schnell wie möglich ihre Feigen essen und aufhören, vom bukolischen Leben oder von Hirtenmahlzeiten zu reden, aber sie dachte nicht daran, sondern erklärte dem Kellner auch noch, daß Goethe seine Mutter in einem Brief gebeten habe, sie möge doch zum Frühstück nur

Obst auf den Tisch stellen. Die Hotelbediensteten verziehen der Mutter immer, weil ihr Hut groß und sie schön war. Manch einer war beeindruckt und beschloß, von nun an morgens einen Apfel oder eine Orange zu essen. Wie aber würden die Morgen in London ausfallen? Hinzu kam die frühzeitige Tagesstunde, die sie fürchtete, diese Morgenstunde, wenn man benommen vom Schlaf, etwas aufgedunsen, ungeschickt und einfallslos, in einen Eßsaal gehen und die Blicke der anderen Hotelgäste ertragen mußte. Reiste sie mit den Eltern, konnte sie sich erlauben, halbwach zwischen ihnen zu sitzen, doch in diesem Fall würde sie ihren Geliebten schon frühmorgens unterhalten müssen. Sie konnte doch nicht ihre nächtliche Benommenheit zugeben. Ihr Gesicht mußte mit der Taufrische bedeckt sein, die manche Frauen schon so zeitig am Tag aufweisen können, die sich bei ihr aber erst im Laufe des Vormittags, wenn überhaupt, über das Gesicht legte, da sie einen niedrigen Blutdruck hatte, der sie morgens blaß machte. Noch dazu litt sie unter Kurzsichtigkeit, und ihre Augen waren nach dem Schlaf schwer und geschwollen. Mehr als alles aber hatte sie die Frage bedrückt, was sie sich zu dieser frühen Stunde sagen sollten. Nicht immer träumt man, nicht immer erinnert man die erzählenswerten Träume, und nicht immer sind Träume erzählenswert. Sollte sie morgens um acht über Literatur reden? Zu einer so unmöglichen Stunde fiel ihr gar nichts ein. Sollte sie Gedichte aufsagen? Das wäre lächerlich gewesen. Schweigen? Das wiederum hätte er als Unerzogenheit betrachten können. Was nur sollten sie sich sagen? Daß sie sich liebten? Ausgeschlossen. Hatte ihre Großmutter nicht immer gesagt: Löv in pöblic is disgösting? Doch nun, es war spät, es war elf Uhr, rollte zwischen ihnen ein Tischchen hindurch, die Zipfel der Tischdecke schwangen noch vom Lauf des Ägypters mit, aus den Kannen stieg der Dampf von Kaffee und Tee, unter einem kuppelrunden Deckel lag ein Rührei, und in einer Schüssel schwammen Birnenhälften in Sirup.

Sie breitete die Serviette über ihren Schoß. Der Geliebte aß mit großem Appetit, aß Rührei, Schinken, Birnen und tunkte einen Muffin in den Kaffee. »Scrambled eggs«, bemerkte er, »nirgends schmecken sie besser als hier.« »Das sehe ich«, gab sie scharf zurück. Seitdem sie ihn am Telefon gehört hatte, war sie von einer Eifersucht befallen worden, die ihren Magen empfindlich wie eine Wunde gemacht hatte. Er war so höflich, die Schärfe in ihrer Stimme zu überhören und sich auf ein Stück angebranntes Fett zu konzentrieren. »Geht es dir noch immer nicht gut?« fragte er jetzt. »Du bist blaß.« Sie war blaß. »Aber du gefällst mir, wenn deine Augen nicht so schwarz umrandet sind. Du ähnelst einem kleinen Jungen, der wie ein kleines Mädchen im Negligé seiner Mutter aussieht. Was ist das eigentlich für ein Morgenrock, den du da anhast? Morgenröcke sollten aus Seide sein.« Sie war so stolz auf diesen Mantel gewesen, hatte ihn eigens für die Reise machen lassen, sicher, er war aus Polyester, aber er war schwarz, mit weißen und roten Rosen bedruckt. Einen Odette-Morgenmantel hatte ihn die Mutter genannt. Als er sah, daß sie getroffen dasaß, heiterte er sie auf: »Du brauchst dich doch nicht zu ärgern. Du weißt doch, daß ich dich auch in Lumpen lieben würde! Wir können dir außerdem jederzeit einen neuen Morgenrock kaufen, und deiner ist doch auch schön, geradezu rührend häßlich«, wobei er ihren Stuhl zu sich heranzog. »Sei nicht so empfindlich«, fuhr er fort, »und hör mir zu. Ich müßte heute morgen an meinem Vortrag arbeiten. Deshalb sind wir ja hier.« Ohne es ihr ausdrücklich zu sagen, schwang in dieser Mitteilung die Bitte mit, sie möge ihn für diese Zeit verlassen. Da fühlte sie einen pochenden Schmerz in der Brust. Sie *war* zu empfindlich, doch jemand, der sich in den Abgrund der Liebe stürzt, ist empfindlich. Hinzu kam, daß sie unsicher war, nicht immer und überall, doch dort, wo sie fremd war, wurde sie es, und hier war sie fremd, und nicht nur das, sie saß in diesem Morgenmantel da, und in einem solchen Kleidungsstück ist man dem Plötzlichen mehr ausgeliefert als angezogen, ist man eher ein Provisorium denn ein Mensch, wenn man nicht als Talleyrand oder Churchill auf die Welt gekommen ist, die sicherlich auch in Hausröcken ihre Würde beibehielten. Wie gerne wäre sie bei ihm geblieben, statt allein in die Stadt zu gehen.

Flaneur wird man erst, wenn man von den Dingen des Lebens Abstand nehmen kann; dann ist ein Bummel durch eine Stadt genauso interessant wie ein Rendezvous mit einer Dame oder der Erwerb eines Möbelstücks. Sie war kein Flaneur. Sie betrachtete nichts mit Abstand, ihre Gedanken kreisten konzentriert um die Gestalt des Schriftstellers. Der Besuch eines Museums oder eines Parks war von nun an ohne seine Begleitung eine blutleere Angelegenheit. Ein Bild, eine Buche, ein Schwan erfuhren erst eine Bedeutung, wenn sie sie in seiner Begleitung erwarb oder betrachtete. »Weshalb kann ich mich nicht am anderen Ende des Raumes in einen Sessel setzen und lesen, während er arbeitet?«, fragte sie sich, wagte jedoch nicht, ihn darum zu bitten, weil es ihr aufdringlich und unerzogen erschien, an die intimen Angelegenheiten des anderen zu rühren, der ja immer noch ein Unberührbarer war, solange er nicht die erste Wunde erlitt.

Gedemütigt erhob sie sich vom Tisch wie von einer Schulbank. Sie hatte Heimweh, dachte an den kranken Stiefvater zu Hause, an die unruhige Mutter, an den Hund, der jetzt einsam im Hof lag. Was wußte der Geliebte davon? An ihre sechs

Hühner dachte sie sogar, an die sie nie einen Gedanken verlor. Jetzt erschienen sie ihr anbetungswürdig, verglichen mit den lockeren Vögeln, mit denen der Schriftsteller sich abgab, denn das glaubte sie unter anderem auch im ersten Augenblick in der Buchhandlung in Florenz erkannt zu haben, daß eine Schar von Frauen ihn umgab. An jenem ersten Abend am Arno, da war auch der kriegerische Entschluß in ihr angefacht worden: Er sollte alle seine Frauen vergessen, ihre erinnerten Gestalten sollten verpuffen, indem sie selbst zu ihnen wurde, ihre Nationalitäten annahm, ihre Liebeskünste beherrschte, ihre Eleganz oder Vulgarität, ihre Intelligenz oder Einfältigkeit, ihre Gewandtheit oder Unbeholfenheit in sich vereinte. Sie wollte alle Frauen in einer sein, wollte wie ein ganzes Heer im Frühling in sein Herz einziehen, mit Fliedersträußen als Banner.

Die Lage war nicht einfach. Seit diesem Morgen war sie eifersüchtig auf die Ehefrau und auf die Schar der unbekannten Schönen. Diese Eifersucht umfaßte von nun an alles, was ihn berührt hatte und berührte. Ihre Ansicht auf die Weltkarte veränderte sich schlagartig. Städte wie Paris, Moskau oder Helsinki wurden zu Herbergen für seine Geliebten, Namen von Meeresländern wie Griechenland oder Sardinien schmerzten noch mehr, denn sie brachte sie mit der Zeit der Ferien in Zusammenhang, einer Zeit, da man leidenschaftlicher und begieriger nach dem Leben ist als während der übrigen Zeit des Jahres. Noch war es nicht so weit, aber bald wurde ihr Trommelfell überempfindlich. An jenem ersten Tag in London war ihr Ohr noch ungeschult, wenn es auch schon am Morgen verletzt worden war. Die Wunde war zwar klein, aber bereits unheilbar.

»Wäre ich wenigstens richtig angezogen«, dachte sie, als sie die grünen Räume verließ. In einem Kleid, in Stiefeln hätte sie ihn sofort verlassen können, doch so, in den Rosenmantel gekleidet, blieb ihr nichts anderes übrig, als sittsam aufzustehen und sich im Vorzimmer anzukleiden.

Als sie die Tür zum Schlafzimmer einen Spalt öffnete und mit Zeige- und Mittelfinger einen Laufschritt andeutete, legte er die Zeitung auf den Tisch und erhob sich, um sie zur Schwelle zu begleiten. Er roch wunderbar nach Blätterteig und Kaffee. Ihr wurde weich zumute. Am liebsten wäre sie ihm um den Hals gefallen und hätte ihn bestürmt, sie doch bitte, bitte bei sich zu behalten, aber sie blieb hart, hart wie ihre Vorfahren aus der Heide, Kapitäne und Gutsbesitzer. Er folgte ihr aus der Tür, während sie die Stiefelabsätze fest auf die Marmorplatten des Flures drückte, den Wolf zuknöpfte und mit Hohn in der Stimme sagte: »Ich werde versuchen, morgen wiederzukommen.« »Warte!« rief er mit zärtlicher Stimme hinterher. »Bist du denn beleidigt? Ich schicke dich doch nicht weg! Bleib bei mir!« »Zu spät!« rief sie zurück. »Bleib nicht so lange! Ich warte zum Essen auf dich, hörst du? Paß auf deine Tasche auf! Und laß dich von niemandem ansprechen!« mahnte er, als er sie eingeholt hatte und mit der Hand noch einmal durch die sich schließende Lifttür nach ihr griff.

Im Aufzug setzte sie sich nicht auf das grünbezogene Bänkchen, sondern blieb neben dem Boy stehen und fühlte sich schon allein.

Ohne Orientierung lief sie durch die leeren Straßen, aus deren Häusern zuweilen ein Mensch trat, was jedesmal die Frage in ihr aufrührte: Wie lebt diese Person, die reich sein muß, in London? Wohin geht sie jetzt? Wie ist sie reich geworden? Oder ist das ein Diener? Und die Dame mit Hund? Wie hat sie ihr Glück gemacht? Oder hat sie kein Glück gemacht? Oder ist es ein Glück, einen Foxterrier durch elegante Straßen zu führen und vielleicht einen Tulpenstrauß als Morgenziel zu haben?

Gewiß ist das ein Glück. Alles, was mit Sicherheit verbunden ist, scheint den Menschen glücklich zu machen, so eine Eigentumswohnung im Herzen von London, eine Alarmanlage, ein Foxterrier, englische Landschuhe, die Stadtschuhe sind, und ein Tulpenstrauß im Dezember, der einem den Frühling versichert. Als sie die Dame mit dem Foxterrier fragte, welche Richtung sie zum Warenhaus einschlagen müsse, deutete diese lachend in die Straße. »Aber Darling«, rief sie aus, »du stehst doch fast davor!« Es sei da, Knightsbridge, nur zwei Straßen weiter! Ihre Worte begleiteten ein so unerwartet gutmütiges Lächeln und ein Kompliment für den sibirischen Wolf, daß das Mädchen annahm, diese Dame habe tatsächlich ihr Glück gemacht.

Im Erdgeschoß des Warenhauses saß eine lebensgroße, ägyptische Harfenspielerin aus Kunststoff auf einem vergoldeten Lotusblumenkarussell. Die einzelnen Klänge der Harfe hallten wie Silben wider. Die Ägypterin war eine beeindruckende Erfindung, ihre Klänge drangen bis in die Eßwarenabteilung.

Das Mädchen wurde von keinem Gegenstand angezogen. Die verschiedenen Düfte in der Kosmetikabteilung rochen nicht nach Zypressen und Brunnenwasser, sondern süß, aufdringlich süß. Auch reichte das Geld in ihrer Tasche nicht, um Schuhe oder lederne Handschuhe zu erwerben. Mit dem, was sie bei sich trug, konnte sie gerade zwei, drei Kleinigkeiten kaufen, die etwas Besonderes sein sollten. Aber was ist besonders? Dieses Gebäude hatte sie ja auch nur aufgesucht, weil die Mutter vor der Abreise mit leuchtenden Augen davon erzählt hatte. »Wenn du in London bist«, sagte sie, »dann mußt du in dieses große Warenhaus gehen. Lady Major hat mir dort einmal, als ich als Kind bei ihr zu Gast war, eine flaschengrüne Jacke gekauft. Ich hatte nie wieder eine so schöne Jacke. Wenn du kannst, dann bring mir doch bitte eine mit, zwei Nummern kleiner, enganliegend.« Flaschengrüne Jacken aber gab es hier weit und breit nicht, und so kaufte sie für die Mutter einen dunkelblauen Duschvorhang mit Monden und Sternen darauf, in gewisser Hinsicht auch eine Jacke, ein Umhang für die Dusche.

»Hüte«, dachte sie, »dem Schriftsteller gefallen Hüte.« In der Abteilung, wo der Mensch am meisten Gefahr läuft, zu einer Karikatur zu werden, in der Hutabteilung, setzte sie nun ein zweites Mal in London verschiedene Hüte auf. Es war besonders warm hier, doch wie immer war es der schwere Mantel, der ihre Körpertemperatur erhöhte. Sie konnte ihn nicht ausziehen und auf den leichten Winterhüten ablegen, welche die Verkäuferin auf einer Glasvitrine vor ihr ausgebreitet hatte, Winterhüte, die sehr teuer und bizarr waren, Hüte, die den Kamm des Paradiesvogels nachahmen wollten, und wieder Hüte, die sie nie tragen würde, die sie ärgerten, weil sie sie daran hinderten, den Mantel auf der Vitrine abzulegen. Aufhängen konnte sie ihn auch nicht. Sollte sie ihn etwa auf den Boden legen? Hier stand kein einziger Stuhl und auch kein Ladendiener, der ihn hätte abnehmen können. Schließlich aber waren das Hüte, die an Hochzeits-und Tauffeste erinnerten, zermürbend in ihrer pompösen Festlichkeit, geschmückte Töpfe für merkwürdige Feste.

Erhitzt verließ sie dieses Gebäude, wo es nach allzu Körperlichem roch. Nie mehr, schwor sie sich, würde sie einen Fuß in dieses Leckerbissenlabyrinth setzen, wo der Traum ihrer Mutter von einer flaschengrünen Jacke abriß.

Es trieb sie in die King's Road, wo sie die Freiheit genoß, ohne Hut an Kaffeehäusern und Pubs vorbeizugehen. Ihr Schritt war schnell, und sie schaute nicht in die Fenster und Schaufenster, sondern wurde selbst durch diese betrachtet. Als Gegenstand ging sie durch die Straßen und freute sich, ein Gegenstand zu sein. Schweigend, ungefragt, war sie ein Ding, das betrachtet wurde, wie eine bemalte Porzellantasse, auf der die Blicke immer zärtlich und bewundernd liegen. Bald stieß sie auf den Laden, der ihr gefiel, eine Boutique, wo Orient und Okzident in Stoffen, Schuhen, Schmuck und Handtaschen zusammenfanden. Hier hingen silberfarbene Miniröcke, leuchtendblaue Perücken, neongrüne und tintenschwarze Schals aus Boafedern, hier trugen die Verkäuferinnen hohe Stiefel aus knitterigem, schwarzem Leder, mit dicken Gummisohlen, gemacht für das Wandern über Gletschereis oder die Mondoberfläche, Schuhe, die mit der Vorstellung des Gehens auf dem Erdboden nicht mehr in Verbindung zu bringen waren, Schuhe für eine pflanzenlose Welt, wasserdicht, astronautisch. Ihre Beine umspannten enge Hosen aus buntem Acryl, und ihre Bauchnäbel waren, trotz der kalten Jahreszeit, entblößt. Der Geruch von Räucherstäbchen trieb zwischen den Kleiderständern, und indische Töne, die aus der Technomusik herausklangen, riefen Sehnsucht nach der fernen Welt hervor. Hier fühlte sie sich wohl, wo die Verkäuferinnen sich fortträumten, an tropische Küsten. Sie zog einen blauschwarzen Boafedernschal von einer Stange und legte ihn sich um den Hals. »Boafedern«, erkannte sie, »sind immer schön, ob am Hals dieser Verkäuferinnen oder am Hals einer Fürstin. Das Flattern der Federn verleiht jeder Frau eine mondäne Verruchtheit, was ein Sherlock-Holmes-Hut nicht tut.«

Als sie der jungen Kassiererin das Geld reichte, sah sie auf deren Zunge eine kleine, aluminiumfarbene Kugel, die beim Zurückziehen der Zunge von den Schneidezähnen gestreift wurde, was einen wundervollen, kurzen Klang hervorrrief, um dann mit dem verzerrten Spiegelbild des Ladens in ihrem Mund zu verschwinden. Die Kassiererin fragte das Mädchen, woher es käme. »Aus Deutschland? Da habe ich einen Freund, in Bremen, aber Spanien ist viel schöner«, stellte sie fest, derweil sie fortfuhr, mit flinken Handgriffen einer gazellenhaften Senegalesin das Einpacken der Waren zu erklären, die schweigend Amulette und Halsbänder in Seidenpapier ein- und auswickelte, ihre breite, von einem safrangelben Tuch umwickelte Stirn über Schmuck und Papier geneigt.

Unter einem Kleiderständer, an dem schwarze, von Violett und Blutrot durchbrochene Mieder hingen, saß ein blondes Kind mit einer Katze im Arm. Ihr langes Haar war zu zahllosen Zöpfchen geflochten, die sie sich nacheinander durch den Mund zog, und ihr Fuß wippte zum Takt der Musik.

Der Kauf bereitete dem Mädchen Freude. Auf der Tüte, die den flatternden Schal barg, war eine schwarze Rose abgebildet. Damit konnte sie zum Geliebten zurückkehren. Die Begeisterung trug sie die Straße weiter hinab. Im Schaufenster eines Einrichtungsgeschäfts, auf einem Hocker, der mit falschem Tigerfell überzogen war, saß ein Dekorateur. Er schien über die Anordnung venezianischer Kissen nachzudenken, die sich auf beiden Seiten von ihm türmten. Daneben lag eine Drogerie. In ihrer Vitrine stand ein Fläschchen Bananenshampoo, klein und und, inmitten anderer Haarwasch- und Pflegemittel. Bananenshampoo und Boafedern: gelungener konnte der Erwerb nicht sein. Die Namen allein umschlossen wie Nußschalen die Welt der Frivolität, riefen Bilder von Menschen hervor, die ihr Geschlecht umwandelten, die von Ringen durchbohrt und von Symbolen gezeichnet waren. Dabei liefen durch die bürgerliche King's Road die Gepiercten und Tätowierten nur wie ferne, blasse Spiegelungen ihrer Altersgenossen aus der Peripherie, jener, die aus Verstümmelung und Selbstverstümmelung ihr höchstes ästhetisches Gesetz machten, die ihre Körper in

Lederriemen wickelten und Totenstarre in ihr Gesicht zeichneten. Jahre später einmal sah sie in Camden Town ein junges Paar. Es war fast nackt, die Haut von Tätowierungen wie von einem rußigen Spinnennetz bedeckt. Aneinandergefesselt durch eine lange Eisenkette, die an den Enden mit Hundehalsbändern um die Kehlen geschlossen war, ging es klirrend und gebeugt hintereinander her. Durch die King's Road, schien es, zogen die Menschen noch ohne Messer und Ketten, und in die Erdgeschosse mancher Gebäude waren noch keine unbeschrifteten Eisentüren eingelassen, hinter denen Drogenhändler oder von venerischen Krankheiten befallene Exhibitionisten lautlos verschwanden.

Boafedern und Bananenshampoo erinnerten auch an den Orient, an die englischen Kolonien, an die Begegnung des Briten mit der Banane und der Schlange.

Der Portier begrüßte galant ihre Rückkehr, die Dame an der Rezeption lächelte. Nach einem Tag kannte man sich nun, obwohl nicht ein Wort miteinander gewechselt worden war, und sie fühlte sich in dieser anfangs fremden, fast bedrohlichen Enklave zu Hause. Die Lilien nickten ihr zwar nicht zu, das wäre zu viel des Guten gewesen, aber sie schritt durch ihren Duft wie durch ihren eigenen Garten.

Leise klopfte sie an. Hinter der Tür der Suite 314, vor der sie stand und wartete, hinter dieser Tür saß jemand, der während all der Zeit ihren Gang durch die Viertel mit unsichtbaren Fäden gelenkt hatte. Es gab keinen Augenblick, da seine Person sie nicht begleitet hatte. Er aber? Der große Unterschied zwischen ihnen im Lauf ihrer Liebe war derjenige, daß er telefonierte und sie nicht. Wenn sie ihn verließ, war sie allein, während er in die Gesellschaft vieler Stimmen trat. Da war nicht nur die Ehefrau, die auf seinen Anruf wartete, da waren seine Mutter, seine Freunde und Freundinnen, nicht zuletzt die Sekretärin und die Haushälterin, die Wege für ihn erledigen mußten. Und als sie anklopfte, hörte sie auch, wie er den Hörer gerade auflegte. Sekundenlang nur stand sie vor der Tür, doch sind es diese Sekunden der angespannten Erwartung, die die Nahtstellen im Gewebe einer Liebesgeschichte bilden. In ihnen fallen die Entscheidungen, wobei das Warten ja meistens schon die Entscheidung selbst ist, denn wer zwang sie, auf das Aufmachen der Tür zu warten? Warum nicht unverzüglich umkehren, das Leben ändern, in die King's Road zurück, sich anstellen lassen im Boaschalgeschäft? Es ist allerdings oft viel spannender, vor einer geschlossenen Tür zu stehen und zu warten, als dann tatsächlich einzutreten. Wieviel verstiegene Vorstellungen hat man nicht vor einem verschlossenen Eingang, und wie wenige, wenn er sich schließlich öffnet. Aber das Mädchen wollte hinein, es kam ihr überhaupt nicht in den Sinn, sich in dem heißen Fell noch einmal aufzumachen und woanders ihr Glück zu suchen, etwa als Tänzerin in einem Nachtclub, als ayurvedische Masseurin oder als Putzfrau in großbürgerlichen Häusern, nein, jenseits der Tür mit der Zahl 314 lag ihr Abenteuerfeld, nur da galt es für sie, ihre Künste einzusetzen. Denn angenommen, sie hätte sich tatsächlich aufgemacht und ihre Beine einem Nachtclubbesitzer vorgeführt: wäre das in ihrer jetzigen Verfassung gelungen, da all ihre Gedanken auf den Schriftsteller gerichtet waren? Mit Sicherheit nicht, denn was sie nicht im Kopf hatte, konnte sie auch nicht in den Beinen haben.

Er öffnete mit erschöpftem Ausdruck die Tür. Warum trägt er noch immer Pantoffeln? durchfuhr es sie. »Warum hast du mich so lange warten lassen?« fragte er. »Das Mittagessen steht seit einer Stunde hier im Zimmer, und du kannst dir doch vorstellen, daß ich nicht ohne dich zu essen beginne. Und außerdem habe ich mir Sorgen gemacht. Du bist doch eine wunderbare Beute für die Männer. Jetzt komm herein!« Er zog sie am Ärmel durch das Vorzimmer in die Suite, vor den gedeckten Tisch, für sie inzwischen der Inbegriff des Reichtums: ein schwebender Tisch, der in die Suite hinein- und aus ihr herausgerollt wurde, sobald sie hungrig oder satt waren.

Sie hatte das Glück gehabt, daß jenseits der Tür jemand auf sie gewartet hatte. »Nun?« fragte sie, wobei sie ihre Schuhe in die Ecke warf, wie eine müde Frau, die zu lange auf hohen Absätzen vor dem Spiegel einer Boutique gestanden hat. »Wie war's? Hast du gearbeitet?«

»Was heißt: gearbeitet? Ich habe gewartet, seit dem Augenblick, als du im Fahrstuhl verschwunden bist, habe ich auf dich gewartet und mir Vorwürfe gemacht, daß ich dich hab überhaupt gehen lassen.«

»Und der Anruf?«

»Welcher Anruf?«

»Du hast doch bestimmt deine Frau angerufen. Wenn du sie gestern nicht angerufen hast, mußt du sie doch heute angerufen haben. Oder telefoniert ihr nicht miteinander, wenn einer von euch auf Reisen ist?«

»Sie war nicht da.«

»Wie sieht sie aus?«

»Groß. Größer als ich.«

»Ich möchte wissen, wie sie aussieht.«

»Nun, früher einmal hatte sie etwas von einer Fee, etwas Unirdisches und Zerbrechliches. Sie war sehr schön, sehr ätherisch. Die Männer fielen um, wenn sie einen Raum betrat, und ...«

»Wie sieht sie aus?«

»Sie ist groß und hat lange Beine.«

»Brille?«

»Ja, sie trägt jetzt eine Brille.«

»Blond, braun?«

»Jetzt ist aber Schluß mit diesem Fragespiel. Nein, sie hat weder blonde noch braune Haare.«

»Schwarz?«

»Nein, auch nicht schwarz. Sie hat rote Haare.«

»Brille und rote Haare?«

»Ich führe dieses Gespräch nicht weiter, wenn du beleidigend wirst. Entweder du willst etwas über sie wissen, dann erzähle ich es dir, oder du wirst gehässig, dann höre ich auf.«

»Ehepaar mit Katze, das seid ihr.«

»Schweig!«

»Deine Frau ist keine Fee. Feen haben keine roten Haare und tragen keine Brillen. Aber gut, wenn du meinst, dann höre ich damit auf.«

Die Wunde war geschlagen. Von nun an konnte sie verletzen, wann und wie sie wollte. Es ist ein entsetzlicher Moment, wenn man den Geliebten zum ersten Mal verletzt und er mit seiner erlittenen Verletzung die stillschweigende Erlaubnis gibt, die Wunde immer weiter aufzureißen. »Nun«, dachte sie, »sind wir einander ebenbürtig: er hat die Ehefrau, ich das bewaffnete Wort.«

Auf dem fliegenden Tischchen, das unter dem Rundbogen gedeckt war, lagen weiche, mit Lachs und Hühnerfleisch gefüllte Sandwiches, unangetastet, wie auch die Teller und die Mineralwasserflasche, auf der die dünne Eisschicht geschmolzen war. Dieser unberührte Tisch erinnerte sie an einen Nachmittag aus ihrer Kindheit. Eines Morgens war die Mutter früher als gewöhnlich aufgestanden und hatte am Bettrand der Tochter versprochen, sie am Nachmittag von der Schule abzuholen, was nie zuvor geschehen war. Das Kind war aufgeregt. Sie wartete während der Schulstunden nur auf den einen Moment, da ihre Klassenkameraden die Mutter zu sehen bekommen würden. Schön sei sie, erzählte sie ihnen, schön wie eine Prinzessin, mutig wie ein Indianer und komisch wie ein Clown. Die Mutter hielt ihr Versprechen und erschien vor dem Portal, einen Florentinerhut auf dem Kopf, in ein langes, schwarzes Kleid gehüllt. Nicht nur das, als Überraschung hatte sie für die Tochter ein Stangeneis gekauft, mit dem sie wartend vor dem Tor stand. Das Kind erschien nicht, und die Mutter, die nie Süßes aß, begann vorsichtig die sich lösenden Eistropfen von der Stange zu lecken. Das Kind erschien immer noch nicht, und wieder leckte die Mutter am Eis, damit es nicht über ihre Finger schmolz. Das Kind blieb fern, nicht weil es mit den Freunden im Schulhof spielte, sondern weil es hoffte, von der Mutter beim Spiel gesehen zu werden. Die Tochter wartete auf die Mutter, die Mutter wartete auf die Tochter. Bald verliefen sich die enttäuschten Spielgefährten, trotz des Kindes flehentlicher Bitten zu warten, bestimmt, sagte sie, würde die Mutter kommen, wenn sie etwas versprach, dann hielt sie es, sie sei ein Märchenwesen, das zu sehen sich lohnen würde, das Geschenke für alle mitbringen, das mit ihnen spielen würde, aber die Kinder waren stur und ließen sie allein zurück. Als sie als letzte aus dem Schultor trat, da sah sie ihre Mutter mit dem abgeleckten Holzstäbchen in der Hand stehen. Das traf sie damals so sehr, wie sie jetzt der gedeckte Tisch traf, auf dem die Speisen wegen ihrer Unaufmerksamkeit kalt geworden waren. Damals wie jetzt zeigte sie ihre Getroffenheit nicht, damals schimpfte sie mit der Mutter, hielt ihr vor, nicht in den Schulhof getreten zu sein, jetzt behielt sie ihre inzwischen ungespielte Schlenderlaune bei, tunkte im Stehen eine Ecke des weichen Brotes in das Ketchuptöpfchen, gleichgültig, sogar frech in den Augen des Geliebten, aber voll melancholischen Genusses in ihren eigenen, weil dieses auf sie wartende Brot wieder daran erinnerte, welcher Glanz sich über ihr Leben gebreitet hatte: daß sie hier essen durfte, neben dem Rosenstrauß, vor dem schiffartigen Bett, in der Wärme dieser Räume, das war der große Genuß, deshalb schmeckte dieses Sandwich fast süß.

»Bitte setz dich«, lud er sie ein. »Etwas Wein? Oder einen Campari? Nein? Also, was hast du erlebt? Was ist da drin? Laß sehen!« Sie hob den Federnschal aus der Tüte. »Phantastisch!« rief er. »Der muß dir atemberaubend stehen. Und sonst? Bananenshampoo! Für ein Pfund! Wunderbar! Ich hätte dir Geld geben sollen, das hatte ich heute morgen völlig vergessen.«

»Nein«, gab sie aufgeregt zurück, »ich brauche nichts, ich habe genug für drei Tage.«

»Ich habe auch genug für drei Tage, das macht insgesamt genug für sechs Tage. Dafür können wir dich neu einkleiden und mir sogar ein paar Hemden machen lassen. Das erste, was du haben mußt, sind Schuhe. Ich werde dir die schönsten Schuhe in London kaufen! Also, erzähl!«

»Da hast du es ja aufregend gehabt«, unterbrach er sie nach einigen Sätzen, »während ich hier saß und mich mit dem Text herumgequält habe. Nur der Blick auf das Kirchendach hat mich manchmal abgelenkt. Ich hatte Sehnsucht nach dir, und dann fiel mir ein, daß du dich vielleicht mit der Subway verfahren würdest. Ich bin fast verrückt geworden bei dem Gedanken, daß ich dir nicht befohlen habe, ein Taxi zu nehmen, aber ...« Sie unterbrach ihn: »Nie, ich würde nie mit dem Taxi fahren.« »Ja, ja, ich kenne die geizigen Menschen, die behaupten, sie führen nicht mit dem Taxi, weil das langweilig sei. Im Bus und in der Straßenbahn, da würde man etwas erleben!

Auch Canetti hat sich immer geweigert, ein Taxi zu nehmen, weil er sagte, daß er da keine Menschen beobachten könne, aber das ist reiner Unsinn! Ich halte das für Zeitverlust. Man fährt ja gerade im Taxi, damit man endlich einmal alleine sein kann und ungestört irgendwo hinkommt. Ich bin so glücklich, daß du wieder da bist! Nie wieder lasse ich dich allein auf die Straße. Möchtest du Huhn? Lachs?«

Sie hob an: »Nachdem du telefoniert hast …«

Er unterbrach: »Ich habe nicht telefoniert.«

»Nachdem du nicht telefoniert hast, was hast du gemacht?«

»Nymphen, ich habe mich mit Nymphen beschäftigt. Und jetzt kommst du dran.«

Nach einigen Stunden stand er vom Bett auf, um sich zu dem Konzerthaus aufzumachen, wo er seinen Vortrag halten würde. »Es ist noch zu gefährlich, dich mitzunehmen«, sagte er, als die Schnürsenkel zugebunden waren, und beugte sich zum Kuß über ihre Hand, die als einziger Körperteil aus der Bettdecke hervorsah. Ihr Herz klopfte schmerzhaft.

Kaum war er aus der Tür, stand sie auf und machte sich über seine zwei großen Taschen im Vorzimmer her. Sie war gierig und glücklich, endlich allein mit ihnen zu sein, doch fand sie auf ihrem Boden nur Bücher, seine eigenen und ein Band mit den Novellen von Gobineau. Da war gar nichts Geheimnisvolles, und so begann sie, seine Kleider zu untersuchen. Die Hemden lagen im Regal, die Krawatten hingen im Schrank, die Unterwäsche war in einem weißen, gelb eingefaßten Leinensack aufgehoben. Ein Anzug mit Nadelstreifen, eine graue Hose, eine braune Jacke, ein Paar kirschrote Hosenträger und zwei Morgenmäntel hingen da. In einem Fach lag ein besticktes Säckchen für Taschentücher und eines für Manschetten. Nicht ein

Zeichen der Ungewißheit im Geschmack, nicht ein Fleck, ganz zu schweigen von Überraschungen wie Pumphosen oder Peitschen. Nur der Blick in den Sack für schmutzige Wäsche hätte ihren Lieblingsausspruch bestätigt: Nobody is perfect. Aber sie tat diesen Blick nicht, sondern fühlte die ernste und saubere Anwesenheit dieser Kleider und Schuhe, die den Dienstmädchen verrieten, was für ein eleganter, männlicher Gast die Zimmer bewohnte. Gewiß schwang diesen Mädchen etwas Erotisches entgegen, wenn sie in der Morgenstille Ordnung machten, die einzelnen Hemden und Unterhemden, die verstreut auf Sesseln und Stühlen lagen, zusammenhäuften, wenn sie seinen Pyjama falteten, seine Pantoffeln unter das Bett stellten und seinen Morgenmantel ins Badezimmer trugen. Die Füllfederhalter, die Notizbücher und Zeitungen auf dem Nachttisch verrieten ihnen, daß da ein Mann mit Geist war, was noch anziehender für sie sein mußte, denn Zimmermädchen glauben gewiß, daß ein geistvoller Mann ein einfühlsamerer und leidenschaftlicherer ist als etwa nur ein reicher Mann. Und sie haben recht. Obwohl das Mädchen nicht eine der Hotelmägde zu Gesicht bekommen hatte, spürte sie, daß bereits eine Eifersucht sie verband: Diese Mägde waren, ohne sich dessen vielleicht bewußt zu sein, eifersüchtig auf sie. Bestimmt berührten sie ihren Morgenrock und fragten sich dabei, wie sie aussah, rochen an ihrem Parfum und betrachteten ihre Kleider, die sie enttäuschen mußten, denn nichts Seidigweiches hing da, nicht luftiges Chiffon, nicht Schlangenhaut oder Nerz, sondern die alte, cremefarbene Seidenbluse und ein schwarzes Samtkleid.

Der Schriftsteller war nicht da, und war doch anwesender, als wenn er jetzt auf einem Stuhl gesessen hätte. Seine Kleider und Bücher waren seine Anwesenheit, in ihrer Gesellschaft erst erfuhr sie etwas mehr über ihn. Die leicht ausgetretenen Schuhe unter dem Schrank sagten mit erschreckender Deutlichkeit, welch Geistes Kind er war, so alle Gegenstände, die, totenstill und reglos, zugleich voller Leben waren. Berührte sie den Ärmel seiner Jacke, faßte sie nach seinen Stiften oder blätterte eines seiner Bücher auf, war es, als lösten sich aus diesen Gegenständen kleine Geschichten über ihn. Der Füller etwa, er lag da als ein Objekt, das schon einiges erlebt hatte, ihm war anzusehen, daß er lange Jahre gereist, in vielen Hotelzimmern gelegen, manchmal an einem Strand oder in einem Café vergessen worden war, und ihr erzählte er außerdem, daß er sich oft schon, in der Jackentasche seines Herrn, an die Brust mancher Dame gedrückt, viele Liebesbotschaften geschrieben, zahllose Nekrologe verfaßt und plötzliche Gedanken seines Besitzers hingeschrieben hatte. Er, der Füllfederhalter, wie alle Gegenstände ihres Geliebten, erzählte davon, daß es sich um einen außergewöhnlichen Mann handelte, der geistvoll und erotisch war.

Sie fühlte sich wie eines der Zimmermädchen, umgeben vom Eros und Geist an sich lebloser Dinge, die einschüchternd anziehend waren, so fremd und intim in einem. Jede Berührung mit ihnen war sinnlich und erschreckend, denn sie berührte sein Leben und seine Vergangenheit. Diese Dinge würden ihre wesenhafte Macht verlieren, sobald er auf der Schwelle erschiene.

Sie legte sich auf das Bett und betrachtete von dort weiter den Raum und all das Eigentum des Geliebten. Wie eine Königin, die am Morgen, umgeben von Kammerdienern, in ihrem Bett liegt, lag sie da, umgeben von seinen Gegenständen, die willig schienen, ihr alles von ihm zu erzählen, wenn sie es nur befahl. Doch bedurfte es gar nicht dieses Befehls, denn sie hatten ja schon längst begonnen, ihre Geheimnisse auszuplaudern. Die graue Hose, die über der Stuhllehne lag, leicht zerknittert an den Kniestellen, sie verriet ihr, für die er jetzt fremd war, einiges über seine Anatomie: Er hatte die Größe eines klassischen Menschen, nicht groß und nicht klein, wenn auch um einiges kleiner als sie, er hatte den Umfang eines klassischen Menschen, nicht dick und nicht dünn, und daß der Stoff aus feiner, grauer Wolle war, gearbeitet von einem italienischen Schneider, daß die Beine weder weit noch schmal geschnitten, daß auch der Umschlag weder zu breit noch zu schmal war, an diesen Merkmalen glaubte sie das Wesen der Ehefrau zu erkennen, denn eine so klassische Hose war eine konventionelle Hose, wären da nicht die Ausbeulungen an den Kniestellen gewesen, die etwas Jungenhaftes hatten, das nur seinem Wesen angehörte. Und das Hemd, das auf dem Sofa lag, es war weiß mit roten Streifen, gearbeitet von einem französischen Schneider, auch dieses comme il faut. Der Kragen, im Nacken drei Zentimeter, an den vorderen Spitzen sechs Zentimeter, war weder zu rund noch zu spitz, die Manschetten, sechseinhalb Zentimeter lang, hatten eine wunderbare Steife, alles war maßvoll, und dieses Maßvolle – so etwas spürt eine Geliebte – hatte ebenfalls mit der Ehefrau zu tun, die ihn prägte. Es ist nun einmal so, daß der Mensch, in dessen Gesellschaft wir uns zu leben entscheiden, in all unserem heiligen Besitz seine Zeichen hinterläßt, angenehme und unangenehme, wie der Geruch, der an dieser Person haftet und auf uns übergeht. Deswegen war der Versuch nicht leicht, das Wesen des Geliebten in seiner Hose zu erkennen, die eben nicht einem, sondern zwei Menschen gehörte, und doch bewahrten die Kleider auch sein eigenstes Wesen, das in den Ausbeulungen der Hose oder in der Art, wie das Hemd über einer Stuhllehne lag, zu erkennen war. Er faltete nie ein Hemd, legte es ordentlich hin oder hängte es in den Schrank, nein, er warf es über eine Lehne und berührte es nicht mehr, bis es wieder gewaschen und gebügelt im Regal lag. Hüte und Handschuhe besaß er nicht, Stöcke und Regenschirme ebenfalls nicht, doch ein Damenknirps in leuchtendem Blau war mit auf der Reise. Ohne weiter über Ehemann und Ehefrau nachzudenken, konnte sie mit einem Satz fast alles über das Paar sagen: Er besaß keinen, die Ehefrau aber war im Besitz eines Knirpses, den sie ihm ins Gepäck steckte.

Als sie der Würdigung von Hemden und Hosen überdrüssig wurde, büßten sie auch etwas von der Lebendigkeit ein, die sie vorher angenommen hatten, sie zogen sich in sich selbst zurück, waren nur mehr Hosen und Hemden. Sie löschte das Licht und wartete ruhig im Dunkel auf seine Rückkehr.

*

»Solche Hausschuhe muß ich dem Stiefvater mitbringen!« beschloß sie am folgenden Morgen, als sie ihre Füße in die Pantoffeln des Geliebten steckte, die tuffgelb gefüttert waren. »Er ist ja lächerlich mit seinen alten Hausschuhen aus Kamelleder! Diese Pantoffeln hier, die trägt ein Mann, wenn er etwas auf sich hält.«

Der Frühstücksritus mit dem rollenden Tisch wiederholte sich ein zweites Mal. Ihr Magen war nicht verschlossen, denn es war dem Schriftsteller unmerklich gelungen, sein Telefonat im Badezimmer zu führen, weshalb sie sich fast den ganzen Tag in dem Glück wiegte, er habe beschlossen, die Gesetze zu brechen und seine Frau nicht mehr anzurufen. Doch war dies der einzige Morgen in ihrer gesamten Liebeszeit, da ihm das gelang. Schon am Nachmittag kam sie ihm auf die Schliche, als er im Badezimmer verschwand. Sie ahnte den Trick, stellte sich hinter die Tür und erfuhr nun, weshalb in den großen Hotels auch in den Bädern Telefone angebracht sind.

Trotz der Wärme zog sie den Wolf an, auch weil sie keine Jacke oder einen leichteren Mantel bei sich hatte. »Es ist Frühlingsluft«, rief er aus, »und du ziehst einen Pelz an! Hast du nicht einen Schal oder eine Jacke? Er steht dir ja gut, aber bei dieser Temperatur! Müssen wir mit so grundlegenden Einkäufen wie dem Erwerb eines Regenmantels beginnen?«

»Nein, brauche ich nicht«, gab sie heftig zurück, »ich brauche warme Strümpfe. Einmal im Leben möchte ich eine Auswahl von bunten Wollstrümpfen haben. Das fehlt mir, Strümpfe fehlen mir.«

»Nichts einfacher als das«, sagte er lächelnd. »Laß uns gleich in den nächsten Strumpfladen fahren!«

Der Portier öffnete ihnen die Türschläge des Taxis. »Wolford!« gab der Geliebte an. Er kannte sich aus, wußte genau, wo der Strumpfladen lag, und das betörte und bedrückte sie zugleich.

Schließlich lagen fünf Paar Strümpfe in einer schwarzen Lacktüte, zwar keine Wollstrümpfe, aber glänzende Nylonstrumpfhosen in den schönsten Farben, von lavendelblau bis waldmeistergrün. Mit dieser Tüte in der Hand betraten sie das Museum, das den Namen einer königlichen Ehe trägt und das Mädchen an das Glück der Legalität erinnerte.

Die Kunst der Jains zu betrachten war für sie an diesem Wintermorgen ein wundersames Erlebnis. Die Alabasterstatuen schimmerten wie Schneekristalle, ein Weiß, das Eisglanz ausstrahlte, der im Gegensatz zur föhnigen Wärme in den Straßen stand.

Sie gingen schweigend, indem sie einander falkenhaft bei

der Besichtigung beobachteten, er, da er aus langer Erfahrung wußte, daß der erste Museumsbesuch mit einer Frau zu einem an diesem Ort beginnenden Bruch führen kann, sobald man erkennt, daß das Auge des anderen kalt, ohne Leidenschaft über Statuen, Figurinen oder Porträts schweift, sie, da sie sehen wollte, was er sah. Er deutete mit dem Finger auf Details, auf den Alabasterzopf eines versunkenen Mädchens oder auf das schielende Auge einer Gottheit. Die Stille in den Hallen, die warme Museumsluft, ihre Hand, die in seiner, die trocken und weich war, lag, ihr gemeinsamer Schritt, in Einklang – er zog sie nicht von einem Steinfragment fort, sie drängte ihn vor dem Bild eines Lebensbaumes nicht zum Weitergehen –, sein Blick, dem sie nachblickte, die Lust an dem Sog, der von den Gegenständen fast neckisch im selben Augenblick ausging und ihrer beider Augen wie ein einziges Auge anzog, bewegte ihn dazu, ihr einige Pelzhaare und Locken aus dem Ohr zu streichen. »Hier«, sagte er leise, »in Anwesenheit der Statuen und Alabasteraugen, erkläre ich dir öffentlich, daß ich dich liebe.« Das war die zweite und wichtigere Liebeserklärung, denn zum ersten Mal gestand er seine Leidenschaft in der Gegenwart von Göttern. In ihr klangen die Worte nach, ringsum aber war es still und leer, nur der Museumswächter stand an der Tür.

Sie traf hier auf alte Freunde aus ihrer Kindheit. Der Tirthankara ohne Kopf, der Tirthankara mit Kopf, wie oft war sie ihnen nicht schon in Indien begegnet, diesen Hütern des Verzichts. Sie wußte, daß der Jain-Heilige von wunderbarer Schönheit und wunderbarem Wohlgeruch ist, daß er keiner Krankheit unterworfen und frei von Schweiß und Unreinlichkeit ist, daß sein Atem den Duft des Lotus hat und sein Blut so weiß wie die hervorquellende Milch der Kuh ist. Es wird gesagt, das Herz des Jains sei leer, und vielleicht ist dies ein ersehnenswerter Zustand, doch kann er nur ersehnenswert sein, wenn man so tief in die Leidenschaft verstrickt ist, wie sie es war, wenn man Torheiten begeht, wie sie sie beging, dann erst erfährt man die Sehnsucht nach vollendeter Ruhe und dem Stillstand aller Sinne.

Er küßte seine Geliebte vor den Statuen, wie um sie in ihrer seligen Reglosigkeit aufzurühren, doch jenseits von Gut und Böse, von Kontinent und Subkontinent, von Himmel und Erde, ruhte ihr goldenes Auge in ihnen selbst.

Das Mädchen war in Aufruhr, sehnte sich plötzlich mit einer wilden Liebe nach Indien, dachte, daß nur das Land, wo mit Rupien bezahlt wird, wo Śiva Seidensaris und Kokosnüsse geopfert werden, wo grüne Papageien in den Gemäuern der Paläste fliegen, wo der Geruch von Jasmin und Urin die Luft durchdringt, Elefanten und Pfauen in Tempelgärten kreisen und die Kuh als Gott umhergeht, das Land für ihn und sie war, der locus amoenus, der idyllische Ort, der nur Idyll sein kann, weil sein Gegenteil, Armut und Leid, ihn umgrenzt.

Als sie eingehakt aus dem Museum traten und zu Fuß durch die warme Luft gingen, dachte sie daran, als sie mit sieben Jahren zum ersten Mal in Indien war. »Meine Mutter hatte mir vor der Reise erzählt, daß in Neu Delhi, im Haus des Stiefvaters, Diener auf uns warten würden. Das war eine ungeheuerliche Vorstellung für mich. Ich kannte die Gestalt des Dieners nur aus märchenhaften Erzählungen, sah sie als weißgepudertes, rotlivriertes und goldbeknopftes Wesen mit arrogantem Gesicht und weißlockiger Perücke. Indien, das war in meinen Vorstellungen das Land der Schwärze, wo das Weiß der Dienerschaft aufleuchtet, und als ich dann in der Morgendämmerung in dem fremden Land angekommen, in feuchter, heißer

Luft über schlafende, in dunkle Lappen gehüllte Körper am Flugplatz gestiegen war, als ein Mann mit olivgrünem Turban und schwarzem Bart meinen Kinderpaß streng durchgelesen und mir dann mit blutroten Lippen zugelächelt hatte, als ich an Straßenfeuern vorbeigefahren war, in deren Licht ausgemergelte Körper die Spitzhacke schwangen, um ockergelbe Erde zu lockern, und dann endlich in den Hof des stiefväterlichen Hauses fuhr, dessen Tor ein Nachtwächter mit Speer geöffnet hatte, da wurde mein Bild vom Diener wie von einer indischen Spitzhacke zerschlagen: Im aufgehenden Sonnenlicht stand eine dunkle Gestalt in einem karamelfarbenen Wollpullover, deren rundes Gesicht von einem feinen Schnurbart in zwei Ovale geteilt war. Das war der Diener des Stiefvaters. Er hieß Banwari. »Wenn das der Hauptdiener ist«, dachte ich, »dann kann die restliche Dienerschaft nicht weiß und vergoldet sein.« Meine Enttäuschung war groß, aber nach wenigen Stunden konnte ich mir Banwari und die anderen Diener gar nicht mehr mit Perücke vorstellen. Die Morgenstunden, an die erinnere ich mich am besten. Mein Zimmer lag im Schatten eines Pipalbaumes, der bevölkert war von Papageienschwärmen, die das Laub bewegten und es zu einer turmhohen, raschelnden Bühne machten. Wenn die Krähen über der Stadt zu kreisen begannen, die Sonne über Chanakyapuri aufging und der Koch die Tür zur Küche aufmachte, fuhr ein Händler auf dem Fahrrad an unserem Haus vorbei. Er schrie wiederholt einen einzigen Satz, mit einem rauhen, krächzenden Timbre. Und heute ist für mich Indien dieser eine, längst verklungene Schrei.« Ihre Erinnerungen an Indien, in dieser Londoner Straße, wurden immer bedrängender. Vielleicht stand sie noch unter dem Bann des schielenden Jain-Gottes. Der Geliebte hielt fest ihre Hand und lauschte gebannt. »Mit neun Jahren lernte ich zum ersten

Mal einen Maharaja kennen. Der Stiefvater und ich besuchten ihn in Bundelkand, in Uttar Pradesh. Auch hier dasselbe: Ein Maharaja war vorher für mich ein dunkelhäutiger Ludwig der Vierzehnte gewesen, von einer über Jahrhunderte immer feiner gewordenen Geistigkeit, ein König, der einen höflich lächelnd, aber eisigen Herzens empfängt. Statt dessen kam mir im Hof der verfallenen Burg ein gedrungener Mann in grauen, schlechtsitzenden Hosen und in einem weißen Hemd entgegen, der einen behinderten Sohn an der Hand führte. Sicher, der Maharaja regierte einen kleinen Staat, und seine Diener fächelten uns während des Essens mit Pfauenfedern zu, aber Kutschen rollten nicht in den Hof, und keine dunkelhäutige, in einen Sari gewickelte Henriette Marie war hier die unglücklichste Prinzessin des Hauses, sondern die Tochter des Maharajas war ein fröhliches und dickes Kind, das nicht weiter auffiel und einen knielangen Rock trug. Als wir abends auf dem Dach der Burg saßen, da wurde es doch orientalisch feierlich. Das Trommeln der Tablaspieler, die auf roten Samtkissen in einer Nische saßen, stieg in die Himmelskuppe, während aus einem der Höfe das Scheppern der Blechtöpfe erklang, in denen scharfe Speisen kochten. Es war Vollmond, aus der Ferne hallte das Singen der Bäuerinnen wider, die von den Feldern nach Hause zurückkehrten. Tauben gurrten im Kolumbarium. Die Diener, deren goldgelbe Turbanzipfel im Wind flatterten, reichten Whisky und Nüsse, und ich lag auf einem *charpai* und hatte Heimweh, weil es zu schön war, so schön, daß es mir angst machte.« Er drückte ihre Hand noch fester. »Ich bringe dich dorthin zurück«, sagte er.

Während sie nebeneinander hergingen, hörte sie das Hupen der englischen Autos so, als ertöne es von indischen Tata-Lastwagen, die Wärme aber schien ihr aus Jaiselmer zu wehen, und nun, als sie ins Hotel eintraten, ging sie auf den Fliesen wie auf indischem Marmor. Erst im wohnzimmerhaften Restaurant, wo der Gast im Geruch einer Pilzsauce über Teppiche schritt, löste sich die indische Luft um sie herum auf.

Ihr alter Hunger stellte sich wieder ein, der sie immer dazu verführte, auf den Geschmack der Welt zu kommen. Wenn sie jetzt, während sie eine Pfifferlingsuppe aßen, von der Sternenstellung, unter der sie auf die Welt gekommen waren, von dem großen Abstand zwischen ihren beiden Geburten sprachen, wenn sie die Konstellation ihres jetzigen Lebens betrachteten, dann war das wie der ungreifbare Schatten, der hinter oder vor einem geht.

Sie hatten nun einmal beschlossen, miteinander zu reisen. Reisen hebt jeden Gedanken eines regelmäßigen Lebens auf, ist ein Ausnahmezustand, der eine gewisse Unernsthaftigkeit aller Handlungen einschließt, doch eben nur auf Reisen. In manchen Augenblicken wagte sie sich zu der Frage vor, weshalb es im Leben so ernst zugehen müsse, weshalb man nicht reisend und chaotisch leben könne, jeder Ordnung abhold. Aber nichts fürchtet der Mensch so sehr wie Unordnung. Das Reisen ist aus dem Grund so aufregend, weil es die mühsam aufrecht erhaltene Ordnung in unserem Leben eine Zeit lang sprengt; am Ende einer Reise aber sehnen sich alle nach ihrer lächerlich anmutenden Ordnung zurück, nach dem, wovor sie geflüchtet sind. Nur sehr Starke oder nur sehr Schwache kehren von einer Reise nicht zurück. Als normaler Mensch will man nach Hause. Das Leben des Schriftstellers war das ordentlichste, das sie jemals kennengelernt hatte. Seine Tagesstunden waren genau eingeteilt, seine Papiere und Dokumente in grünen Mappen aufgehoben, jeder Gegenstand hatte sein Fach oder Etui, und die Menschen in seiner Nähe hielten mit ihm und durch ihn diese Ordnung fest, während die Leben, die sie kennengelernt hatte, vom Kampf gegen Unordnung gezeichnet waren. Sie mußte an ihren Vater denken, dessen Papiere so hoch aufgeschichtet waren, daß sie oft leise in sich zusammenfielen, um von ihm wieder mühevoll zu bebenden Papiertürmen aufgerichtet zu werden; ausgeschnittene Zeitungsartikel stachen zwischen den Büchern hervor und machten aus der Bibliothek ein papiernes Musikinstrument, das zu flattern und rascheln begann, sobald der Wind durch das offene Fenster wehte. Bücher, die auf ihn warteten, bedrängten ihn auf dem Schreibtisch von rechts und links, obwohl er sie nicht lesen wollte, diese Bücher, die ihm zugesandt wurden, damit er über sie schrieb. Er wollte lieber Klavier spielen, aber sein Flügel war zu einer Startbahn von Blechflugzeugen, Supermännern und Gummidinosauriern seiner zwei Söhne geworden, Spielzeuge, die von der schwarzen Fläche des Klaviers auf das Parkett flogen, das von Staub bedeckt war, Staub, der sich schon zu größeren, flaumigen Gebilden verdichtet hatte, die sich wie Seepferdchen tummelten und hin- und hertrieben. Staub überall. Auf Spiegelflächen entstandene Zeichnungen wurden selten von einem Lappen entfernt, und wenn, dann waren das nur Versuche einer Tilgung. Der Staub war zu mächtig geworden, er blieb wie Entenflaum an den Kleidersäumen hängen. Alles, was an wertvollem Mobiliar in der Wohnung stand, zersplitterte, harte Fußbälle setzten Stuhl- und Tischbeinen zu, und einer großen Hasenfamilie stand die ganze Wohnung zur Verfügung, sie lebte frei und glücklich dort, nagte bei jeder Lustanwandlung an Teppichen, Körben und Kleidern, saß zwischen den Büchern und beschnupperte die Gäste, die sich, nichtsahnend, auf dem blaßroten Sofa niedergelassen hatten, um mit dem Vater über Bücher, Artikel oder anderes Papier zu reden. Der Vater lachte und deutete unter den Tisch auf die Tiere, die auf Kuchenkrumen warteten, denn Kuchen gab es immer, frischen Kuchen aus der Konditorei. Die Teetassen jedoch waren an den Henkeln verklebt, das Porzellan rissig, die Silbergabeln verbeult.

So wurde das Mädchen ein ordentliches Kind. Der dritte Samstag im Monat, der Tag, an dem sie ihren Vater besuchen durfte, prägte ihren Sinn für Ordnung. Der Vater selbst sehnte sich nach Ordnung, er liebte den Glanz so wie sie, liebte Teetische, auf denen es klang, zuckerte und dampfte, sich das Blau und Rosa abhob von einer gestickten Tischdecke. Alle technischen Vorrichtungen in seinem Haushalt verkamen, der Föhn glimmte gefährlich rot, aus der Kaffeemaschine tropfte es, statt zu rinnen, die Nadel des Plattenspielers kratzte, und die elektrische Schreibmaschine hatte er schon lange durch die mechanische ersetzt. Der Klodeckel lehnte zweigeteilt an der Wand. Wie hatte es so weit kommen können? Auch die Stiefmutter wußte den Grund nicht, hatte alle Mühen aufgegeben. Fast war es gemütlich in dem schimmeligen Gehäuse, wo die Verwahrlosung zu einer selbstständigen Macht geworden war, wo die Mauern zu leben begannen, wenn man zusah, wie es von ihnen tropfte, wie sich schwarzgepunktete Flächen auf ihnen bildeten, wie alles leise abblätterte. Die zwei Katzen fühlten sich wohl, kratzten in die Polster, in die Tapeten und lagen in den Betten. Vielleicht war der Vater auch gestorben, weil er dieser Unordnung gegenüber ohnmächtig war.

Bei ihrer Mutter war es ganz anders. Sie träumte davon, Villenräume zu bewohnen, wo der Wind durch hohe Fenster drang und alles blank wehte. Ihre Wohnung in Frankfurt, im vierten Stock eines Nachkriegshauses, das immer noch zum Leben der proletarischen Eschersheimer Landstraße gehörte, obwohl bereits zwei Häuser weiter das schattige Westend begann, war zu klein, um diesen Traum in einen bescheidenen Versuch zu verwandeln, aus ihr ein mit Trompe-l'œil-Malereien verziertes, von Lorbeerbäumchen umsäumtes Reich zu machen. Die Gerüche von Bratkartoffeln und Bohnerwachs hatten sich im Treppenhaus zu einer dicken Luft vermischt, die sich nicht mehr austreiben ließ, weil fast jeden Tag in einer der Wohnungen Bratkartoffeln zubereitet wurden, fast jeden Tag jemand das kleine Feld vor einer der Türen mit Wachs behandelte.

Die Gäste stiegen auf gefährlich ausgetretenen Stufen zu der Wohnung empor, und es genügte, einen kräftigen Tritt gegen die Tür zu tun, um im Flur dem eigenen Spiegelbild gegenüberzustehen und zugleich durch den Spiegel einen Blick ins Wohnzimmer zu erhalten, wo ein gläserner Tisch und ein grünes Sofa wie auf einer Lichtung standen, denn daß jede Wand von Bücherregalen, wie von Spalieren, bedeckt war und daß durch die ganze Wohnung ein lindgrüner Teppich lief – auch das Klo war nicht vergessen worden, auch hier Bücherregale und grüner Teppich – schuf den Eindruck des Waldes. Als Kind setzte das Mädchen diesem Eindruck die Krone auf, wenn sie mit einem Raumspray, das versprach, die Düfte der Tanne und des Spechtes zu verbreiten, durch die Zimmer ging und sprühte.

Ihr Bett war aus Kirschholz. Die dunkelgrünen Fenstervorhänge, die sie als Baldachin darübergezogen hatte, blähten sich wie eine Moosdecke zwischen den Bücherregalen auf. Eine gewisse Ordnung herrschte, die Bücher standen alle an ihrem Platz, die Bleistifte waren gespitzt, das grüne Telefon glänzte, und weißes Papier lag säuberlich auf dem Schreibtisch ihres ersten Stiefvaters, der mitten in der Wohnung, zwischen Kinder- und Wohnzimmer, sein Schreibkabinett hatte, eingekeilt wie eine Höhle zwischen den Lebezimmern, wo gespielt und genäht, wo geschrien und gelacht wurde. Vor allen Fenstern hingen kleine Beutel mit Vogelfutter, immer hallte ein Zwitschern durch die dunkle Wohnung, die Fenster selbst waren nicht geputzt, nur Spiegel rieb die Mutter rein. Der Rest war Unordnung. Unterröcke, Schuhe aus silberfarbenem Leder, Gesichtsmasken, Mineralwasserflaschen und Hüte lagen überall verteilt auf Stühlen und Betten. »Wenn ich einmal reich bin«, verkündete die Mutter, »dann werde ich auch ordentlich.« Damals jedoch reichte oft das Geld nicht, um frisches Gemüse zu kaufen. Der Gemüsehändler stellte für sie jeden Tag eine Kiste mit lädierten Kartoffeln oder Karotten beiseite, aber Hunger litten sie nie. Brot und Schmalz waren immer in der Speisekammer.

Vielleicht sah das Mädchen es als eine Aufgabe an, die wunderbare und absurde Ordnung im Leben des Schriftstellers zu brechen, ihm zu beweisen, daß wir alle mit einem Fuß immer neben dem Abgrund stehen, ihn zu zwingen, hinunterzuschauen in die Unordnung, auf der wir alle unsere gebrechlichen Ordnungen aufbauen. Jede Frau, die einen Mann verführt, führt ihn an diesen Abgrund.

»Ich liebe deine Knie, weil sie wie kleine Schildkrötenpanzer sind«, unterbrach er ihre Gedanken und wechselte den Gegenstand des Gesprächs. »Das wichtigste an einer Frau sind ihre Knie. Für ein schönes Knie kann ich fast alles vergessen, und deine Knie sind schön, leicht kantig und etwas kindlich. Kann ich sie berühren?«

»Bitte«, forderte sie ihn auf und schnitt in die Entenbrust.

*

Es war ein Samstag. Das bleifarbene Kirchendach glänzte naß. In der Nacht hatte es geregnet.

Die Straße war leer, außer den zwei weiblichen Figuren, die der Geliebte aus dem Fenster beobachtete. Dunkelrote Nelken wuchsen auf einem Grab an der Seitenfront der Kirche und leuchteten in der verregneten Trübheit.

Während sie im Bett lag und auf das fliegende Tischchen wartete, sah sie die Hausfrauen dieser Straße vor sich, wie sie, in seidene Morgenroben gehüllt, den Kandiszucker in den Teetassen umrührten, in der Zeitung blätterten, ein Tier streichelten und der schmelzenden Butter auf den warmen Toasts Orangenmarmelade hinzufügten.

»Good Morning, Madam! Good Morning, Sir!« Auch das Klopfen des ägyptischen Zimmerkellners war leiser als gewöhnlich, und er schob mit größerer Vorsicht den Tisch in die Suite, als seien die Samstagmorgenkannen voller als die der Woche. Sie sah, wie er zwei Stühle an den Tisch rückte – ein andächtiger Ägypter im Regenlicht –, zwei gelbe Rosen auf die Teller legte, sich leicht verbeugte und die Tür hinter sich schloß.

»Heute sollst du überrascht werden«, sagte der Schriftsteller, als sie die Hallen des British Museum betraten. »Du weißt ja gar nicht, wie glücklich es mich macht und wie ich dich darum beneide, daß du zum ersten Mal und mit mir hier eintrittst. Das ist eine wirkliche Initiation. Da hinten ist der Saal, komm.«

»Nun?« fragte er, als sie vor dem Nereiden-Grabmal standen. Sie antwortete nicht, sondern ließ sich führen. Die kopflosen Meernymphen hoben ihre steinhäutigen Schenkel unter den wehenden Peplen. Sie erinnerten an Galionsfiguren, die gegen Meereswellen antanzen. Die gemeißelten Gewänder umflatterten hauchdünn ihre Körper, ihre Brüste sah man durch den Steinstoff hindurch. Es waren drei Nereiden, ohne Füße, einarmig, auch armlos, die zwischen den Säulen des tempelartigen Grabes vor einem wasserblauen Hintergrund tanzten. Er führte sie nah heran an die kämpfenden Figuren auf den Friesen, an die sich bäumenden Pferde und die Soldatentrupps mit den großen Schildern. Sie wäre am liebsten über die Steinplatten geklettert, zwischen die Säulen und in die kleine Türöffnung getreten, die sich auf die blaue Wand und auf die Schatten darauf öffnete.

Solche Gebilde, auf die wir im Museum stoßen, fachen die Sehnsucht an. Es ist nicht Bewunderung für das Kunstwerk, das wir wahrnehmen, sondern der Wille, es zu bewohnen, es zu besitzen, sich in ihm wie in einem Altar einzurichten. Wir reden zwar von der Feinheit des Pinselstriches, von der Lebendigkeit eines Blickes, von dem Schillern eines Glases und der betörenden Präzision eines Fliegenflügels, aber eigentlich bestaunen wir die uns dargebotene Welt als eine in sich geschlossene und vollkommene, die wir selbst bewohnen und beleben wollen. Uns trifft die Schönheit wie ein Schlag aus dem Jenseits.

»Komm«, drängte er, »komm, ich zeige dir noch etwas.« Er führte sie vor den hundertsechzig Meter langen Fries, in den Männer und Frauen, Pferde und Stiere, Amazonen und Soldaten gemeißelt sind. Sie hatte Phidias' Stein noch nie gesehen, war nie in Griechenland gewesen, nun sah sie Mützen, wehende Bänder, Krückstöcke, Fackeln, Brustwarzen und Kuhaugen, sah in eine Prozession und in einen Kampf hinein, und der Geliebte berührte ihre Taille und ihre Brust, wie um den Drang loszuwerden, einmal mit der Hand über eine der Steinbrüste zu streichen, die die Göttinnen so rund und selbstverständlich großzügig vorstreckten. Das Mädchen liebte Stein. Wenn sie Stein berührte, glaubte sie, Zeitpartikel würden an der Innenfläche ihrer Hand haften bleiben, etwa ein in die Oberfläche des Steins gesickerter Schweißtropfen von Phidias, der längst nicht mehr zu sehen war, dessen Emanation sie aber unter der Steinoberfläche zu spüren meinte.

In dieser abseitigen Welt des Museums fühlte sie sich dem Geliebten völlig zugehörig. Diese Welt begeisterte sie für das Dasein. Die Götterstatuen belehrten sie, wie man sich luftig kleidete und wie man sich lustig liebte. Hier hinein drang nicht das Läuten des Telefons, das an das andere Leben erinnerte, keine Botschaften konnten ihm überreicht werden, ablenkende Schaufenster gab es nicht, und doch waren Glasvitrinen da, die nicht ablenkten, sondern den Blick schärften. Nichts Erwerbbares wurde hier zur Schau gestellt, sondern längst Verkauftes, das einmal in Hitze, in Kälte, in Schmerz und in Glück gearbeitet worden war und nun nur noch als Schönheit dalag, ohne die Unruhe und Angst des Künstlers zu verraten, der vor langer Zeit den Meißel oder Pinsel in die Hand genommen hatte.

Er war in den Sälen der Museen besonders liebevoll zu ihr, drückte sie nah an die Glaskästen heran, wo eine kleine Terracotta-Aphrodite stand, die einen noch viel kleineren Eros in ihrer Armbeuge hielt, oder wo ein Paar Goldohrringe lagen, die zwei granatene Mohrenköpfe trugen. »So eine Schar von Steinmäusen, von Silenen und Sphinxen müßten immer um dein Bett herumstehen, und solche Schmuckkästen solltest du haben, solche großen Bronzeschmuckkästen, die sich langsam mit meinen Geschenken füllen würden«, sagte er und drängte sie in einem leeren Saal an die Wand. Er knöpfte die schwarze Spitzenbluse auf, an der erfreulicherweise zwei Knöpfe fehlten, und hob ihren schweren Rock. »Mußt du dich denn immer so kompliziert anziehen?« flüsterte er. »Das soll ab sofort geändert werden! Leichte Röcke! Seidenstrümpfe! Stöckelschuhe! Und trotzdem, ich weiß selbst nicht warum, du gefällst mir gerade so.« An den Beinen trug sie ihre alten roten Wollstrümpfe, die bis zu den Schenkeln gingen. Seine Hände waren eisig auf dem kleinen Stück Fleisch, das sie frei ließen. Das Lustgefühl war so unerträglich, daß sie nichts mehr sah und kraftlos die Augen schloß. Sie wußte in diesem Augenblick, daß sie nie wieder einen Mann derart betäubt lieben würde.

Die Koren und die geflügelten Göttinnen erinnerten an Odette de Crecy. Sie waren große Kokotten, die im »intimen Umgang mit ihren Perlen« lebten. Wie die Göttin aus Keratea einen Granatapfel in ihrer rechten Hand trägt, so trägt Odette ein Sträußchen Parmaveilchen an ihrem Gürtel. Odettes lange, gefältelte Gewänder aus Seidenmusselin, wie aus Blütenblättern hingehaucht, fallen leicht und luftig wie das Gewand der Göttin. Odettes Lächeln aber ist gebietend und gütig wie jenes der Kore mit dem langen, lockigen Haar, die mit ihren zu breiten Backenknochen, der rosigen Marmorhaut und den großen Augen, die »sich selbst zu schwer schienen«, an Odette erinnert. »Und Sie«, schien die Kore, genau wie Odette de Crecy, ihre Bewunderer zu fragen, »kommen wohl gar nicht einmal zu mir zum Tee?« In derselben Art blickten auch die kleinen Marmor- und Terracottafrauen aus den Vitrinen und fragten den Betrachter: »Ich? Im Gegenteil, ich habe niemals etwas vor! Ich bin immer frei, für Sie ganz bestimmt. Wann immer bei Tag oder Nacht es Ihnen angenehm wäre, mich zu sehen, lassen Sie mich nur holen, ich werde immer glücklich sein, so schnell wie möglich zu kommen«, ganz in der Manier von Joseph Roth, der einmal in Paris zu seinem Freund Soma Morgenstern gesagt hatte: »Mich kannst du nicht stören. Ich habe immer Zeit. Nur unbegabte Menschen haben keine Zeit.« »Wirst du immer Zeit für mich haben? Wirst du mich nie fortjagen?« fragte sie ihren Geliebten angstvoll. »Was hast du für dumme Ängste! Für wen soll ich denn noch Zeit haben außer für dich?«

Es stimmte ihn glücklich, ihr die Statuen und Gemälde zu zeigen, die er sein Leben lang geliebt hatte, die er in diesem Augenblick noch mehr liebte, als er sah, wie dankbar sie alles aufnahm, ihm folgte und zuhörte, wie es vielleicht kein Freund jemals getan hatte. Er hob sie immer mehr über alle Wesen hinaus. Sie erinnerte ihn an eine perlen- und blumengeschmückte Zamindari. Dies waren die oft kindlichen Bräute der Großgrundbesitzer im indischen Raj, die mit ihren zehn oder elf Jahren den dunklen, duldenden Blick indischer Ehefrauen hatten und im Stehen so groß wie ihre viel älteren Ehemänner im Sitzen waren. Vielleicht führte er sie deshalb in die *Bombay Brasserie*, wo sie in einem luftigen Vorsaal in Bambussesseln einen Singapore Sling und einen Monkey Brass zu sich nahmen. Durch eine aufgeklappte Doppeltür hatten sie den Blick in die eigentliche Speisehalle, die das Mädchen an die Kolonialvillen in Kalkutta erinnerte, eine kalkuttesische Tanzhalle. Die Blätter der Zimmerpalmen zitterten leicht, wenn die Kellner an ihnen vorbeieilten und ihre Schritte die Luft aufwirbelten.

Der Widerschein des Restaurants war in ihrer Erinnerung weiß. Vergilbte Fotos indischer Großfamilien hingen auf dem Gang zur Toilette und wirkten auf sie wie verrostete Hufeisen oder alte Sensen, die über dem Kamin eines renovierten Alpenhauses hängen, Relikte aus einer vergangenen, bäuerlichen Zeit, in eine Art Antiseptikum getaucht, von ihrem einstigen Zweck gelöst und zu folkloristischen Gegenständen gemacht, die nun schräg und sinnlos auf einer weißen Wand dahängen.

Ein Ober führte das Paar in einen von Schlingpflanzen beschatteten Glaspavillon, wo der Geruch von Humus durch den süßsauren der indischen Speisen webte.

Sie saß aufrecht unter den Blättern einer Palme, entschlossen, sich dem Schriftsteller gegenüber wie eine ältere Dame zu verhalten. Diese Haltung hob sie über ihn hinweg, verlieh ihr etwas Unberührbares, das nach seinem nachmittäglichen Telefonat mit der Ehefrau unbedingt notwendig war, um ihm zu beweisen, daß sie schwieriger zu haben war, als er dachte, daß sie Stolz und Geist besaß, die sie vor größeren Torheiten bewahren würden.

»Mir war vorhin elend zumute, als ich telefoniert habe«, hob er unerwartet und mit belegter Stimme an, als er sah, daß sie immer noch in dem von ihm am meisten gefürchteten Schmerz gefangen war. »Jedesmal, wenn ich diesen Anruf tun muß, bedeutet das eine unausstehliche Qual für mich.«

Wie er vielleicht erwartet hatte, beugte sich ihr aufrechter Rücken nach vorne, ihre zuvor leise Stimme wurde kindlich laut, und ihr Blick, eben noch scharf, aufdringlich: »Warum heiraten Sie mich nicht?«, kam es aus ihr hervor. Sie wandte die Höflichkeisform an, da die Angst und Gewißheit, daß er auf diese Frage niemals so antworten würde, wie sie es wünschte, ihr diese Anrede auferlegte. Diese Form war lächerlich, bewahrte sie aber ein wenig vor der Demütigung, die sich, sobald seine gefürchtete Antwort verklungen wäre, mit aller Gewalt in ihr bemerkbar machen würde.

»Wir sind miteinander verheiratet«, gab er eindringlich zurück und griff nach ihrer Hand, »mehr als das, wir sind mehr als das, weil du ich bist, und ich du.«

»Nein«, erwiderte sie, indem sie ihre Hand fortzog, »wir sind nicht miteinander verheiratet. Jeder Mann sagt zu einer Frau, die er liebt, sie seien eins.«

»Aber wir *sind* es. Andere Leute und ihr Idyll interessieren mich nicht.« Er wußte, daß der Augenblick gekommen war, wo sie irgend etwas von ihm fordern wollte, und fuhr fort: »Laß uns doch so uns benehmen, als ob alles zwischen uns normal wäre. Ich weiß, daß du dich jetzt gleich in dich zurückziehen und hart gegen mich sein wirst, daß du diese Rüstung aus

Granit anziehst, die ich schon an dir kenne, aber ich will trotzdem, daß eines ganz klar ist: nicht weniger als du weiß ich, daß nichts zwischen uns normal ist in diesem Moment. Und nicht weniger als du plage ich mich mit Gedanken, die uns betreffen und von denen du bis jetzt noch nichts weißt. Gewöhnlich neigen ja die Geschehnisse dazu, einen gewissen Gleichlauf zu haben, und mir geschehen gerade viele Dinge auf verschiedenen Ebenen gleichzeitig – aber sie haben es nötig, daß ich sie entwirre, eins nach dem anderen, und das mit allergrößter Aufmerksamkeit und auch einer gewissen Vorsicht und Zartheit. Alles das möchte ich dir einmal eines Tages ausführlich erzählen, und zwar wegen dieser jetzt schon fast alten Überzeugung, die ich habe, seitdem ich dich kenne, daß mein Leben mit dir geteilt ist.«

Sie stöhnte auf. »Was nur willst du mir eines Tages sagen? Es gibt doch nichts zu sagen. Wenn du mich liebst, dann heirate mich.«

Er zog ihre Hand an seine Brust. »Hör noch einmal zu, ohne mich zu unterbrechen. Ich selbst weiß nicht, was das Ergebnis von alldem sein wird, nur eines würde ich jetzt wirklich von Herzen verabscheuen: wenn du dich mit deinen düsteren Grübeleien über mein Verhalten, das dir draufgängerisch und egoistisch erscheint, zu Entscheidungen durchringen würdest, die ihren Sinn und Vorteil zu haben scheinen, aber im Grunde unheilvoll sind. Ich denke da nicht nur an Handlungen, sondern auch an Gedanken. Kleine, wenige Gedanken können ein großes Spiel verderben – das große Spiel. Weißt du, was der alte Flaubert gesagt hat? La rage de vouloir conclure est une des manies les plus funestes et les plus stériles qui appartiennent à l'humanité. Und eines kann ich dir sagen: das, was du dir unter einer Ehe vorstellst, dieses Glück zu zweit, das gibt es nicht, es ist die Hölle, und ich kenne keinen, der glücklich ist, keinen, aber wir sind es, und das ist viel, unendlich viel.«

»Auf dieses Glück kann ich verzichten!« rief sie spöttisch und riß ihre Hand wieder an sich.

»Du weißt nicht und kannst nicht wissen, was du da sagst. Später einmal wirst du begreifen, vielleicht, wenn es zu spät ist. Du bist keine Frau für eine normale Ehe, ich sehe dich nicht am Abend auf einen Mann warten, Kinder versorgen und täglich drei Mahlzeiten zubereiten.«

»Aber ich sehe mich. Und für mich ist es nur furchtbar, daß ich nach dieser Reise allein nach Hause zurückkehre, während dich deine Frau erwartet. Du sagst immer, du liebst mich, aber wenn ein Mann liebt, dann will er doch mit der Frau zusammensein, der sein Herz gehört, dann kann er sich doch nicht so einfach von ihr trennen.«

»Ich trenne mich nicht einfach von dir, ich *muß* mich von dir trennen. Was soll ich denn tun? Ich kann nicht anders.«

»Aber ich werde nicht immer die Kraft haben zu teilen. Diese Wellen der Eifersucht kommen über mich, und dann will ich nur zerfleischen, was meinem Glück hinderlich ist. Und wenn das eintritt, dann kenne ich keine Großzügigkeit und keine Klugheit mehr, dann weiß ich nur, daß ich das geheimgehaltene Glück nicht will. Bedrückt es dich denn nicht, von mir getrennt zu leben, jede Mahlzeit mit einer Frau einzunehmen, die du zu lieben behauptest, die du vielleicht aber schon haßt? Ich weiß, daß wir zusammen das schönste Leben haben könnten. Ich mache aus jedem Abend ein Fest. Ich kann putzen und vorlesen! Und würde so gerne Papageien halten! Im Sommer könnten wir bei mir am See wohnen, schwimmen gehen, Eichen pflanzen! Und natürlich würde ich auch ohne Papageien leben, nur mit schönem Porzellan.«

»Alles, was du sagst, leuchtet mir genauso ein wie dir. Glaubst du denn wirklich, ich will nicht mit dir zusammenleben und ein Zirkusleben führen, wie du immer sagst? Nichts möchte ich lieber, aber ich habe eine Arbeit, ich habe …«

»Eine Frau.«

»Ja, nein, ich will das auch alles so, aber es gibt Gesetze, die man nicht brechen darf.«

Da erschrak sie. Dieses Wort fürchtete sie, weil es in ihren Augen nicht galt. Natürlich erkannte sie die Macht des Gesetzes widerstrebend als allmächtig an, und dennoch, allein der Wille, die Hoffnung, es zu brechen, das machte in ihren Augen ein Leben erst lebenswert. Das Gesetz achten, es aber doch, wenn es um die große Ausnahme ging, brechen, das war für sie die richtige Haltung dem Gesetz gegenüber.

»Du selbst«, fuhr er fort und versuchte, ihre starre Hand zu ergreifen, »hast mir noch in Florenz gesagt, wir würden, was auch immer geschehe und unter welchen Umständen auch immer, die nächsten dreißig Jahre auf irgendeine Weise zusammen verbringen. Daran wollen wir uns halten, an diesen Ausspruch von dir, der mich erst erschreckt und dann begeistert hat.«

Ja, sie hatte ihm während des Abendessens am Arno, als sie ein Pistazieneis aßen (an jenem Abend war sie ihm, wie er ihr jetzt erzählte, wie Jutta von Oldenburg erschienen, in dem langen Kleid – ein rotes Wolldirndl vom Flohmarkt –, dem braunen, zu einem Kranz geflochtenen Haar und dem rundlichen Gesicht, das von der inneren Anspannung erhitzt war wie das eines Jägers. Sie war wie eine ausgeschnittene Figurine in der Halle erschienen, um seine Gestalt zu suchen, die sich seit dem Morgen machtvoll in ihr eingeprägt hatte. Die feuchte Herbstluft der Straße wehte hinter ihr her. Er fand sie zuerst lächerlich in dem schweren Kleid und der Kranzfrisur, zugleich aber war es diese Kleidung, die ihn anzog, dieses kratzige Bauernkleid, aus dem sich, als er ihr den Mantel abnahm, nackte Arme streckten, um nach den Oliven zu greifen, die auf dem Tisch in einer Schale lagen), und er sie, angestachelt von seiner Verliebtheit, draufgängerisch bat, sie solle eines der Zimmer hier beziehen, und er würde sich an ihr Bettende kauern und über sie wachen, höflich geantwortet, daß sie das bestimmt nicht in dieser Nacht tun würde, da dafür noch dreißig Jahre Zeit sei.

Wenn sie auch an jenem ersten Abend diese waghalsigen Worte geäußert hatte, so war sie nicht immer so waghalsig. Dreißig Jahre waren eine lange Zeit. Nach seinem Nachmittagstelefonat war ihr plötzlich wieder markverzehrend bewußt, daß sie immer nur, wenn auch für dreißig Jahre, seine Reisegefährtin sein würde. Dieses Gespräch unter der Palme führte zu nichts, weshalb sie es für klüger hielt, ihn an diesem letzten Abend nicht weiter zu bedrängen. »Was auch geschehen mag«, zitierte sie, »es ist anbetungswürdig«, und griff dabei über den Tisch hinweg nach seiner Hand.

*

Der ägyptische Zimmerkellner, der mit seinen sorgfältigen Handbewegungen das Porzellan erklingen ließ, äußerte sich, wie immer morgens, über das Wetter. Heute war es kalt und neblig, die Stadt noch in Dunkelheit getaucht, und der Ägypter stellte mit der Würde eines Mudirs fest: »In Egypt it's nice and warm now.«

Der Schriftsteller brachte ihr eine Tasse Tee ans Bett. Sie hatte keine Kraft, sich zu erheben. Die Vorstellung, packen, das warme Zimmer und den Geliebten verlassen zu müssen, machte sie krank.

»Bevor wir fahren«, bemerkte er, als er mit der Zeitung unter der Lampe stand, »müssen wir noch Unterhosen und Schuhe für dich kaufen.«

»Und unser Unterricht? Wird der jetzt abgebrochen?« rief sie ängstlich.

»Abgebrochen? Er wird jetzt härter denn je. Wir fahren mit den Schuhen fort, und dann kommt dein geliebter De Maistre dran.«

»Und keine Geschichte?«

»Wenn das nicht Geschichte ist!«

Der schmerzliche Akt der Gütertrennung begann. Er teilte die in den Museen erworbenen Postkarten in zwei Stapel, sie fand in seinem Hemdenhaufen einen roten Strumpf und einen Haarkamm. Er zog den Boafedernschal, der immer noch über dem Lampenschirm hing, herunter, und sie warf ihm eine Unterhose zu. Als das Gepäck zum Abholen bereit stand, klopfte der Hausdiener.

Der Pfiff des Portiers erklang, Trinkgelder verschwanden in den Livreen, ein Taxi fuhr vor. Der Schriftsteller kannte den Weg zum Schuhgeschäft ebensogut wie den zum Strumpfladen. Mit einem kirschroten Paar Lackschuhe mit Absatz und zwölf seidenen Unterhosen kehrte sie nach Hause zurück. Der Hund bellte, als sie sich dem Tor näherte. Das Dengeln der Sense erklang aus dem Garten.

2

Es war feucht und still in jenen Tagen. Die Feuchtigkeit stieg aus den mit Regenwasser vollgesogenen Felswänden, an die das Haus lehnte, die Stille rührte aus dem Schlafzimmer, wo der Stiefvater krank lag.

Mutter und Tochter waren immer in seiner Nähe. Beide lebten in Angst. Die Mutter saß an den Nachmittagen in einem gelben Sessel im Salon und las Nietzsche und Gartenbücher. »Sissinghurst«, runzelte sie die Stirn, »so könnte es hier auch aussehen! Aber mein Garten ist eben italienisch, geschlossen und geometrisch. Wir müssen nur warten, bis die Pinienallee vollständig ist und die Zypressen größer sind, dann wird sich alles ändern. Das habe ich klug gemacht, sie überall hinzupflanzen.«

»Wir wachsen ja bald zu«, gab die Tochter zurück.

»Das will ich auch, zuwachsen. Das ist heute der größte Luxus, den man haben kann, nicht Aktien, nicht Geld auf der Bank. Nur ein Garten schützt. Hätte ich keinen, ich käme mir überflüssig auf dieser Welt vor. Bedenke, daß ein Garten drei Generationen braucht, um ein durchdachtes Werk zu werden, aber was ich in dreißig Jahren geschaffen habe, das ist fast so, als hätten drei Generationen an ihm gearbeitet. Und daß die Rosen alle bei mir gekommen sind, das grenzt an ein Wunder, bei diesem Boden und dieser Erde! Und wenn der Goldregen erst einmal über die Toreingänge wächst, dann sind wir wirklich eingeschlossen. Hast du nach Alexander gesehen?«

»Er sagt, er will heute nichts essen.«

»Wieso denn? Bei dem dicken Huhn.«

»Er sagt, er hat gegessen, Honigbrot.«

»Dann müssen wir jemanden einladen. Telefon. Gehst du dran?«

Es war der Schriftsteller. Das Mädchen konnte kaum reden, so sehr fühlte es sich durch die Stimmung im Haus bedrückt. Auch saß die Mutter zu nah, aufdringlich nah. »Kleinlich, dein Ton«, sagte sie, als die Tochter aufgelegt hatte.

Eines Nachmittags, nachdem sie sich vergewissert hatten, daß der Stiefvater etwas Tee getrunken hatte und darauf fest eingeschlafen war, machten sich Mutter und Tochter auf, um im Nachbardorf die alte Bäuerin Santina, »die kleine Heilige«, zu besuchen.

Seltsam war, daß an jenem Wintertag, im wachsenden Fortschreiten der Stunden, die Luft milder wurde und am Abend, als sie Santina verließen, diese Luft warm und von Rauch durchzogen war, wie in indischen Dörfern, wenn die Feuer und Kerzen in den Hütten, Häusern und Tempeln angezündet werden.

Während der Nachmittagsstunden waren vereinzelte Schüsse zu hören gewesen, die ein Jäger, irgendwo im Dickicht des Berghanges, auf die aus den Eichenbäumen herausflatternden Vögel abgegeben hatte. Aus dem Gartenteich schnatterten die Enten bei jedem Knall, als würde der folgende ihnen gelten.

Das Dorf Cecina liegt steil über dem See, unter dem Monte Castello. In ihrer Kindheit trieb jeden Mittag der unsichtbare

Dampf von Gemüsesuppe, ein Geruch nach Öl und Feuer, durch die Gassen. An seltenen Tagen konnte es geschehen, daß ihr plötzlich wieder dieser Geruch in die Nase wehte und Augenblicke lang alles unverändert schien, als kochten die Frauen immer noch in ihren Küchen diese Suppe, als sei es warm und bevölkert hinter den niedrigen Fassaden der alten Häuser, bevölkert mit den Menschen, die sie als Kind gekannt hatte, als neige sich gleich aus dem Fenster des verwitterten Hauses in der Hauptstraße Teresa, die reichste Frau des Dorfes. Die Mutter hatte sie früher oft besucht, ihre matronenhafte Erscheinung und ihren Garten bewundert. Sie sprach immer von ihr, wenn sie an Teresas Haus vorbeigingen: »Im Alter hatte sie einen aufgedunsenen Körper. Über ihren geschwollenen Knien hing der Saum eines hellrosa Unterrocks, der unter einer Kittelschürze hervorsah. Dieser Unterrock war uralt und stammte vielleicht sogar noch aus der Zeit ihrer Jugend. Unterröcke haben schon lange nicht mehr ein so feines Rosa. Von Teresa habe ich mir die Ableger vom Goldregen geholt, und den Akanthus.«

Teresas Grundstück umzingelten goldregenüberwucherte Mauern. Große, dünne Palmen warfen aus dem Garten Schatten auf die Straße, und in ihrem Innenhof, wo Edellupinen, Iris und Löwenmäulchen zwischen gesprungenen, feuchten Steinplatten wuchsen, zog ein weißer Pfau wie ein wahnsinniger Albino seine Runden und stieß Schreie aus, die aus dem Hof, wie hinter den Mauern eines Moghulgartens, in das Dorf schallten.

Teresa war die schönste Frau des Dorfes gewesen, aber das Geld hatte sie geizig und verschlossen gemacht. In ihrem kargen blauen Schafzimmer brannte an den Abenden nur eine kleine Glühbirne, die über einer tönernen Madonna und dem von ihr bewachten Schmuck angebracht war.

An solch seltenen Suppentagen konnte es auch geschehen, daß Teresas Mann, Francesco, in einem Paar rehbrauner Samthosen und mit einer tortenförmigen Wollmütze auf dem Kopf unter einem der Torbögen mit seinem Stock erschien und mit lauter Stimme zu einem sprach.

Er kam selten ins Dorf, denn er lebte mit seinen Kühen in einem verfallenen, ehemals herrschaftlichen Hof in den Bergen, wo ein Albaner, mit dem Namen Leone, die Mahlzeiten zubereitete und das Vieh zusammenhielt. Leone war so mager, daß Francesco mit einem Strahlen in den Augen zu ihm sagte: »Wenn du lachst, Leone, sind deine Wangen eingefallener als meine.«

»Teresa, ach, Teresa«, rief Francesco aus, wenn ihn jemand an seine Frau erinnerte. »Mein armer Sohn hat so viel von ihr geerbt! Sie war so stark, aber so geizig! Am meisten gefiel es ihr, sich in ihr Haus einzusperren, denn sie hatte Angst vor allem, Angst davor, zu viel Geld auszugeben, Angst vor den Steuern und Angst vor dem Zusammenbruch all ihrer Häuser, die sie nicht instandhalten wollte. Sie sagte immer: Warten wir, bis die Zeiten billiger werden, warten wir, bis die Maurer weniger Geld verlangen, warten wir, warten wir, aber da hätte sie noch lange warten können! Meine Güte, was hat die Teresa für ein Glück in ihrem Leben gehabt! Erst kam ihr der Bruder im Krieg um, dann starb ihre Mutter, darauf der Vater, und gleich danach kam dem zweiten Bruder in den Sinn, verrückt zu werden. Das nenne ich Glück! Sie allein blieb mit den Häusern und Ländereien zurück. Das war wie im Märchen! Als ihre Mutter auf dem Sterbebett zu ihr sagte: ›Gib dem Cesco ein Haus‹, da habe ich nein gesagt, nein, habe ich gesagt, Teresa soll alles allein behalten, alles. Ich will nichts von ihr. Ich will mit meinen Kühen zusammen sein, mich vor das Fenster setzen und von den Sonnenstrahlen wärmen lassen. Ich will mein Glas Grappa auf das Fensterbrett stellen und einen anständigen Stuhl haben, mehr will ich nicht. Ich will mit Gott alleine sein.«

Einmal, an einem Sonntag im November hatte das Mädchen Francesco auf seinem Hof besucht.

Der Wind, die Sonne und die Herbstblätter drangen an jenem Tag durch das offene Fenster in den Raum, wo eine Pritsche stand. Es roch nach Bergquellen und Herbstlaub. Tropfen fielen von der Decke in eine Blechschüssel. In einer Ecke lag ein bunter, aufgespannter Regenschirm.

Sie setzten sich vor das Fenster, in den Wind, ins Sonnenlicht. In der Kapelle im Hof standen und gingen die Kühe würdevoll in dieser Einsamkeit, wie die Kühe, die mit zartem Schritt in der *sabhā* von Varunas Palast umhergehen. Francesco bot ihr Mispeln an. »Ich bin nicht verrückt. Du denkst vielleicht, ich sei verrückt, aber ich bin es nicht, noch nicht. Ich kenne meine Berge auswendig, den Spino, den Castello, den Navezzone, an allen haben meine Kühe gegrast. Ich will hierbleiben, mit meinen Kühen, mit meinem Gott. Reich ist nur, wen Gott nicht verlassen hat. Ich bin glücklich, aber wisse, daß man nicht von Glück reden soll, sondern von der Ruhe. Die Ruhe ist das wahre Glück, ich habe das Glück der Ruhe gefunden, und ich bin fest entschlossen, alleine, in Ruhe, zu sterben.«

Francesco war als junger Mann, vor seiner Heirat, Viehhändler gewesen. Er hatte eine wunderschöne Stimme und er stellte ein kleines Orchester zusammen. Er spielte damals im Kino, vor den Vorstellungen, und einmal spielten seine Musikanten vor D'Annunzio selbst. Von seiner Begegnung mit dem Dichter erzählte er jedem, der es noch nicht wußte: »Für D'Annunzio habe ich auch gespielt! Es war auf einem Weinfest. Er ließ einen Karren mit Trauben schmücken, auf dem mein Orchester von Gardone nach Salò fuhr, und dort, wo die Conca d'Oro ist, dort hielten wir für eine Weile. D'Annunzio trat an unseren Wagen heran und gab mir als Orchesterdirektor die Hand. Was für ein Moment! Ich habe meinen Sohn nach ihm benannt. Er war ein großzügiger Mann!«

Diese Augenblicke, da das Mädchen glauben wollte, es habe sich nichts verändert, waren nur Augenblicke. Alles hatte sich verändert. Teresa war tot, ihre Häuser zum Teil verkauft, der schattige Innenhof im Besitz eines Deutschen.

Wir leben mit den Bildern aus unserer Kindheit, und wer seine Kindheit liebt, will nicht, daß sich diese Bilder verändern. Sein Leben lang geht er ihnen nach. Die bräunliche Aufschrift *Forneria* über dem inzwischen geschlossenen Brotladen in Cecina – der dicke, glatzköpfige Bäcker, der der Mutter jeden Morgen das Brot ins Haus brachte, war vor kurzem gestorben –, erinnerte das Mädchen an das Innere des eierschalenfarbenen Ladens, wo, außer wenigen Wandregalen, nur eine Glasvitrine stand, in der trockenes Gebäck in Schleifenform und Eier lagen. Die Tochter des Bäckers, die den runden Bauch und das feingezeichnete Gesicht einer Madonna hatte, war hier aufgewachsen. Ihre Mutter lebte noch im selben Haus, über der geschlossenen Bäckerei, wie über einem Grab. Hier sah das Mädchen als Kind eines Tages den weißen Pfau von Teresa stehen, reglos und ängstlich, nach einer Flucht aus dem Hof.

An den Pfau dachte sie, als sie an jenem Nachmittag mit ihrer Mutter durch die schmale Hauptstraße ging, vorbei an den Holzportalen, die sich auf Höfe und Gärten öffneten, vorbei an den Gassen, die sich zwischen den Häusern auftaten und herab- oder hinaufführten, je nachdem, ob der Wanderer seinen Weg zum See hinab oder die Berge hinauf einschlug.

Vor nicht allzulanger Zeit war Cecina ein Labyrinth gewesen, ein verwinkeltes, belebtes Dorf. Auf den Stufen der Hauseingänge saßen an den Sommerabenden die Frauen. Unter den Gewölben, die sich hier und dort von einer Häuserfront zur anderen spannten, gingen die Männer mit ihrem Handwerkszeug, mit Weinbottichen, mit Schafen und Gänsen, mit geschlachteten Hühnern und Kaninchen, mit Messern und Macheten. Musikantentruppen zogen zu Fuß oder auf Wagen zwischen den Häusern hindurch, Wäscherinnen, die mit vollen Körben vom Seeufer kamen, wo sie auf Holzbrettern die Wäschestücke geklopft und gewaschen hatten, gingen singend die Straße von Toscolano hinauf, Zitronenverkäuferinnen, Drucker aus den Papiermühlen des Toscolanotals, wo seit dem dreizehnten Jahrhundert festes Papier hergestellt wurde, Esel, Hühner, Fischer, ambulante Verkäufer und Wasserträgerinnen bewegten sich zwischen den Mauern des Dorfes, schoben Handwagen und Karren, zogen Kinder und Schafe hinter sich her. »Ich weiß noch«, erzählte die Mutter jetzt, »wie ich hier ankam und als erstes die Gesänge aus den Olivenbäumen hörte. Du warst ein Jahr alt, und während unserer ersten Olivenernte legte ich dich in ein Körbchen in den Hain. Die Pflücker sangen sich von Baum zu Baum zu. Vom Tal und von weiter oben drangen die harten und manchmal auch fraulich hohen Männerstimmen aus allen Olivenhainen in der Umgegend, klangen bis in unseren Garten, aus dem unsere Pflücker zurücksangen. Ich weiß noch genau, was ich anhatte, grüne Militärhosen und einen Blumenhut. Das Haus war ein Stall, eine Ruine.«

Obwohl der Gardasee so hoch im Norden von Italien liegt, wirkte er bis vor nicht langer Zeit wie eine toskanische, an einen Fjord gerückte Landschaft. Schotterwege zogen zwischen Olivenhainen und Zypressenalleen zu den Kirchen und Bauernhäusern, sengende Hitze trocknete die Felder und Weingärten aus. Die Zikaden schlugen während der Sommermonate bis abends in die heiße Luft, Fensterläden und Tore der Häuser waren während der Mittagsstunden zugeriegelt, und die Landwege waren von Trockenmauern gesäumt. Nun waren diese Mauern zum Teil eingefallen, die Fensterläden der Ferienwohnungen standen in den Sommermonaten offen, und die Wege waren zu zementierten Straßen geworden. Warum schlug die Zikade leiser? Wo war die Glut, die die Landschaft verbrannte? Diese Sonnenglut, in der die Mutter damals in ihrer Ruine saß und Zeichnungen von einem Gartenschlößchen anfertigte, zu dem der verfallende Stall werden sollte. Schattengrotten, Taxusschluchten, Fontänen und granatapfelrote Salons, das zeichnete sie auf ihr Papier, während der Vater im verwilderten Garten nach einem Baum suchte, in dessen Schatten er seinen Roman beginnen konnte. Beide nahmen Zuflucht zum Papier, das einzige Feld, das vielversprechend und sauber war.

»Schlangen und Eidechsen, wilde Katzen und Hasen lebten damals auf dem von Brombeergestrüpp und Efeu überwucherten Grundstück«, erzählte die Mutter, »dessen Grenzen – so überwachsen waren sie – ich gar nicht überblickte. Erst sehr viel später entdeckte ich, daß es lange Wege im Garten, Mauerreste, Eichenwäldchen, Felswände und sogar einen von Akazienbäumen gesäumten Bach gab, später, als ich mit einer Schaufel die Erde in dem hügeligen Garten abtrug, damit er eben würde, als ich auf einer Leiter an den hohen Mauern lehnte und die Efeupflanzen, die sich im Gemäuer festgekrallt hatten, abriß, als ich den Maurern Eimer mit Zement auf die Gerüste reichte, Fensteröffnungen aufschlagen und Treppen bauen ließ – da erst erkannte ich, wie groß, wie unbezähmbar wild und wuchernd dieses Grundstück war.«

Das Mädchen hatte die Hitze noch erlebt, die die Mutter

nicht aus dem brachen Garten bannen konnte und die dem Vater am Körper brannte, wenn er in seinem neuen Arbeitszimmer am Schreibtisch saß, während die Tauben zum Fenster hineinflogen und hinter den Büchern, in den Regalen, das Dunkle suchten.

Mutter und Tochter gingen bis an das Ende des Dorfes, nach Mesaga, wo Santina in der Nachbarschaft einer Kapelle und dem kleinen Haus eines Druckers aus dem fünfzehnten Jahrhundert wohnte.

Das Mädchen wußte, daß es die Welt, die sie aufsuchte, nicht mehr gab. Santina war eine Überlebende, und nur in ihrer Gestalt war diese Welt noch da.

»Kommen Sie!« rief Santinas gebrechliche Stimme hinter den Hofmauern, als die Mutter an der Glocke gezogen hatte.

Durch ein rundes Portal traten sie in den Hof. Heuballen türmten sich unter dem hohen Dach einer Scheune, die die linke Seite des Innenhofes flankierte. Eine steile Treppe führte in das Wohnhaus, ein geräumiges Bauernhaus, dessen düsterer Flur zu kalten Räumen und Kammern führte.

Die Küche war ein hoher Raum, den das Feuer im Kamin wärmte, obwohl nur zwei dünne Olivenzweige im Feuerbecken lagen. An einer Eisenkette hing ein schwarzverkrusteter und öligglänzender Topf, in dem Kastanien mit Lorbeerblättern kochten. Santina rückte zwei Stühle vor den Kamin. »Niemand verwendet mehr diese dürren Olivenzweige, aber ich mache mit ihnen noch Bündel und verbrenne sie den ganzen Winter über. Seit meiner Kindheit bin ich das so gewohnt, als wir dem Gutsherrn das große Holz liefern mußten und wir Pächter das Kleinholz bekamen. Ich kann mich nicht von dieser Gewohnheit trennen, aber schauen Sie mal«, sagte sie, stand auf, trat durch die Tür, aus der beim Öffnen ein kalter Luftzug wehte, in dem der Geruch von Kernseife und Wasser mitschwang, und kam kurz darauf mit einer veilchenblauen Schürze zurück, die mit weißen Blümchen bestickt war. Sie lag untadelig gebügelt in ihren Händen, kühl war die Baumwolle anzufassen. Santina mußte sie aus einem hohen Schrank, einer Wäschekathedrale, geholt haben, in dem gewiß zwischen Lavendelsträußen das Bettzeug, die Handtücher und die Küchenschürzen lagen, vielleicht auch ein Paar Goldohrringe ihrer Mutter und Santinas Hochzeitskleid. »Sehen Sie«, wiederholte sie mit ihrer dünnen und heiteren Stimme, »wie viele kleine Stoffstreifen da aneinandergenäht sind! Das sind die Reste, die meiner Tochter übrig bleiben. Sie ist Schneiderin und hat zehn Mädchen unter sich. Schauen Sie doch! Das ist beste Baumwolle! Ein paar Stiche, ein Knopf, ein Loch, und die Schürze ist fertig. Wissen Sie, daß ich früher sogar Hosen genäht habe? Hosen und Hemden für meinen Mann. Die Frau«, schloß sie, und das Mädchen erinnerte sich noch genau an diese Worte, »funktioniert besser als der Mann«, erhob sich noch einmal und trat durch die Tür, aus der abermals ein kalter Luftzug in die warme Küche wehte.

»Die Frau funktioniert besser als der Mann.« Ein Funke, aus dem Feuerbecken in ihren Rock gesprungen, erinnerte das Mädchen wieder an die Sommerhitze, die Hitze, in der ihr Vater, von Migräne geplagt, auf dem Boden seines neuen Arbeitszimmers lag und zu sterben glaubte, weil ihm das Herz bis zum Zerreißen klopfte und ein stechender Schmerz seinen Kopf in den mit Staub und Glut vollgesogenen Teppich drückte, bis die Stimme seiner blonden Frau von unten an ihn heranklang und ihn zum Aufstehen zwang. Er steckte den Kopf durch die winzige Fensteröffnung und nickte ihr, die mit dem Spaten im wilden Garten Löcher grub, zu, mit dem schlechten Gewissen des Kranken, um den herum gearbeitet wird. Schlitzäugig stand sie im Sonnenlicht, der Zitronensaft war in ihrem Haar getrocknet und hatte es gebleicht. Später würde sie es im See mit Eigelb waschen und am Abend mit einer Klematis vor dem Frisiertisch schmücken, den sie in Wien erstanden hatte und der nun auf dem aufgeschlagenen Steinfußboden des Schlafzimmers stand. Sie würde es für Decomio, den Lebensmittelladenbesitzer aus Toscolano, schmücken. Signor Decomio, den die Mutter nach wenigen Wochen in seinem Laden kennengelernt hatte, trug einen Schnurrbart und olivfarbene Wollkragenpullover. Er hatte die neugierige Erwartung eines Schuljungen, der in der ersten Reihe sitzt, in seinen ungewöhnlich grünen Augen. Viele Jahre fuhr er abends, und oft auch schon am Mittag, auf der kurvigen Uferstraße zur Mutter. Der Vater beobachtete aus seinem Arbeitszimmer mit einem Fernglas genau die Einfahrt von Decomios rotem Auto.

»Decomio, wo ist er jetzt?«, fragte das Mädchen die Mutter.

»Tot ist er, der Langweiler. Nur Zeit verloren habe ich mit diesem unbegabten Menschen.«

Signor Decomio führte die Mutter in die Lokale am See. »Vielleicht«, dachte das Mädchen – doch da trat Santina wieder mit einem Taschentuchbeutel durch die Tür und sagte, noch während sie die Tür hinter sich schloß: »Das habe ich auch gehäkelt, im Licht der Öllampe, vor dreiundfünfzig Jahren. Das Häkeln habe ich bei den Nonnen in Bogliaco gelernt. Sogar am Sonntag, wenn wir Mädchen mit unseren Verlobten zusammen sein durften, häkelten wir bei den Nonnen. Sonntags wurde gehäkelt und genäht, das war eben eine andere Arbeit als die, die wir an den Wochentagen verrichteten. Unsere Verlobten sind im Oratorium seilgesprungen, während wir über unsere Arbeit gebeugt dasaßen.« Sie bot den Gästen Kastanien an. »Jetzt ist es so leer im Dorf«, bemerkte die Mutter, »man sieht und hört niemanden mehr.« »Ja«, erwiderte Santina, die sehr schnell redete, »das ist unheimlich. Früher war das Dorf voll, obwohl wir Frauen uns nur kurz vor der Messe und kurz danach trafen, um gleich wieder in unsere Häuser zurückzukehren, weil viele von uns zu acht oder zehnt in der Familie waren und wir das Essen für alle vorbereiten mußten. Aber auf der Straße waren ja die Männer und Kinder. Im Sommer trockneten wir Frauen zusammen Feigen oder machten Feigenmarmelade. Wenn wir sie trockneten, nahmen wir einen Dornenzweig und steckten auf jeden Dorn eine Feige. Dann hingen wir den Zweig an einer Schnur vors Fenster. Jeder Dorn eine Feige.«

Feigen. Feigen erinnerten das Mädchen wieder an Decomio, der nie mit leeren Händen gekommen war. In jeder Hand trug er eine blaue Plastiktüte, die er im Hof unter einer jungen Palme abstellte. Ihr Vater wagte es am Anfang nicht, doch später stieg er zu den Tüten hinab und entnahm ihnen Pakete mit trockenen Feigen und Obstsalat in Büchsen, die er sich und seiner Tochter auf einem Teller als Mahlzeit zubereitete. »Wer weiß«, fragte er sich, wenn er mit der Tochter aß und an seine Frau dachte, »wer weiß, was sie jetzt nicht alles ißt.« Er sah gegrillte Carpionebäckchen und Kirschkuchen vor sich, sah, wie seine Frau – Resi von ihm gerufen – nach kaltem Weißwein verlangte, sah gefährliche Schwäne, die auf dem nächtlichen Seewasser an der Mauerbrüstung des Lokals entlangglitten, ihre Hälse nach den Brotkrumen reckend, die die Mutter ihnen über die Balustrade zuwarf. Er aber saß auf der heißen Terrasse und aß trockene Feigen, um nach Stunden des Wartens mit schmerzendem Kopf neben seiner Tochter einzuschlafen, während die Grillen in das noch glaslose Fenster zirpten und die Mücken in der Dunkelheit summten. »Ich kann nicht wie Decomio tanzen, wie dieser lächerliche Mensch mit diesem lächerlichen Namen«, dachte er beim Einschlafen, »ich kann auch nicht zu den Maurern auf die Gerüste steigen und ihnen Steine in Eimern heranschleppen, ich werde schwindelig, ich habe keine Kraft. Mein Klavier, keiner von diesen Männern kann mein Klavier stimmen.« »Fladen«, sagte Santina laut, »Fladen gefüllt mit Feigenmarmelade, das ist ein wundervolles Rezept! Ich mache sie aus Polenta. Eine Prise Salz, ein Eßlöffel Öl, ein Ei, fertig! Mit einem Nudelholz werden sie ausgerollt und dann auf die Glut gelegt. Wir haben nie Brot gekauft, der Weg zum Bäcker nach Bogliaco war zu lang.« Die Torglocke läutete. »Herein, herein!« rief Santina. »Das ist die Nichte meines Mannes. Guten Abend!«

Eine großgewachsene Frau mit eingefallenem, gerötetem Gesicht, in einem roten Pullover und roten Stretchhosen, trat in die Küche. Ihr Haar war fahlblond und kurz geschnitten, die Augen wässerig. Sie blickte nach unten zu Santina, die klein von Statur war. »Ja«, sagte die Nichte, »jetzt ist Vittorio auch tot, und der Catina geht's ganz schlecht, der Armen. Soll ich dir morgen Blumen für die Kirche bringen?« Ihre Stimme klang traurig und müde, aber Santina lachte und sagte: »Der Vittorio mußte ja irgendwann einmal gehen. Trink ein Glas Marsala«, legte im Kamin zwei Zweige nach und trat mit der Dienstfertigkeit eines südländischen Kindes, das die Gäste im Hause ihrer Eltern bedient, an die Anrichte heran, der sie vier Kristallgläser entnahm und mit Wein füllte. Kichernd, mit einem zwitschernden Klang in der Kehle, trat sie aus der Küche durch die hohe Tür und holte, wohl aus dem Wäscheschrank, eine mit Keksen gefüllte Papiertüte, Mandelkekse, die sie sternenförmig auf einem weißen Teller anordnete und den Gästen reichte. Santina hatte den anbietenden Schwung eines großzügigen Menschen, dem man nichts abschlagen kann. Sie war eine jener Frauen, die Gästen immer etwas zustecken und dabei flüstern: »Für den Heimweg« oder »Für die Festtage«.

Die Hölzchen knackten im Feuer, die Nichte war gegangen, Santina setzte sich auf einen Kinderstuhl in die Kaminnische. Sie schälte die heißen Kastanien. »Ich habe das Kissen hier mit dem Bindfaden am Stuhl befestigt, für die Katze, damit sie schlafen kann, ohne mit dem Kissen vom Stuhl zu rutschen. Ach, heute abend ist es wie Sonntag! Wollen Sie sich nicht näher ans Feuer setzen? In meiner Kindheit spielten wir am Sonntag immer Tombola bei meiner Tante in Fornico. Kennen Sie das Spiel? Wir saßen alle um einen großen Tisch herum, und hinterher verschwanden die jungen Mädchen wie Katzen und gingen zur Margherita zum Tanzen. Da wurde getanzt! Damals führte noch die Mutter von Giuseppe das Lokal. Sie spielten auf der Geige und der Mandoline. Essen Sie! Essen Sie noch Kastanien, die sind gehaltvoll! Früher haben wir zweimal in der Woche Kastanien gegessen, statt der üblichen Suppe, und wenn ich, als mein Mann und ich geheiratet haben, keine Kuh gekauft hätte ... Aber so hatte ich immer Milch für meine Kinder.« Die Mutter des Mädchens hatte einen solchen Satz nie gesagt, denn sie kannte keinen Mangel an Milch. Schon als Kind hatte sie frische Kuhmilch in den Eimern auf den hessischen Bauernhöfen gesehen, wenn sie ihren Vater, einen Tierarzt, auf die Höfe begleitete, wo der zierliche Mann, der unter einem schneeweißen Kittel einen maßgeschneiderten, grauen Anzug trug, Rinder, Kälber und Pferde begutachtete, von denen manche so unvernünftig gewesen waren, in der ohnehin harten Kriegszeit zusammenzubrechen oder an Maul- und

Klauenseuche zu erkranken, was für den Bauern ein ebensogroßes Unglück bedeutete wie für den Rat, der es gewohnt war, beim Abschied von der Bäuerin ein Stück Rückenspeck, ein Eisbein oder ein Kalbskotelett, in Zeitungspapier eingewickelt, in seine Arzttasche gesteckt zu bekommen. Auch Schwanzstücke, Keulen oder Vorderhaxen wurden ihm liebevoll in die Tasche gelegt, die er seiner großgewachsenen Ehefrau, einer Schönheit aus der Heide, mitbrachte, und auch zarte Kalbsfilets, die er in einem schwarzen Mercedes zu seiner Geliebten fuhr, die in einer Villa am Rande der Stadt Bad Hersfeld wohnte. Die Geliebte legte das Stück Fleisch mit geringschätzigem Blick irgendwohin, vielleicht auf das Telefontischchen oder auf den Sekretär, und klingelte, damit das Hausmädchen es in die Küche trug und da zubereitete. Weshalb blickte sie mit solcher Geringschätzung auf das Stück Fleisch, obwohl es doch damals an Nahrung mangelte und ein solches Filet einen glücklichen Abend versprechen mußte? Vielleicht macht auch in kargen Zeiten die Vorstellung eines gebratenen Kalbsfilets das Herz einer Frau nicht glücklich, wenn sie weiß, daß der Geliebte sie wieder verlassen und am selben Abend ein ähnliches Stück Fleisch mit seiner Ehefrau verzehren wird. Es gibt immer einen Schmerz, der in das Leben schneidet, in jedes Leben, so wie er das Leben von des Mädchens Vater so qualvoll und kurz gemacht hatte. Sie trug immer ein Kuvert in ihrer Tasche, die ein altes Schreibmaschinenblatt barg, das sie einmal beim Aufräumen lose im Notizbuch ihres Vaters gefunden hatte, als er schon viele Jahre tot war. Darauf stand geschrieben: »Ich habe jetzt dieses grüne Buch, das ich als Tagebuch benutze, in grünes Leinen gebunden, dieses hochformatige Ding, das ich *mein* Buch nenne. *Naplo* steht in Goldprägung auf dem Einbanddeckel. Dieses Wort soll die Bestimmung des Buches ausdrücken, wozu es sein Besitzer oder Eigentümer bestimmt, vielleicht auch, wozu es ihm bestimmt ist, obwohl es ihm unbenommen sein müßte, es anderweitig zu verwenden, es seinem Zweck, dem ihm bestimmten Zweck zu entfremden. Mir wird es als Tagebuch dienen, weil ich mich disziplinieren möchte. Die Zeit rinnt mir sonst wie Quecksilber durch die Finger. Ich meine: ich kann mit der Zeit nichts anfangen. Jede vergangene Stunde ist wie ein Schlag ins Wasser. Was ich erlebt habe, hat mit der Zeit nicht das Geringste zu tun. Die Sonne geht auf, die Sonne geht unter. Jahreszeiten kommen und gehen. Vormittage wechseln mit Nachmittagen. Symphonien mit Bänkelsang. Diese verdammte Plackerei, bis ich das alles hinter mir habe. Sieben rote Siegel muß ich aufbrechen, um das Schattengeflecht vor der anbrandenden Gegenwart zu deuten, um über die dunkle Taxushecke zu blicken, wo die schlafende Tochter im Gras liegt. Plötzlich ist das scheinbar Unwiederbringliche zum Greifen nah. Aber nur eine gläserne Hand kann es berühren. Die Wiesen und Auen sind zum Verrücktwerden grün. Haine öffnen sich. Trauerweiden ziehen sich den Fluß entlang – aufwärts oder abwärts. Ich schaue in immer tiefere Tiefen der Landschaft, die wie ein Gazevorhang zwischen zwei Totempfählen hängt. So leicht bin ich noch nie über moosige Flächen gegangen. Ein Malteser Hündchen springt auf ein festgemachtes Boot.«

Vor ihre Augen schob sich wieder das Bild des Vaters. Sie sah, wie er sich in jenen glühenden Sommern, in einen russischen Morgenmantel gekleidet, den er sommers wie winters trug, von dem Biedermeiersofa, das er mit vierundzwanzig Jahren in Hannover mit seinem ersten als Buchhändler verdienten Geld erworben hatte, zu seinem Schreibtisch schleppte, über dem ein honigfarbenes, von der Decke sich kringelndes, mit Leim bestrichenes Fliegenpapier hing, das jedesmal leicht schwankte, wenn eine Fliege sich auf dem verhängnisvollen, Süße versprechenden Band niederließ, mit seinen Flügeln und Beinchen kleben blieb und sich summend wehrte, bis der Tod sie endgültig neben den anderen Fliegenleichen in den Leim drückte; zu dem Schreibtisch, wo die weißen Blätter lagen, auf die er Anfänge und wieder Anfänge eines Romans schrieb, die bis in die Nacht hinein Romananfänge blieben. »So also sieht das Leben eines Schriftstellers in einem italienischen Landhaus aus«, dachte er und schrieb zum elften Mal in die Schreibmaschine: »Diese Theorien, diese Neurosen, diese Apprehensionen.« Seine Frau, die ihm am Anfang so zuverlässig, so daunenhaft weich und biegsam, so bereit erschienen war, über sein absurd trauriges Leben einen Glanz zu breiten, seine Frau, die ihm noch vor der Hochzeit, immer, wenn er das Haus verließ, »Auf Wiedersehen, Motje« aus dem Fenster nachgerufen, die für ihn Stollen gebacken hatte, sie ließ ihn nun, ihren armen, mönchisch seiner Arbeit wie einem unaufhörlichen Gebet hingegebenen Mann, in einer Ruine, die von der unerträglichen Sonne ausgebrannt wurde, zurück und betrog ihn mit einem Lebensmittelladenbesitzer. Er selbst saß unter einem von toten Fliegen schweren Leimband vor der offenen Fensterluke, in der sich die Hitze des August zu stauen und ein schmelzendheißes Glas zu bilden schien. Er rückte seine Mütze zurecht – denn eine Mütze trug er auch, wie um durch die winterlich russische Garderobe dem Mediterranen an sich zu trotzen, das ihm seine ohnehin geringe Kraft nahm – und schrieb schließlich auf ein neues Blatt Papier: »Heute ist der zehnte Juli. Ich schwitze wie ein Kuli. Es zetern die Zikaden. Du bist am See beim Baden.« Da hörte das Mädchen Santinas Stimme: »Früher habe ich auch immer ein Schüsselchen mit Milch beiseite gestellt, um

Sahne daraus zu machen. Und Robbiola gab es auch. Uns hat nichts mehr gefehlt, seitdem wir die Kuh hatten, und die überschüssige Milch, die aus dem frischen Robbiola tropfte, die habe ich dem Schwein gegeben, denn ja, ein Schwein hatten wir auch.«

Plötzlich war das Bild, das das Mädchen von Santina hatte, nicht mehr das einer armen Bäuerin, sondern jenes einer reichen Frau. Man stelle sich vor, was das heißt, der Besitzer einer Kuh und eines Schweins zu sein. »Und jetzt?« fragte die Mutter. »Ist eine Kuh im Stall? Ist noch ein Schwein da?« »Ach was!« gab Santina zurück, »zwei Hühner habe ich, zwei Hühner, die genauso Gefangene sind wie ich. Aber im Hühnerstall funktioniert es auch nicht mehr richtig. Wenn ich daran denke, daß mein Großvater morgens um drei aufgestanden ist, um drei, wenn der Hahn krähte! Denn damals, ich weiß nicht warum, da krähte der Hahn noch um drei, während er jetzt zu allen Stunden von sich kündet, um Mitternacht, um zwei und um sieben, vielleicht weil so viel Bewegung um ihn herum ist, weil überall Lichter brennen, weil die Scheinwerfer der Autos zu allen Morgen- und Nachtstunden seinen Stall beleuchten.« Das Wort Nacht gemahnte die drei Frauen an den Abend. Es war an der Zeit, sich auf den Rückweg zu machen. Santina wartete auf ihren Mann, für den sie eine Handvoll Kastanien ins Wasser warf. Auf Mutter und Tochter wartete niemand, denn der kranke Stiefvater hatte aufgehört, auf jemanden zu warten. Er wartete lediglich.

3

Der Schriftsteller schritt fremd und vornehm durch die Menge. Seine dunklen Augen leuchteten erst auf, als er das Mädchen in männlichem Schritt auf sich zugehen sah. Ihr Blick fiel sogleich auf seine schwarze Nylon-Reisetasche, an deren Griffe rote und grüne Haargummibänder befestigt waren, wohl, damit das unscheinbare Gepäckstück sich durch die farbigen Merkmale von den zahllosen ähnlichen Taschen anderer Reisender unterscheide. Sie verachtete sie sofort und fragte sich, warum der vornehme Geliebte einen so häßlichen Gegenstand besaß. Es mußte ein Geschenk der Ehefrau sein, wie alles Impermeable und Praktische, das von ihr kam. Die Tasche erzählte dem Mädchen, genauso wie der blaue Knirps, viel über das Wesen dieser Frau, die das Undurchlässige zu lieben schien. Auf dieser Tasche blieben keine Zeichen haften, indische Regengüsse oder sibirischer Hagel, palermitanischer Straßenstaub oder türkische Mokkaspritzer konnten ihr nichts anhaben, anscheinend war sie unverwundbar, mit jenem gewissen Polyesterglanz, der sich nie trübt.

Ein Gepäckstück ist einer der wichtigsten Gegenstände im Leben eines Menschen. In Koffern und Taschen sind oftmals die Dinge verborgen, die sein Leben ausmachen. Die Mutter des Mädchens behauptete immer: »Die Handtasche einer Frau muß drei lebenswichtige P's bergen: Parfum, Pistole und Präservativ.«

Koffer werden in den entscheidendsten, schönsten, traurigsten, immer aber in den aufregendsten Augenblicken aus dem Schrank geholt, um zu fliehen, um zu entdecken, eine Geliebte zu treffen, einen Mann zu verlassen, um im Krankenhaus zu sterben. Ein Koffer sollte von den Reisen oder Fluchten seines Besitzers erzählen. Aber rollen unsere Gepäckstücke nicht flekken- und zeichenlos aus den gepäckspeienden Öffnungen auf die Kofferfließbänder, die signierten Damenkoffer, die Panzerkoffer amerikanischer Firmen, die quadratischen Rucksäcke, unter deren Last sich die Rücken beugen? Sollte ein Koffer nicht das Wesentliche enthalten, um sich auf Reisen zu füllen? Statt dessen fliegen wir mit schwerem Gepäck auf die Inseln und Halbinseln. Reebok-Turnschuhe, elektrische Zahnbürsten, Warmluftstyler mit drei Aufsätzen, Taschenlampen, Wickeltischaufsätze oder Duschhauben begleiten uns auf Bergspitzen und in die Wildnis. Unser Gepäck ist nicht das von Flüchtlingen, sondern von Verfluchten. Wäre es wenigstens wirklich reich, wie das von Cole Porter, den stets sein Silberservice auf Reisen begleitete, oder wie das von Josephine Baker, die sich mit einer Schreibmaschine, zwei Hunden, hundertsechsundneunzig Paar Schuhen, Kleidern, Pelzen und vierundsechzig Kilo Gesichtspuder in die Weltstädte aufmachte. Denken wir an Massud, der zweitausend Bücher im Gepäck hatte, als er sich aus Kabul ins Panshirtal zurückzog, um gegen die Taliban zu kämpfen!

Als Kind besaß das Mädchen einen silberfarbenen Blechkoffer, der es auf ihre Reisen begleitete, bis der Verschluß verrostete. Es war der Besuch in einem Wanderzirkus gewesen, der ihr damals einen so großen Eindruck gemacht hatte, daß sie, nur um in der Nähe der Zirkusartisten zu sein, den Direktor nach der Vorstellung darum bat, am Nachmittag kommen und beim Saubermachen der Käfigwagen helfen zu dürfen. Damals klebte die Mutter ein ovales Schildchen auf den Koffer, auf das sie *Zirkus Kaiser* schrieb. Wenn Reisende das Kind fragten, welche Kunststücke es im Zirkus aufführe, so antwortete es: »Ich fege Käfige.« Es war ja belanglos, ob sie eine kleine Seiltänzerin, eine Kunstreiterin oder eine Trapezkünstlerin war, es genügte, einmal im Leben einen Käfig des *Zirkus Kaiser* ausgefegt zu haben, um einen Teil der Artistenfamilie zu bilden. Dieses Gefühl, zum Zirkus zu gehören, begleitete jede ihrer Reisen, ob es die von Frankfurt nach Bad Hersfeld oder die von Paris nach Bombay war. Dieses Gefühl ging allein von dem beklebten Blechkoffer aus, der einen großen Charme hatte. Als der Verschluß verrostet, der Koffer unbrauchbar geworden war, da schwand auch die Vorstellung, zum Bannkreis der Manege zu gehören, die die Mutter nie verlor; doch auch das Mädchen nicht völlig, denn immerhin, das Gepäck, welches sie nun auf die Reisen mit dem Geliebten begleitete, hatte ein erzählendes und fesselndes Wesen. Diese kamellederfarbene Reisetasche, ererbt von derselben Freundin ihrer Mutter, die dem Mädchen auch den sibirischen Wolf vermacht hatte, war von einer berühmten französischen Marke, mit goldfarbener Schnalle und Griffen aus dunklerem Leder versehen. Die Schnalle allerdings schloß nicht mehr, die Nähte hingen an den Griffen herunter, und doch hatte dieses Gepäckstück eine abgetragene Eleganz, wie der weiße Anzug eines englischen Gouverneurs nach einer Tagesreise im britischen Indien.

Den Schriftsteller ärgerte diese Tasche, über welche manche Dame ihren Kopf schüttelte, doch die Reisetasche des Geliebten, über die kein Mensch je den Kopf schüttelte, ärgerte sie noch viel mehr. Unförmig war der schwarze Sack, der praktisch zu sein versprach, was heute ein größeres Versprechen als Eleganz ist.

Für diese Reise hatte sie sich eine neue Garderobe ausgedacht. Ihre langen Beine steckten in olivgrünen Reiterhosen, die Füße in schwarzen Stiefeln mit roten Schäften, sie trug ein weißes Männerhemd und eine dunkelgrüne Krawatte, mit roten und blauen Elefanten bestickt – übrigens ein Geschenk des belesenen Autovertreters, des Geliebten der mütterlichen Freundin. Der Autovertreter hielt viel auf seine Garderobe, gab das Geld für Stoffe, Seifen und Bücher aus. Er spielte Klavier und besaß eine eindrucksvolle Sammlung seidener Krawatten, von denen er zuweilen eine verschenkte.

Kaum hatten seine Lippen ihren Mund berührt, da verunsicherte sich ihr zuvor fester Schritt, das Haar löste sich aus den Kämmen, und sie verlor den scharfen Blick. Sie wurde weich. Sie ging ja nicht nur Liebesstunden entgegen, sondern warmer Zimmertemperatur, heißen Bädern, blendendweißen Laken, englischen Teesorten und Bediensteten, die auf ihren Befehl warten würden. Tagen ging sie entgegen, da keine Gartenmauern einzustürzen und keine Wasserleitungen einzufrieren drohten, da die glasigen Augen des Stiefvaters, reglos wie die steifen Gelenke seines hageren Körpers, aus ihrem Blickfeld fortgeblendet sein würden, Tagen des Reichtums und der Sicherheit. So gehen manche Pensionäre einer Mallorca-Woche entgegen, wo sie sich am Buffet eines Strandhotels überfressen und am Tag ihrer Rückkehr nach Eisleben oder Mägdesprung, nachdem sie am Morgen nur ein Brötchen mit Johannisbeermarmelade verzehrt und eine Tasse Filterkaffee getrunken haben, tot umfallen.

Allerdings ging sie auch dem einzigen Menschen entgegen,

der sie nicht langweilte. Weshalb aber verließ sie ihr kalter Blick, wenn sie ihn sah? Was wurde so weich in ihr und schwächte sie? Etwas trieb sie, ihren Lehrer sofort zu verwunden, obwohl ihr das Herz schmerzte, als sie sah, wie er sie in kindlicher Hochstimmung umarmte, wie er sie verloren anblickte. Konnte man einen solchen Menschen verletzen? Vor lauter Liebe schien er kleiner geworden. Wie ein Bär mit seiner Tatze faßte er über die Stoffe, die ihren Körper bedeckten, doch sie stieß die geliebte Hand fort und blickte ihn verachtungsvoll an. Er schien ihr zu wohlgenährt, zu sauber, zu glücklich. Sie musterte ihn von oben bis unten, die kleine Handtasche wie einen Peitschengriff in der Hand. Wie konnte er es wagen, so glücklich zu sein? Wie konnte er es wagen, so liebevoll zu sein, nachdem er die Wange einer anderen Frau geküßt hatte? Es dauerte nur Sekunden, und er wußte, in welcher Stimmung sie war. Sie betrachtete ihn in diesem Moment als Italiener, das wußte er. Und sie selbst wurde dabei immer deutscher, immer aufrechter, immer härter, während er gegen seinen Willen immer italienischer wurde. Jetzt nutzten ihm keine französischen Zitate, um sie zu erweichen. Verlegen bot er ihr eines von mehreren Brötchen an, die in der Aktentasche wie in einem Schulranzen lagen. Das wollte ihr so gar nicht passen. Die mit hauchdünner Glasur überzogenen, schinkengefüllten Brote, jedes einzelne in durchsichtige Folie gewickelt, machten sie rasend vor Eifersucht. »Einem erwachsenen Mann so viele Brötchen mitzugeben, für eine so kurze Reise, das ist lächerlich! Einem Schriftsteller!« fauchte sie. Aber wie gut waren diese Brote doch und wie weich der Schinken! »Du wirst wie ein Kind behandelt«, fuhr sie fort, »wirst wie ein kleiner Junge mit Reiseproviant versehen«, und biß in das zweite Brötchen, während sie sich in der Lounge in olivgrünen Klubsesseln niederließen. Weshalb packte er nicht die Tüte mit den Broten aus der Tasche, warf sie in den nächsten Mülleimer, riß seine Geliebte an sich und sagte: »Aus! Ich will nicht mehr! Ich will keine Brote mit Schinken, keine Reiseapotheke und keine Knirpse im Gepäck! Ich will dich!« Statt dessen sagte er: »Wenn dir die Brote nicht schmekken, dann lass sie mir doch.« Es wurde ihr heiß wie nie zuvor. Der ganze Geruch seines Haushalts schien ihr mit einemmal in den Broten komprimiert. Ihr wurde übel, und doch erhob sie sich nicht, um ihn zu verlassen, denn an dem Ort des Körpers, der unbekannt ist und Seele genannt wird, dort, wo alles für uns entscheidet, dort war Widerstand, der Wille zu bleiben, der Trieb zu kämpfen, die Lust zu gefallen, das Verlangen nach Macht. Sie blieb und zog den Spiegel aus der Tasche. Durch die Erregung war sie noch schöner als zuvor. Die langen Haare lagen leuchtend um sie herum. Ihnen gegenüber saß ein Äthiopier mit einer feinen Goldbrille auf der Nase. Sein Hinterkopf ruhte auf vielen Nackenfalten. Er war groß und sportlich, trank einen Crodino und lächelte ihr zu. In der Lounge herrschte Laptopkonzentration. Auf den niedrigen Tischen, die mit giftgrünen Marmorersatzplatten bedeckt waren, standen, statt Kaffeetassen und Aschenbecher, Laptops, und zu ihnen hin, aus den Klubsesseln heraus, neigten sich die Köpfe der Geschäftsreisenden. »Sie bringen jemand von außen, der frische Gedanken hat«, hörte sie neben sich einen fleischigen Rheinländer in einem blauen Blazer mit goldenen Knöpfen sagen. Sie verachtete diesen Menschen, der fett und würdelos von frischen Gedanken sprach. Was für ein Wort! Was für ein schreckliches Wort! Und wie sie ihren Geliebten liebte! Da setzte sie sich breitbeinig hin, ließ die Krawatte, wie die Herren hier, zwischen ihren Knien baumeln, stützte die Ellenbogen auf die Oberschenkel und biß in das fünfte und letzte Brot. Mit dieser

Handlung aber hatte sie den Schriftsteller nicht verletzt, der leicht benommen durch ihre Härte neben ihr saß. Sie zog ein Buch hervor, *Die Großmutter*. Ein Buch ist in allen Augenblikken des Lebens eine Festung, hinter der man Schutz und Trost suchen kann. Während sie ihr Haar zu einem Zopf flocht und ihn mit der Krawatte zwischen den Knien pendeln ließ, las sie: »Wenn ein an das lärmende Leben der großen Stadt gewöhnter Reisender durch das einsame Tal, darin die Proschkes lebten, gekommen wäre, er hätte gewiß gedacht: ›Wie können diese Leute jahraus, jahrein an einem solchen Ort leben? Ich wollte hier nicht bleiben, es sei denn zur Zeit der Rosenblüte!‹« Sie wurde rot. »Da, da steht es«, dachte sie, »da steht, was er über die Eltern und mich denkt. Die Proschkes! So sieht er uns, als die Proschkes. Da sitzen wir, zwar nicht *in* einem einsamen, aber *über* einem einsamen Tal, jahraus, jahrein, hören den Hund in die Nebel bellen, die Kakifrüchte am Boden zerplatzen und das Wasser in den Heizungsröhren rinnen.« Sie wurde noch schwächer, und ihr Blick schweifte zu ihm. Seine Schuhe waren wie immer poliert. Er sah wie sein eigener Smythson-Taschenkalender aus, in Marineblau und Gold, marineblau der lange Mantel, golden die Lesebrille, die auf seinem blassen Gesicht, wie die goldfarbenen Lettern auf dem Smythson-Kalender, aufblitzte. Alle kommenden Tage und Wochen waren in ihm vermerkt, die Opernabende, die Reisen mit ihr, die Besuche bei den Ärzten, die Vorträge und die Restaurants, die er aufsuchen wollte, all dies schien seit unendlichen Zeiten in ihm verzeichnet und mußte wie mondäne, mathematische Formeln zu lesen sein, etwa: Aubergine, 11 Park Walk, SW10 OAJ, 13., 14., 15. mit J. in Venedig, Hotel Europa, 7. Dezember Armide, 11. Mai Paris, Lucretia, Floris, 89 Jermyn Street, Cavia Kaspia, 4. Februar Doktor Zama, marrons glacés, Galli. »Er ist der an den Lärm der großen Stadt gewöhnte Reisende«, dachte sie, »und hält mir fast alles verborgen, damit ich über meinem Tal nicht in Unruhe gerate.« Als er nach ihrer Hand griff, entzog sie sie ihm.

Im Zug trennte sie ein Stapel Zeitungen, den sie wie eine Mauer zwischen sich und ihm errichtet hatte. Manchmal blinzelte sie, in der Hoffnung, er würde unruhig im Schatten der Zeitungen sitzen, um die papierne Mauerecke, und sah dann, wie er mit einem Zug das Glas Orangensaft leerte oder leise vor sich hin schnaubte, wenn er eine Nachricht über den Bankrott einer Unterwäschefirma las. Er beachtete sie jetzt mit keinem Blick, und sie fühlte sich immer unwohler in der neuen Garderobe.

»Paris«, dachte sie, »er ist in Paris gewesen, drei Tage lang.« Nicht nur die Brötchen hatten ihre Eifersucht erregt, es war auch diese Reise nach Paris, die sie bedrückte. Sein Leben war undurchsichtig für sie. Aber es ist ein Geschenk des Himmels für den Liebenden, daß er nicht sieht, wie die Welt ist, sondern sie mit einem phantastischen Auge durchschreitet. Sie kannte diese Reise, die sie drei Tage lang ins Bett gedrückt hatte, in allen Details. An dem Abend der Preisverleihung war sie in ihrer Vorstellung jedem Schritt des Ehepaars gefolgt. In ihren Augen war ihm der Preis in einem Palais übergeben worden, wo viel Gold an Decken und Türen leuchtete. Den Lippenstift der Ehefrau sah sie in manche Lippenfalte gesunken, und ein brombeerroter Fleck hatte sich auf einem ihrer Schneidezähne abgezeichnet. Sie saß in der vorletzten Reihe, wo er sie nach der Verleihung abholte und sich mit ihr zwischen den Abendkleidern zum Buffet schob, um dem Büfettier durch viele Stimmen hindurch zuzurufen, man möge ihm zwei Gläser Wein einschenken. Hände berührten ihn von hinten an den Schultern.

Fürchtete er nicht, eine Hand könnte die des Mädchens sein? Nein, er lachte, nahm die Hände und drückte sie, während die Ehefrau ihre Augen über die Menschen schweifen ließ. Spät am Abend fuhr ein herzkranker Freund das Paar ins Hotel, lud es in der leeren Hotelbar zu einem Whisky ein. Die Frau schob die Brille den Nasenrücken hoch und sah den Freund aufmerksam an, als dieser von seinem nahen Tod zu sprechen begann. Als das Ehepaar in gestreiften Pyjamas nebeneinander im Hotelbett lag, fragte er: »Wie war meine Rede?«

»Wie war deine Reise nach Paris?« fragte das Mädchen endlich.

»Paris? Kalt, es war kalt, kalt und langweilig. Eine alte Geschichte. Es war so kalt, daß ich sogar in meinem Mantel gefroren habe.«

»Was hat die Kälte mit deiner Frau getan?«

»Nichts, sie besitzt warme Mäntel. Aber es war so kalt, daß nur wenige meiner Freunde gekommen sind, und die, die sich die Mühe machten, zu kommen, sprachen nur über die Kälte.«

»Du lügst«, entgegnete sie in der Erinnerung an den eisigen Zug, der an jenem Abend um ihr Bett geweht hatte.

»Wenn ich nicht manchmal lügen würde, dann wären wir jetzt nicht hier.«

»Du gibst zu, daß du lügst?«

»Ja. Ich habe es gelernt. Du nicht. Das ist ein Unterschied zwischen uns.«

»Es erlernt zu haben oder nicht: ich verachte die Lüge.«

»Eine dumme Verachtung, provinziell und protestantisch. Und übrigens bist *du* eine beispiellose Lügnerin.«

»Wir haben uns also gefunden?«

»Zweifellos.«

Vor ihren Augen schmolz das Gold des Pariser Palais' fort,

übrig blieb ein leerer, kalter Saal in einem anonymen Betongebäude, die roten Lippen der Ehefrau färbten sich blau vor Kälte, und den Schriftsteller sah sie unter einem Stapel französischer Wolldecken liegen.

Aus dem römischen Bahnhof traten sie in feuchte Luft. Vor einigen Wochen waren sie im Schneetreiben von London nach Heathrow gefahren – es hatte tatsächlich geschneit – und nun fuhr ihr Taxi an Pinien, Palmen und Brunnen vorbei.

Eine Wunde schmerzte noch, eine Wunde schmerzt immer. Die Schinkenbrote waren zwar verzehrt, die Reise nach Paris vergessen, doch wartete ausgerechnet an diesem Abend eine Gesellschaft im Palazzo Farnese auf ihn. Diese Einladung war ja der Grund gewesen, weshalb er die Reise mit ihr angetreten hatte, der wahre und unwahre Grund, wahr in den Augen der Ehefrau und seines Dienstmädchens, unwahr in den Augen der Geliebten und in den seinen, die verreisten, um in fremden Städten das Glück zu finden. In der Mitte aber, hätte der Schriftsteller wohl gesagt, wo Wahrheit und Unwahrheit zusammenstießen, lag der eigentliche Grund. Und der eigentliche Grund war, daß der Mensch lieben und geliebt werden will. Diese einfache Tatsache zerstört die meisten Leben.

Die Einladung in den Palast, die ihm als Vorwand gedient hatte, um ihr Rom zu zeigen, schmerzte, weil er sie wieder nicht mitnehmen würde. Zärtlich bog sie ihren Kopf zu ihm.

»Nun?« fragte er liebevoll.

»Nimmst du mich mit?«

»Wohin denn?«

»Da, wo du hingehst.«

»Da, wo ich hingehe, gehst du doch auch hin.«

»Aber heute abend!«

»Heute abend? Ja, da muß ich wohl für ein Mal alleine hingehen. Eine schreckliche Vorstellung! Du hast es gut und kannst dir einen schönen Abend machen.«

»Ich pfeife auf meinen schönen Abend.«

»Alle, so vor Babel übergehen, werden sich verwundern und pfeifen über all ihre Plage.«

»Ich wiederhole: ich pfeife auf den schönen Abend. Warum nimmst du mich nicht mit?«

»Warum nehme ich dich nicht mit? Das ist eine sehr komplizierte Frage, hätte Adorno gesagt. Vielleicht nehme ich dich nicht mit, weil es nicht geht, weil gewisse Dinge im Leben nicht gehen, wie du weißt.«

Da waren sie, die gewissen Dinge, die im Leben nicht gehen. Sie waren die Schattenfiguren, gegen die sie ihr unsichtbares Schwert zog. Es mußte der Tag kommen, an dem sie auf die Gesetze pfiff.

»Ich hasse dich, ich hasse deine Reisetasche. Du und sie, ihr seid zwei wasserfeste und haltbare –«

»Idioten.«

»Nein, Produkte der Zivilisation. Du vor allem, bist ein schmieriger, konventioneller ...«

»Italiener.«

»Nein, ein verlogener Künstler.«

»Das allerdings ist das Schlimmste, was du mir sagen konntest.«

Wo nur war seine wunde Stelle? Er schien ihren kindischen Angriffen gegenüber gewappnet.

»Wenn du nicht so klug wärest, was würde ich dann nur machen? Was hältst du von einem Teller Muscheln? Oder von schwarzen Oliven? Was mich angeht, würde ich am liebsten den Knoten deiner grotesken Krawatte öffnen, die schlecht gebunden ist. Wenn Frauen schon so einen Unsinn treiben, dann sollten sie es wenigstens können. Aber leider muß ich dich jetzt kurz verlassen«, sagte er.

»Wieso? Läßt du mich jetzt schon allein? Jetzt schon?«

»Ich muß meine Mutter besuchen.«

»Eine Lüge.«

»Eine Lüge, ja, aber macht nichts.«

»Und die Wahrheit liegt zwischen Mutter und Ehefrau?«

»So ist es.«

Das Taxi fuhr zum Hotel Hassler. Es lag auf dem Pincio, ein altes, vornehmes Hotel, keinesfalls verwahrlost, und doch auf eine unerklärliche Art unrein. In der Halle roch es nach Reinigungsmitteln und Scheuerwasser. Der Barmann, den sie durch einen Rundbogen hinter der Theke stehen sah, hatte eine blasse, schweißnasse Stirn, das Gebäck, das auf einem Tisch neben dem Eingang der Bar lag, sah hart und trocken wie Stuckgebäck aus. Staubsauger wurden von schwarzhaarigen Zimmermädchen über die Teppiche geschoben, und in die offenen Fenster wehte warme Luft, die nach faulem Gemüse roch. Der Schriftsteller ließ das Gepäck aufs Zimmer tragen.

»Bevor ich dich verlasse«, sagte er, »zeige ich dir noch schnell die Kirche nebenan. Wußtest du, daß der Heilige Franziskus von Paola sie errichten ließ?«

Nein, das wußte sie nicht, sagte jedoch: »Ja, das weiß doch jedes Kind.«

»Und weißt du auch, warum?«

»Nein, aber mein Vater hätte es bestimmt gewußt.«

»Das klingt ja wie der Amerika-Witz. Fragt einer: Waren Sie schon einmal in Amerika? Antwortet der andere: Nein, aber mein Bruder wollte schon immer mal hin. Nun, der kranke Ludwig der Elfte hatte den kalabresischen Thaumaturgen nach

Frankreich gerufen, weil er auf dessen Heilkräfte hoffte. Ich weiß nicht, ob er geheilt worden ist oder nicht, zumindest hat sein Sohn, Karl der Achte, weiter den Orden und den heiligen Franziskus von Paola mit Geld unterstützt, so daß Franziskus das Grundstück auf dem Pincio kaufen und dort ein Kloster bauen konnte. Das habe ich eben nachgelesen, aber *mein* Vater hätte das bestimmt gewußt.«

Das Kirchenportal war geschlossen. Es war Mittag. Nun hatte der Schriftsteller Eile. Er winkte ein Taxi herbei und rief aus dem schon fortfahrenden Auto: »Bestell dir Gänseleberpastete.« Das Auto fuhr unter den Bäumen der Villa Medici davon. Sie wußte nicht, wer ihn erwartete, sah eine hohe Mauer vor sich, in der ein eisernes Tor zu einer Palmenallee aufging. Im Schatten der Palmen sah sie den Wagen auf eine blaue Villa zufahren, vor der ein Diener, trotz der Jahreszeit, unter einer Magnolie einen Tisch für zwei Personen deckte. Aus einem geflochtenen Silberkorb ragte ein Berg Blätterteig-Pastetchen. Wer war die Dame, die er besuchte? Der Schmerz war nicht auszuhalten, die Ungeduld zum Zerbersten, die Eifersucht zum Ersticken.

Sie kehrte ins Hotel zurück. In dem muffig riechenden Zimmer ging sie auf einem Teppich, der nicht makellos dalag, auf ein mit Bronzebeschlägen dekoriertes Bett zu. Die Wände und das Mobiliar waren baiserfarben. Es war drückend warm. Überhaupt bemerkte sie zum ersten Mal, daß die Hotels mit den fünf Sternen eine ermüdende Gewalt über einen haben. Hier wehte eine Ausnahmeluft, die nichts mit dem Leben zu tun hatte, einen aber wunderbar vor ihm schützen konnte. Im Caldarium eines Grand Hotel vergißt man leicht, daß uns alle nur die Lüge aufrechterhält. Von draußen hörte sie das Rascheln des Weihnachtsschmucks und der grünen Papiergirlanden, die junge Männer unter ihrem Fenster anbrachten. Es erklang der Pfiff des Portiers, ein mit Kohl beladenes Dreirad blieb knatternd vor dem Hotel stehen, Zeichner saßen im Sonnenlicht auf den Stufen der Spanischen Treppe. Sie legte sich auf das Bett. Da liege ich, dachte sie, das Fräulein Proschke vom See! Und soll Gänseleber bestellen! Wie konnte sie denn essen ohne ihn? Noch vor wenigen Minuten hatte ihre Hand in der seinen gelegen, und nun war sie wieder allein, war viel einsamer als in den Wochen der Trennung. Selbst auf dieser Reise blieb er eine Fata Morgana. Und doch erfüllte er bei Tag und bei Nacht ihre Stunden.

Allein in den Hotelzimmern, rechnete sie immer damit, daß er nicht wiederkommen, daß er einen Zug besteigen, einer Frau, einer Zigeunerin, in den Süden nachreisen würde. Diese langen Momente, da sie auf ihn wartete, waren endlos, waren Emily Dickinsons »Jahrhunderte von Junimonaten«. Daß die Zeit vergehen würde, das wußte sie, doch wie lange sie sich ausdehnen würde bis zu seinem Anklopfen an die Tür, das war ungewiß und schien unendlich. Diese Zeit des Wartens war die längste, die einzige, die ihr nicht wie Quecksilber zwischen den Fingern zerrann. Sie hielt aber nicht stand und beschloß, die Starre zu brechen, verließ das Hotel und lief die Spanische Treppe hinab, mit aufwallender Freude an dem Zinnoberrot ihrer Strümpfe, die man sah, wenn sie ihren langen Rock hob.

An sich konnte nun das Unmögliche durch den Schriftsteller möglich gemacht werden und das Chiffonkleid im Schaufenster der Ungaro-Boutique, das als Muster aufbrechende Rosen hatte, jederzeit, wenn sie es nur wollte, den schwarzen Rock – der Stoff stammte von ihrem Großvater, dem Tierarzt – ersetzen. Sie wollte es aber nicht. Es wäre traurig gewesen, mit einem Rosenchiffonkleid nach Hause zurückzukehren, wo der

Stiefvater krank lag und ein solches Kleid die Mutter beunruhigen würde, die mit ihren kurzsichtigen Augen hinter den dunklen Brillengläsern so blicken würde, daß jeder ihre Gedanken verstanden hätte: So eine bist du also!

Der Preis war sehr hoch für ein knielanges Chiffonkleid. Die Mutter hätte gesagt: »Für das Geld kann man sich siebzig alte Steinplatten kaufen« oder »Wenn andere Frauen ihr Geld für Kleider ausgeben, dann gib du es für Ziegelsteine und Zypressen aus. Davon hast du mehr im Alter.« Sie hatte recht, in ihrem kalten Haus wärmte ein derartiges Kleid nicht. Die russischen Strümpfe, die ihr Onkel aus Moskau mitgebracht hatte, die waren warm, und auch die langen 80 % Wolle/20 % Seide-Unterhosen waren warm, aber schön war es doch, das Chiffonkleid mit den aufbrechenden Rosen. »Dazu«, dachte sie, »würde ich schwarze Seidenstrümpfe, die schlangengrünen Schuhe aus dem Schaufenster nebenan und eine kleine Krokodillederhandtasche tragen.« In einer Chanel-Boutique hing ein Wollkostüm, das warm zu sein versprach, doch die plötzliche Vorstellung von alten, mageren Damen, die nervös mit ihren nicht nur vom Bridgespiel kraftlosen Fingern an den Goldknöpfen der weißen, schwarzpaspelierten oder schwarzen, weißpaspelierten Kostüme herumspielen, während sie mit strengem Blick vielleicht in einem Delikatessenladen stehen, schreckte sie zurück. Dieser strenge Blick, dachte sie, verleiht solchen Damen, die nur noch aus Haut, Knochen und einem Chanelkostüm bestehen, Macht, eine Macht, die wirkt, denn der Delikatessenladenbesitzer beugt sich beim Eintritt so einer Dame über die Theke und sagt in vertraulichem, aber respektvollem Ton zu ihr: »Guten Tag, liebe Signora Sansoni! Na, das ist ja ein Wetter heute! Aber dafür haben wir etwas ganz besonders Feines für Sie, Signora Sansoni, heute haben wir nämlich köstliche, in Olivenöl eingelegte Artischockenherzen – schnell, Dino, bring auch die Röllchen aus Meeresfrüchten! – und besonders gut, die Röllchen aus Meeresfrüchten mit Pistazien in heller Buttersauce, und sollte das nicht nach Ihrem Geschmack sein, haben wir außerdem, aber ganz vorzüglich, Seeteufel und Kammuscheln, am Spieß gegrillt. Nein? Bleiben wir bei der alten, doppelten Kraftbrühe? Schön! Dino, einmal Kraftbrühe!« Die alte Dame im Chanelkostüm verläßt den Delikatessenladen zwar mit einem feinen Lächeln, aber immer noch mit dem strengen Blick. Vor dem Besitzer des Delikatessenladens ist sie mächtig, doch wenn sie in ihre stille Wohnung zurückkehrt, wird sich die Macht allmählich, und nachts, wenn sie endlich in ihr kaltes Bett steigt, ganz auflösen.

Im übrigen hätte sie es nicht gewagt, allein in eine solche Boutique einzutreten. Mehr als alles fürchtete sie die Verkäuferinnen, die affektiert die Preise von Seidenschals und Kostümjacken nannten, noch bevor sie danach gefragt wurden, die wutschnaubend ein glänzendes Tuch zusammenfalteten, das man zu berühren gewagt hatte, die einem auf die Fingernägel schauten, als sei dies die Stelle unseres Körpers, die alles über uns aussagt.

Einmal hatte sie mit der Mutter eine solche Boutique betreten. Da wagte es die Verkäuferin, der wildfremden Kundin die Frage zu stellen: »Wie geht es Ihnen?« »Ja«, reagierte die Mutter sofort darauf, »wie geht es mir? Soll ich Ihnen wirklich erzählen, wie es mir geht? Wissen Sie, mein dritter Mann ist gemütskrank. Er liegt den ganzen Tag im Bett. Meine Tochter reist mit einem verheirateten Mann durch die Welt, und mein Haus ist feucht. Eine Drainage aber kostet Geld, viel Geld, und noch dazu werde ich alt. Jeden Morgen fürchte ich, eine Falte mehr unter den Augen zu entdecken, und das ist das Furchtbarste für mich! Aber auch der Gedanke, daß ich keine Terrasse anbauen kann, bedrückt mich. Sie wissen ja, die Gesetze sind sehr streng geworden. Ich hatte schon alte Säulen gekauft, und nun liegen sie da, unbrauchbar, so schöne Säulen aus dem sechzehnten Jahrhundert!« Die Verkäuferin zog sich hinter die Kasse zurück, ließ die Mutter Schals, Gürtel und Handtaschen berühren, ja sogar aus den Regalen heben, ohne noch ein Wort von sich zu geben. Das war eine glückliche Stunde. Dem Mädchen aber wäre es in einer solchen Boutique heiß geworden, das Blut ihr in den Kopf gestiegen. So ging sie weiter, mit dem leichten Unmut von jemand, der an den schönen Dingen des Lebens vorbeigeht. Männer riefen ihr leise Liebesworte hinterher. »Stella«, riefen sie, »Bella«, folgten ihr einige Schritte, flüsterten ihr aufdringlich zu, und einer, mit den melancholischen Augen eines Kalbes, stellte sich vor sie und starrte auf den Spalt ihres aufgeknöpften Mantels. »Mamma«, sagte er ernst. Mit dem Blick einer alten Dame im Chanelkostüm scheuchte sie ihn davon. Sie hatte ein schlechtes Gewissen, die vertrödelte Zeit beklemmte sie, sie wollte etwas Nützliches tun, den Eltern Geschenke für Weihnachten kaufen, aber es war ein unglücklicher Moment, vielleicht ein unglückliches Viertel, denn die Läden, in die sie den Eintritt nicht scheute, boten Stretchpullover, schwarze Militärstiefel, Drahtketten mit hellblauen Glaskugeln oder Bodenleuchten aus Bone China, Waren, die auf keinen Fall für die schwierigen Eltern in diesem schwierigen Augenblick geeignet waren. Auch wollte sie nicht eintreten, wo laute Radiomusik herausdrang, die nichts mit Schnee, Glocken und dem Jesuskind zu tun hatte. Was wird um vier, fragte sie sich, was um fünf, was am nächsten Tag, im nächsten Jahr geschehen? Zwischen vier und fünf war sie mit dem Schriftsteller im Hotel verabredet, und dieses Treffen nahm sie nun so sehr in

Anspruch, daß sie einen ernsthaften Einkauf gar nicht mehr in Betracht zog. Die Eltern, Weihnachten, Geschenke, Gott – das alles schob sie beiseite.

In der leeren Hotelbar bestellte sie Tee. Er war lauwarm und hinterließ braune Partikel in der Tasse. Sie hob den schwarzen Rock über die Knöchel, damit ihre witwenhafte Gestalt – der Rock fiel wie ein Vorhang an den Beinen herunter, die schwarze Jacke saß eng um ihre Taille – durch das rote Leuchten der Strümpfe etwas Lebendigeres erhielt.

Der Barmann telefonierte an der leeren Theke, Lieder der Platters klangen aus einer Lautsprecherbox, es roch nach Zigarettenrauch und staubigen Teppichböden, es zog. Sie hätte sich niemals in eine solche Bar gesetzt, wäre sie hier nicht mit dem Geliebten verabredet gewesen. Es war anstrengend, in den großen Hotels dem Druck der Angestellten ausgeliefert zu sein, die den Gast in jedem Moment daran erinnerten, daß dieses hier ein großes Hotel war, jeder, vom Barmann bis zum Zimmermädchen, vom Portier bis zum Empfangschef, klärten einen, sobald man auf sie stieß, darüber auf, daß man sich im Hassler, im Hassler!, befand. Sie, der Portier, der Liftboy, der Barmann, sie gaben einem die Ehre, hier eintreten zu dürfen, nicht einer von ihnen, der geehrt gewesen wäre, daß man sich herabließ, das Hassler aufzusuchen, und sich nicht über den lauwarmen Tee beklagte, denn das war sie drauf und dran zu tun, über diesen Tee zu schimpfen. Tee muß kochendheiß sein, ob im Hassler oder im Indian Coffeehouse in Lucknow. Tee trinkt der Mensch, um zu Kräften zu kommen, und wo immer er ihn bestellt, hat man ihm den Tee heiß zu servieren. Auch wenn der Barmann meinte, sie sei eine hergelaufene Person, weil ihre Wildlederstiefel abgeschabt und der Rock lang war, hatte er einen heißen Tee an den Tisch zu bringen. »Und Kandiszucker!«, rief sie hinterher. »Ich wohne hier, Zimmer 209«, rief sie ihm noch nach, um in seinen Augen zu einem anerkannten Menschen zu werden, als wenn das Wohnen im Hassler einen dazu machte. Der Barmann hatte weiche Finger und eine volle Figur mit einem besonders flachen Hinterteil, das er beim Gehen elefantenhaft hin- und herschaukelte. Im linken Ohrläppchen trug er einen kleinen Goldohrring, und seine Stimme war schmierig. »Kandiszucker?«, rief er zurück, »im Hassler?« Mehr sagte er nicht, sondern legte die Hand auf seinen weichen Bauch. Sie saß, trank den Tee. Was wußte der Barmann von Tee? Von den Zelten, die die Beduinen in der Wüste aufschlagen und darin süßen, starken Tee kochen? Was wußte er von Kairos Kaffeehäusern, wo sie den Tee mit Pfefferminzblättern servieren? Von Indiens Buden, wo der Tee mit Milch und Zucker in kleinen Tongefäßen oder in Gläsern angeboten wird? Sie sehnte sich fort aus diesem beengenden Weltteil, wo die Gugubda nicht erklang, nicht die Tempelglocke, der Ruf des Priesters, der Widerhall von Hufen. Sie wäre unverzüglich aufgestanden, hätte diesem Barmann den Rücken gekehrt, der von Kandis und Kardamom nichts wußte, wenn sie nicht mit dem Geliebten hier gewohnt hätte. Ihr war jetzt gleichgültig, wo er sein Mittagessen eingenommen hatte, wenn er nur kam und dem Barmann zeigte, woher der Wind wehte. Aber da war er ja, ging zwischen zwei Säulen hindurch, mit schnellem Schritt auf den Aufzug zu, und ihm war anzusehen, daß er so schnell ging, weil eine Frau auf ihn wartete, die er liebte. Sie lief hinter ihm her und warf von hinten ihren schwarzen Schal über seinen Kopf.

Sie hatten eine Stunde vor sich, dann würde er sie wieder verlassen, doch von dieser einen Stunde erwartete sie mehr als vom folgenden Tag.

Als sie im Badezimmer auf einem weißlackierten Stuhl saß, hob sie den Rock über die Knie, zeigte das Rot ihrer Strümpfe und wartete.

»Ich weiß, du wartest auf etwas, und ich habe Neuigkeiten für dich. In der Zeit, da wir getrennt waren, bin ich zu folgendem Entschluß gekommen: Du mußt mir folgen. Folge mir blind und ohne Widerspruch!«, befahl er, als er sich vor dem Spiegel rasierte. Er parfümierte den Hals und band eine weinrote Fliege mit weißen Punkten unter dem Hemdkragen fest.

Diese Worte stimmten sie weich, verwirrten sie. Einem Menschen folgen, blind folgen, das bedeutet ein außerordentliches Glück, Selbstvergessenheit und Selbstverlorenheit. Doch wohin sollte sie einem Mann folgen, der kein Gefolge brauchte? Und der Zweifel befiel sie, daß diese Worte nichts anderes als Angeln, Schlingen, Fallstricke und Netze waren, mit denen er sie packen und festhalten wollte. Sie wurde in das traurige und schmerzhafte Bewußtsein geworfen, daß sie das Schicksal fast jeder Konkubine erleiden würde: Eines Tages stünde sie verstoßen und verleugnet da. Sie spürte bereits, wie ihr Geist sich dem kämpferisch entgegenstellte: ja, sie würde ihm folgen, manchmal auch blind, sie würde ihn lieben, sie würde ihn süchtig nach ihr machen, sie würde alles tun, um ihn für immer an sie zu ketten, aber sie würde wachsam dabei bleiben.

Im Zimmer lag bereits jetzt die Stille eines verlassenen Raumes. Bald würde er die Tür hinter sich schließen, sein Kinn über der Fliege heben, dem Taxifahrer mit gleichgültiger Stimme die Adresse nennen, und der Fahrer würde schon verstehen, wer hinten auf dem Polster saß: eine hohe Persönlichkeit. Mit Fliege. Sie sah den Geliebten vor sich, als er immer noch vor dem Spiegel stand, sah ihn also dreimal, einmal als wirkliche, einmal als widergespiegelte und einmal als vorgestellte Gestalt, die vor dem Portal des Palastes noch einmal über das blonde Haar streichen, die Treppe emporsteigen und im großen Saal auf nickende Köpfe zugehen würde, im Rauschen von Stoffen, im Widerhall klingender Gläser. Lange, lange schon sehnte sie sich nach einem solchen festlichen Abend, wenn man mit besonders sauberen Fingern über das eigene Taftkleid tupft, die Pulse nach Rose riechen. Wie sollte sie nur diesen Abend verbringen, der nie den Glanz ihrer Vorstellung von jenem Fest erlangen würde? Im Hotel konnte sie auf keinen Fall bleiben, auch wenn sie das am liebsten getan hätte. Ging er, mußte auch sie gehen.

Er sah nach, ob Füller und Notizbuch da waren, griff in die Taschen seines Sakkos, zog einen Skarabäus aus Elfenbein und ein zimtrotes Kästchen hervor und steckte alles in seine Smokingtaschen.

»Nimm mich mit«, bat sie ihn, als er schon vor dem Aufzug stand.

»Komm«, rief er und verschwand hinter der Lifttür.

Im Zimmer herrschte nun die vollkommene Stille der Sonnenfinsternis, wenn die Tiere schweigen und ein Gewitter aus der Ferne heranzurollen scheint. Ein einziges Geräusch, etwa das Klopfen an die Tür, schien die Gewalt zu haben, alles in diesem Raum, wie in einem in sich zusammenbrechenden Glaspavillon, zum Zerschellen zu bringen. Sie wähnte sich völlig allein, als ihr Blick auf sein in Kalbsleder gebundenes Telefonbuch fiel. Da verdichtete sich die Stille um sie herum, wie sie starr und gierig auf das Buch blickte, zugleich aber belebten sich die Wände und das Mobiliar, erhielten die Kraft von Augen, die ebenfalls einen Blick in das Adressbuch werfen wollten. In dieses Telefonbüchlein hineinzuschauen war noch gefährlicher als seinen Telefonaten mit der Ehefrau zu lauschen. Das Mädchen wußte, daß sie zu vieles erfahren und erdulden müßte, wenn sie es aufschlug. Lange stand sie zögernd und unbeweglich vor dem Buch. In den kostbaren Umschlag waren Tintenkleckse, winzige Risse und Flecken eingedrungen, die Ecken waren schon lange nicht mehr kantig, sondern rund und weich geworden. Dieses täglich, vielleicht seit dreißig Jahren, von ihm aufgeschlagene, auch eilig und nachlässig behandelte Buch war so voller Leben, daß sie immer mehr fürchtete, es in die Hand zu nehmen und zu öffnen. Sie wußte, wieviel besser es sein würde, es ungeöffnet liegen zu lassen, doch ihre rechte Hand hob es schließlich vom Tisch. Die Seiten, die sich vor ihr aufblätterten, waren in den langen Jahren dünn geworden, auch sie an den Rändern von den ätzenden Spuren der Zeit angenagt. Sie blätterte das Buch durch, wie um durch seine Offenbarungen einen kurzen, schmerzlichen Stoß zu erhalten und um dann, bei einem zweiten und dritten Durchblättern, die Wirkung dieses Stoßes eindringlicher in sich aufzunehmen. Die ersten Namen, auf die ihr Auge fiel (das Auge faßt zuallererst immer das, was ihm schon bekannt ist), waren Namen von berühmten und weniger berühmten Schriftstellern, von Dichtern und Historikern, Namen, die sie jahrelang nur in schwarzer Druckfarbe in Zeitungen gelesen hatte, Namen, die allmählich für sie eine übersinnliche Macht bekommen hatten. Ihre Träger stellte sie sich schon lange nicht mehr als Menschen vor, sondern als im Flimmern des Fernsehapparates, im Grau des Zeitungspapiers auftauchende Medien, die die Fernsehzuschauer und Zeitungs- oder Bücherleser mit einer anderen Welt verbanden. Namen von Magiern, die das sahen, was anderen verborgen war, die den Untergang sahen. Namen, die nun in der Handschrift ihres Geliebten vor ihren Augen wirbelten und vertraut wurden wie die Namen und Anschriften von Hausnachbarn. Federico Fellini, der für sie als Kind der Zauberer am Firmament der Kinematographie gewesen war, nun stand sein Name auf dem dünnen Papier, unter vielen anderen Namen, in einer Handschrift des Schriftstellers, die längst nicht mehr die seine, einer Handschrift, die noch jungenhaft und ungeschickt war. Ein Zirkuszelt öffnete sich vor ihren Augen, ein weißer Pfau schleifte sein Gefieder über eine Balkonbrüstung, Schnee fiel auf das adriatische Meer, eine Elefantenfamilie zog in Cinecittá ein, Peitschenhiebe knallten, Wachs tropfte von Kerzenleuchtern. Sie las den Namen Italo Calvino und sah einen Steineichenpark, las den Namen Cioran und wußte, daß ein Schiffbrüchiger, der auf eine Insel geraten war und dort sofort einen Galgen gewahrte, anstatt darüber zu erschrecken, im Gegenteil beruhigt war. Gewiß, er befand sich unter Wilden, aber an einem Ort, wo Ordnung herrschte. Sie las die Namen Sciascia, Manganelli, Canetti und stieß dazwischen plötzlich auf die Adresse ihres eigenen Vaters, die sie zweimal wie eine Scheinschrift las. Ja, da las sie tatsächlich die Adresse des Vaters, nur stand über ihr der Name eines Dichters, der damals, vor nun fast sechzehn Jahren, mit ihm in einer Wohnung gelebt hatte. Sie setzte sich. Ja, da stand es: Liebigstraße 7. Es war der Name der Straße, dessen bloßes Aussprechen ihr früher, als sie fern vom Vater, mit der Mutter und dem ersten Stiefvater in Frankfurt lebte, körperliche Schmerzen verursacht, sie in grenzenlose Verzweiflung gestürzt hatte. Es war der Name der Straße, nach der sie sich jahrelang gesehnt hatte, damals, als ihre Eltern nur noch in Gerichtssälen zusammentrafen (die Mutter in einem grauen Bonnie-und-Clyde-Kostüm, der Vater in ungeputzten Stiefeln) und sich gegenseitig beschuldigten. Der

Schriftsteller, dachte sie, mußte die väterliche Adresse zu der Zeit in sein Telefonbuch eingetragen haben, als sie fünf oder sechs Jahre alt gewesen war. Er hatte sich fast sechzehn oder siebzehn Jahre, bevor er sie kennenlernte, ihre Adresse, eine ihrer Adressen, notiert. Sie las die Anschrift ein drittes Mal. Vielleicht, dachte sie weiter, hatte sie einmal als Sechsjährige, während eines Besuchs bei dem Vater, ihren zukünftigen Geliebten mit dem Dichter am Telefon verbunden. Es konnte gut sein, daß sich der Schriftsteller über die Kinderstimme am anderen Ende der Leitung gewundert hatte. Er war damals ungefähr vierunddreißig Jahre alt gewesen, vielleicht gerade mißgelaunt, weil erzürnt über eine neue Geliebte aus der Normandie oder Kastilien, die ihn schlecht behandelte, vielleicht ausgelassen, weil hingerissen von dem Brief einer Freundin aus Hamburg oder Toulouse. Wie hätte er ahnen können, daß das Kinderstimmchen am Telefon die Stimme einer künftigen Liebe war? Der Gedanke an die Frauen, die er damals geliebt, die ihn auf kurze Reisen begleitet, die er heimlich in großen Städten besucht, die ihn zum Lachen gebracht hatten, erzeugte in ihr den wohlbekannten Stich in der Herzgegend, der sie schwach und verzweifelt machte. Frauen: sie brauchte ihren Blick nur wieder in das Adressbuch zu senken, um auf Frauennamen zu stoßen. Da standen Namen, die ihr von Abenteuern erzählten, Namen, aus denen das Zuschlagen einer Taxitür, das Davonlaufen auf Stöckelschuhen, der lockende Ruf aus einer Thujahecke und das Aufklappen einer Handtasche herauszuhören war. Sie las den Namen Ida Giustina. Graugelbliche Schatten unter schwermütigen Augen, langes Gesicht mit dünnen Lippen, Nase mit winzigem Höcker, dunkles, kurzes Haar. Das Mädchen sah vor sich, wie der Schriftsteller seine schmalen Lippen auf Idas Augenschatten drückte. Doch Ida Giustina beunruhigte sie nicht.

Er hatte sie vielleicht einmal geküßt, weil sie die Erbin eines Palastes in Rom war, wo die Einsamkeit sie erdrückte und wo sie ihn, den Gelehrten, hinbestellt hatte, um ihm Bücher aus der Bibliothek ihrer Vorfahren zu schenken. Die anderen Namen jedoch erzählten nichts von physischen Unvollkommenheiten wie tiefen Augenschatten oder Höckern, nein, die anderen Frauennamen rochen nach Honigmelone und Kirsche: Miranda Moreau, Alina Plantier, Celeste Montebello, Antonina, in Klammern Nene, oder Rosa Olympia. Alles Frauen, dachte sie, die hecken- und spalierartig sein Leben umschlossen, die winzige Dornennarben in ihm hinterlassen hatten. Ein Name aber stand mit besonderer Frechheit inmitten der anderen. Mädchenhaftigkeit ging von ihm aus, Eitelkeit und Spott: Juliette Pinka. Sie sah sie vor sich, die verdorbene, kluge Juliette, die dem Schriftsteller – wann war das nur gewesen? vor zwanzig Jahren? vor zehn? vor vier? – durch ihre anziehende Launenhaftigkeit einmal den Kopf verdreht hatte. Sie wußte nicht und konnte nicht wissen, daß die meisten dieser Namen, hinter welchen sich, ihrer Vorstellung nach, feenhafte Gestalten verbargen, Namen alter Schriftstellerinnen, Schriftstellerwitwen oder Literaturagentinnen waren. Diese Namen, hinter deren Buchstabenzusammensetzungen sie die Silhouetten der Frauen, die er einmal geliebt hatte und also noch immer etwas liebte, zu erkennen meinte, klangen in ihrem Ohr, standen vor ihren Augen, als sie das Telefonbuch schon zugeklappt hatte. Amanda, Galina, Amata, Felicitas, Lou und ihr eigener, den sie wie einen fremden gelesen und unter dem ihre Adresse am See stand, die fast eine halbe Seite einnahm. Die Länge ihrer Adresse, dachte sie stolz, war ein Privileg, das sie von den anderen Frauen unterschied, besonders von der Ehefrau, deren Adresse natürlich nicht in seinem Telefonbuch eingetragen war.

Der eitle Stolz auf dieses lächerliche Vorrecht führte die angenehme Nebenerscheinung mit sich, daß es ihr auf der Stelle leichter wurde, wie jedem Menschen, der sich eines Vorrechts bewußt wird. »Schön machen«, sagte sie sich, ein Vorsatz, den sie stets als großes und anstrengendes Glück empfand. Wie Cioran schreibt, daß das Altern letzten Endes nur die Strafe dafür ist, daß man gelebt hat, so wußte sie, daß die Falten, die einmal ihr Gesicht zeichnen würden, nur die Strafe eines einst makellos glatten Gesichts sein würden. Doch es galt der Moment, es galt, im Moment schön zu sein, das schwarze, enge Samtkleid, die schwarzen Stiefel und die lange Korallenkette anzuziehen.

Die Augenblicke, da sie sich schön fühlte, waren Momente, in denen sich ihrer weder Ängste noch Zweifel bemächtigten, da sie keine kleinlichen Gedanken hegte, Haß oder Verzweiflung empfand, da war sie nur schön und verstand nicht die Bitterkeit alternder Frauen. Wenn sie ihrem Geliebten mit reiner Haut und schwarzumrandeten Augen gegenüberstand, fühlte sie sich stark und leuchtend wie der Scarus niger, der mit seinem Mund die tote Koralle zerbricht. Dann waren alle Zeiten, die vergangenen, die kommenden, die nie dagewesenen und die ersehnten nicht mehr vorhanden, dann war nur der Moment. Sie war sich durchaus bewußt, daß es unanständig war, so glücklich über die eigene Schönheit zu sein, doch jede schöne Frau wird von demselben Glück ergriffen, wenn ihr Spiegelbild ihr wie ein fremdes Gesicht entgegenblickt. Wäre es anders, dann wäre der Mensch nicht das, was er ist: ein Abgrund.

Es sind die Augenblicke, wenn der Mensch sich ein blütenweißes Hemd anzieht, wenn er in ein Abendkleid wie in das Gefieder eines Falken steigt und die Füße in hochhackige Schuhe steckt, die Früchte, Schleifen oder Blumen zieren, wenn er seine neue Handtasche aus dem Schrank holt und vor dem Ausgehen einen letzten Blick in den Flurspiegel wirft, es sind dies die Augenblicke, da der Mensch den Tod nicht fürchtet. Ehepaare begegnen sich höflicher und respektvoller vor einem Fest (denn beide hoffen, in ihre abendlichen Rüstungen gekleidet, an diesem Abend verführen zu können) als danach, wenn ihre Manöver der Verführung sich als vergeblich herausgestellt haben und sie ihr eigenes Antlitz im Spiegel betrachten, wo der Schweiß Furchen im Gesichtspuder hinterlassen hat, das Schwarz der Wimperntusche in die Augenfalten gesunken, die Haut gerötet, das Haar feucht ist.

Sie schlich aus dem Raum, ohne die Fenster zu schließen, die nun für die Tauben offenstanden. So konnten sie sich für zwei Stunden auf dem Bett niederlassen und die Erdnüsse aus der kleinen Tüte picken.

Der Kellner wies ihr einen Platz am Kücheneingang. Sie beschloß, groß zu Abend zu essen, es sollte an nichts fehlen, denn ein voller Tisch erinnert nicht so sehr an die Einsamkeit wie ein leerer. *Die Großmutter* lehnte am Wasserglas, strömte Waldgeruch und gute Seele aus.

Es herrschte Lärm, nicht der gedämpfte aus dem Saal des Palastes, das Klingen von Kristall, wohlerzogenes Lachen, ein hingeflüsterter, obszöner Witz, sondern es war laut, die Gäste feierten den Samstagabend, ließen Wein an ihre Tische kommen, Tintenfische servieren, Zitronen spritzen, riefen nach Brot und Käse, stellten den Fernsehapparat an, besuchten die Köche, die Wirtin, gossen Öl über Zwiebeln und schoben sich kleine Brotstücke mit Sardellenfilets in die Münder.

Das Mädchen hätte hier glücklich sein können, wäre der Schriftsteller nicht gewesen, der dort war, wo sie nicht sein durfte, also am einzig richtigen und erstrebenswerten Ort in dieser Welt. Sie sah Vasen aus Opalglas vor sich, mit gelber Seide bezogene, von Greifen getragene Schemel, sah Biskuitmedaillons und Mahagonikonsolen. Die Luftpartikel waren feiner dort, der Gott des Schmerzes zurückhaltender, der Tod ein vornehmer Galan der alten Damen, die ihn zurückzuhalten meinten, die Konversation elegant und heiter. Sie kannte ja die Welt nicht, wie der Schriftsteller immer sagte. »Großmutter aber blickte nach dem bemoosten Baumstumpf am Wehr und seufzte in Gedanken: Armes Mädchen!«

Wie jeder Ausgeschlossene träumte das Mädchen vom Eingelassenwerden. »Einmal«, dachte sie, »sollen sich die Portale vor mir öffnen, und dann darf der Schriftsteller mich ruhig begleiten. Ich werde nicht so kleinlich sein wie er und ihm manche Sterbliche vorenthalten.« In ein weißes Sommerkostüm gekleidet, würde sie ihn hineinführen in die Räume, wo Peoniensträuße ihren Schatten an die Zimmerdecke warfen und weiße, ausgestopfte Papageien in Nußholznischen daran erinnerten, daß allein der ein Großer ist, der einmal die Ehre hat, ausgestopft zu werden. Der Mensch ist nicht so schön wie ein Fasan oder ein Papagei. In unserem Weltteil zieht man vor, ihn zu begraben, um ihn zu vergessen. Und doch wäre sie lieber im Palazzo Farnese eingeladen gewesen als in einem Zoo, denn ihre Neugier war zu groß, jene Menschen leibhaftig vor sich zu sehen, die sie nur als Miniaturen, abgedruckt auf glänzendem Zeitschriftenpapier, kannte. Wenn ihr der Direktor des Zoos auch versprochen hätte, an der Tafel der außergewöhnlichsten und schönsten Exemplare essen zu dürfen, Exemplare, die am Aussterben waren, ehrwürdige Tiere, wie das Alpenmurmeltier, das am liebsten Plätze wählt, die durch steile Felswände begrenzt werden und dem menschlichen Treiben so fern als möglich liegen, oder das Leistenkrokodil, das Krokodil des Meeres, durch das in Indien fast ebenso viele Menschen ihr Leben wie durch Tiger verloren haben und das in seiner Unersättlichkeit auch Steine hinabwürgt, oder der Schmetterling Neoptolemus, allesamt Exemplare, die weitaus aufregender und schöner waren als jeder Mensch, hätte sie sich trotzdem für den Abend im Palast entschieden.

Die Gäste im Lokal waren vielleicht Elektriker, Klempner, Maurergesellen, Männer, die während des Tages Eimer mit Zement auf ihre Schultern hievten, mit der Last auf hohe Gerüste stiegen und in die Tiefe pfiffen, wo junge Mädchen im Schatten der Häuser gingen. Ihre Gesichter waren gebräunt, sie rauchten mit trockenen Lippen und waren, sie roch es, frisch gewaschen. »Wenn ich nur einen von ihnen um eine Filterzigarette bitte«, dachte sie, »dann entsteht ein Gespräch, das den Abend lang macht.« Die Männer hätten sich um sie herumgesetzt und Fragen gestellt, einer hätte es gewagt, nebenbei nach ihrer Hand zu greifen, und darüber hinaus wäre es spät geworden, wunderbar spät, wärmer auch, und der Weg zum Ausgang mit Stühlen verstellt. Da öffnete ein Windstoß die Tür, heftiger Regen fiel draußen auf die Pflastersteine, er entschied, daß es Zeit zu gehen war. Sie war erleichtert, denn so sehr sie Abenteuer anzogen, so sehr stießen sie sie ab. Sie lächelte den Männern zu, die sie schamlos von oben bis unten musterten, denn jetzt erst faßten sie diesen Mut, als sie das Mädchen weggehen sahen.

»209, bitte.«

»Der Herr ist schon da.«

Es war Mitternacht, als sie an die Tür klopfte.

»Unmöglich!« rief er noch hinter der geschlossenen Tür. »Unmöglich, mich so lange warten zu lassen! Ich hatte mir doch vorgenommen, dich nicht mehr allein weggehen zu lassen! Mir blieb das Herz stehen, als der Portier sagte, du seiest noch nicht zurückgekehrt. Wo warst du denn?«

»Ich?« (Sie überlegte, ob sie sich etwas Unerwartetes einfallen lassen sollte, etwa: Ich? Ich habe meine Freundin, die Prinzessin Gaudenzia, zum Abendessen in einem russischen Lokal eingeladen, Kaviar, Wodka ...) »Ich habe Lamm gegessen, Wein getrunken und gelesen. In einem einfachen Lokal hier in der Nähe. Und du? Austern? Krebse?«

»Austern? Krebse?«

»Wildkaninchen also?«

»Du kennst die Welt nicht, sie ist viel langweiliger, als du glaubst. Du haßt mich, weil ich dich nicht mitgenommen habe, aber glaube mir, du hast nichts verpaßt.«

»Du lügst.«

»Nein, für diesmal lüge ich nicht. Es war langweilig, bodenlos langweilig. Reden, die Ehrengäste hielten Reden, eine nach der anderen, und ich fror.«

»Das Frieren kenne ich schon.«

»Glaube mir, bei dir zu sein ist das einzige, was mir in diesem Leben noch gefällt. Alles andere ist ermüdend. Die Menschen strengen mich an, sie saugen einen aus, schleichen sich an einen heran, kommen wie Bittsteller, und plötzlich ist wieder einer vor dir und will etwas, ein Interview, eine Meinung, eine Unterschrift. Und nach dem Empfang war ich gezwungen, die Einladung zum Essen in einer Trattoria anzunehmen.«

Ihre Nerven entspannten sich. Er hatte nicht im Palast diniert. Der Geliebte knöpfte das enge Kleid auf, in dem sie anständig und majestätisch ausgesehen hatte. Nun stand sie als Callgirl vor ihm. Das schwarze Mieder umschnürte ihre Taille, und die Strumpfhalter spannten sich über das weiße Stück Bein, das von den Schenkeln ab in Seidenstrümpfe gehüllt war, über die flockenhaft schwarze Pünktchen gesprenkelt waren. Rot aber hoben sich die Lackschuhe ab. Der Geliebte biß in die Korallen an ihrem Hals, die von Rosenöl glänzten, das auf ihrem ganzen Körper verteilt war. »Liebste Liebe meiner Liebe«, flüsterte er zwischen den Küssen, »du bist die weiße Pārvatī, du bist Uṣas, die ihre Brust entblößt, du bist Subhadrā in einem Mieder, du bist Rādhā in Seidenstrümpfen. Kennst du nicht dieses alte Liebesgedicht, das noch nie aus dem Sanskrit übersetzt wurde?« Sie lachte. Der Regen brach sich an dem dünnen Fensterglas. Er öffnete es und beugte seine Geliebte hinaus, damit ihr der Regen im Gesicht zersprang und ihre Schreie in der Nacht widerhallten.

*

Ein junger Libanese rollte den Frühstückstisch ins Zimmer. Sie war an den Morgenritus schon gewöhnt, und doch hatte es immer noch einen religiösen Zauber, wenn das Tischchen hereinrollte und der Livrierte Deckel lüftete, wie ein Tempeldiener, der am Morgen die Gitter zum Heiligtum aufsperrt und Räucherstäbchen entzündet. Das Porzellan, stellte sie fest, war dick, der Glanz des Sheffield fehlte, überhaupt war der ganze Tisch karger als in London. Es kam ihr in den Sinn, daß der Geliebte für die zweite Reise schon ein billigeres Hotel ausgesucht, daß er zu sparen begonnen habe, und verächtlich sagte sie: »Das ist der Schatten eines Apfelkompotts! Du beginnst zu sparen?« Lächelnd erwiderte er: »Du kennst die Welt wirklich nicht! Das rührt mich immer wieder aufs neue. Jeanne Moreau wohnt hier, wenn sie nach Rom kommt.« Das machte ihr Eindruck, aber kaum waren ihre Mutmaßungen über seinen etwaigen Geiz verflogen, als das Telefon läutete, das, ebenso wie das Klopfen des Zimmerkellners an die Tür, zur Musik der Morgenstunden in den Hotels gehörte. Er stand auf und schlappte in seinen Pantoffeln ins Badezimmer, das zu einer Terra incognita wurde, wo andere Sitten herrschten, eine andere Sprache gesprochen wurde, die sie nicht erlernen sollte.

Das Ohr an die Badezimmertür gepreßt, versuchte sie, etwas von dem mitzubekommen, was sie nicht mitbekommen sollte. Seltsam ist, daß der Sünder zahmer sein kann als ein Tugendhafter, und so sprach der Geliebte immer nur von nützlichen und guten Dingen zu der Ehefrau. »Hast du meine Mutter angerufen?« fragte er, noch bevor sie von ihm erfahren wollte, wie er die Nacht verbracht habe. »Bitte tu das sofort«, drang er weiter in sie ein, »es geht ihr nicht gut, und ich kann sie unmöglich besuchen. Den blauen Pullover? Ja, den habe ich mit. Heute? Nein, es ist ganz warm hier. Und die Katze? Wie geht es ihr? Zum Arzt? Warum? Würmer? Armes Tier! Gestern? Komisch war es, wie immer solche Veranstaltungen. Ja, Simone war auch da und läßt dich grüßen. Also, einen Kuß an Rudra! Ciao, ciaoooo!«

Als er aus dem Badezimmer heraustrat, war sie erschöpft von den wenigen Minuten, in denen der Verdruß lawinenartig ihr Gemüt niedergewalzt hatte. An den Schmerz gewöhnt man sich nicht so schnell wie an den Luxus. Während seiner letzten Worte zu der Ehefrau mußte sie an das Buch von Bölsche denken, das er ihr vor kurzem nach Hause geschickt hatte: »Von den Regenwürmern zu den Sternen«. »So geht das nicht«, sagte er jetzt streng, »um diese Uhrzeit! Nicht, daß ich etwas gegen den Schmerz tun könnte, aber so früh am Morgen kann ich das erst recht nicht. Was soll ich nur machen, um dir zu beweisen, daß ich dich liebe, mehr als alles liebe?«

Die Reise nach Rom war eine Reise der Abwesenheit. Der Schriftsteller verließ seine Geliebte, kaum daß er bei ihr war. An jenem Morgen wurde er im Palazzo Madama erwartet. Dorthin kamen in ihren Augen Minister aller Art. Das Wort »Minister« allein stieg ihr zu Kopf, Magister, Meister und Minze schwangen darin mit, es umschloß wie eine Schatulle das Aroma der Macht. Dorthin kamen Figuren, die sich als vorgestellte Parade in ihrer Netzhaut verfingen – große italienische Verleger, in der Politik aufsteigende Männer, gebeugte Greise, die das Treiben im Staat bewachten, dort, stellte sie sich vor, war der Gebrauch der Sprache lakonisch, kalt und hochnäsig, die Geste straff, der Blick adlerhaft, die Verachtung grenzenlos. Sie sah auch Langusten vor sich, und wie immer jenes Schimmern der Goldknöpfe an den Jacken von Dienern. Dort, wo Säle sich öffneten und der einzelne Schritt widerhallte, dort, dachte das Mädchen, wo sie, wenn sie seine Frau gewesen wäre, eisig und schön (eine schwarze Rose auf dem Kragen) gestanden hätte, dort, wo sie sich und ihr Verhalten wie ein Instrument unter den strengen Augen hätte ausprobieren können, dort waren die Türen für sie verschlossen.

Er bat sie, ein Hemd und eine Krawatte für ihn auszusuchen, was wie eine subtile, perverse Quälerei hätte anmuten können, wenn er das nicht getan hätte, um einen Abdruck ihres auswählenden Blickes dorthin mitzunehmen, wo er ohne sie hinging.

»Was für ein Leben«, seufzte er, als er in den Aufzug trat.

»Nimm mich doch mit«, rief sie hinter ihm her.

»Ja, folge mir immer!« rief er aus dem schon geschlossenen Aufzug.

Kaum hatte sie die Zimmertür hinter sich geschlossen, verspürte sie ein heftiges Herzklopfen, es war das Klopfen, das von zuviel Kaffee und von zu feiner seelischer Folter herrührte. Sie mußte sich auf das Bett legen. An ihr Ohr klangen noch seine Worte, sie hörte noch das Timbre seiner Stimme, das in das Herzklopfen hineinvibrierte. »Wie verrückt das alles ist!« dachte sie. »Auf Reisen einsamer als allein.« Aber plötzlich – die Augen wurden schwer, der Atem gleichmäßig – löste sich der schmerzhafte Druck, dieser Druck, den ihr Vater besser gekannt hatte als alles andere in seinem Leben. Ruhe, Leichtigkeit, ja Heiterkeit hatten ihn auf einmal gelöst. Das war ein unerklärlicher, physischer Vorgang gewesen, der aus keinem Gedanken entstanden, sondern von allein, wie durch die geschlossene Tür, über sie gekommen war, ein Beweis, daß das, was die Menschen als Seele bezeichnen, manchmal wie ein Arzt handelt. Sie war auch nicht mehr müde, sondern hellwach und guter Dinge. Sie lag nicht grundlos und sinnlos hier, sondern das alles hatte seinen Sinn.

»Widerlich!« sagte er, als er am Nachmittag ins Zimmer eintrat. »Diese Zeremonien und endlosen Ansprachen! Ich habe mich zu Tode gelangweilt und an deine Krawatte mit den Elefanten gedacht. Während des Essens unterhielt ich mich mit einem alten Freund, es war sogar als ein vertrauliches Gespräch zu bezeichnen, keineswegs langweilig, und ich freute mich, ihn als Tischnachbarn zu haben. Wir sprachen über eine verstorbene Journalistin, die in Marokko lebte, eine Freundin des Freundes, eine abenteuerliche Frau, die ich auch gut gekannt habe. Aber auf einmal sah er mich an und fragte: ›Ist sie denn tot?‹, worauf mich ein solcher Ekel erfaßte, daß ich nur noch sagte: ›Ja, das ist sie, seit zwei Jahren‹, und dann das Gespräch abbrach. Laß uns jetzt gehen, ich muß raus. Hast du das Licht bemerkt?«

Als sie aus dem Hotel traten, sahen sie Kuppeln, Pinien, Zypressen und Palmen unter sich, die sich als Schattenbilder vor dem rotleuchtenden Abendhimmel abzeichneten.

»Und Masolino in San Clemente? Kennst du den?« fragte er.

»Ich weiß nicht einmal, wo San Clemente ist, geschweige denn der Masolino.«

»Siehst du, unser Unterricht läuft andauernd fort, er wird nie abbrechen, nicht eine Sekunde.«

»Aber du bist ja ein abwesender Lehrer.«

»Muß ich dir erklären, daß das die besten sind? Meinen Professor habe ich fast nie gesehen, nur beim Examen, und er war mein einziger, großer Lehrmeister. Also fahren wir zu San Clemente!« jubilierte er. »Da war ich schon lange nicht mehr!«

In der Kirche führte er sie auf ausgetretenen Steinstufen in eine feuchte Tiefe. Dort lag ein Tempel aus dem zweiten Jahrhundert vor Christus, dem Mithras geweiht. Die porösen Steinornamente in der Kassettendecke waren von Moos überwachsen. Sie hörten Wasser, folgten dem Geplätscher und stiegen weiter hinab, bis sie unter sich ein Becken liegen sahen, in dem grünes Wasser schillerte. Die leichte, unaufhörliche Bewegung auf seiner Oberfläche schuf Schattenspiele auf dem Gemäuer. Er warf eine Münze ins Becken. Sie warf eine hinterher.

Das Paar war allein zu dieser Abendstunde unter der Erde. Sie atmeten die Feuchtigkeit eines Grabes. Die Steine hier waren alte Wächter flüchtiger Momente in kurzen Leben, von der römischen Antike bis heute. Je älter der Stein ist, desto mehr Ehrfurcht haben wir vor ihm, denn wir spüren die Blicke und Atemzüge der Unzähligen, die in ihn eingezogen sind. Das Mädchen glaubte, daß der vergängliche, sinnlos anmutende Moment, in dem ein Wort gesagt, ein Blick geworfen wird, an irgend etwas haften bleibt, etwa an einem Gemäuer, einem

Stoff oder einem Gefäß. Sie glaubte, daß es Menschen gab, die leer waren, und andere, die eine Fülle von Zeiten in sich trugen. Diese letzte Art von Menschen nannte sie als Kind Mozartmenschen, denn damals teilte sie die Geschöpfe in Menschen und in Mozartmenschen. Diese waren feinfühlig, wachsam und oft krank, weil sie für den Schmerz offen waren, weil sie unter ihrer Zeit litten, oder unter all den Zeiten, die sie in sich trugen. Diese waren es, die unsäglich an dem hingen, was nicht mehr war, die den alten Zigarrenkasten ihres Vaters oder einen Einkaufszettel ihrer Großmutter nicht fortwerfen konnten, die Klavier spielten, Mozartkugeln über alles liebten und viel zu erzählen hatten, kurz, Menschen, wie ihr Vater einer gewesen war. Jene, die sie als Menschen bezeichnete, bildeten den Rest, es waren solche, die sich nicht erinnern konnten, die an das Morgen glaubten, ohne dem Gestern einen kleinen Obolus zukommen zu lassen. Sie hielt sich lange, bis in das fünfzehnte Lebensjahr, an diese Einteilung der Menschen. Doch als ihr Vater einen Tag vor ihrem fünfzehnten Geburtstag starb, da starben alle Mozartmenschen mit ihm. Bis der Schriftsteller auftauchte, ein halber Mozartmensch, der Valrhona-Schokolade statt Mozartkugeln aß, der Achatkugeln statt Zigarrenkisten und Einkaufszettel aufbewahrte, der Klavier spielte und viel zu erzählen hatte, aber durchaus nicht zu leiden schien. Ihn den Schmerz zu lehren, dazu war sie nun da.

Er zog sie weitere Treppenstufen hinab, in eine noch grabesähnlichere, noch feuchtere Tiefe. Hier, in einer Nische, hoch oben ins Gemäuer eingefügt, wachte eine steinerne, kopflose Madonna über das Dunkel. Das Mädchen wäre gern mit dem Geliebten hier geblieben. Alle Orte, an denen keine Telefone klingelten oder Faxapparate surrten, liebte sie mehr und mehr, wie auch die Gesellschaft von Steintieren, ob Schlange oder

Stier, doch ihn drängte es wieder hinauf, zum Apsismosaik, vor dem er zum letzten Mal als kleiner Junge gestanden hatte, wo in der bunten Himmelskuppe Hirsche an der Lebensquelle tranken, Störche, Pfauen und Möwen sich im Akanthusblätterwerk bewegten, flogen, türkise Flügel ausbreiteten und Mönche, Engel und Apostel im Ornament gefangenhielten.

Nah bei der Kirche lag der Lebensmittelladen Strizzi e Cesqui. Das Paar trat dort ein, weil sie Oliven liebte. Hinter der Glasvitrine schwammen in kleinen Bottichen die verschiedensten Sorten in Salzwasser. Hier waren auch Käsestücke aufgetürmt, hingen kurze und lange Würste. Der Ladenbesitzer schnitt in die Waren und reichte dem Mädchen Oliven und Kapern über die Theke, als seine Familie aus einem Türchen, das sich dahinter auftat, hereinkam. Es waren lauter kleine und große Strizzis und Cesquis, die zu raten und abzuraten hier versammelt waren. Wie ein kleines Orchester nickten sie und schüttelten die Köpfe in einem der Familie eigenen Rhythmus, es klangen die »nos« und die »sis« einhellig über die Theke, vor dem Scharfen warnten, den reifen Käse priesen sie. Der Schriftsteller deutete mit seinem Finger wie mit einer Revolverspitze auf die einzelnen Stücke aus dem Käsearsenal und ließ großzügig abschneiden und einpacken. Er wurde verehrt, es wurden Würste dazugepackt und verschiedene Brotsorten. »Du sollst an mich denken«, sagte er, »wenn du morgen abend ohne mich ißt. Jetzt aber essen wir zusammen.« Auf ein Zeichen von ihm brachte der Ladenbesitzer Brot, Wein, Oliven und Artischockenherzen an den Tisch nach draußen, unter einen Sonnenschirm.

Die Menschen, die an dem Schirm vorbeigingen, unter dem das verliebte Paar saß und aß, mußten Bewohner dieses Viertels sein, denn die alte Dame im grünen Regenmantel und mit der grünen Kappe auf dem Kopf grüßte in den Laden, der Schwarze mit Farmerhut, der mit dem elastischen Schritt seines Stammes vorbeiging, zog den Hut, als er Herrn Strizzi oder Cesqui erblickte, und die Kurzsichtige mit schwarzer Brille auf der Nase, die in beiden Händen volle Einkaufstaschen trug, löste den kleinen Finger vom Griff, um ihn zum Gruß in das Geschäft zu heben. Es schien ein ärmliches Viertel zu sein, doch standen großbürgerliche Mietshäuser hier, die vor nicht allzulanger Zeit, vielleicht vor vierzig Jahren, elegant anmutende Bewohner gehabt haben mußten, Bankdirektoren, die Freundschaft mit Bürgermeistern pflegten, Ingenieure, die ihre jungen Geliebten in einem neu erworbenen Fiat aus der Garage ans Meer fuhren, vorbei an dem damals neuen und schneeweißen Stadtteil EUR, der ungeheuerlich am Rand der fast ländlichen Stadt entstand und den nur das Auge Fellinis als eine schöne, milchweiße Stadt gesehen hat. Vielleicht war es wegen der abendlichen Dunkelheit, wegen des spärlichen Lichtes in der Straße und der roten Laterne vor einem chinesischen Lokal, doch über diesem Viertel lag etwas Lasterhaftes, in das der Duft von Fleischsauce zog und die Glocken von San Clemente hineinklangen.

Es begann zu regnen, es begann zu hageln. Eine Dame lief mit einer blauen Plastiktüte, die steif wie eine Kochmütze auf ihrem Kopf ragte, über die Straße, und hinter ihr her lief ein schwarzer Mann mit einem lilienweißen Turban. Der Schriftsteller rückte seinen Stuhl nah an die Geliebte heran. Eisstücke zersprangen auf der Straße. »Hier, in dieser Gegend, könnte ich eine Wohnung für uns kaufen«, sagte er im Hagelgeklirr, »es ist noch nicht in Mode wie Trastevere. Würde dir das gefallen? Mit Strizzi e Cesqui um die Ecke?«

»Das ist der Regen«, rief sie ihm zu. »Wenn er aufhört, ist auch diese Idee verpufft.«

»Nein, ich will einen Ort für dich und mich haben.«

»Nicht mit mir! Für so etwas sind Damen aus Java gemacht. Mich kannst du auf Reisen sehen oder in meinem Haus, als mein Gast.« Sie erschrak: »Hast du das Kuvert mit den Postkarten aus San Clemente? Es ist nicht mehr da.«

Er wurde unruhig. Sie standen auf und begannen unter den Eisstückchen, die auf sie niederfielen, die Straße nach dem weißen Kuvert abzusuchen, tasteten mit den Augen Rinnen und Hauseingänge ab, als er es unter einem Auto leuchten sah. Das Kuvert lag völlig trocken da und bewahrte in seinem Futter die Heilige Katharina vor der Nässe. War das nicht einer jener Tage, an denen das Dasein seinen Sinn hat? Tage, aus der »Verlorenen Zeit«, »wo der Staub der Realitäten magischen Sand mit sich führt, wo irgendein banaler Vorfall des Tages etwas romanhaft Bedeutungsvolles bekommt?« Sie betrachtete das wiedergefundene, vor dem Regen bewahrte Kuvert als ein segenbringendes Zeichen, und er freute sich wie ein Schneekönig, denn ja, es war Winter, und nur im Winter kann man sich wie ein Schneekönig freuen. Es hatte alles seinen Sinn. »Warum bloß«, fragte sie ihn jetzt, »warum bloß hast du nicht auf mich gewartet? Ich habe gewartet, ich habe immer geahnt, daß eines Tages jemand kommen und mein Leben so zeichnen würde wie du. Hättest du mit derselben angestrengten Spannung gewartet wie ich …« Er, dachte sie, der sie das Aufreibendste lehrte, das Warten, war unfähig gewesen, lächerliche fünfzig Jahre auf sie zu warten. Es war in ihren Augen eine Ungläubigkeit gewesen, eine Ungläubigkeit an die Macht der Zeit, daß er nicht ergeben auf ihr Erscheinen geharrt hatte. Sie fuhr ihn fast an: »Du hast doch gestern erzählt, daß Talleyrand zu Madame de Dino gesagt hat, daß es nichts weniger Aristokratisches als die Ungläubigkeit gäbe.« Er lachte über seine Geliebte und dachte nicht daran, ihr ernsthaft zu erwidern. »Du könntest das Schweigen von mir erlernen. Dein Gerede schadet der Wahrheit, die du immer von mir verlangst. Aber wenn du es wissen willst: ich habe immer auf dich gewartet und kann es kaum glauben, daß ich jetzt nicht mehr warten muß.« »Du bist wie meine Mutter, die mir fast täglich wiederholt, daß es ohne Witz keine seelische Vornehmheit gibt«, erwiderte sie. »Wie soll man euch nur verstehen?« »Genies soll man nicht verstehen, mein Herz«, gab er zurück und küßte ihren Mund.

Auf der Piazza di Spagna stand eine vom Wind bewegte, innen hell beleuchtete Bude. Dort gab es Süßigkeiten, von einem Inder feilgeboten, der aus der Ferne wie ein bengalischer Marktartist aussah. Zu beiden Seiten des Standes flatterten silberne, goldene, kompliziert geflochtene Aluminiumstreifen in die Nacht, und eine Kette bunter Lampions schaukelte über den süßen Waren. Aus dem Inneren der Bude, wie aus der Mitte einer Karawanserei, erklang Trommelschlag, gedämpft, langsam sich steigernd. Der Inder selbst war in einen purpurfarbenen Schal gewickelt, mit welchem er sich den Mund bedeckte. Seine Augen standen weit offen, hoffnungslos schien er darauf zu warten, aus der Kälte dieser Nacht fortgeholt und dorthin zurückgeführt zu werden, wo die Nächte heiß und kurz sind. Der Schriftsteller stand vor dem bunten, süßen Tisch und entschied sich für Gelantinekrokodile und Zuckerbananen. Das Mädchen schämte sich vor dem Inder, der als Kind mit Sicherheit über bewegungslos in einem Fluß liegende Krokodilrücken geblickt und reife Bananen unter am Himmel kreisenden Geiern gepflückt hatte. Der Mann aus Indien lächelte. Er kannte die Menschen.

Sie wünschte sich ein märchenhaftes Geschäft herbei, ein

abenteuerliches Geschäft von Mann zu Mann, das sie alle drei aus der Wirklichkeit herausheben würde, vielleicht ein Handel mit Messer oder Gold, mit Lilienelixier, Tigermilch oder Schlangenhirn. Sie wünschte sich, daß der Inder sich über die süßen Waren beugen und einen warnenden Satz sagen würde wie: »Diejenigen nennen die Weisen eine viyogini, deren Leib vom Monde, vom Lotus, vom Sandel versengt wird, weil der Geliebte in der Fremde weilt.« Sie wünschte sich Worte, die, wie aus dem Mund eines Gottes, über ihr Schicksal entschieden. Aber der Inder schwieg, packte die Krokodile und Bananen ein, schlug sein Tuch über die Schulter und blickte weg von dem Paar, starr in die Nacht.

Die Finger des Geliebten zogen die Tiere und Früchte aus der Tüte. Seine Ohren und Backen waren gerötet. Er kaute auf der gezuckerten Gelantine, gefeit vor dem nächtlichen Wind. Ihr hielt er vor, sie kenne das Leben nicht, aber wie oft, wenn er so geschützt an ihrer Seite ging, spürte sie, daß sie es weitaus besser kannte als er.

Im Hotelzimmer konnte das Mädchen den süßen Krokodilen nicht widerstehen. Sie zog den Rosenmorgenmantel an und setzte sich mit dem Schriftsteller an einen kleinen Tisch. Morgen würden sie sich trennen. Dieser Gedanke hielt sie wach. In ihm stieg plötzlich Eifersucht auf. Er hielt ihr Handgelenk so fest, daß es schmerzte. Die bevorstehende Trennung rief diese Eifersucht hervor. Jeder Abschied erhöht diese Krankheit. Ganz plötzlich bohrte er Fragen in sie: »Dieser Herr Gießner«, begann er, »von dem du mir erzählt hast, existiert der noch? Und wie ist der eigentlich bei euch aufgetaucht? Ich möchte wissen, was da vorgefallen ist!« Sie lachte: »Was soll vorgefallen sein? Nichts ist vorgefallen!« »So unschuldig wie du tust, kannst du doch gar nicht sein«, sagte er jetzt fast bitter. »Doch«, lachte sie, »das bin ich.« »Unsinn!« zischte er und stand auf, »sag mir, was da geschehen ist! Siehst du ihn noch?« »Sehen? Ich sehe niemanden mehr. Den Gießner schon gar nicht.« »Dann erzähl mir genau, was da war! Irgend etwas muß ja gewesen sein, wenn du den Mann erwähnt hast, wenn er dich besucht hat!« Sein Mund war ganz schmal geworden, ein höhnischer Strich, den sie nicht mehr küssen wollte. Seine Augen blickten sie haßerfüllt an. Sie beruhigte ihn: »Ich erzähle dir alles, bis ins Detail, wenn es dich glücklich macht. Aber schau mich nicht so böse an.« Sie stand auf und zog ihn zu sich aufs Sofa. Der Strich in seinem Gesicht zitterte leicht. »Also hör zu«, begann sie. »Wann war es? Vielleicht vor zwei Jahren, da habe ich Herrn Gießner in München bei einem Abendessen in der Wohnung eines Freundes kennengelernt, als ich einmal für zwei Tage zu Besuch bei meiner Stiefmutter war. Er war mir vom ersten Moment an unangenehm. ›Wieder ein so altmodischer Mensch, und immer mir müssen sie begegnen!‹ dachte ich. Mir tat nicht leid, daß er ein junger Mann war, der vor kurzem seine Frau verloren hatte, und allein, noch ein Student, seine kleine Tochter aufzog.« »Eine Tochter hat er auch noch?« unterbrach er sie. Die Geliebte überhörte ihn. »Am nächsten Morgen rief er an, um mich zu einem Spaziergang an der Isar einzuladen, und ich willigte ein, weil ein Freund voller Respekt von ihm geredet hatte. Ich wollte sehen, ob mein erster Eindruck nicht völlig falsch war.« »Das darf man nie tun«, unterbrach er sie, »erste Eindrücke stimmen immer.« »Nun gut, ich sagte zu, und zur Mittagszeit trafen wir uns und gingen im Schatten der Kastanien an der Isar entlang. Seine Tochter Luise lief voran, lachte schrill und versperrte uns mit ihren dünnen Armen den Weg. Sie zog mich an der Hand hinter ihren springenden Schritten her. Gießner ermahnte die Tochter lispelnd. ›Du böser Wichtelmensch, mach keinen Unfug‹, rief er mit der Stimme eines Eunuchen hinter ihr her und redete dann ungefähr so zu mir: ›Wissen Sie, besonders im *dies irae* kommt in römischer Nüchternheit die Dramatik der menschlichen Existenz zum Ausdruck. Ich habe es in der Damenstiftskirche Sankt Anna organisiert und dafür einige Freunde von mir für den Chorgesang aktiviert.‹ In diesem Ton sprach er weiter vom lateinischen Amt, vom Wirtshaus und vom Weißwurstfrühstück, wobei er trotz seiner hessischen Herkunft Wurst wie Wurscht aussprach.« Der Strich auf dem Mund des Geliebten verzerrte sich zu einem Lachen, und der Blick war milder geworden, aber er war noch nicht von seinem Anfall befreit: »Erzähl mir keine von deinen Geschichten«, fuhr er sie an, »sag mir die Wahrheit.» «Die Wahrheit, dir?« lachte sie, »wo du mich gerade vor ihr gewarnt hast!« »Vergiß jetzt die Theorien über Lüge und Wahrheit, rück mit allem heraus«, forderte er und umfaßte wieder ihr Handgelenk. »Zu so einem Weißwurstfrühstück also«, setzte sie fort, »lud mich Herr Gießner nach dem Spaziergang bei sich zu Hause ein. Er lebte in einer kleinen Wohnung im oberen Stockwerk eines alten Pfarrhauses, das neben einer neuen, katholischen Kirche stand.« »Typisch!« rief der Geliebte. Sie ging auch auf diesen Ausruf nicht ein. »In der Wohnung roch es wie in meinem katholischen Kindergarten: protestantisch, nach frischem Holz, Adventskranz und Knödel, so daß ich minutenlang glaubte, den Knödeldampf der Kindergartenküche einzuatmen. Im Eßzimmer stand ein Gitterbett. Die Tür zum Schlafzimmer war geschlossen, ein helles Holzkruzifix, das dort hing, hätte leicht hin und her geschwankt, wenn jemand sie geöffnet hätte. Und ich höre heute noch, wie im Innenhof, auf den sich das Eßzimmerfenster öffnete, die Vögel im Kastanienbaum zwitscherten.« »Komm zum Kern«, sagte der Schriftsteller unruhig. »Es war sehr warm. Herr Gießner war mit Eifer in der Küche am Arbeiten. Ich hörte, wie er einen Wassertopf aufsetzte, ein Wanderlied pfiff, eine Brottüte aufmachte und Teller aus dem Schrank nahm, mit einer Hast, als klatsche er nach Fliegen. Er stellte zwei Bierkrüge mit Messingdeckel, einen Korb mit Brezeln und einen Topf, aus dessen Dampf er die Weißwürste hob, auf den Tisch. Im Namen des Vaters und des Sohnes und des Heiligen Geistes. Amen. Mit über die Würste gebeugten Köpfen beteten Vater und Tochter. Wie unangenehm kann es sein, dachte ich, einem Gebet zuzuhören, und wie komisch und traurig wirkt es, wenn es vor einem Weißwursttopf aufgesagt wird, während draußen die Spatzen zwitschern. Ich hielt den Bierkrug falsch und wußte es nicht, aber Herr Gießner blickte mich mit zufriedenen und gierigen Augen an. ›Nein, Wichtelkind, das tust du nicht‹, schimpfte er mit Luise, als sie begann, ein Lied zu singen. ›Warum nicht?‹ schrie das Kind, ›das Fräulein langweilt das, was du sagst.‹ ›Du kluger Mensch, woher weißt du denn das? Langweilen Sie sich?‹, wandte er sich mir zu, und ich sagte verlogen: ›Nein, im Gegenteil, ich würde mich freuen, wenn Sie mir noch etwas über Ihr Leben erzählen.‹ ›Hörst du, du Wichtel?‹, rief er seiner Tochter über den Tisch zu, ›und jetzt sei ein stilles Kind und setz dich auf deinen Stuhl.‹« Der Schriftsteller unterbrach sie wieder unruhig: »Du willst mir jetzt das ganze Frühstück vorspielen?« »Ja«, gab sie zurück, »das will ich, damit du alles weißt, wie du es von mir verlangt hast.« Sie erhob sich und machte Herrn Gießner nach. Der Geliebte lachte: »Kann ich dich nicht als meine Privatschauspielerin anstellen?« fragte er. »›Und das Wichtelmännchen geht jetzt schlafen‹, befahl mein Gastgeber, indem er mit seiner Hand auf den

Tisch schlug. ›Nein, ich will nicht ins Bett‹, rief die Tochter mit weinerlicher Stimme und verdrehte ihre Augen. ›Oh ja, das ist allerdings wahr: heute ist Sonntag und Sonntag ist bei uns Eistag. Sie möchten doch bestimmt auch ein Eis?‹ Eine lüsterne Kraft klang in seiner Stimme mit. ›Danke‹, sagte ich, ›kein Eis. Ich würde gerne rauchen.‹ ›Aber selbstverständlich‹, rief er, ›dann zünde ich mir auch eine kleine Zigarre an. Und der Wicht bekommt jetzt sein Eis, aber dann ab ins Bett!‹ Das Kind saß da, aß das Eis und sprach Worte ins Wasserglas, daß es blubberte, was den Vater aufbrachte. Er stand auf, ließ die Jalousien im Eßzimmer herunter und legte es ins Gitterbett. ›Einen Cognac?‹ fragte er leise und setzte hinzu: ›Kein wärmeres Jäckchen als ein Cognäckchen.‹« »Das ist ja entsetzlich!« rief der Schriftsteller aus, aber sie ließ sich nicht unterbrechen: »Er machte mich wahnsinnig, die Dunkelheit bedrückte mich, und immer noch lag der Geruch von Knödeln im Zimmer. Er holte zwei Cognakgläser aus einem blauen Bauernschrank. Ich trank das billige Zeug in einem Zug aus, wußte, daß er jetzt mein Haar oder meinen Arm berühren würde, und stand auf. ›Wir stören Luise beim Einschlafen‹, flüsterte ich höflich und suchte im dämmerigen Licht nach meiner Handtasche. ›Unfug!‹ zischte er aufgebracht. ›Der Wichtelmensch muß sich früh ans Leben gewöhnen. Bleiben Sie noch! Da, die Rosen sind für Sie!‹ Hastig zog er einen Rosenstrauß aus einer Vase und hielt ihn mir mit seinen tropfenden, langen Stengeln hin. ›Nehmen Sie sie!‹ Er tastete nach mir, als ich im schattigen Raum schon nach dem Türgriff suchte. So, so ungefähr lief das Ganze«, sagte sie. »Ich ging zur Türe, drückte seine Hand und lief weg. Dann kam er eines Tages an den See, in einer bayerischen Joppe.« »Du hast ja unmögliche Verehrer gehabt«, stellte der Geliebte trocken fest. Sie schenkte dieser Aussage keine Beachtung. »Als Geschenk brachte er sechs Eierlöffel und drei Flaschen Blauburgunder mit. Er ging zweimal am Tag in die Kirche, kaufte am Morgen Brot, fegte die Küche aus und deckte den Tisch. Bei einem Spaziergang in die Berge erklärte er mir, daß wir heiraten müßten, das sei doch ganz eindeutig. Viele Männer wollten mich schon zur Frau, und ich wollte keinen von ihnen. Jetzt will ich heiraten, und der Mann, den ich liebe, kann mich nicht heiraten.« Sie brach ihre Erzählung ab, das Ende kannte er ja, sonst wäre sie jetzt nicht neben ihm gesessen. Er lachte, wie er über vieles in ihrem Leben lachte. »So komische Verehrer, wie du hast, die muß man erst einmal finden! Wer bist du nur?« Glücklich legte er seinen Kopf in ihren Schoß, und spät in der Nacht, nachdem noch lange sein Kopf in ihrem Schoß gelegen hatte, schliefen sie ein.

*

Sie erinnerte sich in den allerersten Augenblicken des Aufwachens nie daran, daß er verheiratet war. Das waren morgenrötliche Sekunden ohne Erinnerung, bis das schmerzliche Bewußtsein der Zustände dieses Glück verjagte. Sie glaubte an diese Augenblicke nach dem Aufwachen. Auch ein Mörder erinnert sich in den ersten Sekunden des Erwachens nicht mehr und noch nicht, daß er in der Nacht eine Frau an eine Wand gedrückt und ihr ein Messer durch die Brust gestochen hat. Der Mensch wacht auf, und einige Herzschläge lang ist er das, was er für den Rest des Tages suchen wird: sich selbst. In diesen wenigen Morgensekunden, wenn der Schlaf noch seine lähmende Wirkung auf den Geist hat, die Augen noch nicht geöffnet sind, aber der Körper schon wach ist, ist der Mensch ohne Kenntnis von Schuld und Unschuld. Diesen Zustand des Erwachens, zumindest die Erinnerung an ihn, gilt es, in den

Tag hineinzutragen – doch wem ist das gewährt? Nur in diesen ersten Morgensekunden wissen wir, daß alles unwichtig ist, was wir für wichtig halten.

Ein milchiger Dunst lag über der Stadt, als die Sonne aufging. Es war einer jener Morgen, an denen man mit dem Gefühl erwacht, eine große Reise anzutreten, da unser Hab und Gut bereit zu sein scheinen, in einen Koffer gepackt und über die Meere gefahren zu werden.

Nicht einmal den obersten Knopf am Rücken des Kleides hatte sie Zeit zu schließen. Sie rannte mit ihrer überfüllten, offenen Reisetasche die breiten Treppenstufen in die Halle hinunter, als aus ihrem Gepäck zwei kleine Marmeladengläser fielen, die sie im letzten Augenblick vom Frühstückstisch genommen und eingesteckt hatte, um zu Hause durch den Marmeladengeschmack an Rom und den Geliebten erinnert zu werden. Die Gläser rollten an den Füßen des Portiers vorbei, weiter in die Bar, doch weder der Boy, dessen Augen das Dahinrollen der Gläschen verfolgte, noch der Portier ließen sich Erstaunen oder Empörung anmerken, nur der Schriftsteller lachte über sie, die ihm wie eine russische Bäuerin vorkam, in deren Schürzentaschen landet, was immer sie an Eßbarem findet. Er wußte nicht, was es für sie bedeutete, zu Hause die Marmeladengläser auszupacken und zu überlegen, wann der geeignete Augenblick kommen würde, ihren Deckel aufzudrehen und aus ihnen zu essen, denn das mußte ein Moment sein, in dem der Küchenschrank sich einem öden Zustand näherte und gleichzeitig ihr Argwohn dem Schriftsteller gegenüber so weit gediehen war, daß nur der römische Marmeladengeschmack ihre Erinnerungen versüßte. Er betrachtete ihre Diebstähle in den Hotels als derbe Gier und kleinbürgerlichen Vorratsfanatismus, auch weil er ihre Vorstellung vom wahren Glück kannte, das Glück, eine mit Dinkelkörnern, Feigenmarmelade, Birnen, Schokolade und Holundersäften gefüllte Speisekammer zu besitzen. Eine solche Kammer, behauptete er, sei überflüssig, ihm würden zu Hause jeden Morgen vom Hausmädchen die frischen Eier, die frische Milch und das frische Brot gebracht. Gemüse dürfe nicht länger als zwei Tage in der Küche liegen, ganz zu schweigen von Himbeeren und anderen delikaten Früchten, aber alles andere wie Kaffee und Tee, Zucker und Salz, Nudeln und Reis lagern in einem Küchenschrank. »Was für ein hinreißender Ehemann«, dachte sie, wenn sie ihn so reden hörte. Seine Vorstellungen kamen ihr zwar steril und grotesk vor, doch sie leuchteten ihr ein. Und außerdem, behauptete er, müsse eine Speisekammer nicht in der Küche, sondern im Geist eingebaut werden. Diese Worte waren noch hinreißender. Insgeheim hatte er jedoch Verständnis für ihren Traum, und er bemühte sich, ihr durch einen Kurier erlesene Vorräte für eine solche Kammer zukommen zu lassen, wenn sie auch ein derartiges Speisedepot nicht besaß und seine süßen und salzigen, scharfen und bitteren Geschenke in verschiedenen Schränken aufbewahren mußte, sogar in ihrem Kleiderschrank. Doch wer wußte, ob nicht doch einmal der Tag käme, an dem er für sie eine Speisekammer bauen lassen würde? Beide dachten mit kindlicher Freude an diesen Tag. Jetzt allerdings hatte er nicht eine Minute, sich den Kopf darüber zu zerbrechen, und doch: er lief blitzschnell in die Bar, griff unter die Heizung und einen Hokker und steckte die zwei Marmeladengläser in seine Jackentasche.

Auf dem Bahnhof schob das Paar einen Gepäckkarren vor sich her, auf dem sich die schwankenden Taschen türmten. Wie immer, wenn sie zusammen reisten, umgab sie eine abenteuerliche Luft. Etwas Regelwidriges ging von ihnen aus, wenn sie debattierend, plaudernd und scherzend nebeneinander herliefen, ein Stöckel aus ihrer Tasche ragte oder ein Hut vom Wagen wehte. Ihrem Gepäck sah man an, daß es ohne das seine heruntergekommen und ärmlich gewirkt hätte, während seine Tasche etwas von dem langweiligen Ernst verlor, wenn sie in Begleitung des Mädchengepäcks reiste. So ergänzten sie einander. Wenn dem heimlichen Paar auch kein Diener folgte, so war es doch, als umgebe es eine unsichtbare Schar ergebener Lakaien, unter denen sie sich ausgelassen bewegten, als hätten sich die Unsichtbaren schon längst um die Zugfahrkarten, die Sitzplätze und um ihr Geschick im allgemeinen gekümmert. Diese schattenhafte Dienerschar war vielleicht die Liebe selbst, die ihnen diente.

Kinder blieben stehen und deuteten mit dem Finger auf das eilende Paar mit dem lustigen Gepäck, aus dem ein blutroter Schal wehte, auf das laufende Paar, das Heiterkeit in alten Damen hervorrief, die Ausrufe freudiger Bewunderung nicht zurückhalten konnten, als die junge Frau in dem hochgeschlossenen Kleid an ihnen vorbeilief, auf das hastende Paar, dem Soldaten, die eben noch stumpf vor sich hingebrütet hatten, neugierig nachblickten. Was rief diese Heiterkeit hervor? Der Anblick des Mädchens im schwarzen Samtkleid, das am Nacken nicht zugeknöpft war? Der Anblick des Mädchens, das neben einem Herrn einherlief, der kleiner als sie war und dessen blondes Haar nach hinten wehte wie der rote Schal aus dem Gepäck? War der Herr der Vater der jungen Frau? Machte er mit seiner vielleicht heimlichen Tochter eine verzweifelte Reise? War es der Anblick des Mannes, der neben diesem seltsam gekleideten Mädchen wie der Direktor eines kleinen Zigeunerzirkus aussah, der mit der Tochter des Messerwerfers auf der

Flucht war? Heiterkeit rief hervor, daß das Paar so ungleich war, was stets Anlaß gibt, aufzublicken und sich zu wundern.

In ihrem Abteil saß eine Dame, die konzentriert tierisch auf einem belegten Brot kaute. Dieses Geräusch scheuchte das Paar in den Speisewagen. Die Landschaft entlang der Gleise war verwahrlost, sie bewies, daß es sich nicht behaglich neben Bahngleisen leben ließ, wie es in Tirol und Deutschland die Alpen- und Fachwerkhäuser glauben machen wollten, die in der Landschaft standen, als gäbe es die vorbeisausenden, pfeifenden Züge nicht. Da blühten die Geranien und Stiefmütterchen auf den Balkons, da plätscherten Brunnen und winkten Gartenzwerge. In Italien aber, gleich hinter dem Brenner, war ein natürlicher Widerwille zu spüren, auf dem Grund entlang der Gleise landschaftliche Idyllen zu schaffen.

Sie waren allein im Speisewagen. Als sie einander gegenübersaßen, erkannten sie im selben Augenblick, daß der Zug ihr eigentlicher Ort war, der in sich Haus und Bewegung in die Welt vereinte. In diesem Restaurant saßen sie wie in einem Speisezimmer, nur daß um sie herum alles Erblickbare ungreifbar, vorübergehend war. Sie schnitten mit den Messern ins Fleisch und tranken den Wein, wie es ein altes Ehepaar in seinem Eßzimmer getan hätte, nur, daß sie diese Gebärden in einem auf Schienen dahinschießenden Gehäuse ausführten. Nichts um sie herum aber erinnerte an die Stagnation, die man im eigenen Haushalt erfährt. Alles war fließend. Der flüchtige Blick in die Landschaft würde in der Erinnerung immer die Prägung der Vollkommenheit haben. Nichts zerfiel, verblühte oder verging vor ihren Augen, wie es zu Hause geschah.

Der Blick in das vorbeifliegende Land war nicht konzentriert, weil das Paar sich gegenseitig musterte. In der Bewunderung, die sie füreinander hegten, suchten sie nach Makeln, die den anderen zeichneten oder einst zeichnen würden. Sie betrachtete seine Nase. Es war eine Nase, deren Rücken etwas ausbuchtete, doch nicht so, daß sie als Adlernase hätte bezeichnet werden können, denn die Linie war weicher und runder. Eine scharf gezeichnete Nasen-Lippen-Furche ging von ihr aus, die manchmal mehr, manchmal weniger, manchmal gar nicht zu sehen war, wie wenn er auf dem Rücken lag, die Falten sich glätteten und sie die Züge seiner Jugend erkennen konnte, als die schmalen Wangen, das tiefe Kinngrübchen, der feine Mund noch schärfer gezeichnet waren. Die Zeit hatte bösartig um seinen einst dünnen Hals ein kleines Doppelkinn entstehen lassen, die Stirn war zu einem Ei geworden. Es gab Augenblicke, da ihr sein Gesicht alt und müde erschien, so alt und müde, daß sie der Gedanke, ihm jederzeit wie ein Reh den Rücken kehren zu können, ihn in seinem Körper wie in einer Ruine zurückzulassen, kühn machte. Und es gab Augenblicke, da sie ihre Augen nicht von ihm lösen konnte und ihr das glatte Gesicht manches gutaussehenden jungen Mannes unerträglich erschien. Allerdings – dies war eine grausame Tatsache – hing der Eindruck, den er auf sie machte, davon ab, ob er lag oder stand, welche Hemden oder Jacken er trug. Sobald er stand und sein Hals nicht von einem Hemdkragen und einer Krawatte gehalten wurde, schien dieser nämliche Hals sich wie die Schallblase eines Laubfrosches aufzublähen. Dieses Phänomen, dachte sie, mußte seine Ursache in der anstrengenden Arbeit haben, in den überfeinen, giftigen und gefärbten Speisen, die man in der Stadt zu sich nahm, bestimmt auch in der städtischen Luft, denn von Fotografien wußte sie, daß nach seinen griechischen Sommern diese Schwellung verschwand. Es gefiel ihr nicht, wenn der stehende Schrifsteller sich die Freiheit erlaubte, den oberen Hemdknopf aufzulassen, weil der

Hals diese Freiheit sofort auszunutzen schien, um sich gehen zu lassen. Auch sein Bauch hatte dasselbe Schicksal wie sein Hals, auch er mußte von einer Weste gefaßt werden, damit er sich nicht unbekümmert aus der Jackenöffnung wölbte. Es war durchaus nicht ein dicker Bauch, aber ein wohlgenährter. Das waren schreckliche Geheimnisse, die Geheimnisse der Mode. Warum hatte der Geliebte eine größere Gewalt über sie, wenn er in einem gestärkten Hemd und einem schwarzen Anzug vor ihr saß, als wenn er im Morgenmantel zu ihr sprach? Erlegen war sie ihm nur ganz, wenn er angezogen wie ein Leichenbestatter war. Dies galt auch für sie. Nur geschmückt und bemalt führte sie den Kampf der Regel nach. Der Körper eines wohlproportionierten Menschen ist entweder vollkommen gekleidet oder vollkommen nackt schön anzusehen. Weshalb dies so ist, kann man ebensowenig beantworten wie die Frage, warum das Maiglöckchen schön ist. Eines aber unterscheidet den Menschen von dieser Blume: Das Maiglöckchen schwebt nie in Gefahr, einen modischen Fauxpas zu begehen, es wird jeden Frühling mit seinen weißen, glockenartigen Blüten erscheinen und bewundert werden, während der vollkommenste Herrenanzug immer in Gefahr ist, durch die Worte, die aus dem Mund seines Besitzers kommen, in seiner Perfektion getrübt zu werden.

Auch der Schriftsteller beobachtete jede Bewegung ihrer Lippen, jede Falte, die beim Lachen unter ihren Augen entstand. Jetzt sah sie sich selbst klein und glänzend in seinen Pupillen widergespiegelt. Diese Widerspiegelung erinnerte sie an seinen ersten Brief an sie, in dem er Lichtenberg zitiert hatte: *Du denkst dich in mir.* Das konnte in diesem Moment auch bedeuten: Du siehst dich in mir. »Dein Mund ist so schön«, sagte er. Er sah nicht, was nur sie wußte oder ein boshafter Betrachter sah: die linke Hälfte ihrer Oberlippe war schmaler als der restliche Mund. Die Vorfahren väterlicherseits traten in dieser einen Lippenhälfte in Erscheinung. Man erkannte förmlich in dieser Lippenhälfte ihren Großvater und ihren Onkel, die das Gewerbe der Weinhändler ausübten. Nur ihre Mutter, eine boshafte Beobachterin, deutete hin und wieder auf den Mund ihrer Tochter und sagte: »Das ganze Kleinbürgertum liegt in dieser linken Hälfte deiner Oberlippe, der Fleiß, die Strebsamkeit, die Angst. Niemand außer mir weiß, daß du das Wesen deiner Großmutter Mechthild geerbt hast, der Großmutter Mechthild mit ihren Stachelbeermarmeladen, ihrem Geiz und ihrer Resolutheit. Ich sage es ja keinem, aber jeder müßte dein pedantisches Wesen an deiner linken Oberlippenhälfte erkennen, und auch deinen Mangel an Hochmut und Frechheit, deine Unfähigkeit, etwas Glanzvolleres sein zu wollen als der Rest der Menschheit. Wenn ich daran denke, daß ich viele Sonntage meines Lebens in dieser Familie verbringen mußte, heilige Sonntage, mit Sauerkraut, Braten und Erdbeertorte! ›Na, Tante Anna, dann komm man eben rein auf eine Tasse Kaffee. Omma hat auch einen Erdbeerkuchen gebacken‹, so ging das die Sonntage über, und das mußte ich mir anhören, die ich mit sechzehn Proust gelesen habe und eine Mutter hatte, die Französisch kochte! Um die Lehne des Fernsehsessels im Wohnzimmer deiner Großeltern war ein Lederriemen geschnallt, in den ein Aschenbecher eingearbeitet war, ein Aschenbecher aus Bronze, denn dein Großvater saß am Sonntag immer vor dem Fernsehapparat, rauchte eine Zigarette nach der anderen und füllte den Aschenbecher mit Kippen, bis deine Großmutter kam und ihn leerte. Nur er im Dorf besaß so ein Ding. Ich habe nie mehr in meinem Leben etwas ähnliches gesehen. Das war eine Steigerung des Absurden! So etwas Lächerliches und

Deprimierendes! Dein armer Vater, ein so begabter Mann, ist in diesem bedrückenden Haushalt aufgewachsen und hat ihn auch noch geliebt! Immer Tanten! Die Tante Anna, die Tante Irmi, die Tante Marie, und alle mit Sommersprossen! Da war nicht eine Tante in der Familie ohne diese Punkte im Gesicht, und du hast diese englische Pest geerbt. Wenn ich dich anschaue, dann sehe ich hinter dir deine kleinbürgerlichen Ahnen. Da ist keine Spur von Größe! Keine Transzendenz! Keine Götter! Nur Rasenmähen, Mettwurst, Glaube ohne Paradoxie. Und dann ist da dieser unerträgliche Druck, den die Kleinbürger auf andere Menschen ausüben, aber vor mir hatten sie Respekt, weil mein Vater Doktor war, aber alle anderen bekamen es ab, die Bauern vor allem, die verachtete die Weinhändlerfamilie aus Hannover. Du und deine linke Oberlippenhälfte! Wäre der Rest des Mundes nicht!« Die Tochter aber empfand es als eine Ehre, die Vorfahren ihres geliebten Vaters in ihrer einen Mundhälfte vereint zu wissen, sie erinnerte daran, welche Mühen es ihn gekostet hatte, sich aus dieser bedrückenden Welt herauszuschreiben, emporzuschreiben, diese Welt fortzuschreiben, indem er sie beschrieb, um zugleich immer mehr in ihren Bann zu geraten.

Ihr Vater war ein schöner Mann gewesen, mit gewelltem Haar, schmalen Lippen und einer schneeweißen Haut mit Sommerprossen. Seine blauen, euphorischen Augen vergaß seine Tochter nie. Oh ja, er hatte Tschechow ähnlich gesehen, und seine Seele war der des russischen Schriftstellers verwandt. Er war ein meisterhafter, abenteuerlicher, mitreißender Erzähler gewesen, der seine Zuhörer verzaubern und verwirren konnte, aber das unerbittliche Leben forderte Kraft von ihm und stete Aufmerksamkeit. In seinen letzten Lebensjahren, als die Unordnung um ihn herum zu einem Symbol seines Daseins geworden war, schrieb er nur noch, um die monatlichen Unterhaltsbeträge an ihre Mutter zu bezahlen und um seine zweite Frau und deren Söhne zu ernähren.

Als das Mädchen vier Jahre alt war, trennte sich der Vater von der Mutter. In den Scheidungsakten stand: Die Ehe der Parteien ist zerrüttet. Die Wiederherstellung einer ihrem Wesen entsprechenden Lebensgemeinschaft kann nicht erwartet werden. Dies ist auf das Verschulden des Beklagten zurückzuführen, der die Klägerin im April des Jahres 197... grundlos und wiederholt beleidigt hat mit Ausdrücken wie: »Schwachkopf«. So verwandelte sich der Vater in den Akten in eine Partei und in einen Beklagten, die Mutter in eine andere Partei und in eine Klägerin. Nun war der Vater schon lange tot, die Kämpfe waren gekämpft, und allein die linke Oberlippenhälfte der Tochter erinnerte die Mutter noch an ihren ersten Ehemann und bewies unerschöpflich, daß unsere Taten nicht zu löschen sind. Es wird uns immer etwas, und wenn es auch nur eine Lippenhälfte unseres Kindes ist, daran erinnern, daß wir wider die Gesetze gehandelt haben.

»Warum warst du so schwach und hast mir erlaubt, dich zu verführen?« fragte sie ihren Geliebten, nachdem sie an das Leben ihrer Eltern gedacht hatte.

»Warum warst du so schwach und hast mich verführt?« gab er scharf zurück.

»Dumme Gegenfrage«, entgegnete sie mit hochmütigem Lächeln, »du müßtest doch wissen, daß die Frau von Natur verderbt ist, wie man bei Hippokrates nachlesen kann, den du mir als Lektüre befohlen hast. Muß *ich* dich diese Wahrheiten lehren?« Sie verachtete ihn auf einmal, sah einen entscheidungslosen, italienischen Lüstling in ihm.

Doch blickte auch er sie gehässig an: »Wenn ich jemanden

brauche, der mich gewisse Wahrheiten lehrt, dann bist du das! Du bedienst dich einer Frauenzeitschriftensprache, wenn es darum geht, mich zu verletzen.«

»Hippokrates ist Frauenzeitschriftensprache?«

»Aus deinem Mund wird er das. Weißt du, was ich glaube? Ich glaube, daß du mich nicht nur nicht liebst, sondern mich nicht einmal gern hast. Das habe ich immer schon geglaubt.«

»Sentimentales Gequatsche!«

»Was suchst du eigentlich bei mir?«

»*Du* redest wie in einer Frauenzeitschrift!«

»Ich sage nur, was ich sehe.«

»Du siehst nichts.«

»Was also suchst du dann bei mir?«

»Was soll ich bei dir suchen? Ich verdamme den Tag, an dem wir uns kennengelernt haben. Ich kann bei dir nichts suchen, weil bei dir nichts zu finden ist. Heiraten kannst du mich nicht, und was sonst kannst du mir bieten?«

»Da haben wir es! Es gibt kein Gespräch, in dem du nicht darauf zu sprechen kommst. Du hast doch gesagt, du willst mich nicht heiraten? Was also willst du?«

»Du weißt es genau.«

»Ich habe dir doch gesagt, ich werde es ihr sagen, aber es muß der richtige Moment kommen. Du weißt doch: es geht um das große Spiel.«

»Le grand jeu. Daß ich nicht lache!«

»›Kleines Mädchen, du bist kein Engel, und überhaupt wirst du werden wie die anderen Frauen.‹ Das ist Lautréamont, den ich dir dringend zu lesen rate!«

Sie sprachen kein Wort mehr miteinander, doch als sie in Florenz ausstiegen, küßte der Geliebte sie. Er sah ihrem Gesicht an, daß sie diesen Kuß als Friedensvermittler verstanden hatte, und wortlos gingen sie auseinander. Sie kaufte eine Fahrkarte zweiter Klasse und wartete in der Kälte auf den Zug nach Desenzano. Die kleinen Marmeladengläser lagen in ihrem Gepäck.

4

Es war Weihnachten. Mutter und Tochter hatten am Morgen einen Tannenbaum im Wald ausgesucht und geschlagen. Er war nicht groß und stand nun mit deutschem Weihnachtsschmuck behangen in einer Ecke des Zimmers, das die Mutter den »Salon« nannte. Ihr war es in den mehr als zwanzig Jahren gelungen, aus der Ruine ein großes Haus, aus dem Schafsstall einen granatapfelfarbenen Raum und aus dem wilden, hügeligen Grund einen Buchsbaumgarten zu machen, doch das paradiesapfelfarbene Rot an den Wänden blätterte schon ab, und der grau-weiße Terrazzofußboden, auf den jetzt einzelne Tannennadeln niederfielen, wies winzige Risse auf. An den Ästen des Tannenbaumes schwebten silberfarbene Vögelchen mit langen, zerschlissenen Schwanzfedern, hingen von Goldstaub überpuderte Aluminiumfrösche, Engelsköpfe mit ausgebreiteten Flügeln, bemalte Holzfigürchen und bunte Kugeln.

Der kurzbeinige Angelo, das Faktotum, der Allesmacher auf dem Grundstück, der die Olivenbäume schnitt, das Holz hackte, verrostete Nägel an den Wänden des kleinen Stalles anbrachte, Brombeergestrüpp an den Grenzen des Grundstücks verbrannnte, die Wasserkanäle am Berghang reinigte, Bilder vorsichtig an langen Seidenschnüren aufhängte und auseinandergerissene Korbhenkel wieder zusammenfügte, war im Morgennebel gekommen, um eine Ente zu schlachten, die aus dem Teich heraus, in den Olivenhain hinein- und ihm weggelaufen war, der am Teichrand gestanden und ruhig mit seiner Axt auf ihre Rückkehr gewartet hatte. Die Mutter trug eine Wanne mit kochendem Wasser unter die Zeder und begann die Ente zu rupfen. Der Hals des jungen Tieres lag über dem Wannenrand, Blut rann aus ihm in das dampfende Wasser. Kleine Federn flogen auf und stieben in die kalte Luft, die großen sammelte das Mädchen zusammen und steckte sie in einen Sack, um eines Tages ein Kissen damit zu füllen. Es war still, so still wie kurz vor Schneefall. Nur die Enten, noch mit dem Schrecken in den Gliedern nach der Ermordung ihrer Teichgefährtin, schnatterten hin und wieder. Manchmal fiel eine Kakifrucht ins gefrorene Gras und platzte auf.

Die Küche war überheizt. Der Kamin brannte, das Silberbesteck lag zum Putzen auf dem Tisch bereit. Das Mädchen hatte drei kelchförmige Gläser mit Goldrand aus dem Eßzimmerschrank geholt und eine Flasche Wein auf die Anrichte gestellt. Im Topf auf dem Herd kochte Rotkraut mit Nelken, und in einer Schüssel lagen deutsche Semmelknödel, die die Mutter aus der Tiefe ihres Küchenschrankes, in dem sich die Mäuse auch an Rosinen, kandierten Früchten und Würfelzucker erfreuten, in einer von Staub überzogenen und an den Rändern fettig gewordenen Packung hervorgeholt hatte. Bis in den Nachmittag hinein klappten die Türen des Hauses auf und zu, klirrten Flaschen, Gläser und Fenster. Der Ofendampf stieg bis hinauf ins obere Stockwerk. Die Tochter lief hin und her, trug Mandelbögen und Geschenkpakete unter den Tannenbaum und stieß mit der Mutter immer wieder in der Tür zusammen, so daß das sonst ruhig im Schrank liegende, blaue Geschirr an diesem einen Tag in Gefahr schwebte, aus den nassen Frauenhänden zu gleiten und auf dem Steinboden zu zerschellen.

Als aus der Ferne die Glocken erklangen, stiegen Mutter und Tochter die Treppen hinauf zum Schlafzimmer, wo der Stiefvater unter einer scharlachroten Decke lag. Reglos, mit weit offenen Augen, starrte er aus dem beschlagenen Fenster. Er lag in einer Stille, in der nur der Zeiger des Weckers zu hören war, der als für sich pochendes Herz unermüdlich weiterschlug. Die zwei Frauen hoben die Decke, halfen dem Stiefvater beim Aufsitzen und sagten: »Komm, das Weihnachtsessen ist fertig. Wir haben eine Ente für dich gebraten.« Vom Bett aus zog er seinen indischen Morgenmantel vom Türhaken, und mit schwerem Schritt stieg er die Treppe hinunter, der Frau und der Stieftochter nach, um deren Handgelenke goldene Reifen lagen, die sie zum Festtag aus dem Schmuckkasten hervorgeholt hatten. Auf der linken Brust der Mutter lag ein falscher, blonder Zopf; auch er wurde nur zu festlichen Gelegenheiten hervorgezogen.

Im Flimmern des Kerzenlichtes stand der Stiefvater vor dem Weihnachtsbaum, im süßen Duft von Gebäck und Entenfleisch. Sein einziger Freund, sein Hund, der eine Hündin mit dem Namen Gogolina war, stand neben ihm und wedelte mit dem Schwanz – er hatte eine Wurst im Geäst des Tannenbaumes erblickt. Die zwei Frauen sangen aus einem deutschen Liederbuch, der Stiefvater stand starr zwischen ihnen und hielt mit Gewalt seinen schwachen Rücken gerade.

Als die Mutter den Entenbraten auf den Tisch stellte, sank ihr Mann in den Sessel und schnitt mit zitternder Hand in das Fleisch. Er hatte nur ein Geschenk für seine zwei Frauen unter den Baum gelegt: eine durchsichtige Weihnachtskugel, auf die er mit blauer und roter Farbe kleine Blumen gemalt hatte. »Das ist aber eine besonders häßliche Kugel«, rief die Mutter,

»Sinn für das Schöne hast du noch nie gehabt, macht aber nichts, Hauptsache, einer hat ihn.« Die Tochter nahm die Kugel und hängte sie an einen Zweig des Tannenbaumes. Noch während die Eltern aßen, begann sie, aus den »Weihnachtserzählungen« von Dickens vorzulesen: »Marley war tot; damit wollen wir anfangen … Der alte Marley war so tot wie ein Türnagel«. Entsetzt hörte sie ihre eigene Stimme und blickte zum Stiefvater, der mit leerem Blick in einer nur ihm bekannten Welt schwebte, wo hinein das Vorgelesene nicht drang. Die Mutter lehnte traurig im Sessel. An jenem Abend schien der schwanenförmige Sessel zu groß für sie.

Vor Mitternacht trat das Mädchen aus dem Tor. Der Hund folgte ihr. Die Glocken schlugen. Der Klang hallte ihr zwischen den hohen Mauern des Weges entgegen, hallte weit über die Olivenhaine, durch die sie dann auf ausgetretenem Pfad ging. Ziegen liefen an den Zaun, als sie ihr Herannahen hörten, und stießen ihre Hörner gegen die Holzpfähle. Die Sterne leuchteten, und unten, tief unten, lag tintenschwarz der See in der klaren, kalten Nacht. Als sie aus einer Lorbeerallee trat, stand die Kirche weißleuchtend in der feierlichen Nacht vor ihr. Alte Frauen, in Wolltücher gewickelt, gingen auf das heilige Gebäude zu, Paare in Mänteln stiegen aus den Autos, die sie in den Wiesen geparkt hatten, und junge Menschen, die zur Messe gingen, um andere junge Menschen zu treffen, standen vor dem Kirchenportal. Wäre der Schriftsteller ihr Mann gewesen, dachte das Mädchen, dann würde sie eingehakt in seinen Arm, am Opferkerzentisch vorbei, zur ersten Bank gehen und sich mit ihm an den Rand setzen, und hätte sich der Blick eines Mannes aus dem Chor auf sie gerichtet, so wäre das Ohr des Geliebten dagewesen, um hineinzuflüstern. Dieser Mann sang an den Festtagen im Kirchenchor, seine Stimme klang über die anderen Chorstimmen hinweg zu ihr hin; es war eine rauhe, etwas heisere Stimme. Der Mann hieß Marone. Er war der Besitzer eines kleinen Segelbootes mit einem weißen Segel. An Sommernachmittagen, vom Wind getrieben, segelte er auf die Mole zu, wo das Mädchen lag, machte einen Schlenker und segelte winkend davon, wobei er ihr etwas zurief. Dann setzte sie sich auf und winkte zurück. Er sah noch, schon weit draußen auf dem See, ihre Beine dunkel im Sonnenlicht, wie sie sie senkte und hob, anzog und von sich streckte. Diese Bewegungen erinnerten ihn an die Signale eines Leuchtturms, und es verging kein Tag in den Sommern mehr, da er nicht an der Mole vorbeiglitt. Nur ein einziges Mal hatte eine hautnahe Begegnung zwischen ihnen stattgefunden. Auf einem Weg zwischen zwei Maisfeldern war er ihr entgegengefahren, hatte sie zu sich auf den Sitz seines Motorrades gehoben und zu einer Kirche geführt. Marone hatte hellblaue Augen und war von gleichmäßigem Wuchs, seine Hände waren groß und trocken, und er hatte feste, weiße Fingernägel. Marone lehnte sein Motorrad an den Brunnen und trat in den Schatten einer Zypressenallee, an deren Ende sich ein Gemüsegarten öffnete. Hinter diesem Garten erhoben sich die Mauern eines Klosters. Kein Mönch konnte die beiden hier sehen, wo sie zwischen den Kletterbohnen lagen. Marone roch nach Seewasser und Kernseife. Das Mädchen hatte Angst vor den Mönchen, die sie schon oft auf dem Mauerrand mit ihren wehenden Kutten auf- und abgehen gesehen hatte; sie schritten wie Wachtposten über dem Gemüsegarten, wo lange Gurken, Kirschtomaten und Zucchini wuchsen, grüne und horngelbe Kürbisse an der Mauer reiften und die Kräuter ihren wilden, bitteren Geruch zu ihnen hinaufschickten. Sie hatte geglaubt, daß die schattenhafte Anwesenheit der Mönche sie beruhigen würde, aber die Stille zwischen den Pflanzen, das Klingeln von Schlüsselbündern aus den Kreuzgängen, die Glocke, die die Stunde schlug, die sorgfältig bearbeiteten Gemüsebeete, die sich wie Gräber fleißiger Nonnen aus der Erde hoben, regten sie auf. Sie kroch auf den Knien aus dem Bohnenbett, kroch von Marone fort, der aufstand und mit seiner Hand nach ihrem Rocksaum griff, sie zu sich hochzog und auf den Mund küßte, bis sich der Kuß erschöpfte, nach welchem die beiden sich nichts zu sagen hatten.

Jetzt, in der Mitternachtsmesse, setzte sie sich nicht in die erste Reihe, sondern auf die letzte Bank, zwischen die alten Frauen in Wolle, aus der, bei jeder ihrer Bewegungen, seltsame Gerüche strömten, nach Mottenmittel, Feuer und Staub. Als sie Marones Stimme hörte, sehnte sie sich nach ihm, wie man sich im Traum nach einem Mann sehnt. Zwei Weihnachtsmänner gingen an den Bänken entlang und reichten an langen Stangen kleine Körbe in die Bankreihen. Geldmünzen fielen.

An der kniehohen Mauer vor der Kirche, die als Brüstung vor dem tief unten liegenden See stand, kochten Männer aus dem Dorf Glühwein. Das Mädchen beobachtete sie durch ein Gitterfenster. Die Ministranten stießen sich an und zeigten mit dem Finger zum Fenster. Als der Pfarrer die Hostienschale in die Höhe hielt, hörte man von draußen die Stimmen der Glühweinkocher, die mit Kellen in den Bottichen rührten.

Nach der Messe stellte sie sich unter die Menge, die sich langsam aus dem Portal herausdrängte. Der Hund wartete auf sie und folgte ihr, als sie beschloß, sich von den Menschen abzuwenden, damit sie Marone nicht begegnete. Auf einen Wink von ihm wäre sie ihm vielleicht in dieser Nacht gefolgt, aber sie war zu streng mit sich, um dieser Lust nachzugeben. Sie war hart mit sich und treu, um wen auch immer es sich handelte, dem diese Treue galt. Sie dachte an den Schriftsteller, der das Weihnachtsfest bei seiner Mutter in Rom feierte, und sie sah, wie er jetzt die Stufen einer Kirche hinabstieg, rechts und links von Mutter und Ehefrau eingehakt, die ihn wie einen Heiligen in ihrer Mitte hielten und auf ihn einredeten, er möge eine heiße Schokolade oder einen Rum zu sich nehmen. Es gab nicht einen Augenblick in seinem Leben, dachte das Mädchen, da nicht eine Frau erstickend nah an seiner Seite war. Und wenn er nun zum Mond aufschauen würde, wohin sie ihn gebeten hatte um Mitternacht zu blicken, um sich da mit ihren Augen zu treffen, so wie sie es in ihrer Kindheit immer auf die Bitte ihres Vaters hin getan hatte, wenn er weit fort war, dann würde er die Welt als unendlich klein empfinden müssen, da von allen Seiten immer die Augen von Frauen auf ihm lagen und sogar der ferne Mond zu einem Augenpaar geworden war.

*

Zwei Tage vor der Silvesternacht saßen Mutter und Tochter zur Teestunde beisammen und lasen sich vor. Die Tochter aber war von Unruhe befallen, die sie zwang aufzustehen, um nach dem Stiefvater zu sehen. Sie wollte ihn aus dem kalten Schlafzimmer in die Wärme herunterholen.

Als sie die Tür zum Flur aufmachte, stieß ihr Kälte entgegen. Wind wehte ins Treppenhaus. Im eisigen Luftzug stürzte sie die Treppe hinauf. Die Schlafzimmertür stand offen, der Stiefvater lag nicht im Bett. Sie rief ihn bei seinem Namen, öffnete Türen zu Räumen, wo er nicht war. Eine Tür nach der anderen öffnete sie, ihre laufenden Schritte hallten wider, von irgendwo oben kam ein frostiger Zug. Sie eilte ein Stockwerk höher, und als sie die schwere Tür zur Bibliothek aufdrückte, sah sie Nebelschwaden aus den weit offenstehenden Fenstern ins Zimmer dringen. In der Mitte, auf einem ausgetretenen persischen Teppich, saß wie ein betrunkener Sultan, mit angezogenen Knien, der Stiefvater in seinem indischen Morgenmantel. Ein Fuß steckte in einem ockergelben Pantoffel, den anderen Hausschuh schwenkte er mit schwachem Arm über dem Kopf. Es waren die Pantoffeln aus Kamelleder, die er vor langer Zeit bei einem arabischen Schuhmacher hatte anfertigen lassen, kurz bevor er sich zu einer Reise durch die Wüste aufmachte. Spukke rann ihm jetzt von der aufgerissenen Unterlippe. Der Morgenmantel war offen. »Was hast du getan?« schrie das Mädchen, »was ist passiert?« denn sie glaubte noch, daß vielleicht die Kälte des Raumes sein Herz getroffen hätte. »Nichts, nichts«, kam es aus ihm wie aus einem Rohr hervor. Sie versuchte ihn hochzuheben, doch er war schwer in seiner knöchernen Magerkeit, schwer wie ein Eisengewicht. Sie schrie in die Kälte der Räume, schrie durch sie hindurch, bis der Schrei nach unten, zur Tee trinkenden Mutter drang, die von Angst gepackt es nicht wagte, die Treppe hinaufzusteigen.

Ein Zufall wollte es, daß in diesem Augenblick ein Verehrer der Mutter in den Innenhof fuhr. Seit es dem Stiefvater schlecht ging, tauchte er häufig in der Küche auf. Signor Pacifico – ja, er hieß tatsächlich Pacifico, »der Friedliche« auf Deutsch, und kein Schriftsteller hätte sich jemals einen passenderen Namen für diesen Menschen ausdenken können – Signor Pacifico hackte während der Krankheit des Stiefvaters Holz, brachte Wein und Zeitschriften mit und hatte eine Truppe von sizilianischen Maurern angeschafft, die manche eingefallene Gartenmauer für wenig Geld wieder aufrichteten. Er konnte sechs italienische Schlager singen, die er auf der Gitarre begleitete, wann immer ihn das Singen anfiel. Während oben im Schlafzimmer der Kranke lag, sang unten in der Küche der Buhle. Spät am

Abend fuhr er in einem schwarzen Saab, unter lautem Hupen, aus dem Hof.

Das Mädchen saß schweigend, mit beißend-erbarmungslosem Blick da, wenn Pacifico aus Einkaufstüten Brot, Mandeln, Kuchen oder Obst hervorholte, auf dem Küchentisch ausbreitete und der Mutter die Früchte unter die Nase hielt, oder seine eigene mit Genuß über einem Glas Rotwein kreisen ließ. »Mie belle signore!«, sprach er dann, indem er seinen dikken Hals hob, »die Trauben dieses Weines hat mein Vater in Apulien mit seinen eigenen Füßen gestampft. Das ist ein Wein, der Kranke gesund und Unglückliche glücklich macht. Es lebe die Erde Apuliens! Es lebe die Schönheit! Ein Hoch auf die Gesundheit!« Keine Arbeit war Pacifico auf dem Grundstück hart genug, obwohl er von der Konstitution her ein schwerfälliger Mann und trotz seines fast rasenden Eifers ein Taugenichts war. Er krempelte die Hemdsärmel auf, schnitt mit der Rosenschere Olivenäste klein, schob die Fräse durch die harte Felderde oder schleppte morsche Holzäste aus dem Eichenwald, die er zu Kleinholz hackte und in Körben in die Küche brachte. Angelo, das Faktotum, betrachtete ihn mit schweigender Verachtung. Sollte Pacifico doch den Liguster totschneiden und die Olivenbäume zu Krüppeln machen. Zu so jemandem, der sich als Fachkundiger des Handelsrechts vorstellte und drei Titel hatte, *Dott. Arch. Rag.*, was soviel wie Doktor, Architekt und Buchhalter bedeutete, zu so jemandem sagte Angelo: »È meglio la pratica della grammatica.«

In diesem einen Moment aber, als der Stiefvater in der eisigen Bibliothek den Pantoffel über seinen Kopf schwenkte und mit diesem leichten Wedeln, als sei der Schuh ein weiches Taschentuch, dem dahinschwindenden Leben zuzuwinken schien, in diesem einen Moment trat Pacifico, der Friedsame, als Retter in den Flur. Er pfiff. Die Mutter schrie und deutete die Treppenstufen hinauf. Das Mädchen hörte den Schritt des schweren Mannes. Er trug eine fleckige Ledermütze und eine schwarze Lederweste, die er nicht imstande war über seinem Bauch zu schließen. Wie einen Sack warf er den starren Mann über seine linke Schulter und trug ihn, stöhnend unter dem reglosen Gewicht, zu seinem schwarzen Auto.

Übelgelaunte Ärzte pumpten im Krankenhaus der nächsten Kleinstadt den Magen des Stiefvaters aus. Verachtung war in ihrem schweigsamen Gebaren, das andeutete, daß sie notwendigerweise, aber widerwillig, eine Pflicht erfüllten. Während der Feiertage störten Selbstmörder, aber auch jene, die eines natürlichen Todes starben und nun unter der Festbeleuchtung, im fernen Klang der Posaune, ins Leichenhaus gebracht werden mußten.

Eine Eisentür wurde vor Pacifico und dem Mädchen geschlossen, der Stiefvater – das konnte sie durch den sich schließenden Türschlitz noch beobachten – auf einem Rollbett durch einen langen Flur geschoben.

In jener Nacht schneite es. Mutter und Tochter lagen weinend zusammen unter der scharlachroten Decke im Schlafzimmer. In ihren lautlosen Gebeten baten sie darum, der Stiefvater möge am Leben bleiben, sie machten stille Versprechen an den Herrgott, alles zu tun, damit sich der kranke Mann wieder mit Lust und Dankbarkeit in diesem Leben einrichten könne.

Pacifico fuhr nun jeden Morgen in den Hof. Seine Arbeiten als Steuerberater – den Beruf des Architekten übte er schon lange nicht mehr aus – erledigte er in der Nacht. Wenn er kam, nahm er die Schiebermütze des Stiefvaters vom Haken und ging hinaus in den verschneiten Garten, um die Stämme der Obstbäume mit Jutesäcken einzuwickeln, den Schnee von den Gartenwegen zu kehren und Kakifrüchte zu pflücken. Zwischendurch kam er in die Küche, um das Feuer im Kamin anzuschüren und zu sagen: »Der Mann wird am Leben bleiben, das habe ich an seinen Augen gesehen.« In seiner Stimme schwang zugleich Hoffnung auf das Gegenteil und aufrichtige Sorge mit.

Der Wecker, die Schuhe, die Bücher und die Arzneiflaschen des Stiefvaters wirkten, als hätte ein Toter sie schon verlassen, aber im restlichen Haus herrschte die neue Luft eines Zeltlagers. Jede Handlung war eine vorläufige, auch die Mahlzeiten dienten nur dazu, sie hastig einzunehmen, um sich gleich darauf auf den Weg ins Krankenhaus zu machen oder Bananen und Schokolade für den Patienten zu kaufen.

Eines Morgens zogen zwei Polizisten an der Glocke. Höflich und ernst stiegen sie in ihren blauen Uniformen mit den Goldknöpfen zur Bibliothek hinauf, stöberten in den Schreibtischschubladen des Stiefvaters, leerten den Papierkorb und ließen die Schnallen seines Aktenkoffers aufspringen, um Spuren eines geplanten Mordes von Mutter und Tochter zu finden. »Zeigen Sie uns den Garten!« befahlen sie und folgten dem Mädchen. Ihr tat es im Herzen weh, als der eine von ihnen seine Stiefelspitze gegen die Scheunentür stieß, um auch dort nach Spuren zu suchen. Sie blickten die Abhänge hinab, aber sie waren jung, ihre Suche kalt und oberflächlich, sie erfüllten eine Pflicht wie die Ärzte im Krankenhaus. Ihre Schritte waren so hart und laut, daß die Fasane und Rebhühner aus den verschneiten Büschen flatterten und mit geöffneten Flügeln davonhüpften.

Viele Tage lag der Stiefvater im Krankenhaus zwischen zwei Suizidverdächtigen. In dem dunklen Flur, der zu seinem Zimmer führte, lag der Geruch von Menstruationsblut. Seine Lippen waren braun verkrustet, die Pupillen lagen starr in der zerbrechlichen Iris. Der kleine vornehme Kopf bettete sich auf einem Kissenstapel. Aus dem fadenscheinigen Laken glänzte das Rot seines Morgenmantels. Das wenige schwarze und graue Haar sträubte sich wie elektrisiert vom Schädel, und der Blick eines schwachen Kavaliers heftete sich auf die Augen derjenigen, die an sein Bett traten.

Das Mädchen hatte ihm ein kleines Holzschaukelpferd und eine Flasche Lavendelwasser auf den Nachttisch gestellt, was die Augen seiner Bettnachbarn anzog. Sein Gesicht löste sich für Augenblicke, ein verliebtes Lächeln zog über seinen Mund, wenn die zwei Frauen mit einem Korb durch die Tür traten und sich mit schwingenden Röcken rechts und links von ihm auf den Bettrand setzten. Sie nahmen seine kalte Hand und redeten mahnend und innig in sein Ohr: »Komm bald zu uns zurück! Laß uns nicht allein!« Die Mutter aber setzte hinzu: »Ich schwöre, daß ich dir auch nicht mehr vorwerfe, keinen Sinn für Sprache zu haben. Du hast ihn ja! Ich will dich auch nicht mehr damit plagen, daß du so häßliche Möbel in Indien gekauft hast, und auch daß du Spinnenbeine hast, sage ich ab jetzt nicht mehr, wirklich nicht!« Er hob mühevoll den Rücken aus den Kissen und versprach mit treuem Blick: »Ich werde zurückkommen und versuchen, mein Leben wieder in Griff zu kriegen. Wenn ich nur wieder schreiben könnte!« In seinen opaken Augen leuchtete es kurz auf, als Zeichen eines tief im Körper gelegenen Feuers. Die Bettnachbarn lagen seitlings auf die Ellenbogen gestützt, dem Bett in der Mitte, wo der Stiefvater lag, zugekehrt. Der eine war ein großer Mann, seine Füße streckten sich aus dem Gitter am Bettende, das lange schwarze Haar hing auf beiden Seiten seines Gesichts herab, hinein in seinen Bart. Er war ein kranker Delinquent. Das hatte der Stiefvater von dem anderen Bettnachbarn erfahren, der seinerseits, wie der Delinquent verraten hatte, unter Agoraphobie litt, weshalb er sich an einem Sommermorgen hatte aufhängen wollen, woran ihn sein Onkel in letzter Minute gehindert hatte. In manchen Nächten schrie er auf, wenn er sich im Traum allein auf einem leeren Platz vortastete und Schwindelgefühl ihn überfiel. Nie war die Sehnsucht des Mädchens nach dem Geliebten so groß gewesen wie in diesem Krankenzimmer, in das die Patienten aus den Nebenzimmern in Schlafanzügen und Pantoffeln hereinschlappten, wenn sie hörten, daß die zwei Frauen auf dem Bettrand saßen. Die Kranken reichten ihnen Gläser und schenkten mit zitternder Hand Prosecco ein, den der Delinquent an den Festtagen hatte einschmuggeln lassen; der lachte, auf seinen Ellenbogen gestützt. Die Mutter packte Panettone oder Gebäck aus, und bald war das Zimmer warm vom Atem der Delinquenten und Halluzinanten. Sie hoben ihre Gläser und tranken auf die Liebe. Für das Mädchen war es, als ob das nie ein Ende nehmen würde, als ob der Stiefvater nie mehr gesunden, den Rest seines kurzen oder langen Lebens in einem derartigen Zimmer verbringen würde.

Doch an einem späten Januartag holten die zwei Frauen ihn aus dem Krankenhaus ab. Winkend, mit einem großen Koffer, verließen sie zu dritt das Krankenzimmer, im Geleit der schlurfenden Männer, die die drei bis zur Glastür brachten, welche für sie geschlossen blieb. Jenseits dieses Milchglases begann die Selbstständigkeit. Der Stiefvater trug seinen Koffer allein.

*

Es war schön, wieder in das eigene Bett zu steigen, während der Mahlzeiten, in ein Wolltuch gewickelt, am Tischende zu sitzen, Huhn und Schokoladenpudding zu essen; es war schön, das Feuer im Kamin der Bibliothek zu schüren, einen Sessel heranzuziehen und mit dem Blick die Bücher neu zu ordnen; es war schön zu hören, wie der Hund mit der Schauze die Tür öffnete und sich still wie eine kaukasische Sklavin zu seines Herrn Füßen legte, und doch war es Angst, welche dem Stiefvater die Brust zusammenpresste. Er war zu einem Kind geworden, das nach der Krankheit Schokolade aß und immer noch mit fiebrigem Blick vom Bett herunterschaute. Er war schwach geworden und schweigsam. Die Sorgen um das Geld stießen ihn schließlich wieder ganz ins Bett zurück.

Das Mädchen war froh, ihr Philosophiestudium abgebrochen zu haben. Die Stadt war zu weit weg, um in Momenten der Not der Mutter sofort zur Hand gehen zu können. Doch noch andere Gründe hatten sie zu diesem Entschluß geführt. Ziellos war sie durch die Flure des Universitätsgebäudes gegangen, hatte im Lauf eines Tages mehrere Hörsäle aufgesucht und wachsam die andauernden Veränderungen der Stundenpläne verfolgt. Die Professoren erschienen stets spät, stets woanders als da, wo sie erwartet wurden. Die Säle, wo sie ihren Unterricht abhielten, wechselten von Tag zu Tag, von Gebäude zu Gebäude. Sie verließen sie eilig, die Mappen unter dem Arm. Sie kannten die einzelnen Studenten nicht. Es waren zu viele junge Menschen hier, die sich mit ihren Rucksäcken auf den Schwellen drängten. Es war wie auf einem Bahnhof, die Papierkörbe steckten voll mit Dosen, zusammengeknüllten Zigaretten- und Keksschachteln. Auf dem Rasen des einstigen Klostergartens lagen die Studenten in der Sonne. Lagerten sie nicht dort oder in einer Flurecke, an den Haupteingängen oder in den Höfen, dann standen sie Schlange vor den Computern, die einen Kreuzgang mit ihrem flimmernden Licht beleuchteten. Vor dem Haupttor warteten schwarze ambulante Verkäufer auf die Studenten. Es waren magere Gestalten mit großen, harten Zähnen. Vielleicht waren sie hungrig, aber ihr Verlangen nach technischen Erfindungen, das sie unter anderem in die Metropolen Europas trieb, schien zum großen Teil befriedigt, denn sie trugen alle ein Handy bei sich, durch das sie sich mit anderen Feuerzeug- und Glücksarmbänderverkäufern in ihrer Muttersprache unterhielten. Das Mädchen fürchtete ihre Gestalten, die wie Schatten auf sie zueilten, wenn sie selbst aus der Universität fortlief.

In den Jahren ihrer Kindheit, die sie in deutschen Städten und auf Reisen verbrachte, hatte sie immer davon geträumt, eines Tages in das Haus am See zu ziehen. Die drei Väter aber waren durch ihre Arbeit zu Stadtmenschen geworden, und die Mutter fürchtete die Einsamkeit auf dem Land, wo ihre Schönheit nur von Bauern bewundert und nicht mit den richtigen Worten gewürdigt wurde. In den Städten verstanden die Männer das schwierige Wesen der Sprache, das vollkommene Kompliment, welches das Trommelfell der Mutter traf und ihre Natur anstachelte.

Als der Vater des Mädchens starb, da wurde für sie der Traum, am See zu wohnen, zu einem Entschluß. Sie überredete die Mutter, mit ihr dorthin zu ziehen, wo sie ein Reich besaßen, wo ein Garten wuchs. Und so wie die Mutter vorher der Stadt verfallen war, so verfiel sie nun dem Land. Das Leben zu zweit auf dem lange Jahre verlassenen Grundstück war die schönste Art zu leben, die das Mädchen jemals kennengelernt hatte.

Sie besuchte ein italienisches Gymnasium in Salò, der ehemaligen Republik von Mussolini. Aus dem Fenster sah sie über die Domkuppel hinweg auf den See und auf den Friedhof am gegenüberliegenden Ufer. In der Schule wurde Vergil, Dante und Boccaccio vorgelesen, und es unterrichtete eine blonde Lehrerin mit rot geschminktem Mund, die eines Tages, als sie der Klasse ein Gedicht von Petrarca vorlas, in Tränen ausbrach.

Nach der Schule warteten Verehrer auf das Mädchen, Bäkker, Mechaniker, Versicherungsagenten, die sie auf derselben Straße nach Hause brachten, auf der einst Herr Decomio der Mutter entgegengefahren war.

Zu jener Zeit hatte sie sich von einer schönen Summe Geldes, von ihrer Großmutter aus Pommern erhalten, eine Bibliothek aus Fichtenholz anfertigen lassen, die ihre Zimmerwand entlanglief, dunkel gebeizt, mit zwei Rundnischen, die von vier alten Säulchen aus Nußholz, die der Antiquitätenhändler wahrscheinlich in einer Kirche entwendet hatte, getragen wurden. Ihre Liebe galt Flaubert, den *Trois contes*, der *L'éducation sentimentale* und seinen Briefen, die sie wie durch ein Vergrößerungsglas las, langsam, Wort für Wort, und immer wieder. Sie konnte stundenlang bei ihrer Mutter sitzen und vorlesen, bis der Tee kalt, die trockenen Feigen verzehrt und es Zeit für das Abendessen war. Noch nachts, wenn die zwei Frauen im Salon am runden Tisch saßen, zog die Tochter Flaubert aus dem Regal und las vor, während die Mutter mit leuchtendem Blick auf die drei Tigerpfötchen einer Porzellanvase, auf das impressionistische Stilleben mit roten Äpfeln oder auf die Schildpattmesser schaute, alles Gegenstände, die der letzte Ehemann in den Haushalt mitgebracht und ihm so einen kostbaren Zauber verliehen hatte. Der klirrende, schneidende Klang, den die Gläser aus des Stiefvaters Familie beim Anschlagen machten, hallte noch lange nach und berückte immer von neuem die beiden, die mit ebensolcher hingerissenen Gier nach den vierundzwanzig Hummergabeln im Schrank schauten, welche die Frauen zu bitten schienen, doch endlich einen Hummer zu kochen. Nicht nur Hummergabeln, auch vierundzwanzig Austernlöffel lagen da wie gezackte Eislöffel, und das Schwarze in ihren nie ganz bis in die Tiefe zu reinigenden Ornamenten auf den Griffen war ein jahrhundertealter Schmutz, der sich in Schlössern und Palais gebildet, den reinigenden Händen von Angestellten standgehalten und sich in der Verzierung festgesetzt hatte, als ewiger Schmutz. Männer und Frauen aus altem Geschlechte hatten diese Löffel in der Hand gehalten, mit einer Auster in den Mund geschoben, dem Augenblick hingegeben, das wasserkalte, aphrodisische Fleisch auf dem Gaumen zu spüren. Und dieser eine Augenblick muß sehr lang und sehr wichtig gewesen sein, sonst wäre vorher nie jemand auf den Gedanken gekommen, so etwas Verrücktes wie einen Austernlöffel zu erfinden, der ein chirurgisches Instrument war, wie die Hummergabel, wie die flache Schildpattschneide des Obstmessers, wie die Geflügelschere in der Form eines Adlerkopfes, Objekte, die dem Glück dienten. Auch winzige Mokkalöffel lagen im Schrank, an deren Griffe kleine Kriegerköpfe mit Helmen angebracht waren, Löffel, die ebenfalls nie von den zwei Frauen benutzt wurden und auf einen großen Anlaß warteten. »Einmal müssen wir Hummer essen«, sagte die Mutter oft, »oder Mokka trinken, jetzt im Herbst.« Es kam nie dazu, doch die großen Kristallschalen aus des Stiefvaters Familie, die Karaffen mit Silberstöpsel, die gebrauchten sie täglich, wenn sie im roten Raum für sich deckten. Es geschah nicht selten, daß die Tochter noch abends auf dem Motorrad ins Dorf fuhr, um eine Flasche Champenois und eine billige Wildschweinpastete zu kaufen. War die Pastete gegessen, der Prosecco getrunken, griffen die zwei wieder zu trockenem Brot, Käse und Rotwein, aber zuvor das Pâté und der falsche Champagner hatten sie wie ein Fesselballon in eine höhere Sphäre gehoben, in der es leichter war, sich vorzustellen, man säße in einem französischen Salon statt in einem Raum, der einst ein Stall war. Der Wein, den Angelo ihnen verkaufte, ein pflaumenfleischfarbenes Getränk, mußte nur in eine der Kristallkaraffen umgefüllt werden, damit der Glanz der höheren Welt nicht verblaßte. »Flaubert ist doch der größte«, unterbrach dann die Mutter die Lektüre, die nur zwischendurch zuhörte, einen Satz auffing und sich einprägte, um gleich wieder genußvoll über ihren Besitz zu schauen und mit der Gabel den Gartenpavillon, der ihr schon lange vorschwebte, auf die Tischdecke zu zeichnen. »Die großen Naturen, die die guten sind, sind vor allem verschwenderisch und fürchten nicht, sich auszugeben. Man muß lachen und weinen, lieben, arbeiten, genießen und leiden, das heißt in seiner ganzen Ausdehnung so weit wie möglich in Schwingung sein.« Das waren die Sätze Flauberts, die die Mutter aus ihren architektonischen Betrachtungen rissen und sie ausrufen ließen: »Siehst du, das habe ich immer gesagt! Großzügigkeit macht den Menschen aus! Sich verschwenden, leben wie auf dem Trapez!« Sie schenkten sich nach, im Glücksgefühl, richtig zu leben. Ins Bett gingen sie mit dem Entschluß, so schnell wie möglich wieder aufzustehen, so schön war dieses Dasein, das sie formten.

Es gab Tage, da kein Besuch erschien, da nur der Ruf des Kukkucks, das Singen der Nachtigall oder das Schlagen der Zikaden zu hören war, Laute in die ländliche Stille, in die das Grundstück gesperrt war. An solchen Tagen war es schwer, sich vorzustellen, daß jenseits der Gartenmauern anderes Leben weiterging.

Als der dritte Ehemann sich nach zwei Jahren entschloß, die Stadt zu verlassen und den Frauen aufs Land zu folgen, veränderte sich das Leben. Man war nun zu dritt, und die verwegenen Worte zwischen Mutter und Tochter wurden nicht mehr so leicht ausgetauscht, Sätze wie: »Ein vollkommener Garten ist einer, der an Friedhof erinnert« oder: »Ein wirklich gutes Essen darf nach fast nichts schmecken« verurteilte der nüchterne Stiefvater, der von sich behauptete, er neige zum »understatement«, während die zwei Frauen zum »overstatement« neigten. Dies wiederum waren Bezeichnungen, die das Mädchen aus der Fassung brachten, sie sagten ihr gar nichts, standen leer im Raum, ohne etwas Deutliches auszudrücken. Und die Mutter, die auf solche Aussagen besonders heftig reagierte, fuhr dann los: »Understatement! Deswegen sind ja die Engländer auch so verlogene Geschöpfe. Man muß angeben wie Münchhausen! Was hat man von dem kurzen Leben mit diesem falschen, bescheidenen Getue? Dieses Untertreiben, was bringt das einem, außer selbstzufriedene Langweile?« So klangen nun die Tischgespräche, während derer der Stiefvater sich nicht selten erhob, um in einem Lexikon nachzuschlagen, wenn er eine Aussage seiner Frau bezweifelte, denn sie war eine Aufschneiderin, die alles falsch erzählte und einen Gast etwa darüber unterrichtete, daß Proust als Kind seine Sommer bei der Großmutter in Balbec verbracht habe. Nun, unter diesen Gästen waren nicht selten Menschen aus Deutschland, die nickten, aber zugaben, niemals über den ersten Band der *Recherche* hinausgekommen zu sein, worauf die Mutter dieses Zugeständnis derart genoß, daß sie erst recht auf sie einredete: »Was?« rief sie. »Wer Proust nicht gelesen hat, der lebt nicht! Drei Mal, mein Lieber, muß man ihn auf Französisch gelesen haben, um von sich behaupten zu können, man sei ein *Proustien*. Ohne ihn ist die moderne Literatur unvorstellbar! Er ist ein Gott!« Der Angeredete erwiderte dann: »Mein Sohn, der, der liest Proust. Er hat sich zu meinem Kummer von seinem Beruf in der Deutschen Bank verabschiedet und sich mit fünfunddreißig Jahren zurückgezogen, um auf Mallorca Landwirtschaft zu betreiben. Jetzt pflanzt er Rucola und liest Proust!« Worauf die Mutter einwendete: »Proust auf Mallorca! Da soll er lieber Hans Henny Jahnn lesen, Blut und Boden, oder Tolstoj, Hamsun! Proust schwächt doch den armen Menschen nur, wenn er auch noch unbegabt ist, und das scheint er zu sein.« Oder aber eines Tages bemerkte sie: »Esperanto, das ist Blindensprache«, und niemand ahnte, daß das kein Scherz von ihr, sondern mit bitterem Ernst gesagt war. Nur der Stiefvater und die Tochter paßten sehr auf, wenn sie sprach, der Stiefvater, um die Lücken in ihrem Gehirn aufzudecken und sie lächerlich zu machen, die Tochter, weil sie sich an den Überraschungen in der Sprache ihrer Mutter freute.

Die Jahre mit dem Stiefvater liefen nicht mehr so schmelzend dahin wie die vorangegangenen, doch waren es heitere Jahre, und im Winter waren sie froh, zu dritt zu sein, wenn die frostige Luft garantierte, daß niemand zu Besuch kam. Diese Winter waren für den Stiefvater eine Herausforderung, er kannte solche Einsamkeit nicht und war ihr nicht gewachsen. Vielleicht waren es diese stillen, eisigen Tage, die ihn schließlich krank werden ließen, ihn, der viele Winter seines Lebens in Asien verbracht hatte, in Afghanistan, wo er als Reporter mit den Partisanen das Gebirge durchstreift, oder in Rajasthan, wo er auf dem Dach manch eines Maharaja-Palastes mit indischen Filmschauspielerinnen *Rasgullas* und *Kalkas* gegessen hatte. Er war es gewohnt, über Nacht einen Artikel zu schreiben und schon am folgenden Morgen im Flugzeug zu sitzen, um in einem anderen Land die Gemetzel und Toten zu zählen, die

Politiker aufzusuchen und sein Urteil abzugeben, er war es gewohnt, immer Menschen um sich herum zu haben, ob Diener oder Botschafter, Masseure oder Bauernanführer, war gewohnt, jeden Abend außer Haus zu essen, mit Sektgläsern in der Hand, Worte verschwendend, die niemand auffing und bewahrte. Ja, sein Leben war so überraschend gewesen, daß er die Überraschungen gar nicht mehr wahrgenommen hatte, daß er nicht mehr staunte, wenn er über Leichen ging, eine Ziege neben ihm im Zug saß oder der Sohn von Indhira Gandhi vor seinem Haus in einem kleinen, roten Flugzeug abstürzte. Nun aber geschah nichts, was den eintönigen Gang der kalten Tage unterbrach und dem Leben auf dem Land einen städtischen Aufschwung gab. Nicht einmal die Nachricht einer kleinen Erbschaft oder die eines Erfolges seines letzten Buches traf ein, weder Vetter noch Cousinen hatten die Absicht zu sterben, sie genossen allesamt jene Winter mit Likören, Opernabenden, Videofilmen und Jagden, keiner von ihnen wollte dem Stiefvater Geld hinterlassen, keiner wollte sein letztes Buch lesen, das einen so schönen Umschlag hatte. Das Leben in den kalten Monaten wurde immer schwerer. Die Natur war nichts für ihn. Von Indien war er gewohnt, nie einsam zu sein. Seine zwei Frauen hingegen konnten stundenlang am Feuer sitzen und lesen, sie brauchten niemand, und vor allem das Mädchen wußte, daß das Glück nicht im Reisen zu finden ist. Ihr konnten die stillen Stunden nicht still und lang genug sein, denn vor einem fürchtete sie sich: zu sterben, ohne bestimmte Bücher gelesen zu haben. Die Hausaufgaben machte sie schnell und schlecht, um zu Herodot oder Kālidāsa zurückzukehren. Des Stiefvaters Vorfahren, die Austernesser, hatten die Einsamkeit nicht gekannt, und schwach stand er dieser Gewalt gegenüber, während die Großgrundbesitzer und Kapitäne aus des Mädchens Familie

Verbündete der Einsamkeit gewesen waren, mit der sie sowohl auf dem Land wie auf dem Meer leben mußten. Der Stiefvater erkrankte. Aus einer Wintermelancholie wurde eine Depression.

*

Das Mädchen lernte den Schriftsteller kennen, als der dritte Ehemann der Mutter von seiner Krankheit ausgezehrt war. Er konnte kaum mehr reden, und seltsamer noch, er erinnerte sich nicht mehr. Das Erscheinen des Schriftstellers im Leben seiner Stieftochter aber machte ihn eine Zeit lang hellwach und bestürzte ihn. »Auf dem Foto sieht er sehr alt aus«, stellte er fest und rechnete den zwei Frauen vor, daß der Geliebte so alt wie die Mutter des Mädchens, daß die Mutter des Schriftstellers älter als des Mädchens Großmutter sein müsse und daß er selber zwei Jahre jünger als der bedeutende Verehrer war. Er staunte über die Art, wie dieser Mann seine Stieftochter liebte, eine Liebe, die Pakete mit französischen Weinen, Büchern für die ganze Familie, englischen Teekuchen, gußeisernen Teekannen, Leinenservietten und Bonbons mit sich führte. Neuer Schwung war ins Haus gekommen. Der Schriftsteller schnitt mit einem undurchsichtigen Skalpell hauchfein in das Leben der Familie, die sich nicht den Kopf darüber zerbrach, daß er verheiratet war, sondern vielmehr von dem Gedanken gefesselt wurde, daß ein bedeutender Mann ihnen die Tochter entführte und ihr die Welt zeigte.

Lange Zeit war vergangen, das heimliche Paar hatte sich nicht gesehen. Der Selbstmordversuch, Weihnachten, die Silvesternacht und Schneefälle lagen dazwischen. Die Liebe des Mädchens zu dem Schriftsteller, der in der Stadt, in einer ihr unbekannten Wohnung lebte, wurde häufig von erregter Gehässigkeit durchsetzt, vor allem aus Neid für sein ruhig dahinlaufendes

Leben, für die wohlausgerüstete Wintergarderobe und seine Tag und Nacht geheizten Zimmer.

Während ihrer Telefonate versuchte sie durch die Leitung hindurch Geräusche aus seiner Wohnung aufzufangen. Klang das ferne Knarren einer Tür zu ihr, eröffnete sich mit ihm der Blick auf seinen Haushalt: dann sah sie chinesische Teppiche im Licht hoher Fenster liegen, sah marmorne Büsten, sah hinter einer Vitrine eine Gänsehüterin aus Meißener Porzellan, einen Jäger mit erhobenem Gewehr und eine Figur, die einen Affen mit Hut an der Leine spazierenführte. Briefe lagen auf intarsierten Tischplatten. Erdbeeren waren zu Pyramiden aufgebaut. Hörte sie durch die Leitung das Miauen seiner Katze, dann sah sie ein purpurnes Deckchen mit goldseidenen Bommeln, auf denen das vergötterte Tier sich streckte, das kleine Raubtier des Ehepaares, das der Reinheit gehuldigt und keine Kinder gezeugt hatte. Sie konnte sogar unter den vorgestellten Teppichen, die durch die Zimmerfluchten ineinander führten, das gebohnerte Parkett riechen, das an manchen Stellen leise knackte. Hörte sie aber das Klingeln an seiner Haustür, so sah sie den Lieferanten eines Feinkostladens vor sich, der blanke Früchte oder Körbe mit Möweneiern brachte, den Finger an die weiße Mütze hob und mit dem Trinkgeld in der Hand aus der Tür trat. Ganz deutlich aber konnte sie sein Arbeitszimmer sehen, wenn sie mit ihm sprach. Es lag am Ende der Zimmerflucht, im Licht eines Hofes, auf den sich die Jalousien anderer Fenster öffneten. So getroffen, so geblendet konnte sie von den vorgestellten Bildern sein, daß sie schweigend, horchend und haßerfüllt neben dem Telefon stand, während er glaubte, sie sei sprachlos vor Sehnsucht nach ihm. So sagte er einmal in den völlig stillen Hörer hinein: »In der Liebe und im Krieg gibt es keine Zeit für Gefühle.« Er wußte nichts von der Kälte ihres

Zimmers, von der Erstarrung ihres Gemüts bei dem vorgestellten Anblick seiner warmen Wohnung. Ihre Stimme wurde kalt. Sie fühlte sich auf ihrem Grundstück wie auf einem verlorenen Posten, und doch war dieser Posten für sie der wichtigste. Hier wuchsen die Bäume, in deren Schatten sie im Alter gehen würde, hier flog Jahr für Jahr der Ginstersamen über die Abhänge, die einst von Ginsterdickichten bedeckt sein und Schutz bieten würden. Doch jetzt sehnte sie sich fort aus dem Garten, in die Stadt.

Endlich, an einem Tag im Februar, packte sie ihre Reisetasche.

5

Sie schloß das Tor des Hauses, wo der Tod als Gespenst wohnte. Ihre Reise führte nach Venedig. Der Geliebte hatte ihr auf einer Postkarte aus Lyon inmitten der Karnevalszeit den Tag genannt, an dem sie sich im Hotel Europa am Canal Grande treffen würden, und hinzugefügt, er könne die genaue Uhrzeit seines Eintreffens nicht angeben, da der Weg vom Flughafen zum Hotel »komplex« sei. Dieses Wort benutzte er, wenn er nicht deutlich sein wollte. Sie fürchtete es. Es konnte so viel Erschreckendes bedeuten, so viel Ungeahntes, das sie, als sie allein im Abteil saß, zu erahnen suchte. »Der Weg kann ja nichts anderes als komplex sein«, dachte sie, »wenn er auf ihm lange Telefonate mit dem Handy führt oder eine Freundin in Venedig aufsucht.« Vielleicht konnte das Wort auch bedeuten, daß es gar nicht sicher war, ob er überhaupt kommen würde, oder daß sie darauf gefaßt sein mußte, ihm mit einer anderen Frau in der Hotelhalle zu begegnen.

In der Wintereinsamkeit auf dem Land kann die Einbildungskraft zum Wahn werden. Die Menschen, die man liebt und lange nicht gesehen hat, werden fremd. Aber das Mädchen bedurfte dieser Einsamkeit nicht, um dem Wahn zu verfallen. Er verfolgte sie, seit sie den Schriftsteller kannte, der für sie in seiner Abwesenheit zu einem völlig fremden Wesen wurde.

Ihre Vorstellungen von ihm reichten von einem Lüstling bis hin zu einem Mann mit einem Herzen von so ferner Natur. Während der Tage etwa, da er in Lyon war, sah sie ihn zwischen jungen Russinnen in Ledermiedern, die ihre rosageschminkten Lippen auf ihn drückten, sah ihn das Geld großzügig für akrobatische Umarmungen ausgeben, um am Morgen nach der in den Katakomben der Schöße verbrachten Nacht wieder zu einem bebrillten Museumsbesucher, zu einem Käufer von Scherenschnitten aus dem Jahr 1798 oder zu einem gereizten Hotelgast zu werden.

In der Stadt angekommen, mußte sie sich zwischen Polyesterkostümen hindurchdrängen. Um sie herum waren Masken mit gekrümmten Nasen, Rokokoperücken und Bayern mit Schelmenkappen. Es war, als kämpfte sie sich durch ein Übel, das die Welt befallen hatte. Sie ging an Stelzen vorbei, auf denen übermütige Maskierte schwankten, streifte Nylontierfelle und Amerikanerinnen mit schrillen Stimmen. Ihr Magen schmerzte vor Aufregung und Sehnsucht, und ihr schien, der Geruch der Menschen lege sich abscheulich über den Geruch des Wassers, das heilig ist. Plötzlich sah sie die Haut der Menschen gezeichnet von Pickeln, wie Pestbeulen mit Eiter angefüllt, die abends vor Hotelspiegeln zerplatzen würden. Die Menschen trugen Wunden mit sich herum, an denen sie nachts kratzten. Der Boden von Venedig war übersät mit Hautpartikeln, mit Schorf, mit Blut, Spucke und Urin, und in dieser Stadt, die in den Augen des Mädchens metaphysischer als alle anderen war, weil sie auf Wasser stand, wurde ihr auf einmal beißend klar, wie unrein der Mensch ist. In seiner Unreinheit sehnt er sich nach heiligen Stätten wie Venedig oder Pompeji, über denen noch das Gold einer anderen Welt aufblitzt, um auch dort

Schmutz zu hinterlassen, auf daß eine wilde Narzisse zwischen den Steinen sprieße. Sie sah Japaner in Gondeln. Es war ihnen anzusehen, daß sie ihr Dahinschaukeln auf den Wassern ernst nahmen, sie glaubten, eine neue Welt zu entdecken, erblickten aber nur ihre im Wasser widergespiegelten Gesichter. Hier roch es wie in Tokio, nach Benzin, Fett, Gummi und Schweiß, und Gruppen von Japanern stießen auf andere Gruppen von Japanern, richtige Kollisionen waren das, sie riefen sich, während sie aus Dosen tranken, von den Gondeln aus zu. Auch sie ging hier als Unreine.

Das Mädchen, das im Winter unter beständigem Rückenschmerz litt, spürte ihre Schultern hinuntergedrückt von der Schwere des sibirischen Pelzes – erst jetzt war ihr vollkommen bewußt, daß sie eine Leiche auf den Schultern trug – und stellte auf dem Weg zum Hotel die Reisetasche hin und wieder ab. Trotz des toten Tieres auf den Schultern, trotz des Parfums auf ihrer Haut, trotz des roten Lackes, der wie ein Siegellack des Teufels auf ihren Fußnägeln klebte, trotz des Haarschaums aus Butylen, Propan, Benzol und anderen wundervoll klingenden Ingredienzen hatte sie sich am Morgen sauber gefühlt, ihr Magen war leer gewesen, doch seit sie zwischen den Menschen ging, wuchs in ihr das Gefühl, unrein zu sein. Sie wollte den klebrigen Schaum aus ihrem Haar fortspülen, diesen brennbaren Stoff, der, einmal ausgepült, dennoch mit seinen giftigen Partikeln die Wurzeln einer Rose oder einer Aster zerstören würde, sie wollte den Lack von den Nägeln kratzen, den Moschus von den Pulsen wischen und den sibirischen Wolf irgendwo ablegen.

Als sie sich dem Hotel näherte, legte sich diese Anwandlung von Ekel. Die Unruhe, bald das Minenfeld der Liebe zu betreten, packte sie. »Diesmal«, dachte sie, »muß etwas geschehen, muß er etwas versprechen.« Der Schaum im Haar, der Lack auf den Nägeln, der Duft auf der Haut: ihre Aufgabe war es doch, den Geliebten zu bedrängen, ihn zu einer Entscheidung zu treiben. Der Schriftsteller war ein Mann, der Seide und Spiegel liebte, der das Fleisch der Frau von Stoffen, Düften und Farben signiert sehen wollte, die ihn schwach machen sollten. Dahinschmelzen in schwächeren, weichen Armen, die beringt sind, dahinschmelzen in einem Schoß, den ein Messer rasiert hat: um dieses Glück zu gewähren, verunreinigt sich die Frau, die sich kindlich an den Giften freut, die sie auf ihrem Körper verteilt. Leichen, die Blicke der Frauen in die Schaufenster der Boutiquen sind gierige Blicke auf Leichen, Leichen der Python und des Krokodils, des Pferdes und des Rindes, des Fuchses und des Hasen, die ihnen als Köder dienen. Ja, und das Mädchen ging gespannt, leicht zitternd vor Erregung, daß auch sie eine so grausame Aufgabe hatte, mit Lack und Pelz den Kampf zu führen. »Mein Opfer kann nicht so schwer zum Erliegen zu bringen sein«, dachte sie, denn dieser Kampf wollte ihr ungleich erscheinen.

Solche Gedanken kamen und gingen, während sie durch die Gassen lief, von immer neuen Bildern bedrängt. Sie blieb stehen. Jetzt, dachte sie, da sie mit dem kranken Rücken den Weg zum Hotel suchte, sank er wahrscheinlich gerade in den weißen Plastiksitz eines Motorbootes und fuhr mit seinem Gepäck über die Wasser. Oder hielt er in einem Palast die Hand einer Dame? Sie raffte den Rock, drückte die schmerzenden Schultern zusammen und ging weiter. Ihre Angst vor dem plötzlichen Anblick einer fremden Frau an seinem Arm war so groß, daß sie mit brennender Zärtlichkeit an ihren Vater denken mußte. »Wenn er jetzt vor dem Hotel stehen würde«, dachte sie, »mit seinem gekrümmten Rücken, seinem roten Spitzbart und den alten Stiefeln! Er würde mich wie ein russischer Fürst empfangen, mir laut entgegenrufen, mir entgegeneilen. Er hat immer auf mich gewartet. Er würde jetzt dastehen, wie ein Mann, der auf dem Rücken eines Geisterpferdes geritten ist, und sagen: ›Mein Kind, schon wieder alles falsch gemacht.‹ Das war sein Lieblingssatz, der ihn stets heiter stimmte. ›Schon wieder alles falsch gemacht‹«, dachte sie und faßte Mut, denn es gab nichts, das man jemals richtig machen konnte, sonst gäbe es den Kampf nicht, und sie war hier, wie Legionen von Frauen vor ihr und nach ihr, diesen Kampf aufzunehmen.

Sie trat zwischen die Marmorwände der Halle und fragte den Portier an der Rezeption, ob ein Zimmer für den Schriftsteller vorbestellt sei. »Wissen Sie, ob es für heute war?« »Ja, sicher«, gab der Portier zurück, »der Herr hat gestern die Vorbestellung für heute bestätigt.« Ihr schien es, als betrachte er sie mit zärtlichem Feingefühl, mit Bewunderung, doch auch mit Ablehnung. Er wußte, ohne daß man ihm das zugetragen hatte, daß das Mädchen im Pelz eine verborgen gehaltene Person im Leben des im Hotel wohlbekannten Gastes war. Der Portier hatte ihn in vielen Jahren mit vielen Frauen in der Halle erscheinen sehen und ihn dafür bewundert, dem diese Bewunderung wohltat, denn fast war der Genuß, die untertänigen Blicke des Portiers auf sich zu spüren, höher als der, mit der jeweiligen Dame eine Suite zu betreten. Die Frauen des Schriftstellers, die der Portier kennengelernt, welchen er die Pässe abgenommen und einen angenehmen Aufenthalt gewünscht hatte, waren stets erwachsene, gewandte und anscheinend sichere Frauen gewesen, die wußten, wie man einem Portier zulacht, vertraulich und doch von oben herab, in einem vorgetäuschten Einvernehmen.

Es waren Frauen, denen etwas von der Schwermut einer Trauerkutsche anhaftete. Nun aber stand ein Mädchen vor ihm, mit rundlichem Gesicht, in einem zerfallenden Pelzmantel, einem bodenlangen, schwarzen Rock, an dessen Saum Faschingskonfetti hängengeblieben war. Sie sah gesund aus, mit roten Bakken, wie eine Himbeertorte, doch um ihren Hals lag eine dünne Perlenkette, und ihr Verhalten war scheu. Was war mit dem berühmten Hotelgast geschehen? War die junge Frau eine entfernte Nichte? Eine geheimgehaltene Tochter? Oder doch eine Geliebte? Bildete er es sich nur ein, oder ging tatsächlich ein leichter Stallgeruch von ihr aus? Wie sollte er mit ihr umgehen? Seine Unsicherheit schuf eine seltsame Mischung zwischen zarter Ergebenheit und portierhafter Geringschätzung in ihm. Sie fühlte sich verloren, vor dem alten Portier verloren, der besser zu wissen schien, was sie selbst nicht wußte. »Hören Sie«, sprach sie aufgeregt, »ich weiß nicht, ob ich hier übernachten werde, aber nehmen Sie bitte meinen Paß, und wenn der Herr kommt, sagen Sie ihm nicht, daß ich hier war. Ich lasse mein Gepäck bei Ihnen und komme in zwei Stunden wieder.«

Es drängte sie, so schnell wie möglich die warme Marmorhalle zu verlassen. Ihr einziger Gedanke war, dem Geliebten nicht mit der fremden Dame zu begegnen, deren wahrscheinliche Größe sie niederdrücken würde. Das Mädchen sah ihn vor sich, zwei Köpfe kleiner als die Dame, deren bepelzten Rücken er kraulte.

Durch die Glastür schallte Trommelwirbel. Hinter Kolombinenmasken und unter zuckerweißen Haarbeutelperücken drangen Laute aus aller Welt. Der Russe drängte die Japanerin, die Mulattin den Berliner. Kinder, maskiert als Mäuse, Tiger oder Helden aus der Comicwelt, hielten sich an den Kostümen der Eltern fest.

Auf der Brücke zur Accademia wehte ein kühler Wind. Das Mädchen sehnte sich nach der Lagune. Sie mußte nur das Netz aus pfauenfarbigem Gefieder, aus Palastfassaden und Karnevalsmasken verlassen, um sie zu sehen. Plötzlich stand sie still. Die Aktentasche des Schriftstellers schwebte als Vision vor ihren Augen und lenkte sie ab. Sie sah, wie ein Bootsführer vorsichtig die Tasche in ein Motorboot hob, sah den Geliebten selbst einen Schritt in der Luft, über den Spalt zwischen Ufer und Boot machen und wußte, daß er in diesem Augenblick erst in Venedig angekommen war. Sie würde ihn warten lassen, eine strategische Entscheidung, dachte sie, obwohl sie sich nicht sicher war, ob er allein ankommen würde.

Nun wehte eisiger Wind. Auf den Stufen einer Kirche ließ sie die Zeit verstreichen, bis die Kälte des Steines sie ausgefroren hatte. Sie war müde und sehnte sich in die Arme des Geliebten. Der Weg zurück schien ihr lang und mühsam.

Vor den Trümmern der Fenice geriet sie in einen Menschenstrom. Ein Vater hob seinen Sohn im Bärenfell auf die Schultern, dessen kleine Faust von dort auf den Kopf eines Bäckers einschlug, der sich, mit dem Brotkorb auf dem Kopf, hatte durchdrängeln wollen. Man verwehrte ihm den Weg. Eine Frau preßte sich an die Rüstung ihres Mannes und sah ihn an wie einen Helden. Das Mädchen schob sich zwischen den warmen Kostümen vorwärts, rutschte auf Konfetti und aufgeweichten Brotresten aus, drängte sich unter dem Arm eines Polizisten in eine neue Strömung von Maskierten, ging im Klang von Glöckchen, die an einem bauschigen gewürfelten Harlekinskostüm klingelten. Auf einer Digitaluhr sah sie die Uhrzeit rot leuchten. Zwischen den Menschen war sie viel schneller vergangen als auf den Kirchentreppen. Erhitzt lief sie durch die schmale Gasse zum Hotel.

Als der alte Portier sie erblickte, gab er dem Boy einen Wink, ihre Tasche aus der Gepäckkammer zu holen, neigte ihr respektvoll seinen Kopf entgegen und hob gleichzeitig den Hörer des Telefons, um mit umwerfender Galanterie die Ankunft der jungen Dame anzukündigen. Es wurde ihr eine Hausdienerin in blauer Uniform mitgeschickt, die wissen wollte, ob ihre Reise angenehm verlaufen sei. »Ich war an der Lagune«, sagte das Mädchen zitternd, während sie mit dem Ringfinger einen Tupfer Rot aus dem Glosstöpfchen auf ihren Lippen verteilte. Sekunden noch in dieser Welt, mit dieser Dame in Uniform, Sekunden noch in den vergangenen Wochen, Sekunden in der Schwebe. War eine fremde Frau bei ihm, dachte sie, nun, dann würde sie fortrennen, am Portier vorbei, der ihr so übel mitgespielt hatte.

Vorsichtig schlug sie mit der Faust gegen die Tür. Noch während ihre Hand das Holz berührte, dachte sie atemlos, sie klopfe vielleicht in eine Umarmung hinein. Auf der Zimmertür stand die Zahl 672, die, rechnete sie schnell die einzelnen Ziffern zusammen, eine fünfzehn ergab. Fünfzehn war dreimal die Fünf, und Fünf, behauptete der Schriftsteller, sei die Zahl, die ihn von Geburt an verfolgt, die sein Glück und Unglück ausgemacht habe, doch abgesehen davon, die Zahl der Götter sei.

Ebenso vorsichtig wie ihr Klopfen gewesen war, tat sich die Tür auf. Durch den sich langsam öffnenden Spalt hielt ihr der Geliebte eine Tasse mit heißem Tee entgegen. Nun erst wußte sie mit Gewißheit, daß keine andere Frau im Zimmer versteckt war. Sie gab sich ganz dieser Erleichterung hin und trat ein mit Stolz, die Blüten der schwarzen Seidenrose an ihrer Brust glättend, trat ein in Lilienduft, der zwischen den rosa Moirétapeten hing, trat mit der Tasse in der Hand auf den Balkon, um einen Blick unter sich zu werfen, dahin, wo sie nicht mehr war. Die Steinfiguren auf der Kuppel von Santa Maria della Salute drehten sich langsam im Wind, sie drehten sich nicht, aber in ihren Augen war die Kuppel ein Karussell. Von hier hatte sie den Blick auf ein Stück des Giudeccakanals, auf die Gestalt der Fortuna, die als Windfahne auf dem goldenen Ball balanciert, der den Turm der Dogana del Mare ziert. In diesem Augenblick war die Fortuna überdeutlich zu sehen, das Gold des Balles leuchtete in der untergehenden Sonne.

Sie spürte seine Hand auf ihrem Rücken. Er strich über jeden einzelnen Wirbel, fuhr das Rückgrat hinunter wie über die Wirbelsäule eines Reptils. »Komm herein«, befahl er.

»Wo ist die fremde Frau?« fragte sie leise. »In meinen Armen«, gab er zurück, indem er sie in den Raum zurückdrängte. »Und ich habe etwas für sie.«

Ihr Wahn war verflogen, das Haar wellte sich glänzend, die Pulse pochten unter dem Geruch des bitteren Parfums, den der Geliebte wie ein Elixier einzog. Ihre Augen blickten ihn an, schwarz umrandet, darauf konzentriert, das Opfer zu blenden, das nun sklavenhaft gebeugt in der Aktentasche nach der Gabe suchte und mit ihr zurückkehrte. Sie würdigte die grüne Schachtel, auf deren Deckel, in goldener Schrift, der Name eines bekannten Juweliers stand, mit keinem Blick. »Leg es da hin«, befahlen ihre Augen.

»Willst du es nicht aufmachen?« fragte er.

»Nein. Ich bin keine Kokotte, der man mit Geschenken kommt.«

»Aber du bist meine große Liebe, und weil du meine große Liebe bist, kann ich nicht anders, als dir alles Schöne, was ich sehe, kaufen.«

»Das ist zu einfach«, erwiderte sie höhnisch. »Warum hast

du mir nicht in den Wochen der Trennung eine Geschichte geschrieben?«

»Ich habe Tag und Nacht Geschichten für dich geschrieben, aber keine wollte schön genug sein, und so bin ich zum Juwelier gegangen.«

»Hör mit den Späßen auf. Du bist doch Schriftsteller! Warum hast du mir keine Geschichte geschrieben?«

»Alle meine Bücher sind für dich geschrieben, alle, die ich geschrieben habe, und alle, die ich schreiben werde.«

»Ich will eine Widmung.«

»Öffne das Paket.«

»Widmest du mir dein nächstes Buch?«

»Über solche Dinge redet man nicht. Ich sage dir doch, alle meine Bücher sind dir gewidmet.«

»Ich will die Widmung.«

»Öffne das Paket.«

Sie drückte ein zauberhaftes Schloß auf. Ein Paar Ohrringe, die jeweils aus zwei kleinen Perlenschnüren bestanden, in deren Mitte ein Adler aus Rubinen hing, lag auf einem weißsamtenen Kissen. Ein Zettel klebte auf der Innenseite der Schatulle: »Folge mir, auch wenn du nicht weißt, warum, ich weiß es.«

Ihre Härte löste sich. Sie ließ sich an die Wand drücken und die Ohrringe von ihm ins Ohr stechen. Sie war angekommen, nach Wochen der Kälte, der Krankenhausbesuche, der Angst um das Leben des Stiefvaters, des Hasses auf den Verehrer der Mutter, der Bitterkeit, den Geliebten bei einer anderen Frau zu wissen, war sie dort angekommen, wo sie nichts mehr fürchtete. Die Rubine funkelten in den letzten Strahlen der Sonne. Er griff mit beiden Händen um ihren Hals: »Ich konnte nicht einen Tag länger von dir getrennt sein. Ich kann nicht mehr ohne dich leben, ich werde krank. Wir dürfen nie mehr so viel

Zeit vergehen lassen.« Auch er wußte plötzlich, daß er nach Wochen angekommen war, auch er war unruhig wie der Passagier auf einem Dampfer gewesen, der ihn über die Wasser in die Heimat fährt. Schweigend betrachteten sie sich. Sie lachten nicht.

»Du wirst heute meinen besten Freund kennenlernen«, kündigte er an, als sie vor dem Spiegel standen, »ich habe ihn für heute abend eingeladen.« Das bedeutete ein Schritt durch einen der Schleier, die sein Leben verhüllten.

Auf der Türschwelle berührte er die Riemchen ihrer Schuhe, so wie ein indischer Diener die Füße seines Herrn streift. »Kein Mann wird dich jemals so lieben wie ich«, sagte er beschwörend, als er sich erhob.

Sie trug ein schwarzes Kleid, das Hochzeitskleid ihrer Großmutter. Ein feines Spitzennetz spannte sich um ihren Oberkörper, doch über die Seidenbahnen des unteren Teiles schien ein steter Wind zu streichen, so laut rauschten sie bei jedem Schritt. Ihren Hals bedeckte die schwarze Seidenrose. Das war der letzte Abend in dem Hochzeitskleid, das wunderbarerweise all die Jahre zusammengehalten hatte. Sie hatte es aus abergläubischen Gründen auf die Reise mitgenommen, doch ihr war bewußt, daß sie märchenhaft darin aussah. Die Antlitze ihrer pommerischen Großmutter und ihrer eigenen Mutter schienen hinter ihrem Gesicht wie hinter einem Gazestoff hindurchzuschimmern. Das Schimmern aber ging von der schwarzen Seide aus, die die zwei Frauen einmal bedeckt hatte. Deshalb sah sie so altmodisch in dem Kleid aus.

Er war sich unsicher, ob das Hochzeitskleid ihm gefiel oder nicht, aber er konnte nicht umhin, seine Geliebte erregend schön zu finden. Ein fremdes Auge würde ihr Gesicht sehen, das Gewand nur ungenau wahrnehmen; daß es lang und schwarz war, daran würde sich der fremde Verehrer vielleicht noch erinnern, daß es aber zerrissen, daß in dem Spitzennetz kleine Löcher waren, daran nicht. Solche peinlichen Zeichen der Vergänglichkeit kann ein schönes Antlitz fortspiegeln. Häßliche und reiche Frauen sind aus diesem Grund meist so tadellos gekleidet, weil ihnen ein Riß nicht vergeben wird.

Pancrazio, der Freund, stand an der Theke. Er wirkte verloren zwischen den großen Hüten mit Federn und Blumen. Hinter den Masken hörte das Mädchen es lachen. Der Ausschnitt eines alten Frauenrückens stand straßgesäumt zwischen den Kostümen. Geruch von Festgewand und warmer Haut lag in der Luft. Sie sah entblößte, abfallende Schultern, die sich feilboten, nackte Arme mit schwachem Gewebe, beringte Hände, die nach einem schäumenden Bellini griffen.

Die Kellner eilten mit devoter Eilfertigkeit durch die Bar. Auf ihren hochgestreckten Händen trugen sie Teller mit Sandwiches, aus denen sich Garnelen und faserige Hühnerbrüstchen schoben. Ihre Bewegungen waren die von Äquilibristen, wenn sie zu zweit eine runde Spanplatte vorsichtig zwischen den bauschigen, knitternden Kostümen, den harten Ellenbogen, den in der feinen Luft zitternden Federn von Masken und Hüten hindurchtrugen und die Platte schnell über einen Tisch warfen, damit er größer würde. Sofort eilte ein dritter Kellner herbei, der mit ausholender Gebärde ein weißes Tischtuch erst hinabzog zwischen die Säume der Rokoko- oder Zigeunerkleider und es dann mit einer plötzlichen Öffnung der Arme, wie Frau Holle, entfaltete, sich in der Luft aufblähen und leicht wie ein Blütenblatt auf der Spanplatte niederfallen ließ, so, daß die winzige Spitze in der Mitte der Decke und der Bügelfalten auf dem Zentrum der Platte zu liegen kam. Die Kellner nahmen ruhig die zahllosen Bestellungen entgegen, nickten kurz und gaben das Kommando durch die Menge weiter. Das Aufblitzen von Pailletten zog das Auge an.

Das Mädchen schaute mit schnellem Blick über viele Schultern hinweg, um zu sehen, welche Schönheiten in der schiffskabinenähnlichen Bar saßen, ob Frauen mit jadefarbigen Augen und reisweißer Haut, mit langen Fingern und rotleuchtenden Fingernägeln, oder Frauen mit mohnfarbenen Lippen. Doch ihre Furcht, nicht die Schönste zu sein, legte sich bei dem Anblick, der sich ihr bot: die kleinlockigen Perücken, die großen Hüte waren auf graues Haar gestülpt, die Hände der Frauen melanoderm, blau die hervortretenden Adern auf Schläfen und Händen. Federn, Pappe, Gold und Seide zogen im ersten Augenblick die Aufmerksamkeit der Männer auf sich, die sich im zweiten schnell von den Frauen abwendeten, erschrocken von Leben und Tod. Jetzt auf einmal hätte es das Mädchen gefreut, eine Schönheit, eine orientalische Schönheit, mit korinthischem Lächeln, gewölbter Stirn und göttlicher Unschuld, an einem der Tische zu erblicken. So wie man sich als Gesunder unter Kranken ein wenig schämt, sich aber zugleich der eigenen Gesundheit noch bewußter wird, so schämte sie sich jetzt zwar nicht ihrer Gestalt, hob aber ihren Hals.

Der Schriftsteller griff nach seinem Freund, der rauchend und klein an der Theke lehnte. Das Mädchen reichte ihm die Hand. Sie sah, daß die untere Reihe seiner kleinen Zähne innen mit Gold beschlagen war. Pancrazio hatte den Mund einer Katze.

Ein Kellner führte sie an den hintersten Ecktisch. Sie faltete die Serviette auseinander und steckte einen Zipfel in ihren Ausschnitt. Sie wagte es nicht, zu reden. Alles, was aus ihrem

Mund kam, klang ihr töricht, und so hielt sie es für besser, das Schweigen der Engel zu bewahren. Einer List aber bediente sie sich: Sie nahm den Blick der Belesenen an, den sie mit Leichtigkeit, wie eine Brille, aufsetzen konnte. Gebannt hörte sie den zwei Männern zu, nickte hin und wieder und wagte nur einmal, als man über Genies sprach, die in frühem Alter dem Tod anheimgefallen sind, eine Frage zu stellen, um sich selbst herauszufordern: »Kennen Sie Otto Braun?« Die Männer schwiegen. Es war das erste Mal, daß der Schriftsteller den Namen eines anderen Schriftstellers nicht kannte. Pancrazio erwiderte: »Nein, Otto Braun sagt mir nichts.« Und der Schriftsteller lachte: »Otto Braun? Vielleicht meinst du Charlie Brown?« Er wandte sich seinem Freund zu: »Sag mal, apropos Braun, bist du mit dem Bruno fertig?« Sie wußte, daß es um Giordano Bruno ging, denn er zählte zu der Lektüre, die er ihr aufgegeben hatte.

»Fast«, gab Pancrazio zurück, »ich bin bei ›De Monade, Numero et Figura‹.«

Der Puls des Mädchens schlug höher. Ihr Körper war heiß. Das Leben öffnete sich schluchtartig vor ihr, es war kurz, aber sie ahnte nun, was es bedeutete, in seiner ganzen Ausdehnung so weit wie möglich in Schwingung zu sein. Sie nahm sich vor, sobald sie wieder zu Hause sein würde, mit dem Studium der Alchemie zu beginnen, und sah schon vor sich, wie sie mit dem Geliebten auf Lateinisch über Magie redete. »De pulsibus«, hörte sie sich anheben, und trank darauf einen Schluck Gin. »Vielleicht«, dachte sie, während sie einen zweiten Schluck nahm und die Freunde sich weiter unterhielten, »vielleicht wird er, wenn ich erst einmal in der Alchemie, in der Astrologie und der Mathematik bewandert bin, alles andere aufgeben und sich mit mir zurückziehen. Giordano Bruno, Aristoteles, Thomas von Aquin: wenn ich sie alle gelesen habe, dann kann sich kein Schriftsteller mehr mit mir langweilen! Es könnte sogar die Gefahr entstehen, daß ich mich mit ihnen langweile.« Diese Vorstellung entzückte sie, doch wollte sie es auf später verschieben, darüber nachzudenken, ob sie selbst in die geheime Welt der Alchemie eintreten oder lieber weiter den Geliebten bewundern sollte, der ihr aus dieser Welt erzählte. Er sagte gerade zu seinem Freund: »Ich lese im Moment Porphyrius, *De abstinentia animalium*. Schicke ich dir, wenn ich fertig bin. Wie geht es Sumsum?« Er bestellte die dritte Runde Gin. Die kleinen Gläser waren von innen und außen mit dem Hauch des Eises beschlagen. Ihre Bewegungen wurden weitausholender. Die drei lehnten sich in die Sessel zurück, hielten die Gläser in die Höhe und sprachen jetzt von Katzen, denn Sumsum war nicht Pancrazios Ehefrau. »Ja, Sumsum. Wie sie hinter der Tür auf mein Heimkommen wartet! Wie sie jammert, wenn ich die Tür hinter mir schließe!« erzählte der Freund mit gerührtem Blick. Dann riß er seine Augen auf und schien fassungslos, als er die Eigenschaften aufzuzählen begann, die seine Katze zu einem Menschen machten. »Wie sie sich gramvoll in ein Bücherregal zurückzieht, wenn ich ihr nicht genügend Nettigkeiten sage!« Wie sie sich auf das Fenstersims setze und seine fortgehenden Schritte mit ihren grünen Augen verfolge! Wie sie nachts ihre Schnauze an seinen Hals schmiege!

In den Augen des Mädchens konnte man ein Staunen erkennen, das sie ebenso leicht in ihre Pupillen zu legen wußte wie den belesenen Blick. Es ist unheimlich, welch ein Meister der Mimik der Mensch ist, er spielt mit seinen Gesichtsausdrücken wie der Taschenspieler mit seinen Tricks. Bald aber wich das vorgespielte Staunen in ihren Augen einem nervösen Fortschweifen der Pupillen, als nämlich der Geliebte jetzt ebenso haltlos von seiner Katze zu reden begann, von seiner weisen Katze, die auf seine Schultern sprang, wenn er die Leitersprossen zu den Bücherregalen hinaufkletterte, um auch in dieser Höhe bei ihm zu sein. »Rudra«, rief er euphorisch, »setzt sich zu mir, wenn ich die Aktentasche für eine Reise packe. Und schaut mit einem so traurigen Ausdruck dabei zu, als wolle sie mir gleich ihr schlaffes Pfötchen zum Abschied reichen!«

Sie dachte nicht ohne Hohn an kinderlose Ehepaare, die mit einer Katze lebten. Die morgendlichen Telefonate des Schriftstellers mit seiner Frau, die er mit den Erkundigungen nach dem Wohlbefinden des Tieres beendete und dasselbe mit schmelzender Stimme grüßen ließ, waren ein akustisch grotesker Moment für das Mädchen, wenn es hinter der Tür stand, um zu lauschen. Ihr wollte es dann erscheinen, als spräche er mit gebeugtem Rücken ins Telefon, als spüre er ihren Blick, der seine Gestalt niederdrückte. Leise und gebrochen war in diesen Augenblicken seine Stimme. Wie dieser Mann dann klang, der in der Nacht von Asclepius, von Mineralien und von alchemischen Formeln geredet hatte! Jetzt miaute er ins Telefon, er ahmte das Miauen seiner Katze nach, und die Frau miaute ihm durch die Leitung zurück.

Während dieser Telefonate verachtete sie ihn in seinem chinesischen Morgenmantel. »Verlogener Italiener«, dachte sie dann. Sie selbst war aber nicht weniger verachtenswert, wenn sie ihr sterbliches Ohr an die Tür drückte, wobei sie jedesmal an die Worte ihrer Großmutter dachte, die einmal zu ihr gesagt hatte: »Das Niederträchtigste, was ein Mensch tun kann, ist bespitzeln! Der Mensch wäre glücklicher, wenn er nicht immer erfahren wollte, was nicht für ihn bestimmt ist.«

»Pancrazio«, sagte der Schriftsteller jetzt, »ich denke, wir sollten aufbrechen. Es war eine große Freude, wieder mit dir zusammenzusein. Ich verlasse dich nie enttäuscht und müde. Begleite uns doch noch zum Hotel.« Pancrazio ging zwischen seinem Freund und dem Mädchen im nächtlichen Nebel, stand noch eine Weile mit ihnen vor dem Hotel und ging dann, während er sich eine Zigarette anzündete, zu seiner Katze zurück, die mahnend, mit erhobener Pfote, auf dem Fenstersims auf ihn wartete.

Die Basilika lag im Schein des Vollmonds. Vom Kanal waren die Motoren der späten Vaporetti zu hören. Das Paar lag mit offenen Augen nebeneinander. Im Mondlicht erkannten sie sich. Viele Stunden lagen sie so. »Das ist eine tibetanische Nacht«, flüsterte er einmal. Sie wagte nicht zu fragen, weshalb das eine tibetanische Nacht sei, aber seine Worte verfolgten sie. Eine tibetanische Nacht, wiederholte sie für sich, dies ist eine tibetanische Nacht. Aber wieso? Wieso ist das eine tibetanische Nacht? Vielleicht war die aufgewühlte Freude, zusammen zu sein und sich nicht zu nähern, tibetanisch. Jeder von ihnen genoß die Nähe des anderen wie ein Schafsfell, das man sich in einer eisigen Nacht ins Bett legt, wo es einem mit seiner tierischen Wärme die Nachtruhe rettet. Der Geruch seiner Haut flog manchmal, wie von seinem Herzklopfen aufgescheucht, zu ihr, deren Bewegungen der bittere Geruch ihres Parfums begleitete. Es gab Augenblicke, da fielen sie in leichten Schlaf, doch blieb er immer an der Grenze des Wachseins. In einem blitzartigen Traumbild sah sie den Dogen Manin auf den Dächern von Venedig laufen, mit wehendem, von Sternen übersätem Umhang. War es drei Uhr? War es vier Uhr? In einem anderen Traumbild sah sie sich in einen Glaswarenladen eintreten und auf einen Silberelefanten in Miniatur zugehen, der auf einer Kristallsäule stand. Sie streichelte ihm den Rücken und spürte, wie unter ihren Fingern seine leblose, silberne Haut zu schillernden Schuppen wurde und wie seine Beinchen sich zu bewegen und die harte, glatte Oberfläche der Kristallsäule hinabzusteigen begannen. Der Elefant schritt aus der Ladentür, mit einem lustigen Nicken des Kopfes zu dem Mädchen hin, wie um sie einzuladen, ihm zu folgen. War es vier Uhr? War es fünf Uhr? Zu einer Stunde, als die Dunkelheit noch dunkel war, auf den Wassern aber schon der Tag begann, öffnete sie die Tür zur Terrasse. Der goldene Globus mit der Fortuna schob sich wie eine Billardkugel aus dem nächtlichen Dunkel ins Zwielicht.

Sie sah die Wasser der Kanäle nicht, auf denen noch die Schwärze der Nacht lag, aber sie hörte, wie Boote sie furchten und sich der Widerhall der Wellen zwischen den Palästen emporschwang. Noch brannte wenig elektrisches Licht. Zu dieser Stunde hallten die Wellen lauter als am Tag. Das Geräusch erinnerte sie an eine Morgendämmerung in Benares, als eine in Tücher gewickelte, im heiligen Ganges treibende Leiche plötzlich an ihr Holzboot stieß. Dieser dumpfe Klang prägte sich dem kindlichen Gehör ein, als es auf den schwappenden Wassern dahinfuhr. Der Ruf eines Bootsführers klang jetzt zu ihr hinauf. Für Sekunden schien ihr der venezianische Dialekt eine Ähnlichkeit mit Hindi zu haben, und da neigte sich der Orient um die Ecke der Punta della Salute. Sie trat zurück in das Schlafzimmer und zog die Vorhänge zu. »Eine indische Nacht«, flüsterte sie. Sein Pyjama roch nach dem Waschmittel, das sein Hausmädchen verwendete. Sie war sich sicher, daß das Aroma dieses Pulvers wie eine unsichtbare Membrane das Ehepaar umschloß. Sie sah Honigwabenmuster und weiße Frette-Bettlaken vor sich, als sie ihn einsog. Der Geliebte hatte eine Leidenschaft für Bettwäsche und Handtücher, sie mußten stets neu und frisch sein. In den Paketen, die sie durch den Kurier erhielt, lagen zuweilen auch Batistlaken oder Handtücher mit Ajourarbeit. Er wußte ja nicht, daß ihr Kopf nachts auf den Leinenbezügen ihrer Urgroßmutter Amanda Knigge, auf gehäkelten Sprüchen wie *Behüt' Dich Gott* oder *Gute Nacht* lag, daß ihr Körper in die Laken ihrer Ururgroßmutter Friederike Lauenstein gewickelt war. In ein derartig bezogenes Bett hätte er sich nur mit Widerwillen gelegt und wohl gesagt: »Ich habe den Eindruck, daß außer dir auch noch deine Urgroßmutter im Bett liegt.«

Das Klopfen an der Tür erklang. Wie immer wurde der Tag durch einen eintretenden Zimmerkellner angekündigt, der in seinen Händen ein Tablett hielt, auf dem Rosen blühten. Das Mädchen bat ihn, es auf die Terrasse zu stellen. Die Sonne schien. »Was bringst du mir heute bei?« rief sie, als sie ihre Füße auf die Holzbrüstung legte, während er nach seinen Schuhen suchte. »Der Unterricht wird später beginnen«, rief er zurück, »ich muß leider für kurze Zeit weg.« Sie nahm die Füße von der Brüstung und legte den Löffel mit Orangenmarmelade auf den Teller zurück. »Welche Frau triffst du?« fragte sie und spürte, wie Zorn und Eifersucht ihr die Besinnung nahmen. »Ich treffe den Dogen Zorzi. Er wird mich auf den Friedhof begleiten, um mit mir ein Grab auszusuchen.« Sie schaute ihn an und fragte sich sekundenlang, ob bei ihm noch alles stimme. »Grab für wen?« fragte sie vorsichtig. »Für einen russischen Dichter.« Sie begriff nicht. »Und du kannst mich nicht mitnehmen? Du kannst deine Geliebte nicht auf den Friedhof mitnehmen?« »Willst du mit zwei alten Männern an so einem Tag ein Grab aussuchen?« »Ja, das will ich.« »Aber mein Herzenskind, sei doch nicht so dumm und begreife endlich die Regeln. Das, was ich heute tue, gehört zu meiner Arbeit, nicht zu meinem Vergnügen. Es wird der Tag kommen, da wir zusammen Gräber aussuchen, aber heute sollst du für mich arbeiten. Du bleibst hier auf der Terrasse sitzen und liest mein neues Buch, und alles, was dir dazu einfällt, schreibst du auf und zeigst es mir hinterher.« »Was für eine Aufgabe!« höhnte sie, »aber eines sage ich dir: Es wird der Tag kommen, da wir zusammen ein Grab aussuchen.« »Und das wird ein wundervoller Tag sein.« Er erschien in dem schwarzen Anzug mit weißen Nadelstreifen auf der Terrasse. Im Stehen trank er den Kaffee und fragte lächelnd: »Bin ich schön genug für den Dogen?«

Zurück blieb der Geruch von Sandelöl und ein Stapel Manuskriptblätter. Wütend streute sie sie in die Luft. Hatte sie gar keine Macht über ihn? Konnte er nicht einmal seine Pflichten ihrethalber vergessen? Mußte er sie immer wie aus dem Ei gepellt verlassen? Und übrig blieb nur sein Geruch? Mußte sie vielleicht schöner sein? Oder schwächer? Oder vielleicht stärker? Oder mußte sie nur warten, wie er ihr immer riet? Sie verstand es nicht. Er war doch derjenige, der leiden mußte. Weshalb litt sie dann so unsäglich? Weil er sie wie eine Frau verließ? Wie ein junges Mädchen, mit gewaschenem Haar, indem er seine Absätze auf den Boden drückte, als seien es Stökkel, und so, als warte an der nächsten Ecke jemand auf ihn? Waschen, aufräumen, dachte sie, und reinigte gründlich ihren Körper, der müde von der wachen Nacht, noch müder aber von dem kurzen Morgen war. Wasser regenerierte, spülte den Schaum aus den Haaren.

Gewaschen und in ihren Rosenmantel gekleidet, begann sie, Ordnung zu machen, stellte den Lilienstrauß auf den Nachttisch des Geliebten, hängte ihre Seidenrose an den Lüster, plazierte ihre Schuhe neben seinen Pantoffeln, die sie mit Pralinen füllte, und hängte das Hochzeitskleid der Großmutter in den Schrank. Sie sammelte die Seiten seines Manuskripts zusammen und legte sich auf das Bett. Aber sie konnte sich nicht konzentrieren, ihr drittes Auge folgte den beiden Herren auf das Motorboot, beobachtete, wie sie zwischen den Gebäuden des Arsenale auf die Lagune, auf die Insel von San Michele, zufuhren. Sie sah, wie sich die Nase des Schriftstellers rötete, und stellte sich das Antlitz des Dogen in einen grauen Bart gehüllt vor. Was war noch Wirklichkeit? Was war schon Traum? Sie schloß die Augen. Die Friedhofsinsel San Michele war ihr fremd. Sie sah eine Zypresseninsel mitten im Wasser vor sich, sah die Schatten von Ästen auf verwitterten Grabsteinen, roch die feuchte Erde eines ausgehobenen Grabplatzes, der Grube, wo vielleicht die zwei Männer stehenbleiben und erwägen würden, ob das die geeignete Gruft für den russischen Dichter war. Auf der Insel würde der Frühling schon zu spüren sein, der Druck sprießender Knospen unter der Erde. Vielleicht auch war das erste Weiß einer jungen, noch in sich geschlossenen Mandelblüte zu sehen. Auf Friedhöfen sind die Jahreszeiten deutlicher in ihrer Erscheinung als an anderen Stätten. Sie selbst kam sich vor wie ein rosengeschmückter Leichnam, so reglos, fast leblos lag sie da. Die Zeit war stehengeblieben. Das durch die Glastür einfallende Licht würde sich nicht verändern, bis seine Faust an die Tür schlug.

Als es nach Stunden der Starre leise klopfte, klopfte auch ihr Herz lauter. Es war das Zeichen dafür, daß der Takt der Zeit sich in dieser Sekunde in einen schnelleren verwandelte. »Fertig?« rief er. »Du bist ja noch im Morgenrock! Ich dachte, du würdest mir angezogen öffnen, bereit, das Zimmer zu verlassen, um mir zu erzählen, wie du die Seiten findest.« Sie stand mit offenem Haar im Raum, schwach und müde vor Sehnsucht. Er löste den Gürtel ihres Morgenmantels. »In welchem Zustand bist du denn? Deine Haut ist so heiß. Es wäre dumm, jetzt in die Kälte zu gehen. Hast du gelesen? Nein? Warum nicht? Das war doch deine Aufgabe!« Er trug sie zum Bett, rollte ihre Strümpfe von den Beinen und küßte ihre Füße, ihre Fesseln, ihre Knie, biß ihr ins Fleisch, in die Oberschenkel, in die Arme und in den Po. Sein harter, ebenmäßiger Körper legte sich über den weichen, warmen Leib des Mädchens. »Heirate mich! Frage mich, ob ich dich heiraten will«, weinte sie. »Willst du mich heiraten?« hauchte er. Da hob sie ihre rechte Hand und schlug ihm ins Gesicht. Er ließ seinen Kopf auf ihre Schultern sinken, und sie spürte, wie er sich mit ihrem Haar die Tränen trocknete.

Er liebte Sonnenuntergänge nicht, nicht die Ausblicke aufs Meer, doch war es im Licht der untergehenden Sonne, als er seine Geliebte in ein Boot hob. Das Wasser in den Kanälen war niedrig. Nur langsam, wie durch Tang gleitend, bewegte sich das Boot vorwärts. Die Kälte des Wassers und des Steines vereinigten sich mit dem eisigen Abendwind. Es war die Stunde, da Kirchen und Museen, Geschäfte und Büros schlossen, da an den Orten des Lasters ein Chinese den Boden fegte, eine Thailänderin ihr Massageöl anrührte. In dem Augenblick, da ein Kirchenportal zuschlug, öffnete sich die Tür einer Bajadere.

Sie hatte ihn bedrängt, mit ihm zum Friedhof von San Michele zu fahren, das Eisentor aber wurde vor ihren Augen zugeriegelt. Das Boot glitt über das Lagunenwasser, das sich im letzten Glanz der Sonne myosotisblau färbte. Wie in der Morgendämmerung, so war auch jetzt das Eintauchen der Ruder ins Wasser lauter und deutlicher zu hören als während des Tages.

Das Paar saß hinter dem Bootsführer, der von einer noch offenen Kirche wußte.

Mit einem leichten Druck öffnete sie die Tür von Santa Maria dell'Orto. Die Schritte des Paares hallten unter den Bögen wider. »Jetzt«, dachte sie, »jetzt ist der Moment gekommen, da er mir etwas sagen wird.« Das Licht, das durch die Spalten im Portal drang, wurde innen von einer Dunkelheit aufgesogen, die wie Nebel aus den Steinplatten des Kirchenbodens dem entschwundenen Licht des Tages nachzusteigen schien. Ein Glöckchen klingelte. Eisenriegel wurden vorgeschoben. Zusammen mit der Dunkelheit stieg die Kälte von Leichen aus den Steinplatten, in welche die Namen von Toten gemeißelt waren. »Totengräber, es ist schön, die Ruinen der Stätte zu betrachten; noch schöner aber ist es, die Ruinen der Menschen zu betrachten!« »Mit jedem Schritt, den ich tue«, dachte sie, »trete ich auf Knochen, auf Augen, auf Herzen und Eingeweide. Ich mache nicht eine Bewegung, ohne daß meine Ferse auf eine Leiche drückt.« Die in den Stein gemeißelten Namen der Toten waren Ornamente, in denen Dreck und tote Fliegen lagen. Sie ging auf Schulterblättern und Kniekehlen, die nicht zu Lilien oder Nachtviolen, sondern zu Staub und Stein geworden waren. Der Wind aber, der durch das Portal in die Kirche wehte und die Ketten der Laternen bewegte, war die Seele der Toten. »Noch schöner aber ist es, die Ruinen der Menschen zu betrachten!« Er war eine Ruine, dachte sie plötzlich, sie war eine Ruine, gemeinsam gingen sie auf Leichen. Die Kerzen in den Seitenaltären flackerten im eisigen Hauch. Der Geliebte setzte seine Brille auf, die Gläser hatten fettige Abdrucke. Er bemerkte es nicht. Hätte er es bemerkt, so hätte er die Brille abgenommen und mit einem Lederlappen geputzt, mit dem Hautfetzen einer Leiche, dachte sie. So aber, mit den schmutzigen

Brillengläsern, sah er plötzlich im Schein der Kerzen mitleiderregend aus, gebrochen, wie ein wohlhabender Flüchtling, dem man alles genommen und nur seine Kleider gelassen hat, ein fliehender Mensch, der in seinem grenzenlosen Schmerz die Makel an sich nicht wahrnimmt. Auch wirkte sein Gesicht in der Dunkelheit, die nur das Flammengeflacker durchbrach, fast weiß, die Augenschatten schwarz. Da erkannte sie, daß jeder Mensch bei schlechtem Licht und mit einigen Flecken auf den Brillengläsern zu einer tragischen Gestalt werden kann, erkannte auch, daß das der Scherz einer göttlichen Hand war, die für Augenblicke Alter und Tod auf das Antlitz der Menschen zeichnet, um daran zu erinnern, daß beide, Alter und Tod, nie so weit entfernt sind, wie sie sich täglich einbilden. Der Schal aus Paschminawolle hing an seinem Rücken herunter und war in dem schwelenden Licht zu einem braunen Lappen geworden. Sein Mantel wirkte jetzt wie ein Sack. Was würde geschehen, fragte sie sich, wenn er ihm tatsächlich fortgerissen, die Brille eingeschlagen, die Wohnung genommen und das sichere Leben geraubt würde? »Er kennt den Schmerz nicht, er kennt ihn nicht, und deshalb schweigt er jetzt. Er wird erst reden, wenn Angst ihm die Kehle zuschnürt«, dachte sie.

Warum fühlten sie in den Häusern Gottes ihre Liebe noch stärker? Sie ging an seiner Seite wie eine Madonna, den Schal über den Scheitel gezogen, den Blick auf die Altäre gerichtet, das Knie vor dem Kreuz gebeugt, und er, er zündete Kerzen an, viele Kerzen, vor dem Heiligen Thomas, vor der Heiligen Katharina, vor Christus am Kreuz. Er faßte noch fester nach ihrer Hand, und es kam vor, daß ihm Tränen in die Augen traten. Er betete vor den Statuen der Heiligen Mutter Gottes, betete um den Schutz seiner Liebe, und stand weich und ergeben vor den Antlitzen der Heiligen Cosmas und Damianus. Sie flehte den

Heiligen Vater an, ihr den Mann zu geben, der nicht der ihre war. In den Kirchen spürte sie noch eindringlicher die Lust, seine heimliche Braut zu sein, und dankte allen Engeln und Erzengeln, daß ihre Flügel sie streiften. »Ihm folgen«, dachte sie in Kirchen und Kathedralen, »ihm folgen.«

Er wußte, mit welcher Erwartung sie hinter ihm ging, er kannte diesen leisen Schritt. Es war der Schritt der atemanhaltenden Erwartung. Er blieb stehen, wie im Gebet versunken, während sie, deren Schatten sich gewaltig an der Seitenwand abzeichnete, mit ihren vom Wind aufgerauhten Lippen drükkend nah hinter ihm stand. Er drehte sich um, griff nach ihren Armen und zog sie zu sich heran. »Du hast nichts zu sagen?« fragte sie. »Alles habe ich zu sagen. Wenn ich sage, daß ich dich liebe, dann ist das Alles«, erwiderte er ernst. Sie küßte sein Gesicht. Von seiner Nase drohte die Brille zu fallen. »Ich weiß, daß du mir nichts versprechen kannst«, flüsterte sie heftig, »aber wir können so nicht weiterleben. Wovor hast du Angst? Deine Frau zu verlieren? Nie, sie wird dich nie verlassen. Du mußt es ihr sagen, du mußt ihr sagen, daß du mich liebst. Mehr will ich nicht. Ich will nicht von dir verlangen, daß du dich von ihr trennst. Ich will nur, daß sie weiß, daß du mich liebst.« »Du verlangst Unmögliches, aber ich werde darüber nachdenken«, entgegnete er fast heiter. »Wie lange willst du nachdenken? Wie lange soll ich warten?«, drang sie in ihn ein. Er unterbrach sie: »Du weißt, daß ich ohne dich nicht mehr leben will. Du weißt, daß ich mir Tag und Nacht den Kopf darüber zerbreche, wie ich handeln soll, aber laß mir noch Zeit.«

Es war nachtschwarz, als sie aus der Kirche traten. Ein streunender Hund verfolgte einen Mann im Dogenkostüm, der allein an diesem menschenleeren Ort ging. Der Bootsführer stand rauchend am Wasser. Er half dem Paar ins Boot und ruderte mit gleichmäßigem Rhythmus zur Calle dei Miracoli. »Was für ein Luxus, sich mit einem Boot über die Kanäle fahren zu lassen«, dachte sie verletzt, »sich von Kirche zu Kirche rudern zu lassen, das ist ein unerträglicher Luxus.« Und wie in einem Traum, sah sie das kleine Zirkusmädchen vom Maidan, dem sonntäglichen Jahrmarkt in Kalkutta. Es trug verblaßte, himmelblaue Pumphosen und balancierte in Gummischlappen über ein hoch gespanntes Seil. Blutrot stachen von seinem schwarzen Hinterkopf zwei Haarschleifen in die Luft, auf seinem Scheitel schwankten und glänzten drei übereinandergestapelte Kupferschalen. Die Sonne schien in diesen Kupfertöpfen noch mehr zu glühen als sonst irgendwo in der großen Stadt Kalkutta. Die Zuschauer, die unter dem Seil im Gras saßen, hielten den Atem an, als das Kind seinen gefährlichen Gang in der Höhe antrat. Die Bambusstange, dreimal so lang wie die Artistin, zitterte zwischen ihren dünnen Fingern, als der Vater sie ihr in die Höhe reichte. Reglos hingen Silberkreolen an ihren Ohren, und bunte Armreifen, safrangesprenkelt, flaschengrün und jaspisleuchtend, umfaßten ihre Armgelenke. Dann aber hielt das Kind die Stange zwischen Zeigefinger und Daumen, als trüge es einen leichten, langen Bleistift. Affen schauten aus dem Laub der Eukalyptusbäume, ein Bananenverkäufer blieb stehen. Das Kind sammelte in sich die Konzentration eines großen Seiltänzers, der ohne Netz, unter dem Zirkuszelt, einen Fuß auf das Drahtseil setzt. Niemals hatte das Mädchen eine derartige Zusammenballung von Mut, Kraft und Konzentration in einem Menschen gesehen. Die sengende Hitze, die glühenden Kupfergefäße auf seinem Kopf, die schwere Bambusstange in seinen Händen, die glatten Gummisohlen, die gespannten und herausfordernden Blicke der Menge und wahrscheinlich Hunger: das alles schien das Kind nicht zu sehen oder zu spüren, als es mit dem Blick eines vorstürmenden Kriegers seine Füße, einen nach dem anderen, auf das Seil setzte. Das Kind hatte Mut, zeigte keine Furcht vor der brennenden Sonne, vor dem stechenden Auge des Vaters, vor dem Fall in die Tiefe. Es ging mit vorgerecktem Kinn und gesammeltem Blick. Als der Schriftsteller ein Taschentuch aus hellrosa Baumwolle aus der Tasche zog, da zerstob das Bild des Zirkuskindes. »Was ist er gegen das unbekannte Mädchen?« fragte sie sich. Was war sie selbst gegen die kleine Künstlerin? Konnte einer von ihnen auf einem hohen Seil balancieren? In Gummischlappen? Unter einer tödlichen Sonne? Unter dem Blick eines drohenden Vaters? Mit einer Handvoll Reis im Magen? Er konnte nichts dergleichen, er setzte sich wohlgenährt an seinen Schreibtisch und las über Geheimlehren. Sie konnte Zypressenalleen pflanzen. Das war nicht zu vergleichen mit der Kunst des Kindes. Mut zu beweisen, das ist ein Glück, das einem zuteil wird. Er hatte dieses Glück noch nicht erlebt, und sie auch nicht. Der Mensch wird schwach, wenn er nicht weiß, aus welchem Stoff er gemacht ist, doch das erfährt er nur in der Not. Es gab Personen, die behaupteten, der Schriftsteller sei weise und fest in seinem Wesen. Doch woher stammte die Gewißheit, mit der sie derartiges behaupteten? Was wissen die Menschen voneinander, solange es ihnen gutgeht? Sie wissen, daß Annette und Bernd im Leela Palace Kempinski Resort in Goa Ferien machen und kalte Drinks aufs Zimmer serviert bekommen. Sie wissen, daß Jette Joop, auch wenn sie modische Schuhe trägt, trotzdem ernsthafte Gedanken hat. Sie wissen, daß Fred Steiner das Golfspielen von Clarence gelernt und daß Clarence über das Schlägerhalten gesagt hat: »Stell dir einfach vor, du hältst einen kleinen Vogel zwischen deinen Händen. A little bird, you know. Fest genug, daß er nicht davonfliegen kann, locker genug, daß du ihn nicht erdrückst, you know. Alright?« und daß Fred Steiner begriffen hat, daß Golf ein Sport der Demut ist. Sie wissen, daß Babette ein Wochenende in Tokio verbringt und in einem Restaurant im U-Bahn-Basement den Kugelfisch Fugu zu sich nimmt, den Fisch, dessen Blase tödliches Gift enthält. Sie wissen, daß Stefan Aids hat und ihm nicht mehr zu helfen ist. Sie wissen von Karos Lebensmittelallergie und wundern sich. Mut aber beweisen sie, wenn sie ins »Abenteuer-Eldorado« auf Tahiti fahren, wo sie auf silberweißem Sand vor den Krebsen davonspringen. Glück, denken sie, können sie als degustierende Weinkenner in den Trendrestaurants der Metropolen oder zwischen den Kamelien, Pelargonien und Begonien auf Madeira erfahren, wo Sonderbusse zirkulieren und im Hotel Ocean Park individuelle Begrüßungsdrinks auf sie warten. Das Unglück jedoch, das nennen sie nicht, das fürchten sie; vor ihm reisen sie fort, nach Mailand, ins Verdi-Jahr hinein, nach Schottland, um den Dimple zu kosten. Es scheint, sie essen und trinken sich fort vom Unglück, der eine mit Nierchen, Lebern und Langustenschwänzen, der andere mit Pizza und Bier. Es gibt auch die Armen bei uns, doch für sie besteht das unbekannte Glück, das sie sich im Drogenrausch, im Krankenbett oder auf der Parkbank erträumen, in Hightechprodukten und Traumhotels. Von was sollten sie auf einer Straßenbank auch träumen, wenn hinter den Baumwipfeln das Licht aus dem Mandarin Oriental leuchtet? Wenn an der Litfaßsäule von Musik und Tanz erzählt wird? Wenn ein silberfarbener Porsche im Mondlicht vor ihnen aufblitzt? Es ist nicht leicht, in unseren Städten, Kleinstädten und Dörfern anderes zu träumen als Reklamebilder.

Was wußte sie von ihm? Sie wollte erfahren, aus welchem Stoff er gemacht sei, wenn ihr auch bewußt war, daß im Menschen stets entgegengesetzte Eigenschaften zusammenfließen, daß Mut auf Feigheit folgen, daß Schwäche der Kraft vorausgehen, daß Grausamkeit aus Liebe hervorgehen kann. Und doch gibt es so etwas wie einen Grundstoff, aus dem der Mensch besteht. Doch was ist das für ein Stoff? »Vielleicht«, dachte sie jetzt, »ist es klüger, mich gewissenlos an dieser Bootsfahrt auf den Kanälen zu freuen, statt mich von meinen protestantischen Ahnen quälen zu lassen, die immer dann das schlechte Gewissen in mir erzeugen, wenn der Luxus gerade seine angenehmsten Vorteile aufweist.«

»Halten Sie!« rief er vor der Kirche von Santa Maria dei Miracoli. Ein kleines Orchester spielte auf dem Platz Tanzmusik, und an einem Stand wurde Faschingsgebäck verkauft. Marmor und Porphyr leuchteten im Mondlicht. Er führte sie zu einem Palast, vor dem sie schon oft gestanden, lange bevor sie ihn kennengelernt hatte. Dieser Palast war für sie immer ein unbewohntes, vielleicht von Nachtwächtern beschütztes, aber nicht beziehbares Gebäude gewesen. Dort hatten in ihren Augen nur Katzen gelebt. Der Geliebte erzählte ihr nun, daß der russische Dichter, für den er am Morgen ein Grab ausgesucht, hier gewohnt habe.

Als sie endgültig an den Zattere aus dem Boot stiegen, steckte er beide Hände in seine Manteltaschen. »Stell dir vor, daß Pancrazio als Kind hier baden gegangen ist! Das Wasser war von Seilen in Bassins eingeteilt, und man ging an vielen kleinen Schwimmbecken entlang, wo im Sommer Kinder plantschten. Pancrazio wohnte damals hier in der Nähe, im Haus seiner Mutter. In den Sommerferien kam er jeden Mittag nach dem Essen zum Schwimmen an die Zattere und blieb bis abends, mit einem weißen Strandhut auf dem Kopf. Dieses Badeleben habe ich auch noch mitbekommen, kurz bevor es aufhörte. Pancrazio war damals neunzehn und ich erst neun, und deshalb nahm er meinen älteren Bruder zum Schwimmen mit, nicht mich. Wir kamen manchmal mit unseren Eltern für ein Wochenende nach Venedig. Mein Bruder und er wurden Freunde. Ich war für die zwei viel zu klein, aber als ich zehn wurde, änderte sich schlagartig alles. Da wurde ich der beste Freund von Pancrazio. Er war es, der mich mit dreizehn Jahren in ein Bordell hier in der Nähe führte und mir eine Brille aufzog, damit ich wie achtzehn aussah. Durch diese Brille sah ich die Treppenstufen zu dem Zimmer, wo meine Einweihung stattfinden sollte, breit und schwankend, und ich fürchtete mich«, erzählte der Schriftsteller. Sie versuchte, sich die Bassins vorzustellen, doch in ihre Vorstellung schob sich sofort der Gedanke, daß dieses *eine* Freudenmädchen in dem venezianischen Bordell, mit seinem unsittlichen Geruch, die erste der Frauenschar gewesen, die damals noch unbekannt in der Welt verstreut war. Der Wahn stellte sich wieder ein. Sie meinte in diesem Augenblick mit Bestimmtheit zu wissen, daß die Gerüche all'dieser Frauen, ihre Stöckelschuhe und Strümpfe sein Dasein ausmachten, nicht die Ehefrau, nicht das Schreiben, nicht der geordnete Haushalt, wie sie manchmal glauben wollte, nein, jetzt wußte sie es mit größerer Gewißheit denn je: diese unsichtbare Bande von Frauen war das Gerüst, auf das sein Leben stützte. Und nun – sie war empört und verletzt, wenn sie an ihre eigene architektonische Bedeutung in seiner Existenz dachte – war sie selbst ein Teil dieses Gerüstes. Ihre vorher zärtliche Stimmung verwandelte sich abermals in einen Anfall von Haß. Unmut und Angst überfielen sie. Sie sagte, er sei ein Fremder, ein Italiener. »Ich weiß nicht, was du damit meinst. Ich, ein Fremder? Wo bin ich ein Fremder? Wann bin ich ein Fremder? Natürlich bin ich ein Fremder, du bist auch eine Fremde. Du willst mich wie einen Verwandten kennen? Wie deine Tante vielleicht? Deine pathologisch geizige Tante Molli? Stell dir das bitte vor und sage mir dann, was dir nicht fremd ist! Bist du dir selbst nicht fremd? Dann wärest du die erste. Bin ich dir fremd, weil du dich nicht genug geliebt fühlst? Aber mehr kann ich nicht lieben, *mehr* gibt es nicht.« Sie schwieg. Sie sah blitzartig auftauchende Bilder, sah, wie er während eines Mittagessens zu Hause an Ohrringe dachte, die er bei dem Juwelier in der Via Monti gesehen hatte, alte Goldohrringe aus Rajasthan mit Glöckchen, und es verletzte sie, daß er so schöne Gedanken hatte, während die Ehefrau nichtsahnend und zufrieden den Löffel in die Suppe tauchte. Ein Wahnbild löste das andere ab. Sie sah ihn in einer Opernloge neben der Frau. Das Mädchen konnte in seinem Ausdruck die Frage lesen, wie es wäre, wenn sie jetzt neben ihm sitzen würde, mit ihren duftenden Pulsen, eine rote Meteor im Haar, den braunen Kopf auf die Samtbrüstung gestützt, während das Geräusch zu hören war, das die Ehefrau im Dunkeln machte, die umständlich nach einem Taschentuch suchte und ihn in seinen Gedanken störte. Das alles sah das Mädchen in den Minuten, als sie an den Fondamenta degli Incurabili vorbeigingen und er noch einmal kurz auflachte bei der Erinnerung, wie er damals im Bordell mit der Brille aufgetaucht war. »Weißt du«, sagte er, als sie vor der Accademia standen, »der russische Dichter, für den ich heute morgen unterwegs war, hat während seiner ersten Aufenthalte in Venedig in dem Hotel an der Brücke gewohnt. Ich habe ihn einmal hier zu Ostern besucht und werde nie den Anblick des Ehepaares vergessen, das damals über das öffentliche Klo unter der Brücke wachte. Es hatte dort einen wunderschönen Tisch gedeckt und aß ein Osterlamm.«

»Was willst du tun?« unterbrach sie ihn.

»Zur Harry's Bar gehen.«

»Sag mir jetzt, ob du es tun wirst und wann.«

»Natürlich will ich es tun, und zwar jetzt sofort. Ich habe Hunger.«

»Wann sagst du es deiner Frau?«

»Im Frühling, zu Beginn des Frühlings, da sage ich es ihr. Und du glaubst mir und schweigst ab jetzt. Versprichst du mir das?«

»Nein.«

Sie überquerten einen Platz, als sich zwei blonde Frauen, eine große und eine kleine, die das Mädchen an sich hatte vorbeigehen sehen, auf einmal aus ihrer Fremdheit lösten und stehenblieben. Eine Stimme rief ihn. Sie hakte sich aus seinem Arm. Er ging auf die zwei Gestalten zu. »Was machst denn du hier?« hörte sie die Kleinere fragen und sah, wie er sich zu ihr hinunterneigte und sie auf beide Wangen küßte. Der Größeren reichte er die Hand. Das Mädchen lehnte an einer Häuserwand. Als ihr auffiel, daß die Kleinere zu ihr hinsah, erkannte sie, daß diese Person gar nicht so fremd an ihr vorbeigegangen war. Sie hatte sie nicht deutlich wahrgenommen, und doch war von ihrer Silhouette etwas ausgegangen, etwas war aus ihrem Mantel herausgeschwungen, das dem Schriftsteller nicht fremd war. Diese Dame war seine Geliebte gewesen. Mit schmerzendem Herzen und bestürmt von neuen Bildern, schritt sie die Stufen einer Brückentreppe hinab. Diese Bilder trafen und demütigten sie, peitschten ihr Gemüt auf. Sie konnte kaum atmen vor Eifersucht und Ohnmacht. Da vernahm sie seine Schritte hinter sich. »Warum wartest du denn nicht?« fragte er. »Erzähl mir bitte nicht, daß du auch auf die zwei Damen eifersüchtig bist. Die eine kannte ich gar nicht, sie ist die Freundin von Leopoldina. Sie hätte gerade von mir gesprochen, hat Leopoldina gesagt.« Leopoldina – das Mädchen zog den Schal über ihren Mund, damit sie nicht laut diesen obszönen Namen aussprach. Leopoldina. Leo, Poldi, Poldina, Ina, Ani, wie man ihn auch verkürzte und drehte, dieser Name blieb unanständig. »Sie stammt aus einer alten venezianischen Familie und wohnt in einer Palladio-Villa am Brentakanal.« »Ist sie verheiratet?« fragte sie. »Geschieden. Aber das war sowieso von Anfang an eine unglückselige Ehe. Tomaso, ihr Mann, wollte nämlich immer Luigia heiraten, die mit einem venezianischen Makler lebte und Tomaso jahrelang versprochen hat, sich von diesem Makler zu trennen, was sie natürlich nie tat, bis Tomaso Leopoldina heiratete, in ihre Villa am Brentakanal einzog und erst jetzt, vor kurzem, mit einem Freund verschwand. Hier erzählt man sich, daß er ein Schloß in der Provence gekauft hat und dort mit dem Freund Grammophone sammelt.« Sie dachte nicht an Leopoldinas fortgelaufenen Mann, sondern an gondelförmige Pantoffeln, in denen weiße Füße steckten. So ist ein vollkommer Fuß gebaut, dachte sie, ein flossenplatter Fuß, von dem sich nur der große Zeh etwas abspreizt. Sie hatte solche Füße nicht mehr. Als Kind war ein Ansatz dazu dagewesen, da sie ganz dem Vater nachgeraten waren, mit einer empfindlichen Rükkenhaut, die sich schon in der ersten Frühlingssonne rötete und dann, wie der Vater sagte, brannte. Die Mutter, die Empfindlichkeiten dieser Art für ungut hielt, entschied, daß die Füße der Tochter abgehärtet werden müßten. Abhärtung war für sie die einzige Form der Erziehung. Davor aber hatte das Mädchen einmal solche Flügelfüße besessen, auf denen sie federnd, hermesartig, an einem Strand in der Maremma gelaufen war, sie so groß wie die langen, mit Sommersprossen übersäten Beine ihres Vaters, der neben ihr gelaufen und über Baumstämme gesprungen war, die »aus Afrika hier an die Küste gespült worden sind«, wie er im Lauf erklärte, Baumstämme wie riesige Hirschgeweihe, die von der Sonne gebleicht im Sand lagen. Die Mutter jedoch, die nicht nur die Länge und die weiße Haut der Füße, sondern auch deren Plattheit nicht anschauen konnte, ohne entsetzt zu stöhnen, entschied damals auch, daß die Fußsohlen ihrer Tochter sich in der Mitte nach innen wölben sollten, »wie bei Seiltänzerinnen und Luftakrobatinnen, damit du gehst wie jemand, der den Boden kennt.« Von nun an versteckte sie in den Sommern die Kindersandalen. Die Tochter folgte ihr barfuß auf dem Schotterweg zum See, langsam, denn sie bewegte ihre Füße wie Schachfiguren vorwärts, mit den Augen nach Stellen suchend, wo weniger Steine lagen. Sie wurde zu einer Meisterin in der Suche nach diesen freien Stellen, der Gang zum See aber zu einem langen, langen Weg. Die Mutter ging mit ihrem schwarzlackierten Florentinerhut, auf dem sie vorne ein Bouquet aus Papierrosen festgesteckt hatte, voraus und verschwand bald völlig hinter den Oliven oder einer Kurve, während sich die Fußsohlen ihrer Tochter nach innen wölbten. ›Leopoldina‹, dachte das Mädchen jetzt, ›hat solche schönen geflügelten Füße, und ich nicht mehr.‹ Ihr Körper brannte vor Schmerz. Die eigene Nase schien ihr mit einemmal zu groß, als wäre sie in der Kälte gewachsen. Ja, ihre Nase wölbte sich nach außen, in der kalten Luft hatte sie sich als einziger Teil des Körpers selbstständig gemacht, und wenn sie ein Auge zudrückte, sah sie, daß der Nasenrücken rot geworden war. Den Schal noch höher, bis unter die Augen ziehend, rief sie sich wieder Leopoldinas perfekte Kleinheit zurück, eine Art Taschengöttin mit hinreißenden Füßen. Niedergedrückt ging sie neben dem Geliebten. »Mit der Zeit werde ich ihm nicht genügen«, dachte sie, »er ist so Kostbares gewöhnt.« Sie betrachtete ihn von der Seite, wie er neben ihr ging, den Schal dreimal um den Hals geschlungen. Er strahlte etwas Sattes aus. Er mußte keine sieben Siegel brechen, das war ihm anzusehen. Er drang in alles ein, ohne Schleier zerreißen zu müssen.

»Da sitzt der griechische Konsul, der nicht mehr griechischer Konsul ist«, flüsterte er, als sie an ihrem alten Tisch in Harry's Bar saßen. »Er ist rausgeworfen worden, weil er anscheinend in der Botschaft gestohlen hat. Aber ob er Konsul ist oder nicht, das ist auch völlig belanglos. Sein Platz ist an dieser Theke, seit dreißig Jahren. Hier sitzt er mit einem Glas Martini in der Hand, von mittags bis nachts, und wenn jemand eintritt, den er kennt, steigt er vom Hocker, um zu versuchen, sich an dessen Tisch zu setzen, aber nicht, um zum Essen eingeladen zu werden, nein, er ißt nie hier, sondern um Fragen zu stellen, um etwas zu erfahren, was er mit leiser Stimme weitererzählen kann. Er neigt dann seinen Kopf ganz nah an das Gesicht des Bekannten und fordert geradezu eine Neuigkeit von ihm. Sein Atem riecht so abstoßend, nach Verfaultem und Martini, daß der andere, um den Griechen, aber auch, um das Geheimnis loszuwerden, von einer heimlichen Liebesaffäre zwischen einem Fotomodell und einem Industriellen aus Padua oder von dem merkwürdigen Mord eines Antiquitätenhändlers berichtet. Der Erzähler kann dann sicher sein, daß noch vor Mitternacht das Geheimnis in alle Paläste gedrungen ist. Der Konsul verläßt nach so einer Information den Tisch und schwingt sich wieder auf seinen Hocker. Von da, ohne daß es bemerkt wird, weil er weiter mit gebeugtem Rücken und fast starr über seinem Glas dasitzt, breitet sich die Neuigkeit aus. Er flüstert sie dahin, und jemand ist da, ein Kellner, eine junge Dame aus der Gesellschaft, der das Geflüsterte auffängt. Mit den Jahren ist er ein lästiger Schatten des Barbesitzers geworden. Der Grieche verfolgt ihn mit seinen Augen wie ein Hund und wagt es auch immer wieder, ihm an die einzelnen Tische nachzugehen. Siehst du, jetzt steigt er vom Hocker und geht auf den Tisch des Besitzers und des amerikanischen Priesters zu.« Sie sah den Konsul in einem dunkelblauen, fleckigen Pullover langsam den Raum durchqueren, das Glas Martini in einer Hand. Er strich wiederholt seine kinnlangen Haarsträhnen aus der Stirn. Die lichtblauen Augäpfel lagen wässerig zwischen den Lidern, als könnten sie jederzeit aus ihnen herausrinnen. Der Barbesitzer stand auf, um ihn dazuzuladen, der sich wie ein Käfer zwischen den Gästen hindurchgedrängt hatte. Der Grieche setzte sich und beobachtete den Priester und dessen Konfitenten beim Essen. Um den Hals des Geistlichen war eine Serviette geschlungen, der alte Kopf über den Teller gebeugt. Sein Beichtkind saß aufrecht da, in einem Blazer aus blauer Wolle. Er hob eine Auster zum Mund. »So schöne Austernlöffeln wie wir zu Hause haben, gibt es hier nicht«, dachte das Mädchen, und der Stolz, Besitzerin von vierundzwanzig kostbar verzierten Austernlöffeln zu sein, ließ sie auflachen. Auch der Schriftsteller besaß bestimmt nicht so schöne Austerngabeln. Der Konsul nippte an seinem Glas, neigte sich weit nach vorn, zu den Tellern der Bosse. Sie konnte sehen, wie er seine feuchten Lippen spitzte – alles an dem Mann war feucht – und angestrengt etwas über den Tisch flüsterte. Daraufhin drehte er sich um und grüßte mit der Hand zum Schriftsteller hin, der aber nickte nur leicht, nicht einmal zum Griechen, sondern zart an ihm vorbei. An ihm vorbei, denn er hatte einen Rücken erblickt, einen schwarzen Haarknoten und einen schwarzen Hut, eine Art Filzsombrero, denn so groß wie ein Sombrero war er. »Ist das nicht die Tochter des spanischen Botschafters?« fragte er die Geliebte, als sei es selbstverständlich, daß sie ihm die Richtigkeit seiner Annahme bestätigen könne. In seiner Frage schwang bereits die Gewißheit mit, daß unter dem Hut die spanische Tochter saß. »Ja«, sagte er, »sie ist es! Das erkenne ich an dem fransigen Haar ihrer Mutter, die schräg gegenüber sitzt. Sie sehen doch aus wie zwei Hofdamen Karls des Vierten! Überhaupt finde ich, daß der ganzen Familie diese großen Hüte hervorragend stehen. Sie dürften sie gar nicht mehr abziehen! Der Karneval steht ihnen allen zu gut! Siehst du? Da ist auch der spanische Botschafter! Ein ganz anderer Mann mit Hut! Er sieht geradezu intelligent damit aus. Findest du nicht?« Bevor sie ihm erwidern konnte, daß sie den Botschafter ohne Hut niemals zuvor gesehen hatte, vernahm sie so etwas wie Schläge auf Holz. Sie drehte ihren Kopf zum Eingang. Zwei Japanerinnen klapperten in Holzsandalen durch die Bar auf einen Tisch zu, von dem sich eine Dame erhob, deren Nasenbein von derartig wenig Haut überzogen war, daß sein Knochengerüst deutlich zu erkennen war. Die Spitze der Nase selbst schien höhnisch nach oben zu deuten, wo auf einem falschen Haarzopf ein Ananashut saß, eine halbe Ananas aus Papier, deren Blätter sich spitz nach allen Seiten ausbreiteten. Zahllose Falten waren in ihr braungebranntes Gesicht gezeichnet, die, wie Lebenslinien in einer Handinnenfläche, wild und unachtsam die Haut ritzten. Die anscheinende Unachtsamkeit dieses Faltennetzes aber war ebensowenig unwillkürlich wie die Linien in der Innenfläche einer Hand. In dieses Gesicht war eine seit Generationen vererbte Niedertracht eingezeichnet, denn daß diese Dame böse und unersättlich in der Anwendung ihrer Boshaftigkeit war, meinte das Mädchen an den kleinen, schwarzen Pupillen zu erkennen, die wie Nadelköpfe aus der Iris stachen. Die Dame winkte die Japanerinnen an ihren Tisch, von dem sich drei Männer erhoben, die bis jetzt plaudernd dagesessen waren. Ihre Köpfe waren von Tiermasken verdeckt. Eine Maus, ein Stier und ein Bär saßen im Smoking beisammen. Ihre Hände wirkten schwach unter den großen Masken. Die Japanerinnen grüßten ernst und nahmen ihre Plätze zwischen den Tieren ein.

Das Mädchen konnte den Blick nicht von den zwei Frauen losreißen, die auf Englisch mit den verkleideten Herren und der Ananasdame konversierten. Hellrosa waren ihre Wangen überpudert, die Schlitzaugen schwarz umrandet, und in den weißen Teilen waren kleine rote Adern zu sehen, was die Augen entzündet wirken ließ. Der wohlproportionierte Körper der einen war in einen indigofarbenen, mit Hasen bestickten Kimono gewickelt, indes auf dem Saum Seidenwellen schäumten. Ihr schwarzes, gescheiteltes Haar fiel in einem losen Zopf, von einem amarantroten Samtband zusammengehalten, auf ihren Rücken. Das Haar der Freundin war zu einer aufgeblähten Haube hochgesteckt. Sie trug einen grauen Kimono, bestickt mit dem Motiv seidener Papierrollen. Beide Damen waren sich der überwältigenden Eleganz ihrer Erscheinung bewußt. Ihr ernsthafter Ausdruck verlieh ihnen eine einschüchternde Strenge. In den wertvollen Kimonos waren sie in ihrer eigenen Tradition gefangen, aus der sie sich auch in dem venezianischen Karnevalstumult nicht lösen konnten. Die Tierköpfe ihrer Tischherren, der Ananashut der Dame und die anderen Kostüme und Masken in der Bar wirkten auf einmal tragisch und lächerlich dagegen. Die Gebärden dieser Menschen waren affektiert, sie saßen wie alte Kinder hier, und es wollte ihnen nicht gelingen zu feiern. In ihren reichen Kostümen zelebrierten sie lediglich den Tod des Karnevals.

Das Paar kehrte zum Essen ins Hotel zurück. Etwas später klopfte es. Herein traten zwei Zimmerkellner, die den Schreibtisch vor das offene Fenster rückten, eine weiße Tischdecke darüberbreiteten, Kerzen anzündeten und bald darauf Teller mit gekochten Krebsen servierten, die ihre Scheren sanft vor sich ausgestreckt hatten und die Fühler träge über den Tellerrand hängen ließen. Der heiße Krebsschwanzauflauf in Sahnesauce warf Blasen. Das Wasser in den Kanälen war inzwischen tintenschwarz geworden. Es fehlten zwei Stunden bis Mitternacht. Bald würden die Fischer ihre Netze ins Wasser senken, damit am folgenden Abend den Hotelgästen wieder Hummer und Krebse als knusprige Körper serviert werden konnten. Die Kerzen flackerten in der nächtlichen Luft. Der Schriftsteller lud seine Geliebte ein, sich mit ihm in die kalte Brise zu setzen.

Er trank langsam aus dem kelchartigen Glas. Er dachte an jenen Morgen, als er mit schwerer Brust nach Lyon gefahren war, nachdem er der Ehefrau, die mit der Katze auf dem Arm in der Tür stand, zugewunken hatte. Ihr taktvoller Blick war ihm gefolgt. Es war, als hätte sie gewußt, daß seine Tasche schwer von Geschenken war. Sie hatte ihm noch einmal *Miao* hinterhergerufen, mit zynischer Verzerrung in der Stimme, und da wäre er am liebsten umgekehrt, um an seiner Wohnungstür anzuklopfen, hinter der seine Frau sich nun Gedanken machen würde, Gedanken, die er fürchtete. Diese Furcht war es, die ihn vorangetrieben hatte, die Treppen hinunter, die schwere Tasche auf den Stufen hinter sich herschleifend, durch das Eingangsportal, vor dem ein Taxi wartete. Eine erste Erleichterung war über ihn gekommen, als das Auto aus seiner Straße herausfuhr, aus der Straße, auf die sein Haus einen scharfen Schatten warf, einen herrlichen, herrschaftlichen Schatten. Eine nächste Erleichterung folgte, als das Taxi die Stadt verließ, wo mühsam und bedrückend der Frühling begann. »Nach Venedig«, hatte er gedacht, »Lyon hinter mich bringen und so schnell wie möglich nach Venedig!« Er war außer sich vor Sehnsucht nach der

Geliebten, nach ihrem Körper und ihrem Geist, ihrem Ernst und ihrem Gelächter, ihren kindlichen Vorstellungen über das Leben und ihren erstaunlichen Lebenskenntnissen. Er dachte an die kommenden Stunden im Hotel, an die Worte, die er ihr sagen, die Geschenke, die er ihr überreichen, die Küsse, die er ihr geben würde, und bei dieser Vorstellung überkam ihn ein Glücksschauder, und doch, die Grundbedrückung wollte nicht ganz weichen. Gewissensbisse wegen seiner Geliebten hatte er nicht, doch fürchtete er einen Niederschlag im Gemüt der Ehefrau, der ihn in seinem Glück stören könnte. Er war blind in seine Geliebte verliebt, er liebte sie, war ihren deutschen Reizen erlegen, einer gewissen Härte und Klarheit im Umgang, ihrem hinreißenden italienischen Akzent und ihrer reinen Haut. Eine Trennung von ihr war unvorstellbar. Doch würde er jemals den Mut aufbringen, zu Hause zu erklären, daß er sich nicht mehr von einer anderen Frau trennen wollte? Das hieß, die Grenzen des Erlaubten zu übertreten. Er, der alles in allem einen stets scharfsichtigen und vernünftigen Geist hatte, sah Gefahren voraus, denn zum erstenmal in seinem Liebesleben war die Lage unübersichtlich geworden.

Erst jetzt, als das Mädchen in dem neuen rosa Nachthemd aus Lyon neben ihm saß und mit ihren Lippen an den Krebsen saugte, löste sich die Beklemmung. Die Ehefrau war zum Schattenbild geworden. Seine wahrhaftige Braut war in diesem nächtlichen Augenblick die Geliebte. Er trank einen Schluck Champagner, und heimlich, weil er so glücklich und erregt war, setzte er aus Spaß dem Mädchen das Gesicht der Ehefrau auf, um sich im nächsten Moment wie ein Kind darüber zu freuen, daß es ein anderes, ein blutjunges und noch immer fremdes Gesicht war. Sie schob mit ihren schönen Fingern die einzelnen Krebsstücke in den Mund. Es hörte sich wundervoll an, wie sie auf dem Fleisch kaute, wie sie es gierig zerbiß. Auch sie empfand das sinnliche Glück, mit ihm über dem nächtlichen Kanal zu essen, im Schein der Kerzen, in der Brise des fernen Meeres, und doch – vielleicht weil sie so glücklich war – spürte sie die unerträgliche Unruhe der Maîtresse, die unter einer Art ständiger Seekrankheit leidet, bis sie den Geliebten nicht zum Ehemann gemacht oder ihn verlassen hat. Zwei Triebe, dachte das Mädchen, beherrschten sie. Der unreine war, sich den Schriftsteller in ihren Miedern, ihren kobaltblauen und roten Strümpfen, den Strapsen und langen Handschuhen untertan zu machen, während der reine Trieb die Flucht bedeutete, den Rückzug ins Landesinnere, um Clausewitz zu zitieren, oder kurz: Habe die Ehre und Adieu. Im Augenblick ließ sie den unreinen siegen, welcher der eitlere Trieb ist. Wie eine Schlange streifte sie eine andere Haut über sich und fühlte sie bräunlich schimmern. Flüsterte er nicht manchmal, sie gliche im Bett einer Devadasi, einer Tempelsklavin, einer sakralen Prostituierten, die der Gottheit gehört, wenn ihre schwarzumrandeten Augen ihn hypnotisierten und ihre Armreifen ihn schmerzten und ihr Körper sich an ihn drückte, als wolle sie ihn ersticken? Jetzt forderte sie ein erotisches Spiel von ihm. Er sollte Śiva und sie Pārvatī sein. Hier, wo der feindliche Geliebte und sie die Sterne so klar durch das offene Fenster blinken sahen, wo sie über den tiefen Wassern saßen und nur das Geflimmer der Kerzen sie trennte, hier war das Spiel leicht. Die kleinen Flammen spiegelten sich in den Rubinen ihrer Ohrringe wider. Er behauptete, dieses Spiel absurd zu finden. »Ich, Śiva?« fragte er etwas verlegen, »ich weiß nicht, ob ich das kann. Wie spielt man Śiva?« »Oh, das ist ganz einfach«, lachte sie ihm ins Gesicht, entkleidete ihn mit konkubinenhafter Gewandtheit und führte seine Hand unter ihr Nachthemd. Um ihre Fesseln hatte sie silberne Fußreifen gelegt, die bei jeder Bewegung erklangen. Er zog sie aus. Sie kniete nieder und begann, sich schlangenhaft an ihm emporzuküssen. Er spürte die harten Korallen ihrer Kette auf seiner Haut, und sie lachte laut, weil es eine himmlische Freude war, ihn so wehrlos und verzweifelt vor Lust zu sehen. Eine indische Göttin spielen, welche Frau könnte das nicht?

*

Nebel lag auf den Kanälen, aus denen das Schwappen des Wassers an die Gemäuer klang. Nebel verleiht den Tagen Zeitlosigkeit. Die Unsichtbarkeit von Gebäuden und Vegetation macht müde.

Der Schriftsteller und das Mädchen waren von Trägheit befallen. Sie lagen bis spät in den Morgen nebeneinander und lasen sich vor. Als das Telefon läutete, er aufsprang und in den Hörer sprach, als sei er gerade auf dem Sprung gewesen, wurde seine phlegmatische Geliebte hellwach. Sie schminkte ihren Mund, faltete Kleider und Blusen zusammen, zog aus dem Durcheinander von Rasiermessern, Pinseln und Zahnbürsten ihre Stifte und Quasten und ließ seine Gerätschaften schmählich liegen, ließ auch seine Hemden am Boden und auf den Stühlen unberührt, zwischen welchen sie nach ihrer schwarzen Rose gesucht hatte. »Soll doch der Rasierpinsel und das Sandelöl ohne die Gesellschaft meiner schönen Cremetöpfe und Puderquasten leben! Soll doch sein Kamm endlich neben der Bürste der Ehefrau liegen!« Und sie sah, wie sich ein rotes Haar aus der ehefraulichen Bürste zu seinem Kamm hinschlängelte. »Soll der Kamm von seinem Hausmädchen gereinigt werden, damit nicht eines meiner Haare mich verrät.« Keiner seiner Gegenstände sollte sich wieder in ihren Puderdosen und im Plexiglas des Pinselgriffes widerspiegeln, keine Boafeder aufwirbeln und auf seinem Morgenmantel niederfallen! »Er wird einen Rougeabdruck auf seinem Hemd mit einem nassen Handtuchzipfel wegreiben und sofort den Sack mit schmutziger Wäsche dem Hausmädchen überreichen, damit der Geruch meines Parfums nicht aus der Sacköffnung steigt und seinen fatalen Geruch verbreitet«, dachte sie. Er würde alles aus seinen Jackentaschen entfernen, was mit ihrer Person zusammenhing, ihre Eintrittskarten zu den Museen und ihre Zugfahrkarte tief in einen Müllsack stecken und diesen selbst aus dem Haus tragen.

»Du liebst mich also wie deine Tochter?« fragte sie jetzt höhnisch. »Und schweigst von mir?« Er riß ihr die Rose vom Hals und sagte mit Grabesstimme: »Ich bin krank vor Liebe. Und du sollst mir folgen! Hast du das endlich begriffen? Folgen sollst du, wie eine Tochter! Hast du gehört?« Sie nickte. »Aber was willst du tun?« fragte sie. »Dich lieben!« schrie er sie an. Sie musterten sich hyänenhaft. »Wann sagst du es ihr? Wenn du darauf warten willst, bis es ihr besser geht, dann kannst du noch lange warten, denn an deiner Seite kann es einem nicht besser werden«, schrie sie jetzt.

Er schlug mit der Handfläche auf den Tisch: »Diesen Ton erlaube ich dir nicht! Er erniedrigt dich! So spricht man nicht!«

»Wie möchtest du denn mit mir sprechen?«.

»So, wie wir es gewohnt sind, wie wir immer miteinander gesprochen haben: zivilisiert!«

»In der Liebe gibt es sie nicht, die Zivilisation.«

»Du wirst grob, wenn du so sprichst. Ich habe es immer schon geahnt, daß du so plump und roh sein kannst. Du wirst häßlich, wenn du so redest! Dein Mund verzerrt sich! Das ist das deutsche Erbe, das bäuerliche Erbe aus Pommern oder woher du auch immer kommst.«

Ihr Körper wurde heiß. Sie schrie: »Du Emporkömmling aus der Provinz! Du verlogener, sentimentaler Italiener! Du mit deiner Zivilisation! Ein zivilisierter Mann, der wagt es nicht, mit einer Frau so zu reden, wie du es tust! Ein zivilisierter Mann betrügt seine Frau nicht! Ein zivilisierter Mann bekennt sich zur Wahrheit!«

Sie spürte seine Klauen in diesem Moment mit verzehrender Gewalt in ihren Eingeweiden – der aufwallende Haß verwandelte sich in ihren Muskeln zu einer Kraft, die endlich nur noch in ihrer heißen, rechten Hand konzentriert war, die sie gegen seine Wange schlug. Der Schriftsteller stand betäubt da, vielfach zurückgeworfen in den Spiegeln der Suite. Sie band ihr schwarzes Kopftuch unter dem Kinn fest und verließ den Raum.

Die Boys traten mit begehrlichem Blick beiseite, als sie an ihnen vorbei auf die Rezeption zulief. »Zurück«, dachte sie, »nur schnell zurück! Lieber die Gesellschaft meiner sechs Hühner als mit diesem Mann verkehren.« Sie verabscheute ihn. Seine degenerierten Sitten, seine bestickten Wäschebeutel waren ihr zuwider. »Suchen Sie mir sofort den nächsten Zug nach Desenzano aus!« befahl sie dem Empfangschef, während sie ihren Kopf über den Schirm seines Computers beugte. »Immer mit der Ruhe, gnädige Frau«, gab er gelassen zurück und deutete auf ein zierliches Sofa, »setzen Sie sich.« Da erschien der Schriftsteller in der Halle. Der Empfangschef mit den goldenen Ringen an den Fingern unterbrach die Lektüre auf dem Schirm, um sich dem hohen Gast zuzuwenden. »Die Dame verlangt nach dem Zugfahrplan«, spottete er. »Die Dame verlangt nach gar keinem Plan«, gab der Geliebte herrisch zurück und reichte ihr die Hand.

Die burleske und weltläufige Manier des Empfangschefs war die neapolitanische Manier. Er war, wie alle Neapolitaner, ein

Kenner des Lebens, mit einem gewandten und galanten Wesen versehen, das weise und banal zugleich war. Seine Gegenwart löste die Mißstimmung zwischen dem heimlichen Paar. Die Honneurs des Schwarzlivrierten taten dem Schriftsteller wohl, nachdem seine Geliebte ihn so verachtungsvoll behandelt hatte.

Der Boy stand mit verfrorenem Ausdruck neben dem Gepäck auf der nassen Holzplanke, als hätte er schon Stunden hier gestanden, obwohl seine Wangen noch rot von der Wärme der Halle waren. Während der Schriftsteller an die Rezeption ging, rannte die Geliebte durch die Gasse auf einen nahen Platz, wo sie einen Lebensmittelladen betrat.

Die Wasser waren niedrig wie zuvor. Das Paar saß in dem Boot wie in einem Cornell-Kasten. Die Möwen beachteten die auf den Wellen schaukelnde Kiste nicht, hinter deren Glasfenstern das Gesicht einer Puppe mit Pelzmütze und der Rücken eines Mannes zu sehen waren. Die Möwen ließen sich unter den niederprasselnden Regentropfen auf dem Wasser dahintreiben. Der goldene Globus der Fortuna war nun glanzlos, fast schwarz. Das Mädchen saß aufrecht. Der Schmerz über die bevorstehende Trennung machte sie hart. »Nichts ist geschehen«, dachte sie, »er hat nichts gesagt, und nichts hat sich verändert.« Ihre rechte Hand ruhte auf dem Griff des grünen Regenschirmes, die andere hatte sie in die Manteltasche gesteckt. Er unterbrach ihr stolzes Stillschweigen: »Ich weiß, was du denkst. Du denkst, daß sich im Leben alles wiederholt, daß du dich jetzt von mir trennen mußt, so wie du dich als Kind immer von deinem Vater trennen mußtest. Ja, es wiederholt sich alles, aber du kannst in diesen Bann eingreifen.« Er verriet ihr nicht, wie sie eingreifen konnte, sondern zog sie hinaus. Wie Wunderkerzen knisterte das Wasser unter dem feinen Regen. Während das Boot zwischen Mauern und Palästen dahintuckerte, stand das Paar unter dem Schirm. Trug die Barke zwei Statuen, die an einer gewissen Stelle ins Wasser gesenkt werden sollten? Sie war von der schmerzlichen Wehmut der Liebenden ergriffen und wußte nicht, daß dies ein Geschenk der Götter war. Sie sah im Schmerz nur eine Strafe.

Am Ufer erwartete sie ein Grünlivrierter, ein vom Hotel angestellter Gepäckträger, der ihre Taschen bis an den Zug trug, ein Schweizer Zug mit Großraumabteilen und leicht nach innen gewölbten Fenstern, durch die der Reisende hinaus-, aber der auf dem Gleis Stehende nicht hineinsehen konnte. Sie haßte diese Waggons, in denen man viel mehr Blicken ausgeliefert war als in einem Kleinraumabteil, wo es innerhalb weniger Minuten möglich war, die Physiognomien der Mitreisenden zu begreifen und zu behalten, ihrem Blick auszuweichen oder ihn zu treffen. Konnte man in einem kleinen Abteil die Vorhänge zum Gang zuziehen, um sich hinter den gefältelten, hin- und herschwingenden Gardinen zu lieben, so war das in einem Großraumabteil unmöglich, wo man Luftzügen und Mitreisenden ausgeliefert war, die einen zwangen, ihren Tätigkeiten zuzusehen. Kann man denn seinen Blick von einem Menschen abwenden, der seine Kiefer bewegt, als kaue er auf Steinen? Kann man wegsehen, wenn ein übergewichtiges Mädchen in zwei blumigen Kissen schläft, während zwischen ihren Riesenschenkeln ein rostrotes Kätzchen liegt? Kann man weghören, wenn metallene Explosionen aus mehreren Walkmännern ans eigene Ohr dringen? Kann man sich die Nase zuhalten, wenn jemand seine Füße neben einen auf den Sitz legt? Nein, man kann sich nicht auf einmal Nase, Augen und Ohren zuhalten, und aus Verzweiflung wird es zu einer perversen Leidenschaft, den Mitreisenden im Großraumwaggon in ihre Zeitschriften zu blicken, die Titel ihrer Bücher zu entziffern, sich ihre Wohnungen vorzustellen und sogar Gespräche mit ihnen anzuknüpfen.

Der Schriftsteller lernte erst durch seine Geliebte, mit so etwas wie einem Großraumwagen unzufrieden zu sein. Für ihn war immer nur von Bedeutung gewesen, erster Klasse zu reisen. »Aber erinnerst du dich nicht an die roten Samtsessel der Ersten Klasse-Abteile von früher?« fragte sie. »Und an die gefältelten Lampenschirme in den Speisewagen, die ein mondiges Licht ausstrahlten, das das Gemüt dämpfte und dem Reisenden das Glück vermittelte, im Licht seines eigenen Wohnzimmers durch die Welt zu fahren? Und gab es nicht in der ersten Klasse weiße Kissen, die an der Lehne angebracht waren?« »Ja, ich erinnere mich«, gab er zurück, »und sicher, in deutschen Zügen hingen kleine Kissen mit Baumwollbezug. Aber das ist doch gar nicht so lange her?« »Nein, und auch der Schleudervorhang ist nicht allzulange her. Was für ein schönes Wort!« »Die deutsche Sprache!« rief er aus, während er die Gepäckstücke und Zeitungen auf den vier Sitzen ausbreitete, als warnendes Zeichen für andere Reisende. Sie zog zwei kleine Flaschen Coca-Cola aus ihrer Tasche, die sie aus dem Hotelkühlschrank mitgenommen hatte. Sobald sie saßen, herrschte Unordnung. Er zog Bücher, Kataloge und eine Pralinenschachtel aus dem Gepäck, sie Orangen, Papier und einen Beistift. »Jetzt möchte ich vier Wochen mit dir in diesem Zug reisen«, schwärmte er, »in einem kleinen Abteil natürlich« – er lachte – »am liebsten bis nach Sibirien, mit viel heißem Tee, Datteln und beschlagenen Fenstern.« Sie hatte nicht sibirische Stationen, sondern den Bahnhof von Desenzano vor Augen, der in jedem Sinn ihre Endstation war. Sie nahm die Pelzmütze ab und legte sie in den Schoß. Die Angst vor der Trennung steigerte den Willen, ihm zu gefallen, ihm sich als einzigartige Geliebte einzuprägen, damit er nachts Frieden in ihren geträumten Armen finden konnte. Sie fixierte ihn mit dem Blick der Dompteuse. »Ich sehne mich nach Ordnung«, sagte sie endlich, »aber so wie wir leben, ist es unmöglich, eine Ordnung zu schaffen.« »Jeder«, unterbrach er sie, »sehnt sich nach Ordnung. Ordnung, Grenze, Übersicht. Es gibt die Ordnung, das will ich nicht leugnen, aber sie ist in ständiger Gefahr, sich in ihr Gegenteil zu verwandeln. Das ist Gesetz. Du als leidenschaftliche Putzfrau müßtest das wissen. Ich kann dein Leben aufregend und reich machen, aber Ordnung kannst nur du allein für dich schaffen. Legalität übrigens hat nichts mit Ordnung zu tun, wenn du darauf hinaus wolltest. Sie hat allerdings den Anschein der Ordnung.« »Darauf wollte ich nicht hinaus. Ich will dich nicht mehr heiraten«, schnitt sie ihm den Satz ab. »Du willst mich nicht mehr heiraten? Wenn das wirklich stimmt, sind wir einen großen Schritt vorangekommen. Aber ich glaube dir das nicht, weil ich dich zum Beispiel heiraten will, denn ich weiß, wir sind füreinander gemacht, und du weißt es auch. Nur kann ich dich nicht heiraten. Aber wenn du wirklich willst, dann kommen wir noch einmal zu deinem Lieblingsthema zurück, zur Ordnung. ›Der Wille zur Ordnung ist ein logisches Grundgefühl.‹ Ich liebe die Ordnung genauso wie du, wahrscheinlich sogar noch mehr, aber wenn es sie im Leben nicht geben kann, dann muß man sie eben im Geist schaffen! Lesen, schreiben, das wird mit der Zeit die wunderbarste Ordnung, die man erfahren kann.« Das Mädchen liebte ihn, wenn er so hart mit ihr sprach. Sie legte die Pelzmütze aufs Gesicht. »Du glaubst, ich bin kaltherzig und mache mich lustig über dich?« fragte er und nahm ihr die Mütze wieder fort. »Aber ich mache mich über dich nicht lustig, ich versuche, dir einen klaren Kopf zu verschaffen, damit du dir in den Zeiten der Trennung deine eigene, unbezahlbare Ordnung schaffen lernst. Wir müssen vorankommen! Du hast so wahnsinnig viel zu lernen. Dir öffnen sich Welten! Du mußt dir nur einen Zettelkasten anschaffen und alles notieren, was dich anfliegt. Du weißt ja, was Jean Paul gesagt hat: ›Schreib' alles auf.‹ Das soll dein Leitsatz sein. Eines Tages wirst du durch deine Notizen ein dichtes Netz um dich herum geschaffen haben, in dem du dich sicher bewegst. Und das wird deine Ordnung sein, nicht die Ehe! Ich beneide dich darum, daß du manche Bücher zum erstenmal lesen wirst.« Sofort wurde sie von der Lust gepackt, sich zu Hause gleich an ihren Schreibtisch zu setzen und die Pflichtlektüre vorzunehmen, ihre Liebeslektüre, wie sie sie nannte, doch entglitt ihr die ängstliche Frage: »Und was wird aus meinem Leben?« »Nur die Götter wissen, was aus deinem Leben wird. Bis jetzt war es Schönheit und soll Schönheit bleiben«, fuhr er sie an. »Und du? Du sitzt wie eine vollgefressene Spinne im Netz deiner Ehe und gibst schlaue Ratschläge«, fauchte sie. »Hör zu, diese Art führt zu nichts. Ich sage dir zum letzten Mal: Ich kann nur so leben, wie ich lebe. Daß du erschienen bist, macht mein Leben nicht einfacher.« Diese letzten Worte verfehlten ihre Wirkung nicht. Sie küßte ihn. Plötzlich erregte sie die Aussicht auf das abenteuerliche Leben, das ihr bevorstand, das unsichere, überraschende Leben. Was verlangte sie so kleinbürgerlich nach Ordnung? Die Worte ihres ersten Stiefvaters kamen ihr in den Sinn, der immer, wenn ihre Mutter von Ordnung sprach, seine Stimme erhob und rief: »Mensch, wozu willst du die Ordnung, wenn du zur Unordnung geboren bist?« Der Geliebte hatte recht, sie konnte nichts Besseres tun, als in der verwirrten Lage, aus der sie noch keinen Ausweg sah, zu lesen. Ein Archiv in sich anzulegen, eine unangreifbare Festung von Wissen, das nahm sie sich jetzt vor. Wenn er sie eines Tages verließ, dann würde sie nicht allein sein, denn ein von ihm stammendes und an ihn erinnerndes Wissen machte es unmöglich, ein einsames Leben zu führen. Sie wußte es von ihren Vätern, die alle drei behauptet hatten: Wer liest, ist nicht allein. »Und da ist auch noch die Alchemie!« dachte sie. Da war die Kabbala. Bücher, die hinaustrugen aus dieser Welt und gleichzeitig fest in ihr verankerten. Gewiß, das heimliche Paar sprach davon, die nächsten dreißig Jahre gemeinsam zu verbringen, doch handelte es sich dabei um gewagte Worte, die jederzeit ihr Gewicht verlieren konnten. Ihre Liebe würde wie jede Liebe eines Tages zu Ende gehen. Das war ein Gesetz, wie der Schriftsteller immer sagte, der jetzt ihre Hand drückte. »Keine Pläne?« fragte sie. »Was gibt es zu planen in diesem kurzen Leben? Es ist lächerlich, Pläne zu machen, eine Herausforderung den Göttern gegenüber. Pläne machen nur dumme Menschen. Ich plane nicht, schon das Wort ist mir verhaßt. Wir sind ganz in der Hand einer höheren Macht. Möge die planen.« Sie mußte lachen, kannte sie ihn doch nur als Planer und Organisator. Alles widerspricht sich, dachte sie. Der Mensch ist aus lauter Widersprüchen zusammengesetzt: er lebt, um zu sterben, er liebt, um zu hassen. »Laß uns essen«, schlug sie vor, beugte sich über ihre Tasche, zog einen Laib Brot und ein Glas mit Artischockenherzen hervor. »Wo kommt denn das her?« fragte er erstaunt. »Du willst mich wohl überraschen?« »Wen sonst?« fragte sie ernst zurück. Er lehnte sich über den Tisch zu ihr und fragte beschwörend: »Glaubst du nicht, daß du dich in mir denkst? Manchmal, wenn wir getrennt sind, habe ich das seltsame körperliche Gefühl, du seiest sogar in mir und würdest irgendeinen Teil deines Körpers aus meinem herausstrecken, dann fühle ich deine Hand in meinem Hals kratzen oder höre deine Stimme aus mir herausreden.« »Ich weiß nicht, wovon du redest«, log sie, »aber ich weiß, daß ich oft gar nicht aussprechen muß, was ich denke, weil du es sagst, noch bevor ich es tue. Wenn du mich nur mit dir nehmen könntest!«

Der Zug fuhr durch den Bahnhof von Verona. In weniger als einer halben Stunde würde er in Desenzano einfahren. Die Spannung des Abschieds wurde unerträglich. Als sie ein Stück Gorgonzola aus einem Papier wickelte, bemerkte er: »Wie gern würde ich jetzt eine Birne dazu essen.« Und da zog sie aus ihrer Handtasche eine Butterbirne, ebenfalls ein Raubgut aus dem Hotel. »Du überraschst mich wirklich«, sagte er leise, teilte sie in zwei Hälften und reichte seiner Geliebten eine halbe Frucht. »Nie hat mir eine Birne so gut geschmeckt«, hörte sie ihn sagen, und das klang wie ein Verdikt: Dieser Birne werden keine weiteren folgen. Die Liebe ist schön, denn Birnen und Äpfel werden wieder als das verehrt, was sie sind: aphrodisische Süßigkeiten. Das Mädchen nahm die Hälfte der Frucht und wickelte sie in eine Papierserviette. Sie würde sie am Abend essen, wenn die Einsamkeit auf ihrem Grundstück und der starre Blick des Stiefvaters ihr die Tränen in die Augen treiben würden, denn Butterbirnen sind besonders süß. »Mut!« forderte er sie auf. »Ich weiß, was du fürchtest, und weiß auch, warum du die Birne wegsteckst, aber das Leben ist schwierig, so schrecklich schwierig. Wie gerne würde ich dich mit mir nehmen, aber es geht nicht, es geht einfach nicht.« Seine Nasenspitze rötete sich, eine dicke Träne rollte den Nasenrücken hinab und fiel in die Frucht. »Du weinst doch nicht?« fragte sie. »Nein, aber ich überlege mir ernsthaft, ob ich es nicht tun soll«, war seine zauberhafte Antwort, als er ein Taschentuch hervorzog, und sie wußte, daß ihre Gestalt vor seinen Augen verschwamm. »Und Kaffee?« fragte er lachend unter den Tränen. »Der Kaffee fehlt noch.« »Kaffee«, wiederholte sie, »ja, an den habe ich nicht gedacht. Warte!« Sie erhob sich, lief in den Speisewagen und kehrte mit dem heißen Getränk zurück. In diesem Moment fuhr der Zug in den Bahnhof von Desenzano ein. Er sammelte eilig Orangen, Kataloge und Stifte zusammen, packte alles in ihre Tasche und rannte mit dem Gepäck hinaus. Sekundenlang hielt er sie so fest in seinen Armen, daß ihr der Atem fast ausging. »Laß mich los«, bat sie ihn, »ich kann nicht mehr atmen.« »Es macht nichts, wenn du erstickst«, klang seine gepreßte Stimme an ihr Ohr. Da dachte sie an Swann, der sich in seiner wahnsinnigen Liebe zu Odette jenem Mohammed II. verwandt fühlte. Jenem Sultan, der sich bewußt wurde, eine seiner Frauen bis zum Wahnsinn zu lieben, und sie kurzerhand erdolchte, um die Freiheit seines Geistes wiederzuerlangen. Als sich die schwere Eisentür anfing zu schließen, sprang der Schriftsteller in den Zug zurück und öffnete sie noch einmal mit Gewalt, um ihr einen letzten Kuß zu geben. Sie blieb auf der Stelle stehen, beobachtete, wie er mit den Fingernägeln ans Fenster kratzte und bald mit der Scheibe zu einem blendenden Fleck in der Ferne wurde.

6

Der Nordwind wehte die Mandelbaumblüten auf den Schotterweg. Weiß und fest fielen sie von den Zweigen, doch die Feuchtigkeit der Nacht machte sie dünn, und an den Morgen lagen sie als gelbliche Hüllen eines süßen Duftes auf dem Geröll.

Die Erinnerung an das in der Dunkelheit der Nacht verschwindende, im Zwielicht aufscheinende Gold des Fortunaglobus, an die blättrigen Brote von Harry's Bar, an die Lichtreflexe auf den Marmorwänden des Hotels, an Küsse und Moiré füllte nach der Rückkehr aus Venedig ihre Stunden, betäubte sie leicht, während die Einsamkeit an den erinnerten Bildern schliff, die sich von der Wirklichkeit ikonenhaft abhoben.

Eines Nachmittags, als sie mit der Mutter ein letztes, vertrocknetes Hörnchen zum Tee aß, das von ihrem Diebstahl aus dem venezianischen Hotel übriggeblieben war, rief der Geliebte an. Bereits am Klang seiner Stimme konnte sie heraushören, daß er ihr etwas mitzuteilen hatte, worunter sie leiden würde. »Mein geliebtes Kind«, sprach er langsam, »hör mir gut zu. Ich werde nun für einige Tage nach New York fliegen, wo ich viel zu tun habe. Und du kannst nicht mit, da diejenige, die du meine Frau nennst, mich begleitet. Diese Reise ist von allergrößter Bedeutung, weil ich es ihr dort, wo wir weit weg von allem sind, besser erklären kann als hier, verstehst du?« Auf der anderen

Seite der Leitung herrschte eine unerträgliche Stille. Das Mädchen fühlte sich schwach werden wie beim Nahen einer Katastrophe. »Und du?« fragte er vorsichtig. »Trägst du die neuen roten Schuhe? Beneiden sie dich darum?« »Wer soll mich beneiden? Die Hühner oder die Enten? Die Mutter oder der Stiefvater?« fragte sie schroff »Du trägst sie nicht?« »Hier steht das Gras hoch.« »Dann mußt du sie unbedingt anziehen, wenn wir uns wiedersehen! Ich träume von dir in diesen Schuhen.« Sie kannte solche Gespräche. Als Kind hatte sie ähnliche mit ihrem Vater geführt, wenn er sie aus München, aus Texas oder aus der Maremma anrief. Für ihren Vater, der nach ihrem fünften Lebensjahr fern von ihr lebte, genauso wie für den Geliebten, der nun fern von ihr lebte, führte sie ein unbegreifliches Leben, das wild anmutete und das beide mit ihr hätten teilen wollen, wenn das Schicksal sie nicht dazu bestimmt hätte, sie immer wieder zu verlassen und zu verletzen. Der Vater und der Geliebte brachten ihr regelmäßig, als traurige Boten, Nachrichten von ihren Aufbrüchen, von Reisen, die sie weit von ihr fortführten, nach Amerika, an die Nordsee, nach Sizilien. Diese Reise aber würde den Geliebten noch weiter von ihr entfernen. Es war die abgründigste aller Reisen.

Als er sein Vorhaben angekündigt hatte, zersprangen augenblicklich die erinnerten Bilder an Venedig. Der Geschmack des letzten trockenen Hörnchens würde jetzt nicht mehr das Gesicht des alten Portiers vor ihren Augen erscheinen lassen, noch würden ihre Hände nach dem gestohlenen Handtuch greifen, das mit einer Gondel und einem Gondoliere bestickt war, um den verfliegenden Geruch seines Parfums einzuatmen.

Zwei Tage später reiste er ab. Wenn ihr Geist bis jetzt in der Erinnerung gierig und unermüdlich, wie die weichen Fadenarme der Seerose nach der Mücke, nach den Laken des venezianischen Bettes gegriffen hatte, so griff er jetzt nach den imaginierten Bildern, die sie sich von New York machte. Venedig wurde in ihren Augen klein und invalid, eine glanzlose, unbedeutende Stadt in einem kleinen Europa. Wie strahlte dagegen die amerikanische Metropole! Das Mädchen begann mit ihren Verfolgungen. Nachts und tagsüber jagte sie dem Paar nach, im Schlaf und während der Gartenarbeit, sah, wie er in der Fifth Avenue ein gelbes Taxi herbeiwinkte und dem Fahrer die Adresse eines berühmten Herrengeschäfts angab, das sie nur als Etikettenaufschrift aus seinen Hemdkragen kannte. Sie litt derartig unter den bevorstehenden Tagen, unter der Kälte ihres Hauses und dem Geruch nach Krankheit, daß ihre Wahnbilder blühten. Dieses Herrengeschäft etwa tat sich vor ihrem Geist wie die Welt eines intarsierten Chorgestühls auf, eine Welt aus Rosen- und aus Birnen-, aus Eben- und aus Kirschholz eine Intarsienwelt, in welche die Wahrheiten der Männerkleidung als hieroglyphische Symbole eingearbeitet waren. Sie sah schwarze Verkäufer in Nadelstreifenanzügen, in blendendweißen Hemden, mit perlweißen Zähnen, vor Täfelungen, Regalen und offenen Schränken stehen oder lautlos an die Seite der Kunden herantreten, wenn diese zweifelsvoll über Krawatten und Pyjamas gebeugt dastanden. Eine Drehtür ließ zugleich mit den eintretenden Herren heiße, feuchte Luft in das von Ventilatoren gekühlte Geschäft ein. In der Hutabteilung stapelten sich schwankend linnene Golfmützen neben Strohhüten, Zylinder neben Südwestern. Frauen war der Zutritt zu dem Geschäft nicht ausdrücklich verboten, doch ein geheimes Gesetz verwehrte ihnen den Eintritt. Unter den pergamentfarbenen Lampen, die vollmondförmig an langen Schnüren von der Decke hingen, bewegten sich Verkäufer und Kunden wie Fetischisten, die unter sich sein wollten. Ihre Fetische waren Manschettenknöpfe, Fliegen, Hosenträger, Portemonnaies oder Taschentücher. Vor allem war es der Zentimeter, der hier verehrt wurde. Die Schneider wußten, daß ein Revers, das auch nur einen Millimeter zu schmal war, das Schicksal eines Mannes bestimmen konnte. Durch dieses langsame und pedantische Abwägen der Millimeter verlor für Kunden, Schneider und Verkäufer die Zeit ihr Maß. Das Pendel der alten Standuhr stand zwar nicht still, doch sein unaufhörliches Hin- und Herschwingen machte aus den unzähligen Sekunden einen einzigen, ewigen, hin- und herschwingenden Augenblick. Erst wenn der Käufer wieder auf der Straße stand, wurden die Millimeter erneut zu Kilometern und die Sekunden wieder zu Stunden, Stunden allerdings, die viel kürzer wirkten als jene ewige Sekunde im Herrengeschäft. Das Mädchen erregte diese Welt, die nur ihr Geliebter kannte. Es erregte sie die Vorstellung, eines Tages, als Mann verkleidet, mit ihm dort einzutreten und sich bedienen zu lassen. Während sie ihm jetzt im Geist folgte, spürte sie die Eifersucht von jemandem, der seine Geliebte allein und glücklich, ohne das geringste Anzeichen von Sehnsucht oder Kummer auf ihrem Antlitz, auf der anderen Straßenseite dahinschlendern sieht.

Sie versuchte, alle Bilder, die sie jemals von New York gesehen hatte, zusammenzufügen, um sich einen Eindruck von der Stadt zu schaffen, doch es fehlten ihr die Klänge, das Hupen der Autos, die Stimmen, der Widerhall vom Auftritt zahlloser Schuhsohlen auf dem Asphalt, um die Stadt ganz nah an sich heranzuholen und als Ganzes zu sehen, so daß sie einen imaginären Stadtplan vor sich hatte, aus dem sich die schattenwerfenden Hochhäuser, die Kastanien aus dem Central Park und die zwischen den Bäumen und Häuserfronten entstehenden Geräusche zwar erhoben, doch nur bruchstückartig. Auch verlor sie während ihrer Verfolgungen den Schriftsteller immer wieder aus den Augen, oder diese Jagden hinter ihm her wurden durch den Schlaf unterbrochen. Es kam ihr wie eine eigens von ihm ausgeklügelte List vor, daß sie ihm immer sechs Stunden voraus war, so daß sie ihn oft gar nicht verfolgen konnte, wie etwa, wenn es bei ihr mittags um eins, bei ihm aber erst sieben Uhr morgens war und er noch schlafen mußte. Noch viel unerträglicher war es, wenn sie morgens um acht mit den Eltern am Tisch saß und den Geliebten vor sich sah, wie er um diese Nachtstunde – dort mußte es jetzt zwei Uhr schlagen – mit seiner Frau in einer Nachtbar in Manhattan saß.

Sein allabendlicher Anruf setzte durch die Zeitverschiebung aus, war nicht mehr der eine gefürchtete, ihr Gemüt aufrührende und zugleich lähmende Augenblick, auf den sie jeden Tag wartete und der Abendgong und Auftakt zur Nacht bedeutete, wenn die Träume über sie herfielen und dem folgenden Tag Bedeutung verliehen. Sie träumte viel unbändiger, wenn er auf Reisen war. Was in jenen Nächten nicht alles ihr Zimmer bevölkerte, ihr Bett bewegte, hinein- und hinausschlich! Immer wieder war es der Schriftsteller, der in ihren Traum, in ihr geträumtes Zimmer eintrat, eitel und liebenswürdig, mit dem Ausdruck eines jungen Mannes, der am Strand lacht und sich dabei abtrocknet. »Ich muß dich leider verlassen«, klang seine Stimme an ihr Ohr, »da nicken und winken so viele von deiner Art. Zu ihnen will ich gehen.« Er starb in ihren Träumen auch immer wieder, lag als Leiche mit herabhängendem Kiefer in ihrem Bett, das der Inkubus in einen Sarkophag verwandelt hatte. Dann weinte sie, die Tränen strömten aus einer unversiegbaren Quelle, so daß sie sich im Schlaf, trotz der Trauer, fragte, woher all das Wasser aus ihr käme, die wenig Flüssigkeit zu sich nahm, stets eine trockene Kehle hatte und das Trockene an sich liebte, Savannen, Ventilatoren, mürbes Gebäck und gestärktes Musselin. In den europäischen Sommern trank sie wenig, um die Trockenheit besser zu spüren, die den Gaumen klebrig und süchtig nach Wasser machte, um noch ausdrücklicher der heißen Luft ausgeliefert zu sein, die an die erstickende Luft von Samthar erinnerte, in der sie als Kind einmal gegangen war. Wachte sie aus solcherlei Träumen auf, dann erschien ihr das geträumte Bild des toten Geliebten wie ein von göttlicher Hand vorgehaltenes Mahnbild, das sie daran erinnern sollte, ihn zu lieben, ohne die Zeit mit kränkenden Worten gegen ihn, mit Haß und eifersüchtigen Regungen zu vertun, denn die Zeit der Liebe ist kurz und soll wie ein Wunder verehrt werden. Der tote Schriftsteller aber war in ihren geträumten Erinnerungen an den lebendigen ein über die Maßen feiner Hüter ihres Lebens, ein Hakim, ein Arzt, ein Weiser, und das blieb er für sie noch lange Morgenstunden nach dem Traum, bis die Ernüchterung eintrat und er in ihren Augen wieder die Züge einer verführenden Eidechse annahm, zu dem undurchschaubaren Wesen wurde, das zu lieben so anstrengend und so beschwingend war. Die geträumten Tränen machten ihre Brust leicht. Sie wachte auf und fürchtete sich vor nichts.

An jenen Morgen – die Tage, da er in New York seine gefährliche Mission ausführte und Verleger, Buchhandlungen und Museen aufsuchte – stieg regenwaldähnlicher Dampf aus dem Tal unter ihrem Haus. Einzelne Krähen zogen über die Senkung hinweg. Ihr Krächzen erinnerte sie an Büffelleichen, an Tümpel in Dämmerungen und an verklingende Echos zwischen Ruinen.

Der Stiefvater lag mit zerstreutem Blick im Bett und wartete. Er war so schwach, daß er die Krümel des Brotes, das er mit großer Anstrengung verzehrt hatte, nicht mehr aus seinen

Schnurrbarthaaren wischen konnte. Reste von Eidotter hatten sich auf dem Kragen seines roten Morgenmantels festgekrustet.

Das Mädchen trat eines Morgens in sein Schlafzimmer, um dort aufzuräumen. Ohne daß er sich aus dem Bett erhoben hatte, war es ihm dennoch unmerklich gelungen, die eigene Verwahrlosung auf das Zimmer zu übertragen. Einzelne Strümpfe, eine rührend ausgeleierte, hellblaue Pyjamahose, am Boden festgetretene, sirupfarbene Hustenbonbons, welche die Tante des Mädchens, wie sie in ihrem Brief schrieb, eigens für ihn in der Hungener Schloßapotheke gekauft hatte, Bonbons, die jetzt in ihrer am Boden zerquetschten Süße höhnisch an wunderschöne, baldige Genesung versprechende Kindergrippenstunden erinnerten, lagen um das Bett herum. Die Schubladen der Kommoden waren aufgezogen und nicht mehr zurückgeschoben worden (er mußte mit seiner zittrigen Hand darin gesucht haben), und die guten Hemden, die vor vierzig Jahren ein javanischer Schneider für ihn aus senffarbenem, grauviolettem oder veilchenfarbenem, in Europa viel stärker als in Java aufleuchtendem Popeline genäht hatte, lagen unordentlich und zerknittert unter den gewöhnlichen. Er hatte immer die Widerstandsfähigkeit des javanischen Popeline gepriesen. Allerdings hatte er diese Hemden selten getragen, ja, manche von ihnen hatten vielleicht schon zehn Jahre nicht mehr die Ehre gehabt, auf seiner Brust ihre leuchtende Resistenz zu beweisen. Zwei oder drei waren am Kragen und an den Manschetten durch die vielen Wäschereien in der Welt abgeschabt; sie erinnerten, mehr als die unversehrten, daran, daß er sie als junger Mann oft getragen und daß auch sie, wie alle Hemdenstoffe, einmal ihre Widerstandsfähigkeit aufgeben würden. Besonders diese, die ein wenig zerrissenen, hatte er in den letzten Jahren dann und wann angezogen, mit dem feierlichen Ernst eines Kschatrija, der das schon von seinen Vorvätern getragene, von der Luft der Zeit dünn gewordene Festgewand vorsichtig überzieht. »Schau dir an«, hieß es dann, »was das für ein Stoff ist! Wohin bin ich nicht mit diesem Hemd gereist! Wie oft ist es gewaschen und gebügelt worden! Und schau, außer diesen etwas abgenutzten Manschetten ist es fast noch neu. Nur die Jacken meines Vaters waren genauso haltbar.« Diese javanischen Hemden, die in ihrer blendenden Buntheit zerknittert am Boden der Schubladen lagen, erinnerten schmerzhaft an das Vergnügen und Vermögen eines Reporters, der der Stiefvater einmal gewesen war; so die in Kairo, in Jodhpur oder in Chicago gekauften seidenen Halstücher, die noch einen schwachen, vor langer Zeit in sie hineingesunkenen Duft von Lavendelwasser ausströmten, oder die farngrünen Fliegen von Knize, die zwischen einem eisernen Schmuckkästchen, leeren Portemonnaies und einzelnen schwarzen Spitzenhandschuhen in der obersten Schublade lagen. Mit leichtsinniger Hand nahm sie alles heraus, häufte es zu einem weichen Berg, faltete jedes einzelne Stück Wäsche neu und legte es in die Schubfächer zurück. Auf diese Weise, dachte sie, würde sie den Stiefvater zwingen, eine Ordnung beizubehalten, die zum Leben gehörte, die das Leben ausmachte. Sie wischte den Staub von den Stöpseln der Kristallflakons, auf deren Boden klebrige, harzfarbene Parfumreste zu sehen waren, schüttelte die schwarzen Haarnetze der Mutter, aus denen bis dahin unsichtbare Staubpartikel herauspuderten, pustete in die Blüten der ansteckbaren Seidenrosen, seifte das Gewand der gotischen Steinmadonna ein, die als Wächterin über Fliegen, Haarkämme und Flakons hier stand, und putzte das Glas des großen Spiegels, den der Stiefvater vor langer Zeit in der Parkstreet in Kalkutta erworben hatte. Mit großer Befriedigung stellte sie fest, daß Glanz entstand, der sie zum Weitermachen drängte. Der Kleiderschrank war schwer zu öffnen, der Schlüssel ließ sich nur mit Gewalt nach rechts drehen. Als es gelang, schlug ihr aus der Dunkelheit des Schrankes der Geruch von Mottenpulver entgegen. Sie nahm einen alten, dem Stiefvater zu klein gewordenen Frack von der Stange, von dem er sich nie hatte trennen wollen und der auch nicht dort hing, um jemals einem Schwiegersohn abgetreten zu werden oder als Modell für einen neuen herzuhalten, nein, der einzig dort hing, um jeden, am meisten aber ihn selbst, daran zu erinnern, daß sein Besitzer viele Nächte hindurch auf Wiener Bällen getanzt, Empfängen bei Staatsoberhäupten beigewohnt hatte und bei Ordensverleihungen in fremden Ländern anwesend gewesen war. Er hing zwischen zwei nagelneuen Anzügen, einem schwarzen und einem braunen. Ein gewisser Herr Gatto aus Matera hatte sie ihm zu Beginn seiner Krankheit genäht und falsch genäht, was damals ein besonderes Ärgernis für den bereits Erkrankten gewesen war, da die mißlungenen Anzüge wie ein unverschämtes Symbol seines allgemeinen Mißlingens auf ihn gewirkt hatten. Jetzt hingen sie ausgerechnet neben einem fadenscheinigen, braunen Cordjackett, das der zweite Ehemann der Mutter sieben Jahre lang getragen hatte, die sieben Jahre, in denen er die Mutter sehr beeindruckte. Dieser Herr war ein leidenschaftlicher Fleischwurstverzehrer, zudem ein brillanter Rhetoriker, und diese Kunst der Rede hatte auf die Mutter die größte Wirkung gehabt, deren erogenste Zone, wie der erste Stiefvater immer behauptete, das Trommelfell war. Er war ein langatmiger Rezitator, einer, der während des Monologisierens ins Glühen geriet wie ein Stück Holz in einem russischen Ofen. Seine langen Reden verwandelten sich in Monodien, wenn seine Stimme vor Erregung hoch wurde und die aneinandergereihten Sätze wie die Arien eines gekränkten Eunuchen klangen. Außerdem war er monoglott und zitierte gerne Saint-Simon, der gesagt haben soll, nur einer Sprache zu dienen und das Erlernen anderer Sprachen seinem Diener zu überlassen. Nicht selten, behauptete er, seien die mehrsprachigen Menschen Scharlatane, eine Anspielung auf den dritten Ehemann der Mutter, auch in vielen Sprachen würden sie nicht ausdrücken können, was sie selbst in einer allein unfähig zu benennen waren. Nun hing das Jackett dieses Mannes wie ein Beutel und geradezu frech im Schrank des zweiten Stiefvaters.

»Luft«, dachte sie, »da muß Luft hinein, damit der Moder sich nicht festsetzt.« Der in die Schranktür eingefaßte Spiegel klirrte, als sie sie noch weiter öffnete, um Jacken und Hosen herauszunehmen, sie in den Garten zu tragen und an den Zweigen des Nespolobaumes aufzuhängen. Unter dem Bett kehrte sie einen Pantoffel und ein von Staubfäden umgarntes Heizkissen hervor. Bleistifte und Notizzettel, auf die der Stiefvater Geldsummen geschrieben hatte, Taschentücher, alles, was auf der schwarzen Marmorplatte des Nachttisches lag, war von Sirup und Kamillentee durchweicht. Die Schublade des Nachttisches stand halb offen und offenbarte Geldmünzen aus allerlei Ländern, eine verbogene Sonnenbrille, eine Geldklammer, Schlüssel und einzelne, vergilbte Seiten aus Hebbels Tagebüchern, auf denen zwei Betrachtungen unterstrichen waren: »Wer sich für überflüssig in der Welt hält, der kann nicht überflüssig sein« und »Nie kann ein Frosch erröten«. Sie ließ die Schublade unberührt, deren Inhalt, ohne einen Wert zu besitzen, dennoch eine Art Schatzkammer für den Stiefvater bedeutete, denn hier lagen die Münzen, die einmal in Kairo, in Bukarest oder in Kabul in seinen Hosentaschen geklimpert hatten, hier lagen alte Schlüssel zu längst verlassenen Wohnungen, lag die Sonnenbrille, die seine Augen vor der Wüstensonne, vor Fliegenschwärmen, vor Beduinenblicken geschützt hatte, und hier lagen Hebbels Tagebuchseiten, die ihn immer auf seine Reisen durch Asien begleitet hatten.

Nachdem die Marmorplatte poliert war, schüttelte sie die Vorhänge des Baldachins, glättete das gelbe Gewand eines hölzernen Erzengels, tauchte in die Buchsbaumlabyrinthe ihres Gartens, pflückte einen Strauß gelber Narzissen und stellte ihn neben das Bett des Kranken. Leider empfahl Dioskurides die Anwendung der Narzisse einzig bei Verbrennungen, Abszessen und Verrenkungen am und im Körper, nicht aber bei ähnlichen Erscheinungen in der Psyche, so daß sie am Bett des Stiefvaters lediglich ihren betäubenden Duft aussandten, ohne eine weitere Aufgabe zu haben.

Die roten Samtgardinen – es wunderte nicht, wenn dieses Schlafzimmer, wo es so rot und samtig zuging, Lasterhöhle genannt wurde – zog sie beiseite, um das Sonnenlicht etwas zu dämpfen, das in der Vorfrühlingszeit durch die feuchte Luft drang, weshalb es schleierhaft, doch auch hart war, weil es noch nicht von den Blättern der Bäume gefiltert wurde. In dieser feuchten Luft zwitscherten einzelne Spatzen, ein Zwitschern, das wie kein anderes an Waldeskälte und Verbrechen in Wäldern erinnert.

Der Stiefvater stand von selbst aus dem Bett auf und stellte sich auf seinen dürren, aus dem Morgenmantel hervorschauenden Beinen in die Türöffnung, so daß sie die schweißnassen Laken durch frische und kühle ersetzen konnte. Sie stapelte drei Kissen, damit sein Kopf nicht, wie von einer demütigenden Gewalt niedergedrückt, in einem einzelnen versank. »Aufrecht soll er liegen«, dachte sie, »so daß er wie ein Herr dem Bellen seines Hundes aus dem Hof zuhören kann.« Der Stiefvater kroch ins Bett zurück, legte seine trockenen Hände auf den weißen Umschlag des Lakens und ließ sich das Gesicht mit Lavendelwasser abreiben. »Gerade du hättest dir im Orient etwas von dem Wesen der Taschenspieler abschauen sollen!«, sagte sie liebevoll. »Betrachte doch das Leben wie ein gestohlenes Zelt, in dem man ein paar Jahre heimlich und zufrieden lebt.« Er lächelte und versprach, von nun an ordentlicher mit den Dingen umzugehen. Sie wischte noch einmal mit einem feuchten Lappen über den Boden und schloß die Tür hinter sich.

Nun lächelte der Stiefvater nicht mehr, er dachte an Geld, an fehlendes, an verlorenes, an einst verdientes. Seine Frau, was machte sie mit einem Mann ohne Geld, sie, die immer behauptete, sie wolle arm leben, aber reich sein? Nun lebte sie ja fast arm, die Teetassen hatten Risse, mancher Kristallstöpsel war zersprungen, der Hund war abgemagert und das Haus eisig.

Wie der Liebeslehrer ihr aufgetragen hatte, setzte sich das Mädchen an den Schreibtisch, um die Geheimnisse der Ordnung, der psychischen, der metaphysischen und auch der häuslichen Ordnung, durch das Lesen zu erfahren. Doch vor den geschlossenen Fenstern wehte ein Frühlingswind, der Unruhe schuf und so verlockend gegen die Scheiben blies, daß sie ihre schwarzen Schnürschuhe anzog und sich auf den Weg machte, einen Topf Azaleen im Arm.

Der Schotterweg, den sie ging, war der Schotterweg, auf dem sie als Kind das Gehen ohne Schuhe erlernt hatte, der Weg, den die drei Ehemänner der Mutter in den unterschiedlichsten Launen hochgefahren waren, den Blumen- und Käsehändler, den Postboten und andere Verehrer gut kannten, den auch verschiedene Hunde aus dem Tal entlangliefen, um vor der schönen Hündin Gogolina stehenzubleiben, die hinter dem schwarzen Tor lag und ihre weißen Brauen hob, wenn einer der Köter seine Schnauze durchs Gitter steckte. Er lief zwischen Olivenhainen hindurch, aus denen zu allen Jahreszeiten braune und weiße Pferde dicht an die Zäune herangaloppierten, im Winter die Stimmen der Olivenpflücker hallten und im Frühling Spatzenschwärme flogen, wenn ein Ruf sie aus den Bäumen scheuchte.

Das Dorf Bogliaco war menschenleer, wie immer außerhalb der Saison. Die Wellen klatschten anders an die niedrige Mauer des Hafenbeckens als im Sommer, denn in der Winterstille war das Zerspringen der einzelnen Wellen an den Steinen laut und deutlich zu hören und hallte auf dem Platz wider. Die Masten der im Hafen schaukelnden Segelboote berührten sich, wobei sie einen gläsernen Laut hervorriefen: Ting-ting-tang-ting.

War das Seewasser in den Sommermonaten warm, vom Treiben auf und in ihm bewegt, von dahintreibenden Ölflecken, Plastikflaschen und Widerlichem bedeckt, das der Körperpflege und der Lust diente, so war es während der Wintermonate eine durchsichtige, bisweilen von Wellen gefurchte Fläche, die Segelboote, Sitzbänke und Pinien widerspiegelte und auch die farbigen Häuserfassaden, die ihrerseits in der klaren Luft mehr leuchteten als im Sommer, wenn ein stickiger Dunst auf der Landschaft lag. Palmen, Zypressen, Pinien und Zedern nahmen während der kalten Jahreszeit ein dunkleres, in Schwarz hinübergleitendes Grün an und prägten sich dem Auge als Embleme des Mediterranen ein. Ihr deutlich umrissenes, in die klare Luft fast eingestochenes Geäst wirkte vielleicht aus dem Grund beinahe schwarz, weil Schnee auf dem Monte Baldo lag. An sonnigen Wintertagen schien die Schneemasse auf dem Berg eine der Ursachen der kristallklaren Luft zu sein, die den See, die Häuser und die Vegetation mit einer Art überaus zartem Firnis überzog, wodurch die Landschaft wie eine japanische Lackschachtel glänzte und die Bäume in ihr dunkler erschienen.

An solchen Tagen war es, als ob der See alles widerspiegelte, auch solches, was längst nicht mehr widergespiegelt werden konnte, wie die Schmetterlinge, die Nabokov in Gardone fing, wie die am Gewässer vorbeifliegenden Karossen der Herzöge und Herzoginnen von Mantua, die im sechzehnten Jahrhundert Maderno als Sommerresidenz wählten, oder wie den auf seinem Pferd am Ufer entlanggaloppierenden Maler Celesti, der wegen politischer Umtriebe aus Venedig nach Bogliaco verbannt wurde. Im Seewasser waren, wie in einem Behältnis, unzählige Bilder gefangen, die zahllosen Lichtfunken auf seiner Oberfläche waren vielleicht der Widerschein aller Augenlichter, die es jemals betrachtet hatten. Der Blick Churchills und der Kafkas war in seine Tiefen getaucht, die polierten Schuhe D'Annunzios hatten sich wie das Zerrbild eines Käfers im Wasser gespiegelt, die Silhouette des Kaisers Franz Joseph war als schräger Schatten in den See gesunken, die Gestalt von Beatrice della Scala, welche im Mittelalter Salò zum Hauptort des östlichen Ufers erwählte, lag vermutlich als schattenhafter Umriß auf den Wellen. Ein länglicher, dahintreibender Schemen konnte sowohl der Schatten einer fliegenden Möwe als auch die Andeutung der ersten Violine der Welt sein, die Gaspare Bertolotti aus Salò einst erfunden hatte und deren Schattenbild es vielleicht an schönen Wintertagen gefiel, aus der Tiefe des Sees auf der Wasseroberfläche zu erscheinen. Nur die Gestalt des Geliebten hatte der See noch nicht in sich aufgenommen, und solange dies nicht geschah, meinte sie, besaßen die Dinge nicht ihre Richtigkeit.

Achtzehn Millionen Zitronenbäume gediehen achtzehnhundertzweiundsechzig in den Limonaien, den Zitronenplantagen. Das Gelb jener sauren Früchte blitzte an klaren Tagen auf dem Gewässer auf. Sie liebte diese Zitronengärten, Gärten aus Steinpfeilern, zwischen denen hindurch der See als Ausschnitt zu sehen war. Es waren Fenster, dachte sie, durch die der See gesehen werden wollte, ob es nun die Öffnungen zwischen den einzelnen Pfeilern in den Zitronengärten oder zwischen den einzelnen Zypressen waren oder die Öffnungen in den langen Tunneln zwischen Riva und Gargnano, durch die man, hinter gleißendem oder zerstäubendem Licht, den See als Bruchstück erblickte.

Auch sie sah von ihrem Zimmerfenster den See durch ein Gitterwerk von Zypressen, die auf dem gegenüberliegenden Hügel jenseits des Tales standen. Nah an ihr Fenster herangerückt, wie bei den Häusern am Ufer, deren Balkons über dem Wasser lagen, wäre ihr der See nicht als die ferne, halluzinogene Fläche erschienen, zu der sie sich zu Fuß aufmachen mußte.

In Bogliaco stand der Palazzo Bettoni, als cremefarbiges Quadrat im See widergespiegelt. Immer wieder bestaunte sie dieses Schloß und sein Spiegelbild im Wasser. Über dieses Gebäude und über seinen geometrisch angelegten Garten spannte sich der Hauch des Unwirklichen, denn daß es einmal in das Fischerdorf Bogliaco hineingebaut worden war – ein zwischen Wasser und Berghängen gelegenes Arkanum –, blieb ein Wunder.

Ihr Bild von den staunenden Fischern, die in dem armen Dorf plötzlich einen solchen Bau entstehen sahen, wurde eines Tages Wirklichkeit, als ihr eine alte Fotografie in die Hände fiel, auf welcher der Palast, klar umrissen vor den mit Rauch überzogenen Berghängen und Schluchten, von drei kräftigen Männern in weißen Hemden betrachtet wurde, die hinter einem Holzhäuschen auf das Gebäude blickten, als sei es etwas unendlich Fernes, obwohl es sie nur wenige Schritte von ihm trennte. Der Palast war riesig, und die drei Männer waren klein, nur eines verband sie mit ihm: ihre Hemden waren so weiß wie die Lisenen auf der Fassade.

In den Augen des Mädchens war der gräfliche Sitz im achtzehnten Jahrhundert eine von Armut umgebene Enklave gewesen, aus der vergoldete Kutschen durch hohe Portale auf die Straße fuhren, die heute noch den Palast von seinem Garten trennte. Wächter dieses Anwesens waren acht Steinstatuen auf der Balustrade des flachen Daches, das von der Straße betrachtet wie eine Märchentanzfläche aussah. Mit den Fingern deuteten die Statuen auf den See und die Berge. Gab es eine Treppe, über die man zu dem Tanzdach gelangen konnte? Hatte jemals ein Fest auf diesem Dach stattgefunden? Und wenn ja, was waren das für Wesen gewesen, die auf Kapellenmusik getanzt und das Wasser unter sich wie das Spiel auf einer Glasharmonika gehört haben müssen? Sind Kristallgläser hier gereicht worden? Standen Kerzenträger neben den Statuen? Glitten rosa Satinsäume über die Tanzfläche?

Sie hatte nie mehr als einen der Hunderte von Fensterläden offen stehen sehen, Fensterläden, die an der Seeseite lagen, sich aber nicht zu ihr aufklappten. Von innen waren die Jalousien bestimmt mit wunderschönen Eisenriegeln versperrt. Unvorstellbare Stille mußte im Palast herrschen, Stille, Schatten und Kühle. Einst waren Kutschenräder an ihm vorbeigerollt, war ringsum das Echo von klappernden Pferde- und Eselshufen erklungen, das Klirren von Glas (dem Palast von fernen Glashändlern geliefert), das Gurren von Tauben, das Dengeln von Sensen, die Rufe von Zitronenverkäufern, das Klopfen von Dienern an Türen, und Wasser, Wasser, immer wieder Wasser: Wäscherinnen, die am Seeufer wuschen, Knechte, die volle

Wassereimer in den Palast trugen, Wasserträgerinnen, Wellen, Schwanenflügel, die im Flug Tropfen in den Garten fallen ließen, Ruder, die ins Wasser tauchten, Wassertropfen, die von Barbierpinseln in Blechschalen fielen, Gräfinnen, die in Wannen lagen, Gärtner, die besprengten, Diener, die Wasser einschenkten, Pfauen, die durch Pfützen liefen, Regenrinnen, aus denen es in Wassertonnen plinkte. Das Mädchen sah die Hinterteile der Wäscherinnen vor sich, Frauen, die schon lange nicht mehr lebten, die einmal ihre Köpfe über das Seewasser gehalten und die Wäschestücke in der Brandung gespült hatten, sah ihre braungebrannten Gesichter, die schwarzen Strähnen, die sich aus den Haarknoten gelöst hatten und dem See entgegengeflattert waren. Sie fehlten ihr, auch wenn sie ihr niemals begegnet waren. Ihr fehlten die Maultiere, die mit Scheuklappen vor den Augen durch die Dörfer trotteten und Karren hinter sich herzogen, ihr fehlten die verwegenen, zugleich keusch aussehenden Männer, die früher in den Lokalen *mora* gespielt hatten, mit bunten Tüchern um den Hals. Ihr fehlten die Kirchgängerinnen mit den Spitzenkopftüchern, ihr fehlte, was sie niemals kennengelernt hatte und doch intimer zu kennen glaubte als das, was sie jetzt umgab.

Wenn der Geliebte an ihrer Seite gewesen wäre, dem sie das alles hätte erzählen können, dachte sie, wieviel schöner noch wäre ihr das nächste Dorf, mit dem Namen Villa, erschienen. Hinter hohen Mauern barg es schattige Gärten, zu denen sie mit ihren kurzsichtigen Augen emporschaute, wenn sie im Sommer an ihnen vorbeischwamm, Gärten, aus denen Magnolienblätter auf den See wehten oder rote Kieselsteine flogen, von einem Kinderfuß ins Wasser geschossen.

In den Orangenbäumen am Hafen hingen noch die bunten Lichterketten aus der Weihnachtszeit, die an gewisse späte

Herbsttage erinnerten, wenn aus dem See der Wassergeruch in die kalte, noch nicht schneidende Luft drang, in der, obschon Weihnachten noch weit entfernt war, ein Christmessenhauch lag, der die festliche Kühle einer Weihwasserbesprengung aus einem offenen Kirchenfenster mit sich fortgenommen und in diese Gasse geweht zu haben schien. Die Erinnerung an Weihnachten bedrückte sie. Würde der Geliebte zu diesem Fest kommen, zu einer Zeit, da alles, alles gesagt war? Diesen Spaziergang mit ihr machen, den sie jetzt allein machte? Die Orangenbäume, die Gartentore, das Hafenbecken mit den Segelbooten, die schmalen Häuser, hinter deren Dächern sich die Berge abzeichneten, das alles wuchs und war da, um von ihm gesehen zu werden.

Am Eingang der Ortschaft Gargnano stand immer noch das Gebäude, in dem früher einmal das *Consorzio Agrario* seinen Sitz hatte, eine landwirtschaftliche Genossenschaft, die gegründet worden war, um dort Zitronen zu lagern und zu verkaufen, um Olivenöl und Lorbeeröl zu pressen.

Den mit Seesteinen gepflasterten und zum Wasser abfallenden Innenhof betrat man durch ein Eisentor. Die linke Seite des Hofes flankierte ein Gebäude, wo karg eingerichtete Büroräume lagen, in denen mancherlei an Samen verkauft wurde.

Als Kind hatte das Mädchen die Mutter oft zu den Einkäufen in die Genossenschaft begleitet. Die Mutter war stets in denselben langen, schwarzen Rock gekleidet und trug den schwarzlackierten Florentinerhut wie eine Fruchtschale auf dem Kopf. Die Tochter folgte ihr damals mit dem Gefühl, in etwas einzutreten, das bereits einer anderen Zeit angehörte. Es tat fast weh, dorthin zu gehen, wo sie ein so großes Glück empfand, das, wie jedes Glück, von dem Bewußtsein seiner kurzen

Dauer getragen wurde; denn jedesmal, wenn die beiden in die Gebäude der Genossenschaft eintraten, hörten sie von Herrn Samuelli, daß diese bald geschlossen würde, und jedesmal traten sie aus dem Innenhof mit der Gewißheit, ihn zum letzten Mal zu verlassen. Eines Tages und unerwartet, weil sie schon an die Klagen des Herrn Samuelli gewohnt waren, blieb das Tor geschlossen. Doch bevor das eintrat, hatten Mutter und Tochter noch oft den Hof überquert, war die Mutter in ihren Sommerstiefelchen vorgelaufen, um links, am Ende des Hofes, einen dunklen Gang zu erreichen, aus dem sie in eine lichtdurchflutete Halle trat, wo die hineinscheinende Sonne so stark leuchtete, daß der hier wirbelnde Staub in ihrem Licht sichtbar war und flimmerte. Da standen Reihen aufgestülpter Jutesäcke, mit Weizen, Roggen oder Maiskörnern gefüllt, in die das Haupt der Genossenschaft, der besagte Herr Samuelli, sein Holzschäufelchen stieß, um das Korn für die Mutter in Plastiktüten zu schaufeln. Dieser kleine Mann mit den lasurblauen Augen, die in seinem rötlichen Gesicht blinkten, war der zu Gestalt gewordene Inbegriff von Flinkheit.

Die Mutter zog beim Eintreten in die Sonnenhalle die Brille ab, blinzelte mit ihren kurzsichtigen Augen in das sie aus allen Fenstern blendende Licht, worauf Herr Samuelli von einer Leiter stieg oder sich hinter einer Mauer aus Säcken erhob, herbeilief, grüßte und sofort weitereilte, um die Wünsche der Mutter, die noch gar nicht alle ausgesprochen waren, im Flug zu erfüllen. Sie rief ihm noch »Melonensamen!« hinterher, während er schon mit aufgeblasener Tüte von Sack zu Sack, von Regal zu Regal lief und sie mit Karotten- und Rapunzelsamen, mit Mangold- oder Kürbispflänzchen, mit Weizen- oder Dinkelkörnern füllte.

Das Mädchen erinnerte sich nur an die glühenden Tage,

als das gleißende Licht mit den vom See her wehenden Brisen durch die hohen Fenster drang und die Kornhalle in eine Basilika verwandelte, die auf schäumendem Wasser stand, denn die Wellen des Sees klatschten gegen die Grundmauern des Gebäudes und schufen Schaum und Schall.

Derweil Herr Samuelli die Tüte mit Samen, Pflanzen oder Körnern füllte, betrachtete die Mutter die Gerätschaften, die hier zum Verkauf standen, die dunkelgrünen Drahtballen, die Sensen, die Kartoffelkrallen, die Misthacken und Blecheimer. »Das ist ein schöner Holzrechen! Sobald ich nur etwas Geld habe, kaufe ich mir den, und irgendwann einmal muß auch eine anständige Säge her. Mit unserer verrosteten Säge ... Und das Lagerfaß da! Das ist ein Ding! Wenn das bei mir im Keller stünde, die würden staunen!« Wer staunen würde, das blieb unklar, die deutschen Verwandten, die Besucher oder die Verehrer der Mutter, maßgebend war ja auch nur, daß das Staunen überhaupt hervorgerufen wurde, so wie das bloße Kokettieren im Leben der Mutter wichtiger war als derjenige, mit dem sie kokettierte. »Mir ist doch völlig egal, mit wem ich flirte«, behauptete sie, »Hauptsache, ich flirte, und das tue ich, mit wem und wann es mir gefällt, mit dem Postboten, dem Zollbamten, mit der Tür oder dem Apfelbaum, morgens um sechs oder nachmittags um fünf.« Signor Samuelli trug zwei Flaschen Öl in seinen Armbeugen herbei, die er einem Herrn überreichte, der inzwischen eingetreten war und nur das Öl verlangt hatte. Denn Herr Samuelli kannte die Versunkenheit der Mutter, wenn sie sich zu den verschiedenen Geräten beugte und an eine kommende Zeit dachte, in der sie die würde erwerben können. »Ach, Herr Samuelli«, seufzte sie dann, »wenn ich erst einmal mein Erbe habe, dann kaufe ich auch die Säge und die Kleekarre. Haben Sie die zehn Zucchinipflanzen eingepackt? Und die kleine Gießkanne?« Hob sie den Kopf von den Objekten ihrer Begierde, dann traf ihr Blick – inzwischen hatte sie die Brille wieder aufgesetzt, die sie wie in einem endlosen Spiel auf- und abzog – die Augen einer schwarzlockigen Frau mit tomatenroten Lippen und einem sinnlich-lieblichen Lächeln, die auf einem Plakat abgebildet war. Ihre Locken waren schwer, kaum von dem roten Kopftuch, das im Nacken mit einem Knoten festgebunden war, im Zaum zu halten. Auf der rechten Schulter trug sie ein goldgelbes Weizenbündel. Die junge Frau auf dem Plakat ging aus Feld. Ihr festgeschnürtes schwarzes Korsett hielt ihre schweren Brüste, die zu weiß für eine Landarbeiterin waren. Die Mutter zog einen unbestimmten Mut aus diesem Plakat, der sie den Nachmittag über in einer bäuerlich-angriffslustigen Liebeslaune hielt, die abends, wenn kein Fest stattfand, schwächer und schließlich zu botanischen Träumen wurde. »Sensen«, rief sie jetzt in die Hallen der Genossenschaft, »ich will sensen lernen!« Das Mädchen zerrte sie am Rocksaum, damit die Mutter endlich die Samen und Pflänzchen bezahle und nicht, nach längerem Brüten über den Erwerb einer Olivenleiter oder eines Handkarrens, in Gefahr geriet, am Ende gar eine Fräse zu bestellen, die sie niemals imstande sein würde zu bezahlen. »Die Rechnung!« rief die Mutter also in die Hallen, denn Herr Samuelli war schon seit einiger Zeit in der Ölmühle verschwunden, aus der ranziger Ölgeruch drang, der sich in hundert Jahren an die feuchten Mauern des Gebäudes geheftet hatte. Nach Olivenkernen, Olivenfleisch, Olivenöl roch es, nicht nach Zitronen, für welche die Genossenschaft anfänglich gebaut worden war, Zitronen, die von hier mit Kutschen und Zügen nach Deutschland, in die Schweiz, nach Frankreich und sogar nach Rußland gefahren wurden.

Im Dorf kam sie an der Pizzeria Da Giorgio vorbei, die schon an Maiabenden in einem zarten Dampf von Pizza lag, während am Anlegesteg deutsche Motorboote schaukelten, von deren Glanz auch ein Schimmer auf den Pizzeriabesitzer fiel, der ein rotes Seidentuch in der Brusttasche seines mit Goldknöpfen versehenen Jacketts trug. Was hatte es mit den Goldknöpfen nur auf sich?

Es war Nachmittag, und die Läden waren geschlossen. Der närrische Parkwächter schlenderte aufgedunsen und gedrungen in seiner Uniform, die an die eines Abfertigungsbeamten erinnerte, die leere Dorfstraße auf und ab. Er grüßte, und gierig danach, ein Wort zu wechseln, blieb er stehen, doch was wie eine liebevolle Frage klingen sollte, »Wohin so schnell?«, klang aus seinem Mund – so sehr hatten die gelben Abzeichen auf seiner abgetragenen, für ihn viel zu großen Beamtenjacke seine im Grunde gutmütige Natur geprägt – wie aus dem Munde eines Großinquisitors. »Zu Angelo«, erwiderte sie. »Zu Angelo?« rief der Parkwächter ihr hinterher, mit der Wehmut in der Stimme von jemandem, der keinen Freund mehr hat. Ja, sie ging zu Angelo, dessen Name, immer wenn sie ihn laut aussprach, an das Dasein von Engeln gemahnte. Rief sie ihn, rief sie zugleich die Seraphen herbei, die Olivenzweige begannen zu zittern, aus dem silbernen Filigran ertönte seine Stimme und fragte: »Was willst du?« Sie wollte, daß er aus dem Baum zu ihr heruntersteige und eine Wäscheleine zwischen die Stämme zweier Lorbeerbäume spannte oder die Buchsbaumhecke schneide. Zu Angelo ging sie. Und das war ein weiter Weg.

Aus den schattigen Einbuchtungen der Felswände löste sich eine Kühle, die sich in die Dämmerung schichtete. In der schmalen Gasse, die vom Dorf in die Berge führte, war es schon dunkel, da die beiderseitigen Mauern hoch waren und die Schatten hier verdichtet lagen. Ein Holzkreuz stand schwarz und morsch hinter dem Gemäuer eines Weingartens. Es riet, schneller zu gehen, da mit der Dunkelheit auch die Füchse kommen würden. Nur die Strommasten ragten noch leuchtend, wie Minarette, in das Abendlicht. Der See, an dessen Ufer die Palme wuchs, die Bougainvillea gedieh, die Maiglöckchen im Schatten von Akanthus blühten und die Kaiserkronen ihren Fuchsgeruch ausbreiteten, sank immer tiefer und verwandelte sich in ein fjordartiges Gewässer.

Auf dem ansteigenden Fußweg lag Heiliges. Gänse, Frauen und Kinder von Fischern und Bauern, Esel und Katzen, ein Eierkorb, ein Strohhut, eine Flasche Wein, alles, was diesen Weg einmal berührt hatte, was zwischen seinen Mauern erklungen war, berührte ihn weiter und erklang immer noch. Die Tiere und Menschen, die Früchte, Karren und Körbe mußten nur gebeten werden, sich zu zeigen, und sie taten es willig, wie die Toten, die man im Traum ruft.

Am Ende des heiligen Pfades verlor der Weg in die Berge seine Geradlinigkeit. Das Mädchen mußte Teile auf der Landstraße gehen, Öffnungen zu Abkürzungswegen suchen und wilde Anhöhen hinaufklettern. Auf den Saumpfaden war das Laub des letzten Herbstes noch nicht zu Humus geworden, einzelne Eichenblätter wirbelten neben ihren Schritten auf, aber darunter lag das feuchte, dunkle Geflecht der ineinanderschmelzenden Blätter, die sich im Zustand der Humifikation befanden und zu neuer, dunkler Erde wurden, durch die die Krokusse schon jetzt hervorstachen. Brombeergestrüpp war zu Brombeergewölben geworden, unter denen das Gras naß war. Auf diesen Wegen war lange kein Mensch gegangen. Krähenschwärme zogen hin und wieder, hoch oben, durch die dunstige Luft. Ihr Krächzen hallte zwischen den Felswänden wider.

In solcher Stille und Feuchte geht man durch das eigene Bewußtsein hindurch, und es kann geschehen, daß die bedrükkenden Grenzen des Geistes für kurze Augenblicke gesprengt werden und sich vieles klar vor dem inneren Auge abzeichnet. Das Mädchen erkannte auf einmal, daß das Glück ihrer Liebe in der Geheimhaltung lag. Diese Erkenntnis dauerte jedoch nur einige Schritte lang, wurde schwächer, löste sich auf und machte, wie so oft, dem schmerzlichen Herzklopfen der Angst Platz. In New York war es Mittag. Saß der Geliebte mit der Ehefrau jetzt im Algonquin? War es geschehen? Hatte er es ihr gesagt? Schwiegen sie in diesem Augenblick unter dem Druck der schrecklichen Offenbarung? Da blieb ihr Haar an einem Brombeerzweig hängen, und sie hielt inne, um vorsichtig die einzelnen Haare, die sich fadenartig um die Dornen gewickelt hatten, zu lösen. Ihr Schritt unter dem Brombeergewölbe, aus dem sich die langen Zweige als dornige Fühler nach ihr streckten und sie festhielten, wurde aufmerksamer. Sie drückte die Azalee an die Brust. Als der Dornentunnel wieder in einen schmalen Pfad überging, dessen Rand hohe Gräser säumten, legte sich die plötzliche Unruhe, die bei den Vorstellungen vom New Yorker Mittag über sie gekommen war.

Im Schatten des Tunnels hatte sie nicht bemerkt, wie das Licht der Abenddämmerung in nächtliche Dunkelheit übergegangen war. Die Wasserfälle hallten mit vollem Klang in der Nacht, keine Vogelflügel streiften mehr die Bäume. Wo waren jetzt die Eidechsen? Zitterten die jüngsten Zweige der Eichen, so wußte sie nicht, wer sie zum Zittern brachte. Waren es die unmerklichen Windzüge? War es der Atem der Bäume selbst? Oder waren es Adler in ihren Nestern, die im Traum mit den Flügeln schlugen? Das Fließen, das Plätschern, das Sprudeln und Rinnen der Gewässer, wer war es, der sich in ihnen badete?

Tiere? Wassernymphen? Die Natur wird in der Dunkelheit zu einem mythologischen Reich. Angst verspürt der Mensch in der Nacht nur vor der Begegnung mit seinesgleichen.

Als sie eine kleine Flamme aufleuchten sah, glaubte sie, obschon das ausgeschlossen und als Vorstellung verrückt war, einen Mann mit brennendem Streichholz am Straßenrand stehen zu sehen. Sie fürchtete sich. Wie kam es ihr in den Sinn, daß in dieser felsigen und abschüssigen, jeden Mutigen einschüchternden Natur ein Mann mit brennendem Streichholz am Straßenrand stehen konnte? Ein Mann, das schien ihr im ersten Moment völlig klar, der nur auf sie wartete, der von ihrem Kommen zu dieser Stunde wußte. Mit klopfendem Herzen ging sie der Flamme entgegen, da ihr eine Flucht über die abgründigen Pfade noch gefährlicher erschien. Sie wartete auf den plötzlichen Zugriff, wobei ihr diese Plötzlichkeit mehr Angst einflößte als ihre Gefangennahme selbst. Die Flamme wurde größer und erwies sich bald als der Reflex ihrer Taschenlampe in dem konvexen Straßenspiegel, dessen Umrisse in der Finsternis nicht erkennbar waren. So ist alles Täuschung. Der Mensch schafft sich seine Wahnbilder und fürchtet sich vor ihnen.

Wie hätte sie gelacht, wenn sie gewußt hätte, was in jenem Augenblick, da sie den Schriftsteller auf die Ehefrau einreden sah, tatsächlich zu sehen war: ein Mann an einem Schreibtisch, der für seine Geliebte eine Karte aus dem Metropolitan Museum beschrieb, die er so schnell wie möglich einem Boy zum Einstecken in den Briefkasten übergeben wollte. Das wäre der Anblick gewesen, den ein spähendes Auge durch das Schlüsselloch gehabt hätte. Von dieser Mittagsstunde im New Yorker Hotelzimmer erfuhr sie Tage später, als seine Karte mit Datum und der herzergreifenden, mit blauer Tinte in die linke, obere Kartenecke hingeschriebenen mittäglichen Uhrzeit bei ihr eintraf. Die Zeitangabe sollte beweisen, daß seine Gedanken zu jeder, auch zur Mittagsstunde auf sie gerichtet waren. Inzwischen aber trieben die Schimären ihr Spiel mit ihr, denn sie verlassen uns erst, wenn wir keinen Gegner mehr in der Liebe haben, wenn wir glauben, weise geworden zu sein. »Weise ist, wer einen scharfen und nüchternen Blick auf die Geschehnisse des Lebens hat«, dachte sie, »wer nicht blind wie ein Verliebter ist.«

Die Mutter, der Lateinisch so fremd wie Chinesisch war, die aber ein merkwürdiges Gedächtnis für Zitate hatte, die ihr als Kind zu Ohren gekommen waren, antwortete früher, wenn ihre kleine Tochter zweifelsvolle Fragen an sie richtete, wie etwa: »Soll ich weiter die Freundin von Anna bleiben, auch wenn sie mir den Bär weggenommen hat?« mit Horaz: »Sapere aude.« Lange Jahre klang dieser Ausspruch in den Ohren des Kindes wie ein findiger Reklamesatz, etwa wie »Campari Soda in corpore sano«, den die Mutter, selbst über den genauen Sinn des Zitats im Zweifel, scherzeshalber aussprach, um allen Unlösbarkeiten der kindlichen Fragen auf Lateinisch aus dem Weg zu gehen. Als die Tochter später in der Schule Lateinisch lernte, konnte sie das Zitat, welches die Mutter als Wappenspruch über ihre Kindheit gesetzt hatte, endlich übersetzen. »So?« fragte da die Mutter, »das also ist die Übersetzung? Ich dachte immer, es bedeute: Höre das Wissen.« Nun aber war es zu spät, um dem Zitat, das inzwischen zu einem Wappenspruch über ihr Leben geworden war, auszuweichen. Wie ein dämonischer Hohnspruch hatte es sich in ihren Geist eingeprägt, und in den verfänglichsten Lagen ihres kurzen Lebens, wenn sie angestrengt nach einer Lösung für Unlösbares suchte, klang es in ihr wider: »Sapere aude.« Wie aber verhielt man sich weise? War es weise für ein junges Mädchen zu lieben? Oder war es weise, nicht zu lieben?

Die Mutter hatte inzwischen, nachdem sie den Sinn des lange Jahre zitierten Spruches erfahren und eingesehen hatte, daß ihm nachzuleben zu mühevoll war, eine andere fertige Antwort auf alle Fragen gefunden: Perzeption. »Was ist für Sie das Glück?« fragte sie in Venedig einmal ein älterer Herr – von der Art, wie man sie in Italien manchmal trifft, ein höflicher Herr, der, einem Schmetterlingsfänger gleich, durch die Straßen seiner Stadt streift und einfachen, allerdings fundamentalen Fragen nachjagt, die er auch an andere Menschen, an seine Freunde im Café und an schönen Tagen auch an schöne Damen richtet, in welchem Fall die Frage wie ein Kompliment klingt –, der sich ihr auf einem Vaporetto als Dottore Necro vorstellte, angezogen von der Fuchspelzmütze der Mutter und ihren roten Strümpfen, die an dem kalten Wintertag aus ihren geflochtenen Lederstiefeletten leuchteten, worauf sie ihre Brille abzog und mit durch den Wind vertränten Augen zur Antwort gab: »Perzipieren.« Dottore Necro verliebte sich auf der Stelle in sie und gestand sehnsuchtsvoll: »Eine so kluge Frau habe ich in meinem Leben noch nicht getroffen.« Gewiß dachte er heute noch an die Dame mit den roten Strümpfen, die im Dunkel seines alten Kopfes sicherlich wie das goldene Abbild einer Idealfigur strahlte.

Mit dieser Antwort blendete die Mutter viele und wurde zusätzlich durch sie jeder Erklärung enthoben. Es war ein Orakelwort, das alles beantwortete und nicht anfechtbar war. Fragte eine vom Unglück verfolgte Freundin: »Wie kommt es, daß du immer in bester Laune bist?«, antwortete die Mutter: »Perzeption.« Lobte ein Gast ihre weichen Betten, ihr Haus, ihren Irrgarten und stellte die Frage: »Verehrteste, wie haben Sie das alles nur gemacht?«, lächelte sie zurück: »Wahrnehmung, lieber Freund, ist das Geheimnis, Wahrnehmung des richtigen Moments, der Gunst der Götter.« Vergaß sie aber ihre Handtasche auf der Toilette einer Autobahnraststätte und fragte der Stiefvater: »Wie konnte dir denn das passieren?«, dann zögerte sie nicht, auch ihm die unlogische Antwort zu geben: »Alles eine Frage der Perzeption.«

Die Mutter jetzt um Rat zu fragen wäre sinnlos gewesen. Auf die Frage der Tochter, ob es weise oder nicht weise sei zu lieben, hätte sie wahrscheinlich geantwortet: »Ist doch uninteressant, ob weise oder nicht weise. Wahrnehmen mußt du. Liebe und nimm wahr. Und wenn du haßt, dann hasse und nimm wahr. Und übrigens: Prinzip ist pieps.« Das Mädchen aber liebte, und wer liebt, sucht Rat und Trost bei anderen, wenngleich derselbe nur von dem geliebten Wesen selbst kommen kann. Wen konnte sie um Rat fragen? Fängt man mit zwanzig Jahren das Reisen mit einem verheirateten Mann an, darf weder Gott noch die Mutter um Hilfe angerufen werden. Freundinnen sind verderblich, Tiere stumm. Ihr Vater war tot, der Stiefvater stand vor einem Abgrund. Es blieb nur das Schweigen oder doch die Mutter, die nachgiebig und weich wie ein junger Feigenzweig, aber auch frech wie ein Rabe sein konnte.

Als Tochter eines Veterinärrates, wäre die Mutter in ihrer Jugend wohl gern so etwas wie eine konservative Revolutionärin gewesen, schön, anführend, reich und gesetzlos. Doch fanden gerade damals in Bad Hersfeld, wo sie mit ihren Schlitzaugen als Brigitte Bardot und Schlittschuhläuferin bekannt war, keine Revolutionen statt. Ihre Schönheit aber und das Gefühl des Abenteuers, das eine wirklich schöne Frau immer begleitet, verbreitete um sie herum eine aufregende Luft, in der sie sich wie eine Anführerin bewegte. Die Männer folgten ihren Befehlen wie treue Genossen. Die Mutter aber hatte nie geliebt, da sie immer zu treu geliebt wurde. Sie wußte von der Liebe nichts und zog in den entscheidendsten Liebesaugenblicken ihres Lebens stets die Brille ab, wie damals, als sie auf einem Fest ihren ersten Ehemann kennengelernt, aber nur gehört und kaum gesehen hatte (weshalb sie vielleicht jahrelang unter *sapere aude* »Höre das Wissen« verstand). Ihr, sagte die Mutter oft mit kindlichem Stolz, pfiffen sogar die Holunderblüten und die Tulpen hinterher. Ihre Goldohrringe klingelten, zogen das Gehör der Männer auf sich. Ihre weißen und schwarzen Röcke hatten Säume, die sich beim Tanz hoben und türkise Sandalen offenbarten. Ihr Lachen beim Verhandeln war laut und ihre kurzsichtigen, blauen Augen verwirrend schön, da sie immer jenseits zu schweifen schienen, dahin, wo nur noch ein Echo von Pfauenschreien und Taubengurren zu hören war, dahin, wo keine Schatten mehr fielen.

Die alten Herren neigten ihre Köpfe, wenn sie der Mutter begegneten. Die jungen Männer pfiffen hinter ihr her. Auf den Sommerfesten stellten sich die kleinen Jungs auf die Stühle, um sie besser sehen zu können, wenn sie tanzte. Der Metzger schenkte ihr ein Stück Fleisch, der Bäcker ein Stück Rosentorte, die Bankbeamten riefen sie zu sich an die Schalter, Hotelmanager zu sich ins Büro. Alle waren bereit, ihr Geld zu leihen, ihr elektrische Leitungen ins Haus zu legen, Wasserkanäle für sie zu graben oder ihr Lilienknollen zu bringen. Da war einer, der eigens für sie Forellen in Bergbächen angelte, ein anderer, der ihr Kartoffeln aus Tirol brachte, wieder einer, der Kisten mit grünen Äpfeln aus dem Val di Non in ihren Keller stellte, und noch einer, der ihr in einer Juninacht einen kleinen, opalfarbenen Jade-Stier aufs Kopfkissen legte, den sie immer in ihrer Handtasche mit sich herumtrug und hervorzog, wenn sie sich langweilte.

»Männer!« sagte die Mutter zu ihrer Tochter. »Wir zwei

bräuchten mehr als ein Dutzend von ihnen. Ach was, viel mehr noch! Einen Maurer, einen Anwalt, einen Restaurator, einen Parfumhersteller, einen Glaser, einen Banker, und für dich einen Nabob, einen Fakir oder einen Piloten! Da lebt man schon ein so kurzes Leben und muß es auch noch so einfallslos, so unkristallinisch, so monochromatisch und regional leben! Konzentriert man seine Sinne nur auf einen Mann, dann wartet man immer, gerade in den glücklichsten Augenblicken mit ihm, auf den Kummer, den er uns bereiten wird. Monogamie ist entweder göttlich, göttlich schön, göttlich aufregend, göttlich fruchtbar, oder grausam, grausam langweilig, grausam erstickend, unästhetisch und tödlich. Picasso hat es völlig richtig gemacht: alle sieben Jahre eine neue Frau. Aber wenn ich an Philemon und Baucis denke, das ist auch schön. Eine dauernde Ehe, ja, so etwas wäre auch schön gewesen. Das ist alles nicht so einfach, aber eines sage ich dir: lies Clausewitz! Dann kann dir nichts passieren. Ein Jahr Ehe oder fünfzig ist ganz gleichgültig, man soll sich da nicht den Kopf zerbrechen, aber Taktik, das ist etwas anderes, das ist die Musik der Liebe und des Lebens. Wenn du Clausewitz liest, bist du gegen alles gewappnet. Angriff, Gegenangriff, strategische Reserven!«

Sapere aude und Clausewitz, das war der mütterliche Rat auch in der Kindheit des Mädchens gewesen. Für eine Achtjährige klang das großartig aus dem Mund der Mutter, die vom Krieg ebensowenig wußte wie von der Liebe. In Wahrheit kannte die Mutter von Clausewitz nur den Buchrücken und das Inhaltsverzeichnis seines Werkes, doch der Anblick des Buchrückens allein war eine ständige Anfachung ihres angeborenen kriegerischen Instinkts, durch den sie alles erreichte, was ihr kindliches Herz sich immer gewünscht hatte. Wie eine kurzsichtige mongolische Banditenanführerin hatte sie ihre drei Ehemänner und ihr Glück mit großen, eines talentvollen Feldherrn würdigen Kriegstaktiken erstürmt. Die Männer oblagen ihr wie eroberte Landesfürsten, überreichten der Mutter Hab und Gut und ihre ganze Kraft, die ohnehin gering war. Während dieser Eroberungen hatte sie nie die Zeit und Ruhe gehabt, ihren geliebten Clausewitz zu lesen, und doch war sie seine Schülerin, ein geborenes Kriegsgenie, das, wie Friedrich der Große, der bei Leuthen mit etwa dreißigtausend Mann achtzigtausend Österreicher, bei Roßbach mit fünfundzwanzigtausend Mann einige fünfzigtausend Verbündete geschlagen hat, mit nur zwei kurzsichtigen Augen mehrere Männer auf einmal verwirren und schlagen konnte, Verzweifelte zurücklassend, die sich auch heute noch nicht von dem Schlag erholt hatten.

Das Buch des General Clausewitz, es war der Mutter zu dick und zu schwer. Ihrem strategischen Genie reichte, wie gesagt, der tägliche Anblick des Buchrückens und des Titels, der wie die Unterschrift einer strengen Fürstin auf der pergamentfarbenen Pappe anzuschauen war, und manchmal zog sie das schwere Buch aus dem Regal und freute sich an dem Bären, der auf dem grünen Umschlag in ein gepunktetes Oval graviert und das Abzeichen des B. Behr Verlags war. Es konnte auch hin und wieder geschehen, daß sie die Einführung des Grafen von Schlieffen und das Inhaltsverzeichnis las. Es genügte der Anblick des Titels vom sechsten Kapitel des dritten Buches »Die Kühnheit«, oder vom neunten Kapitel desselbigen Buches »Die Überraschung«, oder des Titels »Das nächtliche Gefecht« (viertes Buch, vierzehntes Kapitel), um sofort zu wissen, welche Taktik sie an diesem bestimmten Tag, da sie diese Überschrift gelesen, anwenden mußte, um an ihr Ziel zu kommen. Kühnheit, Verbindungslinien, Festungen, Verteidigung der Wälder, List, Ökonomie der Kräfte oder Angriff eines Gebirges: ihr Vokabular bestand fast ausschließlich aus dem Inhaltsverzeichnis des Clausewitzschen Werkes.

Als das Mädchen in das Alter kam, da man sich verliebt, und sie weinend zur Mutter ging, um sich Rat zu holen, da zitierte diese bloß, unter dem Schatten einer ihrer Hüte sitzend: »Rückzug in das Innere des Landes« oder: »Feste Stellungen und verschanzte Lager«, worauf die Tochter sofort begriff, wie der befehlende Rat lautete: im Haus bleiben und Zutritt verwehren. Denn wenn es ernst wurde, dann schwätzte ihr die Mutter auch nicht mehr so großartig von tausend Männern und kurzem Leben.

Jetzt dachte sie an die Reden der Mutter. Clausewitz: vielleicht war es an der Zeit, dieses Buch aus dem Regal zu holen und zu Rate zu ziehen. Die Mutter, das erkannte sie zum ersten Mal, hatte gar nicht so unsinnig dahergeredet, wenn sie ihr in den letzten Jahren immer wieder von Taktik und Eroberungskunst gesprochen hatte, doch vielleicht, dachte sie, mußte man alles umkehren und über das Kriegswesen lesen, nicht, um den Krieg heraufzubeschwören, sondern um ihn zu vermeiden, zumindest anscheinend, denn so dumm war sie nicht, daß sie nicht wußte, daß das Leben selbst ein Kampf war, daß die Starken die Schwachen verzehren, die Tiere die Pflanzen, die Pflanzen den Regen.

Der See lag nun noch tiefer, zog das Auge wie ein Sumpf an, der zu sich in die Untiefe ziehen will. Die Wasser hatten die Farbe des Nachthimmels. Sie sah die Lichter um den See herum und konnte erkennen, in welchen Straßenlaternen Glühbirnen und in welchen Neonröhren brannten. Da, wo das Licht wie ein gelber Tropfen in der Dunkelheit hing, war es die Glühbirne, und da, wo ein weißblaues, kaltes Licht in die Nacht leuchtete, war es die Neonlampe. Sie liebte den Schein der Glühbirnen, die abends unter den Dächern der Dorfhäuser brannten. Als Kind erinnerte er sie an Krippenlicht, das auf Brunnen, Moosteppiche und Palmen fällt.

Jetzt ging sie den Laternen von Muslone entgegen. Die Echos, die Wasserfälle, die schlafenden Eidechsen, den Wind und die hinter Felsen verborgenen Männer ließ sie hinter sich zurück, um da anzuklopfen, wo sie erwartet wurde. »Avanti!« rief Francesca, Angelos Frau, die nicht durch Zufall diesen Namen trug und diesen Mann geheiratet hatte.

Das Mädchen trat in den Hof. Zementstufen führten zur Küche im ersten Stock.

Die Küche war der Ort, wo das Paar die meiste Zeit seines Lebens verbracht hatte, zumindest Francesca, die nicht wie Angelo aufs eigene oder aufs Feld anderer ging, um dort Ordnung zu schaffen. Es war eine kleine Küche, in der kein Mitglied der Familie – das Ehepaar hatte zwei stierhafte Söhne – jemals von Engeln gesprochen hatte; daß der Vater den Namen Angelo trug, die Mutter den Namen Francesca, das wunderte niemanden. Für die Söhne hätten sie ebenso auch anders heißen können.

In dieser Küche war es immer warm wie in der Cella eines Tempels, wo ein andauernder, lauer Brodem von brennenden Kerzen und kleinen Opferfeuern herrscht. Brannte der Ofen nicht, dann brannte der Kamin, brannte der nicht, dann brannte eine Flamme auf dem Herd. Ein Feuer brannte immer, und wenn es die Flamme des Streichholzes war, mit der sich Francesca am späten Abend eine Zigarette anzündete, wie eine müde Tempeldienerin, die eine Süßigkeit zu sich nimmt.

Die Küche war Angelos Bethaus. Um zwölf Uhr mittags riefen ihn die Glocken, und nichts konnte ihn davon abhalten, dorthin zu eilen, wo Francesca seit nunmehr vierzig Jahren jeden Tag auf ihn wartete, in enganliegenden Pullovern mit den Farben von Meßgewändern und reich bestickt. Violett herrschte vor.

Die Gäste, die hier eintraten, wurden am Anfang wie Vagabunden behandelt. »Komm, komm herein«, wiederholte Francesca, die vor der gläsernen Küchentür, dem Tempeleingang, stand. »Komm«, rief sie noch einmal, als wäre das Mädchen den ganzen Tag, vielleicht schon ihr ganzes Leben, herumgegaunert, um spät am Abend zu erfahren, daß das Heil nur in Francescas Küche zu finden sei.

Blumen – entgegen der Tempelordnung – standen in dieser Küche nie. Eine einzige, rote Papierrose zerfiel seit Jahren in einer Vase hoch oben auf dem Schrank. Die Azalee, das Gastgeschenk, stand jetzt als exotisches Wesen auf dem Tisch und verströmte keinen Duft. Blumen wären hier ohnehin in ihrer Duftausströmung gestört worden, auch Lilien, Rosen und Jasmin, weil der Geruch von Hirschfleisch, von Tomaten und Pilzen zu stark war.

Francescas Aluminiumtöpfe, ein blitzendes Heer, standen auf den Gas- und Ofenflammen. Es kochte und brodelte in ihnen, siedete, schmorte und dampfte. Hirschfleisch in Rotweinsauce, Gemüsesuppe mit wildem Thymian, in Knoblauchöl schwimmende Pilze, geschmorte Tomaten, sie alle, der Wein, die Kräuter, die Öle, rochen stärker, balsamischer und anziehender als jede süße Blüte. Einer, der hier eintrat, wurde schwach. Francesca schob für den Gast einen Stuhl vom Tisch zurück, damit er sich setzen und erkennen konnte. »So? Müde? Hungrig? Dachte ich mir. Ein Glas Wein? Ein Stück Brot?« Das waren die ersten Worte von Francesca, nicht: Wie geht es dir? Wie geht es deinen Eltern? Dann trat sie – ihre Brüste waren groß, sie trug sie als Symbol einer unversiegbaren Speisekammer vor sich her – in ein Kabuff, aus dem sie mit einem Einweckglas zurückkehrte, in dem geschnittene Pilze wie köstliche Schwämme in Öl lagen. Mit einem vor Lust verrücktmachenden *Plop* öffnete sie es und hielt einen Teller darunter, der die glitschigen, Stechrochen ähnlichen, fast atmenden Pilzstücke auffing, die das Mädchen mit einem Stück Brot essen durfte. Die Gabelzacken stachen in das Pilzfleisch wie in etwas Lebendiges, aus den winzigen, eingestochenen Löchern quoll Öl hervor. Francesca stellte einen Liter Rotwein auf den Tisch, wo vier Teller und das Besteck lagen. Erst nachdem das Mädchen gesagt hatte: »Die Pilze hast nicht du eingelegt, das war eine Fee«, wurde Francesca zu dem, was man einen höflichen Menschen nennt. Sie betrachtete ihren Gast nicht mehr wie eine Landstreicherin, sondern wie eine Erkennende, die sich zumindest die Mühe gab, die Küchenmysterien der Francesca zu erahnen. »Danke für die Blumen«, sagte sie erst jetzt, »das war nicht nötig. Nun? Was meinst du? Sind *das* Pilze? So etwas kennt man bei euch nicht, ich weiß, aber warte ab, was dann kommt. Ich sage nichts. Da ist Angelo!«

Sie hörten, wie das Tor zum Hof aufklappte, wie Angelos Schleifstein an das Horn schlug, das er am Gürtel trug, wie er die Machete an einen Nagel hing und einen Sack abstellte. Nicht engelgleich stieg er die Treppen hinauf, sondern wie ein Wilderer, mit schwerem und leisem Schritt zugleich. Statt zu grüßen, lachte er und schaute zu den Töpfen auf den Feuern. Mit beiden Händen – es waren die Hände eines Affen, haarig, breit und stark – strich er sich über Gesicht und Haar, wie um sich zu waschen und den Arbeitstag mit dieser Geste abzuschließen. »Was treibt dich denn hierher?« fragte er, das Mädchen im ersten Augenblick wie eine Landstreicherin behandelnd, so wie es seine Frau mit ihr getan hatte. Er setzte sich, rief seinen Sohn, der mit rotem Kopf aus dem oberen Stockwerk kam und die Tür mit dem Lächeln eines einfältigen Besserwissers auf den mädchenhaften Lippen, die zu seiner Stiererscheinung ebensowenig paßten wie die zierlichen Pantoffeln an seine Füße, zur Küche öffnete. Auch er setzte sich an den Tisch mit dem Blick und der Art von jemand, der einen Strolch bewirtet. Die Kochkunst der Francesca machte die Familie hochmütig und mißtrauisch gegen jeden Gast. Was wußte die Welt vom wahren Essen? Vom wahren Reichtum? Was wußten die Deutschen von der Kartoffel, sie, die Kartoffelesser? Was wußten sie von Wein und Weintrauben? Von Wildschweinwurst und Walderdbeeren? Angelo wußte, daß das Leben nichts anderes als Essen ist, sein Leben galt darum nur ihm. Von Soupe de truffes, von Escalope de saumon de Loire à l'oiselle, von Canard Claude Jolly und Crème anglaise wußte er nichts, aber von Wintersuppen, von Spaghetti mit Hasensauce, von Polenta und Cotechino, von Tauben mit Wacholderbeeren, von gebratenem Huhn und Rotwein wußte er. Er war ein Jäger und Gemüsezüchter, der seiner Frau die Hasen, die Rehe, die Tauben, die Hühner und Vögel, die Zwiebeln, Bohnen und Artischocken auf den Tisch legte, damit sie sie in etwas Weiches und Dampfendes verwandle.

Er arbeitete in seinem Gemüsegarten, schoß in den Felsenhalden auf Vögel, zielte von Hochsitzen auf Hasen und Rehe, und wenn Francesca seine Früchte und die Beute zu Essen machte, war es, als äße er sein eigenes Herz. Er war ein Reh, eine Bachforelle, ein Wildschwein, eine Feige, er war, was er tötete und aß.

Angelo sprach in Gleichnissen. Wenn er von einem davonlaufenden Hasen erzählte, war er ein davonlaufender Hase.

Was er gesehen hatte, imitierte er, Gespräche, die er mit jemandem geführt hatte, erzählte er nicht nach, sondern führte sie ein zweites Mal, indem er die Sprecher nachahmte, mit ihrer Rede und Gegenrede, mit ihren Fragen und Antworten, mit ihrem Ausdruck des Staunens, des Entsetzens, der Wut und der Heuchelei. Er konnte scheinheilig wie ein junges Mädchen lächeln, konnte den Gruß des Priesters nachmachen, konnte wie eine Weide dastehen und auf den Po des Mädchens hauen, als sei dieser ein Mehlsack. Wer keinen Hunger litt, der hatte in seinen Augen Grund, immer zu lachen. Und Angelo lachte viel und laut. Er lachte über fehlerhaft geschnittene Bäume, über Butterblumen, die am Abend ihre Blüten schlossen, über vor ihm weggleitende Vipern, über Fliegen, die ihn ärgerten. Von Bäumen und Blumen sprach er wie von Freunden, Feinden oder Nachbarn, und er sprach nicht nur von ihnen, als wären es faule, arbeitsame oder freche Personen, sondern er sprach mit ihnen wie zu Faulpelzen, Strebern oder Frechlingen. »Dem Buchsbaum da, dem müssen wir ein paar Strähnen abschneiden, der sieht ja wie ein streunender Hund aus«, sagte er etwa und behandelte den *Buxus Sempervirens* wie einen Schuljungen, dem das Haar über die Augen gewachsen ist. »Was ist denn das für ein Bandit?« fragte er einmal, als er vor einer jungen Magnolie stand, die nicht richtig gedeihen wollte. Ein andermal wandte er sich zu einer Jasminranke, die von einem Mauervorsprung hing, und fragte: »Wo willst du denn hin?«, worauf er sie zurück ins dichte Jasmingeäst legte. Durch Gärten und Wälder ging er wie durch Menschenmengen hindurch. Jede Pflanze, ihr Benehmen und Aussehen, wurde erläutert, als bewege sie sich in der Madison Avenue: Wie sieht denn die Zypresse aus? Was will denn diese Weide hier? Was ist denn das für ein Schlingel von Kürbis? Und was leistet sich die Rose da wieder mit ihren gelben Blättern? Jedes Jahr dasselbe!

Der Sohn saß, der Vater saß, das Mädchen saß, und Francesca ließ sich die Teller von ihnen reichen, um sie mit Spaghetti zu füllen. Sie blinzelte mit ihren braunen Augen, als sie sich setzte und auf die Wirkung der Speise wartete. Die Sauce aus Hackfleisch, Tomaten, Karotten, Sellerie und Muskat hatte, sobald sie die Zunge und den Gaumen berührte, eine betäubende Wirkung, so daß das Mädchen vor Lust nach mehr gar nichts sagen konnte. Aber Francesca wartete. Das Mädchen aß, ohne ein Wort von sich zu geben. Es tat so gut, von zu Hause fort zu sein, anders und besser zu essen. Sie tunkte Brotstücke in die rote Sauce, tat das, um den Genuß zu verlängern und nicht gleich um einen zweiten Teller zu bitten. »Und?« fragten Francescas Augen, »ist das was? Oder ist das nichts? Und die Karotten? Kennt sonst noch irgend jemand in dieser Welt solche Karotten? So junge, so zarte? Und meine getrockneten Tomaten? Wie schmecken die? Sind das nicht Bonbons? Und der Sellerie? Das soll mir mal ein Koch aus dem Grand Hotel nachmachen! Kochen nennen die das! Mit ihren Büchsen, ihrem Lachs, ihren fremdländischen Gewürzen!« Als die erste hungrige Lust im Magen des Mädchens etwas nachgelassen hatte, sagte sie, um nur irgend etwas zu äußern: »Du bist eine Meisterin!«, worauf Francesca bescheiden antwortete: »Ach was, Meisterin! Meister sind die Köche im Grand Hotel, nicht ich, ich koche, wie meine Mutter es mir beigebracht hat, nicht schlecht und nicht gut«, aber ihr Blick war triumphierend, und ihre Stimme klang wirklich bescheiden. Angelo sagte dazu nur: »È meglio la pratica della grammatica«, ohne seinen Kopf vom Teller zu heben, ohne mit dem Kauen aufzuhören. Der Sohn lachte in sich hinein, was er immer tat, wenn Gäste am Tisch seiner Eltern saßen. Er lachte, weil er für dumm hielt, was von außen kam. Ein Deutscher war für ihn so etwas wie ein Türke, ein Spanier so etwas wie ein Penan aus dem Regenwald. Weise war, wer aus Muslone kam, der blickte von oben nach unten, aber mit rechten Dingen ging es nur im Hause seines Vaters zu, der war Gesetz und Recht selbst, nur der wußte, was niemand wußte, und so, ohne es zu wissen und zu wollen, erkannte der Sohn doch den Engel im Vater.

Der Fernsehapparat lief, auch wenn niemand zuhörte. Als aber der Sohn, der, eher aus Scheu davor, den Blick des Gastes zu kreuzen, als aus Neugier, in den Apparat schaute, das Wort Ozonloch hörte und, um seinen Hohn über dieses Loch auszudrücken, das man von Muslone aus nicht sehen konnte, wiederholte: »Ozono, ozono«, wie um zu sagen: was die sich im Fernsehen nicht alles einfallen lassen!, da erhob Angelo seine Stimme: »Die Welt wird zerstört! *Ich* habe das Ozonloch nicht gemacht! Das waren die Industriellen, die Wissenschaftler! Wir sind ihre Opfer, wir werden genarrt und sind auch noch dankbar dafür. Sie fahren in den Weltraum, diese Verseucher, fahren auf den Mond. Und was machen sie da? Sie gehen dem Mond nur auf die Nerven. Ich sage immer: Laßt doch den Mond in Ruhe und schaut euch die Welt richtig an. Da gibt es genug zu sehen. Die fahren doch alle nur auf den Mond, um den auch noch zu verpesten, und uns sagen die im Fernsehen, wir sollen uns ökologische Autos anschaffen, sollen unsere Häuser mit der Sonne wärmen, aber ich kaufe mir kein ökologisches Auto, wenn die nicht aufhören, mit ihren Raketen im Weltraum herumzurasen, mit ihren Flugzeugen die Kongresse zu besuchen. Die Industriellen fahren alle im Flugzeug spazieren, und mir raten sie, ich soll ein ökologisches Auto kaufen, nicht einen Esel oder ein Pferd, nein, ein von ihnen hergestelltes Auto.

Wenn es nach mir ginge, ich würde sie umbringen, die Wissenschaftler und die Industriellen, nicht die Medizinwissenschaftler, die nicht, die können uns ja mit ihren Medikamenten helfen, aber alle anderen, und was ich hier sage, sage ich der ganzen Welt, das sollen alle wissen, die Deutschen, die Franzosen, die Russen und die Amerikaner! Weißt du«, wendete er sich an das Mädchen, »wenn die den Fernseher nicht erfunden hätten, dann hätte ich keinen und würde sehr gut ohne ihn leben. Der Fortschritt war es, der ihn mir in die Küche gestellt hat, und jetzt muß ich in den Kasten auch reinschauen. Wir schauen alle rein. Wo sollen wir denn sonst hingucken? Die Häuser um uns herum sind am Abend alle geschlossen, kein Fensterladen ist mehr offen. Kühe und Schweine stehen nicht mehr in den Ställen, um abends auf unseren Besuch zu warten. In Bücher schau ich auch nicht. Ich konnte noch nie lesen. Ich sehe nichts, wenn ich ein Buch vor mir habe. Wenn ich eine Zeile zu lesen anfange, werde ich blind, völlig blind. Ich habe nie gelesen. Sollen doch die Wissenschaftler lesen! Also schau ich in den Fernsehapparat. Den Hund und die Katze habe ich mir lange genug angeschaut. Früher habe ich abends immer mit dem Hund zusammengesessen, da habe ich mit ihm gespielt und bin dann ins Bett gegangen, aber jetzt ist der Fernseher da, der Hund ist alt, und alle wollen Fernsehen gucken, und ich gucke auch. Solange ich ihm keinen Axthieb versetze, schau ich da rein. Das Verflixte an dem Ding ist, daß es eine teure Angelegenheit ist. Du mußt nämlich bis spät am Abend das Feuer im Kamin anbehalten, um davorsitzen zu können. Da geht viel Holz drauf. Als ich klein war, sind wir an den Wintertagen in den Kuhstall gegangen, um Holz zu sparen. Da war es warm, zwischen den Kühen, zwischen den Eseln und Ochsen. Wir blieben ein paar Stunden, schauten uns das Hinterteil von einer Kuh oder einem Esel an, spielten Karten, die Frauen sponnen Wolle und strickten, einer spielte auf einer Mandoline, ein anderer sang, und war ein Mädchen besonders hübsch und jung, dann wurde auch getanzt, und dann verabschiedeten wir uns und gingen schlafen. Nur am Sonntag kamen wir nicht im Stall zusammen.«

»Rede nicht soviel, du Schnattermaul, deine Spaghetti werden kalt«, unterbrach ihn Francesca, aber Angelo hielt seine Gabel wie eine kleine Waffe in der Hand: »Ja, sonntags, da trafen wir uns nicht im Stall, weil wir alle in die Kirche mußten, aber dann, nach der Messe, da traf man sich im Haus von irgend jemandem von uns, und da wurde dann richtig musiziert und getanzt, den ganzen Nachmittag, den ganzen Abend, bis es einem wärmer als im Stall war, wärmer als im August. Ich kam immer ganz blaugeschlagen auf diesen Festen an, weil der Pfarrer uns Meßdienern, wenn wir während der Messe unruhig waren, hinterher immer ein paar hinter die Ohren gab. Aber was für ein paar! Meine Backen glühten. Heute würden die Eltern so einen Pfarrer sofort anzeigen. Ich sagte es meiner Mutter erst gar nicht, weil ich dann doppelt so viel abbekommen hätte. Immer wenn sie mich mit roten oder blauen Flecken auf dem Gesicht sah, fragte sie: ›Was hast du wieder angestellt?‹ Und ich: ›Ach nichts, bin gegen die Mauer gelaufen.‹ Ein Wort von der Backpfeife, und sie hätte mich noch blauer geschlagen, als ich schon war.«

»Jetzt hör aber auf, du Kannegießer, du langweilst uns. Gib lieber zu, daß du gar nicht mehr in die Kirche gehst«, unterbrach ihn Francesca wieder.

»Ich habe ja auch genug gebeichtet in meinem Leben«, fuhr er fort, »jetzt ist Schluß! Wenn die Pfarrer zu mir kommen und ihre Beichte bei mir ablegen, dann beichte ich ihnen vielleicht auch, aber solange das nicht eintritt, muß *ich* keinem Verbrecher erzählen, daß ich ein Verbrecher bin. Und wenn ich wirklich beichten will, dann beichte ich dem Herrgott und rede so zu ihm, wie es Don Camillo getan hat. Ich blicke zu dem Kreuz, das über dem Herd hängt, und beichte ihm dies und jenes, und wenn das Kreuz dann zu mir spricht und sagt: ›Zieh dein Gewehr hervor, das du unter deinem Umhang versteckst!‹, dann sage ich zu ihm: ›Hier, nimm es‹, und lege es auf den Tisch. Wenn das Kreuz aber schweigt, dann behalte ich mein Gewehr und gehe.«

Francesca erhob sich und ging zum Herd. Sie hob einen Deckel. In die warme Luft der Küche zog der Dampf des Hirschfleischragouts. Es war, als hätte Francesca die Seele des Hirschen freigelassen, die nun, als nach Muskat und Nelke duftender Dampf, zu den Göttern aufstieg. In den Hirschdunst eingehüllt, schwiegen alle, nur die in einem kleinen Topf braun werdende Butter krachte leise, und ein Holzlöffel war zu hören, der in einem anderen Topf rührte. Wieder wurde die Küche in plötzlichen Dampf gehüllt. Er entstieg dem Polentabrei, den Francesca auf eine runde Holzplatte stürzte. Der Sohn beugte vor Hunger seinen Oberkörper vor und zurück. Angelo faltete seine Hände, nicht zum Gebet, sondern vor zurückgehaltener Gier. Der Hund drückte sich wie ein verspäteter Gläubiger durch die Tür und setzte sich an den Kamin. Francesca trug die Polenta auf. Aus der Mitte des Tisches rauchte und verrauchte die Speise wie in der Ostervirgil das Osterfeuer. Das Messer wurde herbeigetragen. Es schnitt in den dunkelgelben Maisbrei, aus dessen Innerem ein letzter Dampf stieg.

Dann brach die Stille ab. Francesca tat allen auf. Angelo biß als erster in seinen Hirschen. Sein Ausdruck löste sich. Ihm fiel ein, daß er eben noch so schön geredet hatte, und er fügte hinzu:

»Kirche oder nicht Kirche, mich langweilt der Sonntag. Am Sonntag arbeite ich noch mehr als während der Woche. Immer sind es Arbeiten, die ich während der Woche aufschiebe, weil sie so langweilig sind. Nur wenn ich auf die Jagd gehe, ist der Sonntag schön. Dann stehe ich morgens um fünf Uhr auf, trinke ein Glas Rotwein und ziehe los. Aber von Jahr zu Jahr gibt es weniger Wild. Vögelchen gibt es, Drosseln, Rotkehlchen, aber auch die werden immer seltener. Ich weiß nicht, wo die alle sind ...«
»Jetzt ist aber gut«, schimpfte Francesca, für die der Verzehr des Hirschragouts die Hauptzeremonie war. »Nun?« las man wieder in ihren Augen, »was sagt ihr dazu? Welcher Engel kann noch solch einen Hirschen schießen? Schmeckt ihr die muskatdurchtränkten Fleischfasern? Schmeckt ihr den Wald? Die Luft? Und die Polenta? Wer, außer mir, kann so eine Polenta kochen? So gelb und fest?« Die Hirschfleischstücke sanken mit der Sauce in den Maisbrei, der sie wie ein blubberndes Moor in sich hineinzog. Die Gabeln stachen den versinkenden Fleischstücken nach, führten sie zu den Mündern, wo sie endgültig verschwanden, und erst jetzt, nachdem der Hirsch verschluckt war, war er auch tot.

Als das Tier gegessen war, kam die Zeit, sich zum Ragout zu äußern. Das Lob mußte blenden. »Francesca, wenn ich ein Mann wäre, dann würde ich dich jetzt entführen und dich auch gegen deinen Willen zur Frau nehmen.« Das saß. Francesca faltete die Hände über ihrer Brust und lachte. Sie war geschmeichelt wie ein junges Mädchen, aber in ihren Augen leuchtete für den Bruchteil einer Sekunde die Verwegenheit eines Entführers auf. Sie, die Priesterin, zündete sich jetzt eine Zigarette an, die sie an die große Welt erinnerte, an die Grand Hotels, wo mondäne Damen, auf Sonnenstühlen liegend oder an Brüstungen gelehnt, rauchten. Sie hielt ihre Zigarette wie eine Reiche vom Cap Ferrat. Angelo rauchte nicht. Ihn erinnerte gar nichts an die Welt, ob Cap Ferrat oder Kap der Guten Hoffnung. Er wußte nicht einmal, daß es diese Orte gab. Er streichelte den Hund und trank sein Glas leer. Er saß da wie ein vedischer Opferpriester, der nur ißt, was ihm gehört, der nur trägt, was ihm gehört, und der nur schenkt, was ihm gehört, während alle anderen nur durch seine Güte ihre Nahrung erhalten. Er saß glücklich da, wie ein dankbarer Mensch. Er saß zufrieden da, wie jemand, der seine Pflichten erfüllt hat. Er saß müde da, wie jemand, der hart gearbeitet und reich gegessen hat. Obwohl er ein affenähnlicher Mann war, klein, stämmig und behaart, obwohl er ein Wilderer war, ein Jäger, saß er jetzt wie ein kleiner Junge da. Auf seinem breiten, braunen Gesicht lag der Schmelz eines Verträumten. Vielleicht dachte er an eine Forelle, die er dick und glänzend im Wildbach hatte treiben sehen, an einen Angelhaken, an einen Hasen, der ihm heute nachgeblickt, an die Brüste, die er auf einem Kalenderblatt in der Karosseriewerkstätte gesehen hatte, oder an eine Tomate. Seine Welt war abenteuerlich und erotisch, wie es die Welt für einen wilden Jungen ist. Er ließ sich von Francesca noch einen Apfel schälen, und dann begleiteten die drei das Mädchen, das ihre Wanderung durch die Nacht antreten mußte, zur Tür. Als sie die Treppe in den Hof hinabstieg, sah sie ihre Gastgeber an die Glastür gedrückt dastehen, an diese blitzblanke Tür, die sie so sehr und so gar nicht von der Welt trennte. »Vergiß nicht, bald zu heiraten!« rief ihr Francesca noch nach. Das Mädchen dankte für den Ratschlag, denn beim Anblick dieser Menschen hatte sie die Sehnsucht erfaßt, auch so glücklich zu sein.

7

»Ich brauche euch wohl nicht vorzustellen«, sagte der Schriftsteller, als er seine Geliebte über die Türschwelle seiner Wohnung begleitete. »Nein, das brauchst du nicht. Auf merkwürdige Weise kennen wir uns schon«, flog die rothaarige Dame über die verfänglichen Worte ihres Ehemannes hinweg und schritt auf das Mädchen zu. »Kommen Sie, treten Sie ein in dieses bescheidene Haus!« rief sie, indem sie den Gast an der Hand nahm und durch einen schmalen Gang in einen kleinen Saal führte. Rot flammte ihr Haar in dem taubengrauen Raum, wo ein runder Tisch zum Tee gedeckt war. Der Ehemann eilte, um Wasser aufzusetzen, da an diesem denkwürdigen Nachmittag dafür gesorgt worden war, dem philippinischen Hausmädchen freizugeben. Das Mädchen und die flammende Dame musterten sich. Die Jüngere glühte in ihrer Schönheit auf dem Louis-Seize-Sessel. Sie fühlte eine ungeheuerliche Kraft in sich. Die Ältere studierte genau die Perlen an ihren Ohren und den Skarabäus an ihrem Hals. Sie selbst trug schwarze Lackschuhe mit einem kleinen quadratischen Absatz, und der knielange Faltenrock war grau. Ein kleines Brillantkreuz baumelte an ihrem Hals. Das rote Haar saß mit der Pracht einer Perücke. Als das Mädchen ihre Handtasche öffnete, erblickte die andere eine Sonnenbrille und rief aus: »Ah, bei Ihnen ist die Ray-Ban meines Mannes gelandet! Und ich war schon verzweifelt, weil es dieses Modell nicht mehr gibt. Es stand ihm so gut!«

Die Geliebte hatte einen Fliederzweig mitgebracht, der seinen Duft im Raum verströmte, von dem eine eigentümliche Kälte ausging, als würde sich selten in ihn gesetzt. »Darjeeling oder Earl Grey?« fragte der Ehemann mit einer so warmen Stimme, daß beide Frauen getroffen aufsahen. »Sie«, damit meinte er das Mädchen, »liebt Earl Grey. Und Pistazieneis!« Auf seinem Gesicht hatten sich vor Erregung rote Flecken gebildet und er tat etwas, was er wohl niemals zuvor getan hatte: er machte sich auf, um den Tee zu bereiten, nachdem die Ehefrau ihm nachgerufen hatte: »Wir trinken selbstverständlich den Tee, den deine Freundin so liebt. Und daß Pistazieneis ihr Lieblingseis ist, das weiß ich doch nun. Bring uns allen etwas davon!« Sie schien die Leidenschaften der jungen Dame erkundet zu haben. Doch wußte sie, daß das Mädchen Pistazieneis so liebte, weil es den Geschmack des ersten Kusses enthielt, den sie an jenem ersten Abend von ihrem Geliebten im Florentiner Grand Hotel erhalten hatte?

Für einige Minuten herrschte qualvolles Schweigen. Dann hob die Ehefrau ihre Hand zu einem Regal, dem sie ein kleines Paket entnahm, und sagte mit ruhiger Stimme: »Ich springe aus dem Fenster, wenn Ihnen mein Geschenk nicht gefällt.« Die Geliebte öffnete eine weiße Schleife und entfaltete ein rosa Papier. Zum Vorschein kam ein hellblauer Strampelanzug mit weißen Pünktchen. »Für das erste Kind. Wie viele wollt ihr denn machen?« lächelte die Ehefrau sie an. »Ich habe nie an so etwas gedacht«, errötete das Mädchen, und ein Schmerz fuhr ihr durch die Brust, doch gleich darauf faßte sie sich und lächelte zurück: »Ihr Mann ist zu klein für mich, um Kinder mit ihm in die Welt zu setzen.« »Ja, aber warum – entschuldigen

Sie die Indiskretion – warum haben Sie sich nun gerade ihn ausgesucht? Es gibt doch auch Männer von größerer Statur.« »Allerdings, und mein Großvater, Kreistierarzt von Beruf, wäre nicht glücklich mit meiner Wahl gewesen. Als meine Mutter in meinem Alter war, da hat er ihr geraten, einen schönen, großen und ebenmäßig gebauten Mann zu heiraten, und sie hat seinen Rat befolgt. Das Resultat sitzt vor Ihnen!« Der Ehemann trat mit einem Tablett durch die Tür. In einer blauen Porzellanschüssel türmten sich hellgrün die Eiskugeln. Er strahlte zärtlichen Stolz aus und schenkte den Damen ein. Der Tee war stark. Der Kandiszucker klirrte. Das Mädchen schwitzte.

»Wie feiern Sie Ostern?« fragte sie jetzt, denn bald nahte das schöne Fest, und Feste sind eine heikle Angelegenheit, wenn man sich in komplizierten Familienverhältnissen befindet, die Frau und Geliebte einschließen. »Schreibend«, gab die Ehefrau trocken zurück, »die Festtage sind dazu besonders geeignet, die Stadt ist leer und man geht nicht aus.« Die Trockenheit der Antwort und die Vision des Osterfestes in dieser Wohnung senkte schlagartig den Adrenalinhaushalt des Mädchens. »Das ist auch eine schöne Art zu feiern«, bestätigte sie Sekunden später, »wir feiern ganz anders. Ostern ist mein Lieblingfest. Am Morgen des Ostersonntag gehen wir in die Messe, während unsere serbischen Maurer ein Lamm im Wald braten, das wir mittags mit meinem Onkel, meiner Tante und den Vettern im Garten an einem langen Tisch essen. Mein Onkel war Priester, bevor er heiratete, und er kann die russisch-orthodoxe Ostermesse zelebrieren, während mein Stiefvater die Tischrede hält. Wir feiern bis zum Sonnenuntergang. Morgens vor der Messe suchen die Kinder der Familie in unserem Garten Ostereier. Einmal, erinnere ich mich, hat mein Stiefvater die Mutter und mich zu Ostern nach Indien eingeladen, und weil meine Mutter auf das Ritual auch in der Wüste nicht verzichten würde, trug sie in ihrem Gepäck Ostereierfarbe und deutsche Schokoladeneier mit sich, die sie am Sonntagmorgen für die Dienerkinder und mich im Garten versteckte. Die Eier schmolzen in Sekunden und ich habe furchtbar geweint.«

»Ich habe als Kind auch Eier in unserem Garten gesucht«, unterbrach sie die Ehefrau, »aber ich habe das immer als langweilig empfunden.« Wie konnte sie das langweilig finden, fragte sich das Mädchen, eine Suche kann doch niemals langweilen, ja ein Suchender wird von seiner Suche geradezu verfolgt. »Wie konnte Sie das langweilen?« fragte sie jetzt laut, »hat nicht Proust zehn Bände über eine Suche geschrieben? Und diese Suche begann mit der Erinnerung an etwas Süßes. Das Süße hinter Baumstämmen oder Hecken zu suchen, das kann doch ein Kind nicht langweilen!« »Mich hat es eben gelangweilt, ich weiß auch nicht warum. Und Proust mag ich nicht«, lautete die Antwort, während die Hausherrin ein Kleenex aus ihrer schwarzen Handtasche zog. »Darf ich?« fragte das Mädchen, als sie ihr Zigarettenetui aufklappte. »Nicht um Erlaubnis bitten«, gab die Ehefrau zurück. »Ich beneide Sie um diese Zigarette. Wie gerne würde ich auch rauchen! Aber schon den Duft einzuatmen ist ein Genuß.« »Und weshalb versagen Sie sich den eigentlichen Genuß?«, fragte die Geliebte, während der Ehemann die Flamme seines Feuerzeugs vor ihrem Gesicht aufschießen ließ. »Wissen Sie nicht, daß ich Kettenraucherin war? Ich habe fünfzig Zigaretten am Tag geraucht! War die eine aus, war die andere schon an. In dieser Wohnung sah man manchmal nichts, so dicht waren die Rauchschwaden! Ich bin ja fest davon überzeugt, daß mir das Rauchen gut getan hat, aber der Arzt hat mir geraten, damit aufzuhören, und ich habe mich daran gehalten, und er – sie deutete auf den Ehemann – er hat es mir nachgetan.« »Das muß ja eine wunderbare Symbiose zwischen ihnen sein!« hörte sich das Mädchen ausrufen. »Das war eben einfach so.« »Ich finde eure Unterhaltung bemerkenswert langweilig«, unterbrach endlich der Geliebte, der bis dahin fast nur schweigend und lächelnd dagesessen hatte. »Darf ich sie eine Zeitlang entführen?« beugte er sich zur Ehefrau. »Aber ich bitte dich«, erwiderte diese zärtlich.

Er nahm das Mädchen an der Hand und trat mit ihr in den Flur, an dessen Wänden Bücherregale emporragten. Ölbilder reihten sich unter der Decke aneinander, und eine bronzene Empireuhr, die auf einer Konsole blitzte, tickte durch den Gang. Er klappte die Tür zum Musikzimmer auf. Hier standen ein Cello und ein Piano, und auf dem Piano neigte ein Strauß Osterglocken seine gelben Blüten über die Ahnen des Paares, die aus schwarzen Rahmen blickten. Er hob Folianten aus den Regalen, die er wie Gewichte in den Händen hielt und auf den Tisch legte, um sie für sie zu öffnen. »Siehst du, was dich noch erwartet?« fragte er zärtlich und küßte ihren Hals. Sie beugte ihren schwarzen Hut über die Handtasche und tupfte ein Paar Tropfen von Vol de Nuit auf die Pulse. Der Duft wehte ihm in die Augen. Er preßte sie kurz an sich, aber sie machte sich frei. Die Ehefrau hatte nach dem wunderbaren Waschmittel gerochen. Auch in den Zimmern roch es lediglich sauber, nach der Luft, die durch ein offenes Fenster strömte. »Wie schön«, raunte sie ihm ins Ohr, »wie schön diese Bücher sind!« Am Boden reihten sich Manuskripte, Notenhefte und Papiere aller Art aneinander. Da war nicht ein loses Blatt, sondern jedes einzelne hatte seinen Platz in einer der grünen, leuchtenden Mappen gefunden, in welchen der Schriftsteller sein Leben geordnet hatte. Jede einzelne Mappe war etikettiert. Es herrschte eine fast überirdische Ordnung. Er führte sie weiter in sein Arbeitszimmer.

Ihr Herz klopfte. Wie oft hatte er aus diesem Zimmer bei ihr angerufen! Wie viele ihrer Liebesbotschaften mußten hier versteckt liegen! In dem hohen Raum führte eine gußeiserne Wendeltreppe mit abgetretenen Stufen zu einer Galerie, wo die Kunstbände standen. Die weißen Stuckverzierungen unter der Decke waren mit der Zeit grau geworden. Aus der unteren Bücherwand öffnete sich eine Tür zu einer jasminbelaubten Terrasse, auf der die Kanarienvögel des Paares in einer Voliere zwitscherten. Sie schob die spieltischgrünen Atlasvorhänge beiseite und trat für einen Augenblick hinaus. Der Jasmin war zu einem lichtfilternden Zelt gewachsen. Auf der Steinbrüstung standen Töpfe mit Agaven. Als sie zurücktrat, fiel ihr Blick auf einen Kuriositätenschrank, der die merkwürdigsten Gegenstände enthielt: da saßen vier ausgestopfte Vögel auf einem vertrockneten Zweig beisammen, eine Stoffpuppe lehnte mit geradem Rükken an einer der Glaswände und blickte auf indianische Ledermokassins, die innen von kleinen Mädchenfüßen ausgetreten waren, die Mokassins aber standen neben einer Seegurke, die als Nachbar einen Trauermantel in einem offenen Kästchen hatte, das nah an einer Streichholzschachtel lag, in der ein auseinanderfallender Hirschkäfer mit der zerstörerischen Zeit kämpfte. Eine elfenbeinfarbene Pfeife mit vergoldetem Mundstück pfiff dem alten Hirschkäfer etwas, während der Stoff eines winzigen, rosafarbenen Tutus von einem Zittern durchschauert wurde, als der Geliebte den Schrank öffnete, um hineinzugreifen und ihr ein Stück Koralle zu reichen.

»Du trägst ein rotes Tuch in deiner Tasche?«, fragte sie ihn da. Er, der stets darauf achtete, durch seine Kleidung nicht aufzufallen, der Krawatten aus dünner Seide trug, die sich nur durch das seltene Muster von den Krawatten anderer Herren unterschieden, und dadurch, daß sie alt waren und sehr weich fielen, er trug heute ein rotes Taschentuch mit weißen Blümchen in der Brusttasche. So etwas mußte ihn doch in seinen eigenen Augen degradieren, dachte sie, denn mit diesem etwas verwegenen Tuch haftete etwas vom Künstler an ihm, Künstler aber waren ihm so verhaßt wie Mottenkugeln und Talkpuder. Er war Schriftsteller, sagte er immer, nicht Künstler. Für sie war es eine unermeßliche Ehre, daß er einmal aus Übermut zu einer Geste gefunden hatte, die ihn etwas lächerlich machte, daß er für einmal seine Lehre von der auffälligen Unauffälligkeit vergessen hatte. Das rote Tuch verlieh seiner eleganten Gestalt eine billige Nuance, doch ihr bewies es, daß er sie liebte und daß er heute ein Künstler war.

Sie brannte danach, das Schlafzimmer des Paares zu sehen, und bat ihn, sie zum Badezimmer zu begleiten. Auf dem Weg dorthin zwinkerte sie ihm zu und öffnete, ohne ihm die Zeit zu einem »Permis« zu geben, einen Spalt dieser gefährlichen Tür. Der hohe Raum wirkte klein. Das Bett nahm ihn fast ganz für sich ein. Vor ihren Augen plusterte sich eine mauvefarbene Steppdecke auf. Auf den Nachttischen standen jeweils eine Wasserkaraffe und ein blaues Glas. Die Jalousien waren herabgelassen. Es herrschte ein diffuses Licht, und Kühle strömte aus dem Gemach. Um die Schultern eines stummen Dieners hing eine bestickte Seidenbluse, und auf einem grazilen Stuhl lag ein zusammengefalteter Schal. Von Lasterhöhle konnte hier nicht die Rede sein. Im Badezimmer aber begriff sie seine Manier für Reinlichkeit. Der helle Holzboden war mit Lack behandelt, und von den Handtuchhaltern hingen gebügelte Leinenhandtücher aller Art. Auf dem Frisiertisch, der in Gesellschaft eines mit Rosenstoff bezogenen Schemels stand, lag ein Toilettenkästchen mit allerhand Pfeilen und Bürstchen aus Perlmutt, die im ovalen Spiegel des Kästchens widerschienen. Der Wasserhahn war ein Schwanenhals, und dieses Detail traf das Mädchen ins Herz, denn sie wußte, daß es ein weiter Weg war, bis ein Schwan einen gewöhnlichen Hahn ersetzte. Als sie das große Stück Lavendelseife unter das Wasser hielt, war es ihr, als schäumte es gleichgültig zwischen ihren Händen, als wenn es im Mädchen einen Fremden erkannt hätte, nicht die Hausherrin. Da begriff sie, daß ihre Gefühle für den Schriftsteller sich in dieser Wohnung verändert hatten. Sie kehrte nicht als die aus dem Bad zurück, als die sie eingetreten war. Die Worte Prousts fielen ihr ein: Man wird moralisch, sobald man unglücklich ist. Sie fühlte, daß sie moralisch wurde.

»Eine wunderschöne Wohnung!« rief sie von der Schwelle aus der Ehefrau zu. »Ja, sie liegt gut«, gab diese zurück. »Sie ist für mich das, was für andere der Garten ist«, fügte sie etwas geringschätzig hinzu. »Mich interessiert die Natur nicht. Es gibt nichts Langweiligeres!« Die Geliebte setzte sich. Diese Worte verletzten sie, doch ihr kam nicht in den Sinn, auf die Frau loszugehen. Die Katze Rudra tat einen Satz in ihren Schoß. Als das Telefon läutete, ging niemand an den Apparat. In der stillen Wohnung hallte eine Stimme auf dem Anrufbeantworter wider. Das Mädchen ging über die Verletzung hinweg. Sie war eine gewandte Schülerin geworden, hatte beachtliche Fortschritte im Griechischen getan, wußte nun schöne von häßlichen Unterhosen zu unterscheiden und beherrschte inzwischen auch meisterhaft die Kunst der Schmeichelei. Die Mutter hatte ihr noch vor der Abfahrt nach Florenz eingeschärft: »Und merke dir, lobe! Lobe die Wohnung, die Blumen und alles, was zum Loben da ist!« Ja, und das Mädchen lobte von dem zerbrechlichen Stuhl aus den Ausblick in die Straße, die Rosen in der Vase, den Tee und die englischen Plätzchen. »Und was für eine süße Katze!« rief sie noch aus.

»Aber jetzt müssen Sie erzählen«, forderte sie die Ehefrau auf. »Ich rede unentwegt, was äußerst ungezogen ist, während ich doch neugierig bin, von Ihnen mehr zu hören. Sie waren gerade in Frankreich?«

Der Ehemann schwieg und zerdrückte die Plätzchen mit einer Hand. Die Hausherrin hatte rosige Haut und war von ausgesuchter Höflichkeit, aber das Erzählen war nicht ihre Gabe. Die Kunst der Rede gehörte für die Geliebte jedoch zu den erotischsten Vorzügen einer Frau. »Ihr Buch hat dort großen Erfolg?« fragte das Mädchen weiter. Bescheiden winkte die Ehefrau ab. Sie schien sogar irritiert. »Ja, aber ich reise nicht gerne. Für mich sind diese Lesetourneen furchtbar anstrengend, und ich freue mich immer darauf, nach Hause zurückzukommen. Es ist auch alles so teuer geworden! In Paris bin ich zwei Abende im Hotel geblieben und habe vor dem Schlafengehen nur heiße Milch getrunken. Übrigens hat mein Mann mir erzählt, daß Sie auch sehr sparsam sind.« Das Mädchen blickte ihren Geliebten an. Ein Abgrund tat sich auf. »Ich habe kein Geld, aber ich bin verschwenderisch«, konnte sie sich nicht zurückhalten zu entgegnen. »Dann muß ich ja auf euch beide aufpassen«, scherzte die rote Dame. »Wir sollten jetzt einen Schluck Champagner trinken. Der Tee ist kalt geworden. Liebling?« wandte sie sich an den Ehemann. »Holst du ihn?«

Er ging und kehrte mit einer Flasche Philipponat zurück. »Den lieben Sie, nicht wahr? Lügen Sie nicht, ich weiß es ganz genau«, flötete die Ehefrau. So wußte sie also auch, daß das Mädchen diesen Champagner liebte. Er war ihr in den Stunden mit dem Geliebten ein Liebeselixier gewesen, das sie die Kälte in ihrem Haus, die Kürbis- und Kastaniensuppen der Mutter, die Zweifel am eigenen Charakter und die Angst so oft hatte vergessen lassen. Sie liebte diesen Philipponat nicht etwa, weil sie eine große Kennerin von Champagner geworden war, sondern weil ihn an jenem Florentiner Abend der Geliebte bestellt hatte. Wie das Pistazieneis enthielt er den Geschmack des ersten Kusses.

Er trank auf das Wohl der beiden Damen. Das Mädchen zog ihr Zigarettenetui hervor. »Wissen Sie, ich bin froh, daß Sie aufgetaucht sind«, bemerkte die Hausherrin, »Sie haben vielleicht mehr Macht über ihn und seine Gesundheit. Er überarbeitet sich. Ich denke, wenn man eine so junge und hübsche Freundin hat, dann muß man einfach mehr aufpassen. Er müßte weniger essen. Werden Sie darauf achten?« »Mit Sicherheit nicht«, gab die Geliebte zurück, »das ist Ihre Aufgabe.« Die andere blickte verdutzt. »Nun, ich dachte, das verstünde sich von selbst. Übrigens bin ich im Gegensatz zu ihm faul. Ich bin eine unverbesserliche Faulenzerin.« Das Mädchen stöhnte auf, denn ihre eigene Natur lehnte sich gegen jede Art des Nichtstuns auf. Darin war sie eindeutig eine Kleinbürgerin, Nachkomme der Hannoveraner Weinhändler und deren Erdbeertortenmoral. Die Menschen, die sie am meisten liebte, waren fleißige Menschen. Die Ehefrau fuhr nun mit dem Zeigefinger über ihre besonders schöne, lange Nase und sagte: »Ich weiß doch, daß Sie auf ihn aufpassen werden.« »Wenn ihr weiter über Gesundheit redet, verlasse ich den Raum«, warf er nun dazwischen, indem er sich erhob, um die Gläser nachzufüllen. Die zwei Frauen lächelten sich komplizenhaft zu. Die Geliebte nahm ihren schwarzen Hut ab. Das Haar fiel über ihre Schultern. Die Ehefrau starrte sekundenlang auf diese Kaskade. »Ich komme leider nie dazu, mich ausgiebiger um mich zu kümmern«, stellte sie fest, »Sie haben keine Ahnung, wie viel ich zu tun habe! Der Haushalt, die Schreiberei, die Interviews, die Lesereisen, da bleibt so wenig Zeit übrig! Ich beneide Sie um Ihr

Leben! Schwimmen gehen! Im Garten arbeiten! Das ist luxuriös! So etwas kann sich sonst keine Frau in Ihrem Alter leisten! Die jungen Frauen, die *ich* kenne, arbeiten alle. Und wohnen alle allein, mit furchtbaren Schwierigkeiten. Es verlieren ja jetzt auch so viele ihren Posten. Zwei von meinen Freundinnen sitzen fast ganz mittellos da.«

Das Mädchen hob den Kopf. »Ich habe nie mein Grundstück verlassen wollen«, sagte sie, »und habe immer mein Gemüse gezüchtet, wenig, aber ausreichend für uns. Davon bin ich bestimmt nicht reich geworden, aber ich habe täglich zu essen und führe ein freieres Leben. Auf Ruf und Gesellschaft lege ich ohnehin keinen Wert!«

Die Ehefrau konnte nicht unterdrücken zu fragen: »Und wozu brauchen Sie da meinen Mann?« Da bewaffnete die andere ein letztes Mal ihr Vokabular und sagte scharf: »Ihren Mann brauche ich nicht. Ihren Mann liebe ich!« Die Worte hallten in dem Saal wider. Das Mädchen spürte, daß sie nur noch eines wollte: an die frische Luft. Der Ehemann blickte auf. Er wußte, daß sie jetzt aufstehen und für immer gehen würde.

8

An jenem heißen Junitag auf dem Bahnhof von Florenz sprach der Stiefvater von einer gemeinsamen Reise nach Indien. Ihre Sehnsucht wuchs schlagartig, die Vorfreude durchströmte sie, derart, daß sie sich fast schon in Kalkutta wähnte, an der Howrah Station. Die aus der Stadt in die Halle wehende Luft war auf einmal der frühmorgendliche Wind, in dem sie eines Morgens am Bahnhof von Kalkutta gestanden hatte. Der Lärm der Straße, das Geknatter der Mopeds, die zündenden Motoren der Busse, die Gerüche nach Benzin, Zeitungspapier und Wasser waren die Geräusche und Gerüche, die sie in jener fernliegenden indischen Morgenstunde gehört und gerochen hatte. Sie schritt an der Seite des Stiefvaters durch die Menschenmenge und dachte an ein Bild, das sie seitdem wie ein Heiligenbild in ihrer Erinnerung aufbewahre: auf dem Gleis stand eine hochgewachsene junge Frau. Ihr magerer Körper war in einen dünnen, verblassten Sari gewickelt. Ein Zopf fiel auf ihre Brust, und die knochigen Handgelenke umfassten bunte Reifen. An der Hand hielt sie ihren kleinen Sohn, und zu ihren Füßen standen zwei bemalte, mit Stricken geschlossene Blechkoffer. Die Sonne war noch nicht aufgegangen. Es war kalt. Frauen, Männer, Alte und Kinder, die ihre Züge verpaßt hatten oder auf Züge warteten, lagen am Boden und schliefen.

Die Bettler hatten sich über Nacht – die indischen Winternächte sind eisig – mit Zeitungspapier zugedeckt. An ihren zu Skeletten abgemagerten Körpern wärmten sich Gruppen von ausgemergelten und verlausten Kötern. Der kleine Junge beachtete all dies nicht, nicht die Katzen, nicht die Hunde und nicht die Bettler. Er blickte starr, mit zusammengebissenen Zähnen, vor sich hin. Doch als er zu seiner jungen Mutter emporschaute, sah er, daß sie fror. Mit der Gebärde eines Prinzen warf er ihr seinen grünen Wollschal um die Schulter. Nun stand er in Lumpen da, doch in seinen Augen, da lag ein Glanz so warm wie Feuer. Das Mädchen warf von der Seite einen Blick auf den Stiefvater. Das Feuer, das sie damals im Krankenhaus sekundenlang in seinen Pupillen hatte aufleuchten sehen, war in seinem Körper nicht verloschen. Sie hakte sich bei ihm ein, während er Reisepläne schmiedete. Als sie die Rufe der Getränkeverkäufer vernahm, da hörte sie auch die Stimmen der bengalischen Teeverkäufer wieder, die an jenem Morgen, als sie den kleinen Jungen die große Gebärde hatte machen sehen, mit glühenden Blechkannen und Plastikbechern hochmütig, als schwappe heiligere Flüssigkeit in ihren Kannen als süßer, heißer Tee, durch die Waggons gelaufen waren. Und als jetzt der Ruf »Panini! Panini!« auf dem Bahnhof erschallte, da erkannte sie eindeutig das »Pinni! Pinni!« wieder, das damals ein Straßenhändler ausrief, der Nüsse in trichterförmigen Tüten zum Verkauf in die Abteilfenster gereicht hatte.

Der Stiefvater ging noch etwas gebrechlich neben ihr einher, doch etwas Adlerhaftes lag in seinen Bewegungen, als wolle er sich bald emporschwingen. Er trug den braunen Anzug des bis vor kurzem bitterlich verachteten Schneiders Gatto aus Matera. »Was meinst du, wenn wir im Januar fahren?« fragte er, »im Januar ist im Garten nicht so viel zu tun. Was meinst du? Bis dahin habe ich viel Zeit, die Reise in allen Einzelheiten vorzubereiten. Mein größter Wunsch wäre es, Ibne Hassan wiederzusehen, den Fürsten von Lucknow!« Ihr Herz begann vor Freude zu klopfen. »Und nach Kalkutta müssen wir«, flehte sie ihn an. »Ich will das kleine Mädchen auf dem Maidan wiedersehen!«

Dem Arzt, der schließlich den Stiefvater geheilt hatte, war es über die Monate hinweg gelungen, seinen fernen Patienten einer langsamen Genesung entgegenzuführen. Er hatte verschiedene Psychopharmaka ausprobiert und ihn schließlich auf Talvon eingestellt. »Sie müssen wieder schreiben«, redete er ihm immer wieder zu und wendete diesen Satz als sein wertvollstes Heilmittel an, während er den auseinandergebrachten hormonellen Haushalt seines Patienten studierte und ihm Arzneien verschrieb, die das Brennen im Mund und die Trockenheit in der Kehle verminderten, den Schmerz in den Gliedern linderten und seinen Appetit anregten. Mit seiner bäuerlichen Art zwang er den Stiefvater behutsam zum Schreiben. Er war es auch gewesen, der seinem Patienten die Reise nach Indien verschrieben hatte. »Fahren Sie weit fort«, hatte er geraten. »Warum nicht nach Indien? Sie haben doch ein Buch über dieses Land begonnen! Warum beenden Sie es nicht dort?« Als der Patient zum erstenmal diesen verrückten Ratschlag vernommen hatte, war es ihm kalt den Rücken heruntergelaufen. Niemals, hatte er gedacht, niemals würde er wieder fähig sein, nur eine Zeile an diesem Buch zu schreiben. Ihm wurde es fast übel bei der Vorstellung, dort anzusetzen, wo er aufgehört hatte, das Land wiederzusehen, an dem er schließlich zugrunde gehen würde, wenn es ihm nicht gelänge, den Roman zu beenden. Als aber die pommerische Großmutter des Mädchens plötzlich verstarb und ihren Kindern ein ansehnliches Erbe hinterließ, da faßte er einen zuvor ungekannten Mut. Mit dem Tod der einen erwachte der andere wieder zum Leben. Die Pharmaka wirkten auf einmal. Der Rat des Arztes, eine Reise zu machen, vertiefte sich in ihm zu einem Entschluß. Er war dem Professor dankbar: er hatte keine Angst mehr, diese Angst, die so lange der Grundmelos in seinem Gemüt gewesen war, wie in der indischen Musik das Summen der Tampura.

Jetzt sträubte sich sein flaumiges Haar nicht mehr, und der Schnurrbart war tadellos geschnitten. Der Stiefvater und das Mädchen stiegen in den Bummelzug nach Orvieto. Als sie saßen, legte sie einen Strohhut mit schwarzem Ripsband in ihren Schoß. Die Fenster standen offen, heiße Luft wehte aus dem Land ins Abteil. Das herabflutende Mittagslicht verschmolz in den Augen der beiden Reisenden die Sonnenblumenfelder zu leuchtendgelben Flächen. Nie zuvor hatte das Mädchen die Sonne so stark glühen sehen, der Zug fuhr durch ihr Licht hindurch und durchteilte es wie der Schneider mit der Schere einen gelben Stoff. Plötzlich hielt er. In der Landschaft war es still wie in einer Urnenhalle. Das Schlagen der Zikaden hob die tödliche Stille nur hervor. Vier junge Amerikanerinnen in kurzen Hosen lehnten sich aus dem Fenster. Es sah aus, als wollten sie fotografieren, was unsichtbar war und sie mit erschlagender Gewalt spürten: die Hitze. Außer Sonnenblumenfeldern, einigen am Rand der Felder liegenden Mopeds und einer Bäuerin, die ihre Hand vor die Augen hob, gab es weit und breit nichts zu sehen. Zögernd fuhr der Zug wieder an.

Am Hals des Mädchens glühten die kleinen Goldkugeln ihrer Kette. Der Stiefvater saß mit einem Buch in der Hand da, aber er las nicht. Sein altes Reisefieber hatte ihn befallen. Sein Gesicht war vor Aufregung gerötet. Er war sich der ihm erwiesenen Gnade bewußt. »Ich bin kein Held«, murmelte er, »aber fühlen tue ich mich doch wie einer.«

Da erblickten sie in der Ferne die Felsen, welche die Stadt trugen, wo der Arzt des Stiefvaters wohnte. Sie setzte den Strohhut auf, ganz bereit, wie Claudia Cardinale in dem Film *Spiel mir das Lied vom Tod*, vom Trittbrett zu steigen, ihren Rock zu raffen und den nicht am Bahnhof vorzufinden, den vorzufinden sie erwartet hatte. Doch der stand am Ende des leeren Gleises, mit schlohweißem Haar, sah durch sie hindurch, über sie hinweg, am Stiefvater vorbei, bis dieser die Hand zum Wink hob und der alte Arzt, mit einem Aufleuchten in den Augen, auf sie zukam. »Ich wollte nicht glauben, daß Sie es sind!« entschuldigte er sich bei seinem Patienten. »Mit dem Hut habe ich Sie gar nicht erkannt! Und der Hut Ihrer Tochter, wie hübsch der ist!« Er nahm ihr den Koffer aus der Hand und ging voran. »Bitte bleiben Sie hier im Schatten stehen. Es ist unerträglich heiß. Ich fahre mit dem Auto vor.« Es war aber eine Freude für die zwei Reisenden, ihn unter der Sonne zu begleiten, die heute für sie mehr als nur Sonne war.

Die Stadt war zu dieser Mittagsstunde leer und still. Die Militärschule und das Gefängnis lagen wie in einer Strafkolonie da.

In der Via Cavallotti stiegen sie aus. Die Dame des Hauses öffnete den Gästen das Holzportal, hinter dem sich ein Garten auftat. Im ersten Augenblick sah das Mädchen die Hausherrin gar nicht, so sehr blendete sie das Sonnenlicht aus dem Garten. Sie grüßte in das Licht hinein, doch gleich darauf, als die kleine, dralle Figur der Frau Pettinelli die Stufen des Treppenhauses hinaufstieg, erfaßte sie an ihrer Physiognomie sofort ihr Wesen. Das kurze, graue Haar war kurz und grau, weil Pina – dieser Name entsprach ganz und gar ihrem pinienförmigen Körper – eine unermüdliche Hausfrau und Gärtnerin war, die wenig schlief und viel arbeitete. Ihre Augen waren graugrün, die Bakken gerötet vom jahrzehntelangen Abglanz der Kirschkonfitüre, die sie in Gläsern aufbewahrte und zu festlichen Gelegenheiten als Kuchenbelag verwendete, um damit ihre Gäste zu bestricken. Die ließen sich zweimal von dem Kuchen aufgeben, tranken dazu einen kiwifarbigen Likör und erhoben sich nicht mehr aus den Lehnsesseln, bis Pina das Zeichen gab, daß für sie die Stunde gekommen sei, in die Küche zu gehen und mit dem Kochen zu beginnen. Der Professor sprach oft ihren Namen, mit warmer Stimme, während er das »i« in die Länge zog, leise und mahnend. »Piiina«, hieß es jetzt, »Piiiiiina, biete unseren Gästen etwas zu trinken an«, als hätte er nicht gewußt, daß im Kühlschrank schwarzer Tee bereitstand, den sie gleich darauf vor den Gästen in einen Saal trug, wo die Sonne durch die Schlitze der zugeklappten Fensterläden auf den Cottoboden fiel, der wie von einer Speckschwarte poliert glänzte. Taubengurren erklang aus der Höhe. Erst nach und nach hoben sich die Eichenanrichte, die Savonarolastühle, die Truhen, die steinernen Büsten und etruskischen Vasen aus dem Schatten. Das Auge mußte sich an die Dunkelheit gewöhnen, in der die Sonnenstrahlen als Lichtspeere am Boden lagen. Der Glanz des Bodens und der Möbel nahm es mit dem der Eiswürfel auf, die im Tee aneinanderstießen. Das Ehepaar und die Gäste sahen sich sekundenlang still an, aus reiner Freude, hier im Kühlen zu sitzen. »Trinken Sie!« unterbrach Frau Pettinelli die Stille. »Bei dieser Hitze muß man viel trinken. Ich habe den ganzen Tag Durst. Wollen wir nicht in den Garten gehen, statt hier im Dunkeln zu sitzen? Da gibt es Schatten!« Mit den Gläsern in der Hand durchquerten sie das Eßzimmer und die Bibliothek, von der halbrunde Stufen in den Garten führten. Die Bibliothek selbst war zu einem Teil des Gartens geworden, denn mit der Zeit war er fast in sie hineingewachsen, wucherte vor ihren Fenstern. Mehr als eine Bibliothek war dies ein Laubenzimmer, wo die Regale im Schatten von Linden, Glyzinien und Myrten standen. Das einfallende Licht wurde durch Laub und Blüten gefiltert, Palmen und Geäst warfen bewegliche Schatten auf die Bücherwände. Der Duft von Pfefferminze strömte ihnen entgegen.

Der Professor setzte sich mit seinem Patienten in die Korbsessel vor den Stufen, während es das Mädchen in den Garten hineinzog, dessen hohe Mauern von Efeu überwuchert waren, der im Licht der Sonne als schwarzer Teppich vom Gemäuer hing. Eidechsen raschelten durch seine Blätter, schauten mit Basiliskenblick nach Nahrung, ihrerseits in dauernder Gefahr, zwischen die Krallen einer Katze oder eines Vogels zu geraten. Hier wuchs die Palme, der Akanthus, die Althee, der Hibiskus, wuchs die Lilie, die Magnolie und der Granatapfel. Platanen und Zypressen warfen scharfe Schatten. Es war feucht, tropfte aus Wasserhähnen, rieselte in Brunnen. Die Stadt umgab die Mauern, zwischen denen blühte, was in anderen Gärten in der Sonne verging. Etwas aufdringlich, unerklärlich Fruchtbares war hier gefangen.

Im Hauptrondell stand ein Springbrunnen, dessen Wassertropfen auf dem Kopf eines Bronzejungen zersprangen und auf den Callablättern zersprühten. »Gehen Sie«, forderte Frau Pettinelli sie auf, »schauen Sie sich nur alles an.« Das Mädchen schritt über einen Kiesweg, der sich hinter dem Rondell in viele Richtungen verzweigte, sich verlief, zu Toren, Gartenhäuschen und Lauben führte, bis sie plötzlich im Obstgarten stand. Scheinbar hatte der Garten etwas Wildes, doch offenbarten die Wege und Beete nach und nach geometrische Muster. Dicht stand die jahrhundertealte Zeder an der Eiche, dicht die Palme an der Platane. Beete und Wege waren mit Buchsbaum oder Efeu gesäumt. Durch die Blätter des riesigen Zimtbaumes, von dem es heißt, daß er sonst nur auf weißem Sand am Meer gedeiht, konnte sie die schwarzweißgestreifte Seitenwand des Domes erkennen und den roten Kapitänspalast, der sich hinter dem Gemüsegarten erhob, zu dem sie nun durch ein rotgestrichenes Tor trat. Voller Staunen blickte sie um sich. Nie zuvor hatte sie Gemüsepflanzen wie ganze Heere dastehen sehen, säuberlich und aufrecht. Da wuchs kein Unkraut, das ihnen Kraft raubte. »Warum sollte mein Gemüsegarten nicht auch so aussehen?« fuhr es durch sie hindurch. Er war doch viel größer als dieser hier. Sie hob eine gelbe, pflaumenartige Frucht auf, die so reif war und im Sonnenlicht fast durchsichtig schien, daß sie einer vollkommen runden, kleinen Hornkugel glich. Die Feigen, eine Sorte, die schon im Juni reift und *fiorone* genannt wird, hingen wie kleine Säcke und schon ausgetrocknet an den Zweigen.

Frau Pettinelli kam mit einem Korb. Sie brauchte sich nur zu bücken, um die frühreifen Pfirsiche und Feigen aus dem Gras zu lesen, die schwarzleuchtenden Auberginen von den Stielen zu brechen, die ersten Zucchini unter den stacheligen Blättern hervorzuholen oder die gummiartigen Paprikaschoten mit einem Messerhieb in den Korb fallen zu lassen. Es war Ende Juni, und in anderen Gärten begannen diese Gemüsesorten erst zu reifen.

Der Körper der Hausherrin, die sich beobachtet fühlte, bewegte sich mit der Gelenkigkeit einer jungen Frau. Die rotgesprenkelten Pfirsiche und schlangenhaften Zucchini, die in ihrem Korb landeten, waren die eßbaren Diplome eines Gottes, an den sie glaubte und der sie für ihren Eifer und ihre Hingabe mit Früchten und Blumen belohnte, die sie zum Dank in selten schöne Blumensträuße und nervenerregende Mahlzeiten verwandelte. Sie war natürlich der Francesca verwandt, wie Genies alle miteinander verwandt sind, ob Eichendorff mit Max Ophüls oder Tati mit Totó.

Der Stiefvater hatte seiner Ziehtochter alles, was er über die Familie des Arztes wußte, erzählt. Frau Pettinelli war die Tochter eines Bauern. Sie hatte nie eine höhere Schule besucht, Vater und Mutter versorgt, bis der Professor vor etwa dreißig Jahren als junger Arzt in einem weißen Volkswagen in ihren Hof fuhr, um Pinas Mutter zu behandeln. Er verliebte sich sofort in Pina, die ihm die richtige Frau zum Heiraten schien, denn daß sie so fleißig arbeitete, das gefiel ihm, wie auch ihr Brot ihm schmeckte, das sie ihm in dicken Scheiben anbot. Der Arzt war ein belesener Mann, der die Musik über alles liebte und so schnell wie möglich heiraten wollte, damit alles im Leben die rechte Ordnung erhielte. Er wollte noch mehr, er wollte den kleinen Renaissancepalast in der Via Cavallotti besitzen, des Gartens halber, denn als Arzt war er auch ein Liebhaber der Botanik. Die Pflanze war ihm neben dem Menschen das Liebste. Er mußte hart arbeiten, um den Palast endlich erwerben zu können, dessen Besitzerin, eine alte Gräfin, die, wie er es nannte, unter der Krankheit des Jahrhunderts litt, es ihm mit einem Wohnrecht bis zu ihrem Tod für eine geringere Summe verkaufte, nachdem er sie lange Jahre hindurch behandelt hatte. Der Arzt wurde so zu einem leidenschaftlichen Gartenbebauer.

Das Mädchen sah, wie der gebückte Gärtner, Gino gerufen, in einem weißen Unterhemd und mit einem kleinen Strohhut auf dem Kopf, wie ihn die Bauern in Italien tragen, durch das rote Tor trat und den Hut vom Kopf nahm, um sich für die Mittagsstunden zu verabschieden. »È già ora, Gino?« hörte das Mädchen Frau Pettinelli fragen. Das berührte sie. Die Hausherrin redete den Gärtner mit *Voi* an, der Höflichkeitsform, der im Deutschen das *Euch* entspricht. Das waren Augenblicke, für die das Mädchen so gerne lebte, wenn sie plötzlich und zufällig auf die Formel einer vergangenen Zeit stieß. Vielleicht war diese Form nur noch in diesem Garten gebräuchlich, so wie in Orvieto der Zimtbaum nur noch hier gedieh. Der Gärtner öffnete ein Tor und verschwand.

Frau Pettinelli rief sie zu sich. Sie zeigte auf die Früchte in ihrem Korb, als ob sie auf ein erotisches Wunder deute, aber es klang auch eine vorwurfsvolle Zudringlichkeit in ihrer Stimme mit, als sie bemerkte: »Schauen Sie sich diese schönen Früchte an! Was für Pfirsiche!«, als sei es für das Mädchen, von dem sie anscheinend mehr wußte, als diesem lieb war, Zeit, an das Ernten von Früchten zu denken. Hatte nicht Francesca ähnlich geredet? Kannten diese zwei Frauen denn wirklich die Wege zum Glück? Sie holte tief Luft und folgte der Hausherrin über die Kieswege bis zur Steintreppe vor der Bibliothek. Eine Gardenie lag auf der obersten Stufe.

»Die ist für Sie«, hörte das Mädchen die Stimme des Arztes, der hinter sie getreten war. »Ich freue mich so, daß Sie Ihren Vater begleitet haben. Es geht ihm sehr viel besser. Er ist durch die Hölle gegangen, und ich fürchte, er wird nie ganz ohne dieses eine Pharmakon auskommen, aber das will nichts heißen, viele Menschen müssen nach so einer Krankheit mit einem Medikament weiterleben. Psyche und Stoffwechsel, wenn die aus dem Gleichgewicht geraten! Wir wissen über die Depression noch immer viel zu wenig, weder in der Tiefe noch in der Breite, was so viel heißt wie, weder in ihrer Genese noch in all ihren Erscheinungsformen. Es leiden ja viel mehr Menschen unter ihr, als ausgewiesen und bekannt ist, und es gibt auch keine klare Grenze zwischen jahreszeitlich bedingten Stimmungstiefs und der Krankheit. Nun, Ihrem Vater ist es gelungen, sich zu erholen. Es wird noch etwas dauern, bis er wieder ganz bei Kräften ist, und dann, wissen Sie ja, daß ich diese Reise empfehle. Ihr Vater muß wieder schreiben!«

Die Geranie roch nach Mangofleisch. »Ich weiß natürlich auch einiges über Sie. Das war unvermeidlich bei den Gesprächen, die ich mit Ihrem Vater führte. Aber gerade weil ich etwas weiß, freue ich mich, daß Sie jetzt bei uns sind. Krank sind Sie wirklich nicht, aber wenn ich mir erlauben darf, das ganz zart anzudeuten, dann befanden Sie sich schon auf einem falschen Weg. Ein so alter Arzt wie ich sollte sich nicht in das Leben einer jungen Frau einmischen, aber ich tue es doch, weil ich zu viel in meinem Leben gesehen habe, um nicht meinen Rat erteilen zu können. Gäbe es nur Rat in der Liebe! Was lesen Sie da?« Er deutete auf das Buch in ihren Händen. Es war das Buch des General Clausewitz, das sie nun endlich, nach den ewigen Reden der Mutter, lesen wollte. »Sie studieren also den Krieg?« fragte er lachend. »Das Leben ist doch viel zu kurz, um es im Kampf zu verbringen, viel zu geheimnisvoll, um sich nur mit den Menschen zu beschäftigen. Nicht andere Menschen soll man bezwingen, sondern sich selbst.« In dem Moment erscholl durch die Saalfluchten die Stimme der Hausherrin.

Das Eßzimmer war gelb gestrichen. Auf der Anrichte schlug eine Standuhr die Stunden. Das schmale, lange Fenster war so hoch gelegen, daß das Sonnenlicht schräg von oben auf den Mittagstisch fiel, über den eine Tischdecke gebreitet lag, dessen Saum in der Pflanzenwelt nicht vorhandene Blumen zierten, graue Astern mit blauen Blättern. Inzwischen stand die Weinkaraffe auf dem Tisch, in einem Korb lag das selbstgebackene Brot der Frau Pettinelli. Das Öl, aus ihren eigenen Olivenbäumen gepreßt, stand in einer Flasche neben dem Essig. Hier trank man den Wein mit Wasser gemischt.

In Italien gilt in manchen Gebieten immer noch das uralte, aus der Feudalherrschaft stammende Gesetz: der Bauer ißt um zwölf, der Herr um zwei Uhr. Hier befanden sich die Gäste eindeutig unter Herren. Die Glocken schlugen zwei Uhr, als Don Marcello eintrat. Er war der Bruder des Arztes, der Priester von Sant'Andrea. Birnenköpfig, mit den leicht hängenden Mundwinkeln des gefräßigen katholischen Geistlichen und dem kindlichen Blick des Tolpatsches, setzte er sich nach einer höflichen Begrüßung an das Tischende, an dem der Professor seit zweiunddreißig Jahren nie hatte Platz nehmen dürfen, sondern wie der kleine Bruder seines eigenen Sohnes, der rechts von Don Marcello thronte, sitzen mußte. Don Marcello bediente sich als erster mit den in Öl geschwenkten Bohnen. Er hob sich auch mehrere in Fett ausgebackene Zucchiniblüten auf seinen Teller, die in seinem Mund beim Kauen wundervoll krachten, während das Mädchen, sehnsüchtig nach der Fritüre blickend, den Blütenteller an den Professor weiterreichte, der seinerseits so höflich war, ihn der Tochter zuzuschieben, die nicht die Höflichkeit besaß, den nun fast leeren Teller an ihren Bruder weiterzureichen, sondern ihre Brille den Nasenrücken hochschob und sich mit spitzen Fingern auftat, um dann dem Patienten ihres Vater den Teller zu geben, der sich eine Blüte nahm und die letzte seiner Stieftochter ließ, die ihre Höflichkeit verwünschte. »Höflichkeit«, dachte sie zornig, »bringt unweigerlich Entbehrung mit sich.« Das war ein zorniger Anfall aus Gier nach Nahrung, woraus sie schloß, daß Höflichkeit nur eine Bändigung der Gier sei.

»Don Marcé«, fragte Frau Pettinelli ihren Schwager, »Volete un pezzo di pollo?« Da war sie wieder, diese Anredeform, die das Mädchen liebte. Das Fleischstück wurde in Don Marcellos Händen sofort zu Knochen, die er säuberlich an den Tellerrand legte, damit sie nicht zwischen die gefüllten Mangoldblätter gerieten, die als glänzende Blattkugeln auf einem bemalten Teller erschienen waren. Frau Pettinelli warnte die beiden Brüder vor einem Streit, der, wie sie erklärte, jeden Mittag ausbrach, seit zweiunddreißig Jahren, obwohl sie einander brauchten wie das Leben die Luft. Der Professor zog seine grauen Augenbrauen bei den Worten seiner Frau zusammen, als seien sie ungehörig und fehl am Platz.

»Wußten Sie«, wandte er sich an seinen Patienten, »daß das Schisma der anglikanischen und der katholischen Kirche hier in Orvieto vollzogen wurde?« »Ja«, hängte sich Don Marcello sofort an die Frage, laut und noch immer kauend, »am achten Dezember 1527 kam Papst Clemens der Siebte hier an. Das war, als er nach der Plünderung Roms aus dem Castel Sant' Angelo floh. Er war verkleidet, er war abgemagert, und niemand erkannte ihn, als er vor dem Stadttor stand.« »Er kam im Morgengrauen an«, unterbrach ihn sein Bruder. »Nein!« rief der Don, »er kam spät am Abend an.« Darauf schüttelte der Arzt nur den Kopf und blickte zur Zimmerdecke. »Die Gesandten Heinrichs des Achten trauten ihren Augen nicht, als sie die leeren Säle des verfallenen Bischofspalastes durchquerten. Clemens hielt in seinem Zimmer Hof. Viele Stunden saß er auf einer Bank, mit dem Rücken an die nackte Wand gelehnt, während um ihn herum, auf Schemeln, Gardiner und die Gelehrten aus dem Vatikan saßen.« Sein Bruder unterbrach ihn abermals: »Sie sprachen auf Lateinisch.« Der Don stieß einen verächtlichen Laut aus und fuhr fort: »Die Engländer bestanden auf einer Scheidung, die Italiener wiesen sie zurück, und in dieser Zeitspanne wurde in dem kleinen, kahlen Raum etwas in die Kirche eingeführt, was auf Abertausenden von Menschen lasten sollte.« Frau Pettinelli mischte sich jetzt auch ein: »Anna Boleyn war natürlich viel jünger und schöner als Katharina und konnte ihm Söhne gebären.« Diesen Satz sagte sie wieder mit einer zärtlich-vorwurfsvollen Stimme und zu dem Mädchen gewandt, das errötete. Der Arzt, der die Bemerkung seiner Frau unangebracht fand, unterbrach sie: »Heute, wo sich die anglikanische Kirche der katholischen wieder nähert, will die Gemeinde von Orvieto nicht, daß diese Geschichte noch erwähnt wird, sie glaubt, das schade ihr. Wie dumm die Menschen mit der Geschichte umgehen!«

Dieser letzte Satz aber fiel erst, als sein Bruder schon aufgestanden war. Der Arzt faltete seine Serviette. Als auch er sich erhoben und den Stiefvater mit einem Nicken eingeladen hatte, ihm zu folgen, stieg Frau Pettinelli auf das Sofa, um die Fensterläden ganz zu schließen. Sie jagte die Tauben vom Sims und mit ihnen den schmalen Streifen Sonnenlicht, der bis eben noch auf dem Mittagstisch gelegen hatte. »Heute zeigen sie im Fernsehen *Das Mädchen von Bube*, ein Film mit Claudia Cardinale.« Sie schaltete den Ventilator an, rührte mit dem Löffel den Zuckergrund einer Zitronenlimonade auf und lud das Mädchen ein, sich neben sie auf das Sofa zu setzen. Sie hörten die Schwalben über den Dächern der Stadt.

Pina hatte trotz des Ventilators einen schwarzen Fächer in ihrem Schoß liegen, der mit Schmetterlingen aus Silberfäden bestickt war. Sie schlug ihn auf, wenn eine plötzliche Hitzewelle durch ihren Körper fuhr und sie rot und feucht im Gesicht wurde. »Dies ist die schönste Stunde für mich, wenn alle sich zurückziehen und ich hier alleine sitzen kann.« Im Film erhielt Claudia Cardinale von ihrem Verlobten, einem Partisanen, ein Paar Schuhe, die für ihre ungeübten Füße zu eng waren, aber wie schön, dachte das Mädchen, ging eine Frau, wenn sie nicht zu bequem ging, so wie eine Frau mit einem

Wasserkrug auf dem Kopf schöner ging als eine mit einem Sherlock-Holmes-Hut auf dem Kopf.

Frau Pettinelli schenkte immer wieder Limonade nach und blickte hin und wieder von dem Bildschirm weg, auf die Anrichte, den leergeräumten Tisch, den Spalt in der Küchentür, mit der Ruhe einer Frau, die einen überraschenden Gast nicht zu fürchten braucht. Diese eine Stunde nach dem Essen schien dem Mädchen sehr lang. Der Liebesfilm verband die zwei Frauen, die gemeinsam die Limonade austranken. »Lieben ist schön«, klang es auf einmal aus Pinas Mund. Und dieser Satz in seiner erschreckenden Einfachheit ließ das Mädchen aufhorchen. »Es gab nicht einen Tag in meiner Ehe, an dem ich geglaubt habe, meinen Mann nicht zu lieben, und das hat mich immer mit Glück erfüllt. Andere Männer interessierten mich nicht. Warum auch? Ich hatte ja einen, den, der mich auserwählte. Aber daß ich heute so glücklich bin, kommt nur daher, daß ich treu war. Und daß er treu war. Stellen Sie sich die Hölle vor, wenn man untreu ist! Sicher, im Moment, da rührt es einen auf, aber dann kommt das Leid, unausweichlich. Ich glaube fest daran, daß man den zehn Geboten folgen soll. Dann kann das Leben gut gelebt werden. Auch im Krieg, fragen Sie? Das konnte ich noch nie beantworten, aber ich glaube, ja. Jeder Bruch eines der Gebote hat früher oder später schreckliche Folgen. Ich habe das noch nie anders erlebt. Es mag langweilig wirken, so zu leben wie ich, aber glauben Sie mir, es ist viel aufregender, treu als untreu zu sein, den Verlockungen zu widerstehen und sein Wort zu halten.« Jedes einzelne Wort traf das Mädchen. Die kobaltblauen Strümpfe kamen ihr in den Sinn, Perlenohrringe und die Mieder, die vor nicht langer Zeit ihre Taille eingeschnürt hatten. Als außerhalb der Mauern das Aufklappen von Fensterläden, das Vorbeirollen von Fahrrädern und eine Maschine aus der nahen Schreinerwerkstätte zu hören waren, schaltete Pina den Fernsehapparat und den Ventilator ab.

Das Mädchen ging zur Haustür. Sie wollte einen Spaziergang durch die Stadt machen, doch die Hitze war noch so erdrückend, daß sie einen Schritt in den Garten zurückwich und sich unter die Weinlaube setzte. »Man muß stark sein in dem Glauben an die bessere Wahrheit geprüfter Grundsätze und bei der Lebhaftigkeit der augenblicklichen Erscheinungen nicht vergessen, daß ihre Wahrheit von einem geringeren Gepräge ist«, las sie in Clausewitz. Das galt für den großen Kampf zwischen den Ländern, aber galt es im Kleinen nicht auch für den Kampf zwischen zwei lebendigen Kräften? Die Mutter hatte nicht unrecht gehabt, die Clausewitzschen Titel für ihre strategischen Überlegungen zu gebrauchen und der Tochter immer zu wiederholen: »In der Liebe und im Krieg herrschen dieselben Gesetze.« Die allgemeinen Grundsätze, von denen Clausewitz sprach, waren das nicht – ihr wurde glühend heiß bei dem gewagten Gedanken – waren das für den einzelnen Menschen nicht die zehn Gebote, die Frau Pettinelli erwähnt hatte? Ihr war auf einmal klar, was der Schriftsteller in Rom zu ihr gesagt hatte: Alles läßt sich mit allem vergleichen. Was für den großen Krieg galt, das galt auch für den kleinen.

»Plinius«, erklang da die Stimme des Professors hinter ihr, »erwähnte diese Pflanze, als er über einen Schweinebraten schrieb.« Er zeigte auf einen Myrtenstrauch. »Und in England lautet ein alter Spruch: Myrtus for remembrance. Wenn Sie eines der Blätter zwischen den Fingern zerreiben, riechen Sie einen einmaligen Duft. Es gibt übrigens auch ein Myrtenparfum, Acqua Angelica. Sind Sie in Ihrer Lektüre weitergekommen?« »Fast einen Schritt zu weit«, rief sie lachend und erhob sich.

Am Abend war für acht Personen gedeckt. Aus der Küche erklang Lachen und Kichern. Die Besitzerin der Apotheke an der Straßenecke war zu Besuch gekommen, und Frau Pettinelli hatte sie zum Essen eingeladen, weil der Apotheker vor kurzem gestorben war. Vielen Menschen in Orvieto, auch dem Polizeipräfekten, lag es am Herzen, daß die alte Dame genügend aß. Manch eine ihrer Freundinnen schickte ihr Pakete mit Konfekt, Kompott oder Kuchen ins Haus. Ihr Haar fiel weißblond auf die Schultern. Die Augenlider waren hellblau überpudert. Eine lange Goldkette lag auf ihrer Brust. Mit neugierigen Augen blickte sie auf die Gäste und hob beim Zuhören die Augenbrauen. Als sie das Mädchen erblickte, rief sie: »Ihr laßt ja doch die Sonne ins Haus!«

Don Marcello geriet in Freude, als er sie sah. Er rief laut ihren Namen, daß es in den Sälen widerhallte. Seine alte Freundin durfte neben ihm sitzen. Sie sahen aus, als säßen sie nebeneinander in der Schulbank, wo sie sich auch tatsächlich kennengelernt hatten. Don Marcello strömte über vor Erzähllust, er wollte den Gästen und seiner Freundin imponieren. Zeit und Religion, dies waren seine Lieblingsthemen. Er dröhnte auf einmal: »Der Mensch ist dabei, sich zu verlieren, weil er den Glauben verliert! Weil er nur noch die Perspektive des Physischen hat! Die Menschen sind nicht dem Tod, sie sind dem Leben bestimmt! Aber zum Leben, liebe Freunde, kommt man erst, wenn man sich von allem befreit hat, was stirbt. Und, hört gut zu, nur, indem man denkt, befreit man sich davon!«

Die Apothekerin nippte an ihrem Glas und lächelte. Der Don rief beschwörend in den Raum: »Ist es wahr oder nicht, daß die Welt die Emanation eines Projektes von Gott ist? Oder identifiziert sich das Projekt mit dem Urheber selbst?« Mit aufgerissenen Augen schaute er in die Runde, während er an einer kleinen Mozzarellakugel kaute. Die Apothekerin bemerkte: »So hat er auch schon als kleiner Junge geredet. Keiner versteht ihn!« Das Mädchen konnte sich nicht zurückhalten und fragte: »Bitte erklären Sie uns doch, was ein Garten ist.« »Ein Garten? In der Bibel wird am Anfang von Garten, nicht von Feld und Land gesprochen! Wenn Sie die Reliefs an unserem Dom betrachten, dann erkennen Sie eine ursprüngliche Landschaft, mit wunderbaren, wuchernden Pflanzen, aber je höher Sie mit den Augen gleiten, entdecken Sie, daß nach dem Sündenfall die Vegetation karg wird. Sogar die Figuren werden gröber. Die Sünde hat den Garten zerstört.«

»Und was ist Ordnung?« fragte das Mädchen. »Ordnung? Gott hat dem Menschen Ordnung gegeben, oder sagen wir, er hat ihm die Freiheit gelassen, sich für sie zu entscheiden. Es hätte ihn wirklich nicht viel gekostet, den Menschen nicht so frei zu schaffen! Dann hätte er nicht all die Schwierigkeiten mit dieser rebellischen Kreatur gehabt, aber, wie schon der Heilige Augustinus sagt: felix culpa. Denn der Mensch, der aus der Schuld herausfindet, kann danach streben, Gott zu werden. Das ist Heiligkeit!«

Die Hausherrin brachte Kaffee und einen Kirschkonfitürekuchen. Das versetzte den Don in einen gelasseneren Zustand. Er kaute, und die Konfitüre blieb an seinen Mundwinkeln haften. »Meine Lieben«, hob er jetzt noch einmal an, »Gott will gesucht werden, er liebt es, sich suchen zu lassen. Man muß nur mit ihm reden, auch wenn es ihn nicht zu geben scheint. Es genügt, ein Gespräch mit ihm zu beginnen. Ich bin tief bei ihm verschuldet, weil ich schon so viele Gespräche mit ihm angefangen und nicht zu Ende geführt habe. Er wäre bereit gewesen, mit ihnen fortzufahren, aber ich ließ mich immer wieder ablenken. Versucht es! Sagt ihm demütig, daß ihr nichts wißt und nichts versteht, und so, zumindest gilt das für mich, beginnt man ein Gespräch mit ihm. Man soll aufrichtig sein, das ist das Wichtigste bei dem Zwiegespräch mit ihm. Christus hat der Ehebrecherin keine Standpauke gehalten, er hat ihr nichts vorgeworfen. Gott ist immer wieder bereit, von neuem Freundschaft zu schließen, solange der andere nur will. Er ist ein Grandseigneur, der die Freiheit und Wahl eines jeden respektiert. Aber eines müßt ihr wissen: Er kann einmal vorbeikommen und dann nie wieder. Und das ist der wunde Punkt. Wenn Sie«, er wandte sich an das Mädchen, »eine Goldbrosche verlieren, wie lange suchen Sie nach ihr? Wenn Ihnen daran liegt, lange, auch wenn sie für immer verloren scheint. Und so ist das auch mit Gott.«

Der Stiefvater, der Gott erst vor kurzem begegnet war, hatte jetzt keine Lust mehr, der Inbrunst des Dons und den Fragen seiner Stieftochter ausgeliefert zu sein. Da er sich an alles aus seinem Leben wieder zurückerinnerte, kamen ihm auch nach und nach die Witze wieder in den Sinn, die er auf seinen Reisen gehört hatte. Er unterbrach Don Marcello: »Ich muß euch jetzt einen Witz zu diesem Thema erzählen.« Alle hörten gespannt zu. »Ein Mann hat einen Mord begangen und will seine Tat gestehen. Er tritt in die erste Kirche, auf die er stößt, eine presbyterianische, und geht zum Priester. ›Ich muß etwas Schreckliches beichten‹, sagt er, und der Priester: ›Mein Sohn, die Kirche versteht und verzeiht alles. Sprich!‹ ›Ich habe einen Mord begangen.‹ Darauf der Pfarrer erzürnt: ›Hinaus mit dir!‹ Dasselbe widerfährt ihm in anderen Kirchen, zuletzt in der anglikanischen. Gegen Abend, müde und verzweifelt, betritt er eine katholische Kirche. ›Was hast du getan, mein Sohn? Die Kirche versteht alles‹, sagt der Pfarrer. ›Ich habe gemordet, mein Vater‹. ›Wie oft mein Sohn?‹« Alle lachten laut, Don Marcello aber lachte am lautesten. Dann erhob er sich und drückte den Gästen die Hände, küßte die Apothekerin auf die Wange und sagte in scherzhaftem Ton zu ihr: »Wir beide wissen, daß Gott keine Nippfigur ist, die man sich auf die Anrichte stellt, nicht wahr?« Sie drückte ihn an ihre Brust und griff nach ihrem Schal.

Eine Nachtigall schlug in der Magnolie. Die Gastgeber und der Stiefvater hatten sich schon auf ihre Zimmer zurückgezogen. Das Mädchen ging in den Garten und setzte sich vor die Bibliothek. Sie erlebte das Wegfallen jeder Angst und jedes Zweifels, als sie fast geistesabwesend, getrennt von allen Sorgen der vergangenen Zeit, in der Nacht saß. Doch da erleuchtete sie plötzlich eine Idee und formte sich zu einem Entschluß: Warum sollte sie aus ihrem Garten nicht ein Geschäft machen? Der kleine Gemüsegarten, der mußte vergrößert werden. Die acht Beete konnte sie verdreifachen, wenn nicht vervierfachen. Das mußte üppiger gedeihen als zwischen diesen Mauern hier. Ihre eigenen Mauern waren sogar höher. Die Sonne prallte im Sommer und Winter gegen die Steine und strahlte die Wärme auf die Beete zurück. Sie würde Okra aus Indien mitbringen und wußte auch schon, welcher Händler in Kalkutta diese Samen verkaufte. Okras gab es am Gardasee nicht. Wenn sie die dort verkaufen würde, vielleicht sogar an einem eigenen Stand vor ihrem Haus, dann konnte das nichts anderes als ein gewinnbringender Handel werden. Wo anders konnten dieses Gemüse so gut gedeihen als bei ihr?

Sie wurde hellwach. Zucchini, Paprika, Tomaten, große und kleine, Kürbisse und Melonen, die mußten im nächsten Frühling hundertfach gesät werden. Und im August konnte sie mit dem Pflanzen von Wintergemüse beginnen. Kohl, Kohlrabi, weiße Rüben, rote Beete, Blumenkohl, Weißkohl, Karotten, die würde sie im Olivenhain aussäen. Angelo mußte mit der Fräse kommen. Wirkliche Felder konnte sie nicht anlegen, aber Streifen von zehn mal fünf Meter Länge zwischen den Olivenreihen fräsen lassen. Kuh- und Pferdedünger würde ihr Valerio beschaffen, der Metzgerssohn. Sie dachte mit Zärtlichkeit an seine schönen Augen. Er würde ihr auch zwei Ziegen verkaufen, ein Ziegenpaar, für das sie am Ende des Grundstücks, da, wo der kleine Bach floß, einen Stall bauen würde, mit der Hilfe des Metzgersohnes, der schon immer in sie verliebt war.

Welch eine herrliche Luft schlug ihr entgegen! Sechs Hühner! dachte sie da verächtlich. Nur sechs Hühner! Das mußte sich ändern. Vor ihren Augen flatterten und stoben Hunderte von Fleischhühnern. »Eine Hühnerzucht!« beschloß sie und schlug mit der flachen Hand auf die Lehne. Wenn sie Eier und Hühnerfleisch verkaufen würde, dann war es sicher, daß sie sich erst einmal über Wasser halten konnte. Freilaufende Hühner, bald würden die mehr als Gold wert sein. Und nach den frischen Hühnereiern fragte sie die Besitzerin des Reformhauses in Gargnano ja jetzt schon. Ihr fiel der Hühnerzüchter Donnino ein, der ihr die sechs alten Hühner verkauft hatte. Er würde ihr auch ein Gänsepaar beschaffen. Donnino war zwar nicht verliebt in sie, wurde aber immer weich, wenn sie neben ihm stand. Remo aus Costa fiel ihr ein. Remo mußte her. Er war der einzige, der ihr beibringen konnte, wie man Ziegenkäse herstellte, denn mit der Milch von einer oder zwei Ziegen konnte sie doch auch Käse machen! Seit zwanzig Jahren forderte er die Mutter auf jedem Dorffest zum Tanz auf und bedrängte sie, ihm in die Berge zu folgen, wo er Kühe hatte und Butter und Käse erzeugte. Ihr Herz schlug lauter. Und da dachte sie an Orangen, wilde Orangen. Sie wollte eine Allee mit wilden Orangen pflanzen, die den oberen Garten in zwei teilen würde, schattenspendend und Früchte hervorbringend, aus denen die beste aller Marmeladen und der süßeste aller Liköre hergestellt werden konnte. Der Sizilianer Calisto würde sie ihr beschaffen. Die Worte ihrer Mutter fielen ihr ein, daß für eine Frau ein Mann nicht genug war, daß auch ein Dutzend noch eine lächerlich geringe Zahl war, wenn man erst einmal von einem Parfumhersteller, einem Banker, einem Glaser, einem Fakir, einem Schneider und einem Panettonebäcker umschmeichelt wurde.

Nein, sagte sich das Mädchen da. Ein Viehhändler, ein Apfelzüchter, ein Hydrauliker, ein Gärtner und ein Maurer mußten her! Das waren die Männer, die sie brauchte, um aus ihrem Garten eine Landwirtschaft zu machen. Dann dachte sie an Nachtviolen und Malvenbäume, Papageientulpen und Mondscheinaster. Und Wasser. Das Wasser sollte kanalisiert, in einem riesigen Becken gesammelt und von da zu allen Beeten geleitet werden. Drainierung durch Röhren. Bewässerungsrinnen. Sie sagte jedes einzelne Wort laut in die Nacht. Man wird unmoralisch, sobald man glücklich ist.

JUNGE DEUTSCHE AUTOREN

JULI ZEH

72926 / € 10,00 [D]

Juli Zeh erzählt lakonisch und doch voller Poesie vom Schicksal einer Liebe, die sich im Geflecht von Politik und Profit verfängt – und das in einer Sprache, die rasant und absolut zeitgemäß ist.

73060 / € 8,00 [D]

Raffinierte Erzählungen von aspekte-Literaturpreisträger Christoph Peters. »Die Klaviatur der Töne beherrscht er virtuos: Ironie, Leichtigkeit und Witz, Poesie, Lakonie und tiefen Ernst.«

ELMAR KREKELER,
LITERARISCHE WELT

btb
www.btb-verlag.de

ARNOLD STADLER

73153 / € 9,00 [D]
Erscheint im September 2004

»Je größer die Verzweiflung des unheldischen Helden, umso komischer wird dieser wunderbare Roman.« FOCUS

JENNY ERPENBECK

72993 / € 7,50 [D]

»Hochverdichtete, unauslotbar hintergründige Erzählungen.«

FRANKFURTER ALLGEMEINE
ZEITUNG